संकट के बावज़ूद

वाणी प्रकाशन

नयी दिल्ली-110002

फोन : 3275710, 3273167 फैक्स : 3275710

e-mail : vani_prakashan@yahoo.com

vani_prakashan@mantraonline.com

संकट के बावजूद

(समकालीन विमर्श से जुड़े साक्षात्कार और आलेख)

अनुवादक

मैनेजर पाण्डेय

वाणी प्रकाशन

वाणी प्रकाशन

4695, 21-ए, दरियागंज, नयी दिल्ली 110 002

फ़ोन : +91 11 23273167 फ़ैक्स : +91 11 23275710

शाखाएँ

अशोक राजपथ, पटना 800 004, बिहार

कॉफ़ी हाउस कैम्पस, महात्मा गांधी मार्ग, इलाहाबाद 211 001, उत्तर प्रदेश

महात्मा गांधी अन्तरराष्ट्रीय हिन्दी विश्वविद्यालय, वर्धा 442 001, महाराष्ट्र

www.vaniprakashan.in
marketing@vaniprakashan.in
sales@vaniprakashan.in

SANKAT KE BAVAJOOD
Selected Edited and Translated by Manager Pandey

ISBN : 978-81-7055-594-0
Criticism

प्रथम संस्करण 1998
द्वितीय संस्करण 2002
तृतीय संस्करण 2018

मूल्य : ₹ 495

एम.एस. प्रिंटर्स, दिल्ली-110 095 में मुद्रित

वाणी प्रकाशन का लोगो मक़बूल फ़िदा हुसेन की कूची से

स्व. ज्योतिस्वरूप सक्सेना के लिए

अनुक्रम

भूमिका

खंड -1 साक्षात्कार

खंड -2 आलेख

संकट तो है लेकिन...

"हम अच्छे समय से जितना सीख सकते हैं
उससे कम बुरे समय से नहीं।"

—रेमण्ड विलियम्स

बीसवीं सदी अपूर्व क्रांतियों के साथ—साथ भयावह भ्रांतियों की सदी रही है। संभवतः इसीलिए इस सदी का इतिहास लिखते हुए एरिक हाब्स बाम ने इसे 'अतिवादों का युग' कहा है। बीसवीं सदी के इस आखिरी दशक में संपूर्ण मानव समाज एक ऐसी स्थिति में है जिसमें तरह—तरह की उलझनों, निरर्थकताओं, नपुंसकताओं, भ्रांतियों और जटिलताओं की भरमार है, क्योंकि मानव—जाति के जीवन को व्यवस्थित और बेहतर बनाने का दावा करने वाले प्रायः सभी सामाजिक कार्यक्रम और प्रयोग ही नहीं, आदर्श और विचार भी असफल साबित हुए हैं।

इस समय मानव समाज जिस ऐतिहासिक संकट का सामना कर रहा है वह असाधारण है और अपूर्व भी। उसकी चपेट में मानव समाज ही नहीं, वह प्रकृति और पर्यावरण भी है जिसके विनाश की स्थिति में मानव समाज का अस्तित्व भी असंभव है। यह संकट किसी एक देश और समाज तक सीमित नहीं है। वह विश्वव्यापी है। वह आर्थिक और राजनीतिक ही नहीं, सामाजिक और नैतिक भी है। उसकी पहुँच मनुष्य की जिन्दगी के हर हिस्से तक है। उसके शिकार पराजय की निराशा में डूबे भूतपूर्व समाजवादी समाज ही नहीं, बल्कि विजय के उन्माद में इतराते पूँजीवादी समाज भी हैं। आज के समय में मानव समाज के भविष्य की चिन्ता करने वाला शायद ही कोई ऐसा संवेदनशील विचारक होगा,

वह चाहे वामपंथी हो या दक्षिणपंथी, जिसे इस संकट का अगर पूरा बोध नहीं तो कमोबेश आभास या एहसास भी न हो।

ढलती हुई बीसवीं सदी जो स्मृति छोड़े जा रही है उसमें न अतीत से लगाव के चिन्ह हैं और न भविष्य से उम्मीद के संकेत, केवल वर्तमान के संकट की गहरी छाया ही सच है, क्योंकि यह सदी राजनीतिक अस्थिरता, आर्थिक अराजकता और वैचारिक विभ्रम को विरासत के रूप में सौंप कर जा रही है। यह समय विचारों, आदर्शों, व्यवस्थाओं और संस्थाओं की ऐसी टूट–फूट का समय है जिसके आसपास तो क्या दूर–दूर तक विकल्पों का कोई अस्तित्व नहीं है। कभी–कभी तो यह लगता है कि आजकल विकल्पों की गंभीर चिन्ता भी कहीं नहीं है।

वर्तमान संकट का एकमात्र कारण हाल के वर्षों में पूँजीवाद की विजय और उससे उपजा उन्माद ही नहीं है। यह सच है कि आज दुनिया में पूँजीवाद एक सार्वभौम व्यवस्था के रूप में स्थापित हो रहा है। वह अपनी सफलता और विस्तार के बारे में विरोधियों के सारे संदेहों को झुठलाते हुए एकमात्र विश्व–व्यवस्था बनकर पूरे भूमंडल को अपने कब्जे में करने की ओर बढ़ रहा है। लेकिन सार्वभौमिकता और भूमंडलीकरण की प्रवृत्ति पूँजीवाद के लिए कोई नई बात नहीं है। ये दोनों प्रवृत्तियाँ निरंतर चलने वाली प्रक्रियाओं के रूप में पूँजीवाद के साथ उसके जन्म से जुड़ी हुई हैं। कार्ल मार्क्स ने 'पूंजी' और 'कम्युनिस्ट मेनिफेस्टो' में यह स्पष्ट कहा था कि पूँजीवाद का स्वभाव है आंतरिक और बाह्य रूप में निरंतर विस्तार। एक बार अपनी जड़ें जमा लेने के बाद पूँजीवाद लगातार विकास और विस्तार की दिशा में आगे बढ़ता है। पूँजीवाद के तीन–चार सदियों के इतिहास से उसके बारे में मार्क्स की मान्यता सच साबित हुई है। लेकिन इसके साथ ही अब एक बड़ा सवाल सामने आया है। सवाल यह है कि जब भूमंडलीकरण की प्रक्रिया पूरी हो जायेगी तब पूँजीवाद के बाहरी विस्तार की प्रक्रिया का क्या हाल होगा। वह कैसे चलेगी और कहाँ जायेगी ? क्या तब पूँजीवाद केवल आंतरिक विस्तार के सहारे टिका रहेगा ?

बहुत पहले रोज़ा लक्जेमबर्ग ने कहा था कि पूँजीवाद गैर पूँजीवादी दुनिया में लगातार फैलते हुए ही जीवित रह सकता है, इसलिए जब उसके विस्तार की संभावना समाप्त हो जायेगी तब उसके जीवित रहने की संभावना का भी अंत हो जायेगा। क्या इससे यह जाहिर नहीं है कि पूँजीवाद भी एक भयानक संकट की ओर बढ़ रहा है ? क्या भूमंडलीकरण की प्रक्रिया के अंत के साथ पूँजीवाद के भी अंत का आरंभ होगा ?

पूँजीवाद का पिछली तीन–चार सदियों का इतिहास मनुष्य और प्रकृति के

शोषण और गुलामी का एक विराट् वृत्तांत है। अपनी इस लंबी यात्रा के दौरान वह जहाँ–जहाँ गया है वहाँ के समाजों के ताने–बाने को छिन्न–भिन्न किया है, मनुष्यों को अर्थपिशाच बनाया है और प्रकृति का विनाश भी किया है। इस सच्चाई के असंख्य अकाट्य प्रमाण उन देशों और समाजों के आधुनिक लेखकों की रचनाओं में मौजूद हैं जहाँ पूँजीवाद का जन्म हुआ था या जहाँ–जहाँ उसके चरण पड़े हैं।

इतिहास इस बात गवाह है कि पिछली तीन–चार सदियों में जब और जहाँ पूँजीवाद को शोषण और लूट की खुली छूट नहीं मिली है या उसका भविष्य खतरे में दिखाई पड़ा है, तब उसने राजनीति में उदार लोकतत्र की पोशाक उतारकर अलग रख दी है और खूंखार दमनकारी सत्ता के रूप में काम किया है। पूँजीवाद के इस अतीत को ध्यान में रखकर उसके उस भविष्य के बारे में सोचते ही दिल दहल जाता है जब भूमडलीकरण की पूर्णता के बाद पूँजीवाद के विकास और विस्तार की सारी संभावनाएँ समाप्त हो जायेंगी। यही नहीं, अगर पूँजीवाद की वर्तमान स्थिति भविष्य में लंबे समय तक बनी रही तब भी वह मनुष्यता के लिये खतरनाक साबित होगा, क्योंकि एक तो वह अपनी सभी रचनात्मक भूमिकाएँ भूल चुका है और दूसरे भूमंडलीकरण के इस दौर में, जबकि उसका कोई शक्तिशाली विकल्प या विरोध नहीं है तब वह पहले से अधिक स्वेच्छाचारी और खूंखार साबित होगा। आज कल पूँजीवाद के समर्थक बुद्धिजीवी भी यह स्वीकार करने लगे हैं कि अब पूँजीवाद एक ऐसी बेलगाम और उत्तरदायित्व विहीन व्यवस्था है जिसे अपनी रक्षा के अलावा किसी मानवीय समस्या और ऐतिहासिक चुनौती की चिन्ता नहीं है। ऐसी स्थिति में वह एक ओर अनंत गरीबी, यातना और गुलामी पैदा करेगा तो दूसरी ओर समृद्धि से उपजी पशुता। यही कारण है कि एरिक हाब्स बाम ने बीसवीं सदी का जो इतिहास लिखा है उसका अंत इस प्रकार किया है–"अगर मनुष्यता को अपना साफ–सुथरा भविष्य बनाना है तो वह अतीत या वर्तमान को ढोने या कायम रखने से नहीं होगा। उसे इस समाज को बदलना होगा अन्यथा अंधकार ही सामने होगा।"

पूँजीवाद शोषण और दमन पर टिकी खूंखार व्यवस्था है, यह बात लोगों को पहले से मालूम थी, कार्ल मार्क्स जैसे दार्शनिकों को ही नहीं, पूँजीवाद के शिकार मजदूरों को भी। तब बीसवीं सदी के अंत में ऐसा क्या हुआ है जिससे अधिकांश मानव समाज अभूतपूर्व संकट के गहरे बोध से आक्रांत हो गया है। असल में सोवियत संघ का विघटन और विभिन्न देशों में समाजवादी व्यवस्थाओं की पराजय के कारण ही अपूर्व संकट का बोध पैदा हुआ है। जैसे रूस में 1917 की अक्तूबर क्रांति एक प्रकार की युगांतकारी घटना थी वैसे ही सोवियत संघ

और पूर्वी योरोप के देशों में 1989 से 1991 के बीच समाजवाद की पराजय दूसरे प्रकार की युगांतकारी घटना है। यह इतिहास की कैसी विडंबना है कि जिस फ्रांसीसी क्रान्ति से रूस की क्रान्ति अत्यंत गहरे रूप में प्रेरित और प्रभावित थी उस फ्रांसीसी क्रान्ति की दूसरी शताब्दी के वर्ष में ही रूसी क्रान्ति का अंत हुआ।

रूस और दूसरे देशों की समाजवादी व्यवस्थाओं के विघटन के बारे में प्रो० रणधीर सिंह ने ठीक ही लिखा है कि यह केवल एक व्यवस्था का विघटन नहीं है; बल्कि वह पूँजीवाद के बेहतर समाज बनाने के एक समाजिक प्रयोग, उस प्रयोग के पीछे क्रियाशील व्यवहार और उस व्यवहार के प्रेरक विचारों की पराजय है। इसीलिए उस विघटन को समाजवाद और मार्क्सवाद की असफलता कहा गया है। यही नहीं, उसे समाजवादी व्यवस्था के निर्माण की कल्पनाओं और सपनों के पराजय के रूप में भी देखा गया है।

ऐसा नहीं है कि मार्क्सवाद के रूसी रूप या रूसी समाजवाद की आलोचना इस पराजय के पहले नहीं हुई है। बुर्जुआ आलोचकों को छोड़ भी दें तो ऐसे मार्क्सवादियों की एक लंबी कतार है जिन्होंने रूसी समाजवाद ही नहीं, रूस में क्रियाशील राजनीतिक प्रणाली और वहाँ की सांस्कृतिक तथा सामाजिक संरचनाओं की निर्मम आलोचना की है। 1927 में रूसी समाज के अपने प्रत्यक्ष अनुभव और ज्ञान के आधार पर वाल्टर बेंजामिन ने लिखा था–"आज का रूसी राज्य केवल एक वर्गराज्य ही नहीं है, वह जातिराज्य भी है। जातिराज्य का अर्थ यह है कि किसी नागरिक की सामाजिक हैसियत उसके भौतिक जीवन से नहीं बल्कि पार्टी से उसके संबंध से निर्धारित होती है।" वाल्टर बेंजामिन ने सत्ता और धन के गलत संबंध को खतरनाक मानते हुए उसी निबंध में यह भी लिखा था–"रूसी समाज (और समाजवाद) का स्वास्थ्य इस बात पर निर्भर है कि यहाँ कभी भी सत्ता का काला बाजार न खुले। अगर रूस में भी योरोप जैसा ही सत्ता और धन का आपसी संबंध कायम हुआ तो देश और पार्टी न सही, रूस में समाजवाद जरूर समाप्त हो जायेगा।" वाल्टर बेंजामिन की भविष्यवाणी उसकी उम्मीद से ज्यादा सच साबित हुई है।

रूसी समाजवाद की एक विडंबना यह थी कि वहाँ के सत्ताधारी तथा बुद्धिजीवी और उनके विदेशी समर्थक भी रूस की कम्युनिस्ट पार्टी, उसकी सत्ता और रूसी समाज की व्यवस्था की किसी भी आलोचना को ध्यान से सुनने और समझने के बदले उसे समाजवाद और मार्क्सवाद की निंदा के अभियान का हिस्सा कहकर ख़ारिज़ करते थे। इस प्रक्रिया में वे एक ओर आत्म प्रवंचना को बढ़ावा देते थे तो दूसरी ओर मार्क्सवाद को निर्भय तथा निर्मम आलोचना

सिद्धांत के बदले सहमति और समर्थन का सिद्धांत बनाते थे। वही विडंबना बाद में रूसी समाजवाद की पराजय की त्रासदी का कारण बनी। आजकल जो लोग सोवियत संघ के विघटन और रूसी समाजवाद की पराजय को केवल बाहरी साजिश का परिणाम कहते हैं वे उसी पुरानी विडंबना के शिकार हैं।

रूस की अक्तूबर क्रांति के पहले भी समाजवादी समाज बनाने के प्रयोग हुए थे। ऐसा पहला प्रयोग 1871 में पेरिस कम्यून की स्थापना के रूप में हुआ था। वह प्रयोग असफल और पराजित होने के बावजूद बाद के जन आंदोलनों के लिए प्रेरणाप्रद बना रहा। इससे यह साबित होता है कि समाजवाद का इतिहास असफलता और पराजय के संकट का सामना पहली बार नहीं कर रहा है। लेकिन इस बार का संकट अभूतपूर्व इसलिए है कि समाजवाद की पराजय के साथ पूँजीवाद के विजय का उन्माद अब जैसा सर्वग्रासी है वैसा पहले कभी न था। आरंभ में तो ऐसा लगता था कि समाजवादी चेतना पूरी तरह लकवाग्रस्त हो गई है। उस स्थिति का विश्लेषण करते हुए ई0 एम0 वुड ने ठीक ही लिखा है कि "आजकल पूँजीवाद की आलोचना फैशन के बाहर है। लगता है कि पूँजीवाद के विजयोन्माद और समाजवादियों की निराशा के बीच कोई गठजोड़ हो गया हो। दक्षिणपंथ की विजय वामपंथियों की समाजवादी आकांक्षाओं की सिकुड़न में प्रतिबिंबित हो रही है। वामपंथी बुद्धिजीवी या तो पूँजीवाद की शरण में जा रहे हैं या फिर पूँजीवाद से बची खुची जगहों में संभव छोटे-छोटे प्रतिरोधों से जुड़ रहे हैं। इस तरह पूँजीवाद इतना सार्वभौम हो गया है कि वह अदृश्य लगता है। अब तो पूँजीवाद को बदलने और उलटने की कौन कहे, उसे आलोचनात्मक दृष्टि से समझने की कोशिशें भी कम होती जा रही हैं। ऐसा लगता है कि अब हम पूँजीवाद के विरूद्ध संघर्ष करना ही नहीं सोचना भी भूलते जा रहे हैं।"

इस स्थिति में जहाँ एक ओर पूँजीवाद की अपराजेयता का भ्रम फैलाया जा रहा है, उसके वर्तमान को मानव समाज का भविष्य साबित किया जा रहा है, वहीं दूसरी ओर मार्क्सवाद और समाजवाद की मौत के फ़तवे जारी किए जा रहे हैं। इस तरह पूँजीवाद की अमानवीय व्यवस्था से मुक्ति की प्रत्येक सभावना को अस्वीकार किया जा रहा है और प्रत्येक कोशिश को नकारा जा रहा है या फिर उन्हें सामाजिक चेतना के भटकाव घोषित किया जा रहा है। यह सब वे कर रहे हैं जो अपने को बुद्धिजीवी कहते हैं। ऐसा लगता है कि इन बुद्धिजीवियों ने अपनी आलोचनात्मक जिम्मेवारी या तो छोड़ दी है या पूँजीवाद को सौंप दी है। इन बुद्धिजीवियों के सोच-विचार में न मानव समाज के भविष्य की कोई चिन्ता है और न दृष्टि। यही नहीं, ये लोग मानव समाज के भविष्य की किसी भी दृष्टि

की जरूरत और संभावना को भी नकारते हैं। ऐसी बौद्धिकता के कारण विचारों की दुनिया में नैतिक और बौद्धिक संकट का भयावह वातावरण बना है। इस वातावरण के निर्माण में बहुत बड़ी भूमिका उत्तर आधुनिकतावाद की है।

दो

इस समय विचारों की दुनिया में सबसे अधिक जादुई असर वाला शब्द है—'उत्तर'। उसके सहारे किसी भी वास्तविकता, घटना, स्थिति, अनुभव और विचार आदि के अस्तित्व, स्वत्व, अर्थ और इतिहास को नष्ट किया जा सकता है, उन्हें अनस्तित्ववादी, असत्, स्वत्वविहीन, अर्थहीन और अनैतिहासिक बनाया जा सकता है। विचारों की दुनिया में 'उत्तर' की मदद से ऐसा ही चमत्कार उत्तर आधुनिकवादियों ने किया है। उन्होंने उत्तर के जादुई प्रभाव का प्रयोग करते हुए संपूर्ण मानव समाज को आधुनिकता, आधुनिकतावाद और आधुनिक युग से निकालकर एक झटके में उत्तर आधुनिक बना दिया है, जब कि दुनिया का अधिकांश हिस्सा, विशेष रूप से एशिया, अफ्रिका तथा दक्षिण अमेरिका के अधिकांश देशों की बहुसंख्यक जनता अभी कहीं आदिम और कहीं मध्ययुगीन स्थितियों का सामना करती हुई आधुनिक बनने के लिए संघर्ष कर रही है।

उत्तर आधुनिकता से ही निकली हुई एक धारा उत्तर औपनिवेशिकता की है जो एशिया, अफ्रिका और दक्षिणी अमेरिका के समाज, संस्कृति और साहित्य की ऐसी व्याख्या में लगी हुई है जिससे साबित होता है कि अब दुनिया में कहीं भी किसी तरह का न साम्राज्यवाद है और न उपनिवेशवाद। लेकिन सच्चाई इसके ठीक उल्टी है। सच तो यह है कि एशिया, अफ्रिका और दक्षिण अमेरिका के जो देश उपनिवेशवाद के शिकार रहे हैं उनमें से अधिकांश आज भी आर्थिक और सांस्कृतिक उपनिवेशवाद के प्रभाव से मुक्त नहीं हुए हैं; बल्कि हाल के वर्षों में भूमंडलीकरण के कारण वे नये ढंग के साम्राज्यवादी वर्चस्व और उपनिवेशवादी प्रभावों के शिकार हो रहे हैं। उत्तर औपनिवेशिकता के व्याख्याकार भारत की संस्कृति और साहित्य की ऐसी व्याख्या कर रहे हैं जिसमें उपनिवेशवाद से पीड़ित जनता के न अनुभवों का कोई महत्व है और न उपनिवेशवाद के विरूद्ध उसके संघर्षों का। उत्तर औपनिवेशिकता के सिद्धांतकार साहित्य और संस्कृति के क्षेत्र में नकल, दोगलापन और प्रवासीपन को मूल्य तथा दृष्टि के रूप में स्थापित कर रहे हैं। आखिर वे ऐसा क्यों न करें। संयोगवश उनमें से अधिकांश ऐसे भारतीय हैं जो अमेरिका में रहते हुए अंग्रेजी में लिखते हैं। वे अनिवासी भारतीय पूँजीवादियों की तरह ही अनिवासी भारतीय बौद्धिक हैं। आरिफ डिरलिक

ने उत्तर औपनिवेशिकता के व्याख्याकारों की गतिविधियों के बारे में ठीक ही लिखा है कि उनका इरादा योरोप और अमेरिका में उपजे बौद्धिक सरोकारों और दृष्टिकोणों के अनुसार सांस्कृतिक विमर्श का ऐसा प्रामाणिक भूमंडलीकरण है जिसमें केन्द्र और हाशिये जैसे सभी अंतर मिट जायें और विश्व के विभिन्न समाजों के बीच केवल बहुलता और आकस्मिकता के संबंध रह जायें। एक अश्वेत आलोचक क्वामे अंथोनी अप्पिअह के अनुसार ऐसे लोगों को दलाल बुद्धिजीवी कहना सही होगा जो हाशिये के देशों में विश्व पूँजीवाद की सांस्कृतिक वस्तुओं के व्यापार में मध्यस्थ की भूमिका निभाते हैं। उत्तर औपनिवेशिक विमर्श में राष्ट्रीय संस्कृति और उससे जुड़ी बौद्धिकता की उपेक्षा और निंदा ही अधिक होती है।

यद्यपि अनेक उत्तर आधुनिकतावादी भूतपूर्व या अभूतपूर्व मार्क्सवादी हैं, उनमें से कुछ खुद को अब भी वामपंथी कहते हैं और अनेक कट्टर रूढ़िवादी उन्हें वामपंथी मानते भी हैं, लेकिन मार्क्सवाद के सिद्धांत, व्यवहार और उद्देश्यों के बारे में उत्तर आधुनिकतावादियों के दृष्टिकोण को देखकर यही कहना होगा–

"हुए तुम दोस्त जिसके, दुश्मन उसका आसमां क्यों हो।"

उत्तर आधुनिकतावादी उत्तर मार्क्सवाद और उत्तर यथार्थवाद की घोषणाएँ कर चुके हैं। वे जब मुक्ति के विशद् आख्यान के अंत की बात करते हैं तब उनका उद्देश्य मार्क्सवाद और समाजवाद की संभावनाओं को अस्वीकार करना होता है। वे कहते हैं कि पूँजीवाद ऐसी अवस्था में पहुँच गया है जिसे उत्तर औद्योगिक, उत्तर सामूहिक, उत्तर इतिहास, उत्तर क्रांति, उत्तर विचार और उत्तर वर्ग कहा जा सकता है। उनमें से एक तो उत्तर जनता तक जा पहुँचे हैं। पता नहीं इस उत्तर बौद्धिकता और उत्तरवाद का अंत कहाँ होगा।

उत्तर का अत्यंत घनिष्ठ सहयोगी और समानधर्मा है 'अंत'; बल्कि उत्तर को राह दिखाने का काम अंत ने ही किया है। बहुत पहले समाजशास्त्री डेनियल बेल ने विचारधारा के अंत की घोषणा करके जो शुरुआत की थी उसे चरम तक पहुँचाया है उत्तर आधुनिकतावादियों ने। उत्तर आधुनिकतावादियों के बीच हर चीज के अंत की घोषणा की होड़ लगी है। उनमें से एक इतिहास के अंत की घोषणा कर रहा है तो दूसरा इतिहास की धारणा का। एक कहता है कि इतिहास आख्यान है तो दूसरा उसे गप्प साबित करता है। तात्पर्य यह कि हम अन्य चीजों की तरह इतिहास को भी जान नहीं सकते और जब उसे जान नहीं सकते तब उसको बदल कैसे सकते हैं। एक उत्तर आधुनिकतावादी ज्ञान के अंत की बात करता है तो दूसरा विवेक, चेतना, सत्य और समालोचना आदि के अंत की। उनके अनुसार भाषा का अर्थ से, अर्थ का अनुभव से, अनुभव का यथार्थ से,

यथार्थ का जीवन की स्थितियों से और जीवन की स्थितियों का इतिहास से कोई वास्तविक संबंध नहीं है।

उत्तर आधुनिकतावादी विमर्श में जो कुछ उत्तर और अंत से बच गया है उसकी मौत की मुनादी हो रही है। उत्तर आधुनिकतावादियों के प्रेरणा-स्त्रोत और दृष्टिनिर्माता नीत्शे और उसके विचार हैं। नीत्शे ने ईश्वर की मौत की घोषणा की थी तो उनके चेले मनुष्य और उसकी चेतना ही नहीं सामाजिकता तक की मौत की घोषणा कर चुके हैं। साहित्य और संस्कृति की दुनिया पर भी इस मौत की छाया है। रोलां बार्थ ने लेखक की मौत की घोषणा की तो एलविन केरमैन ने साहित्य के मौत की घोषणा की है। कभी सी0डी0 लेविस ने प्रगीत की मृत्यु की बात की थी तो अब कविता, उपन्यास आदि के साथ पुस्तक की मृत्यु की बात हो रही है। यह सब देख-सुनकर अपने कबीरदास याद आते हैं–"संतो इ मुरदन के गाँव।"

आधुनिक युग के अंत और उत्तर आधुनिक युग के आरंभ की बात 1959 में सी0 राइट मिल्स ने 'समाजशास्त्रीय कल्पना' नामक पुस्तक में की थी। उन्होंने लिखा था कि ज्ञानोदय से पश्चिमी समाज को जो मूल्य, मान्यताएँ, धारणाएँ और विचार मिले थे उनमें से आधिकांश संकट में हैं। उदारतावाद और समाजवाद अपर्याप्त साबित हो रहे हैं। इस स्थिति में विवेक और स्वतंत्रता पर कई तरह के संकट हैं। मानवीय क्रिया कलाप में विवेक का महत्व घटा है और व्यक्ति की स्वतंत्रता का ह्रास हुआ है। उन्होंने यह भी लिखा था कि ये समस्याएँ समाज की संरचना से जुड़ी हैं और इन्हें समझने के लिए व्यक्ति के जीवन तथा युग के इतिहास का विश्लेषण आवश्यक होगा। मिल्स की चिन्ता के केन्द्र में व्यक्ति की स्वतंत्रता के साथ-साथ समाज के इतिहास निर्माण की प्रक्रिया थी।

सी0 राइट मिल्स की अपने समय और समाज के बारे में सगुण चिन्ता के बाद अगर ल्योतार की उत्तर आधुनिकतावादी निर्गुण चिंतन पर ध्यान दीजिये तो मालूम होगा कि उत्तर आधुनिकतावाद की चर्चा कहाँ से कहाँ पहुँची है। ल्योतार अपने युग के किसी संकट से चिंतित नहीं हैं। उन्हें मिल्स की तरह विवेक और स्वतंत्रता की रक्षा की चिन्ता भी नहीं है। वे ज्ञानोदय की परंपरा से उपजे मूल्यों के विरूद्ध युद्ध की घोषणा करते हैं: "आओ, हम समग्रता के विरूद्ध युद्ध छेड़ दें, आओ, हम उसके साक्षी बनें जिसकी पुनर्प्रस्तुति नहीं हो सकती, आओ, हम अंतरों को बढ़ायें और नाम के सम्मान की रक्षा करें।" ल्योतार द्वारा युद्ध की यह घोषणा हेगेल और मार्क्स की विचार परंपरा के विरूद्ध है, इसलिए वे जिन्हें पुकार रहे हैं उनके बारे में अंदाज लगाना मुश्किल नहीं है। ल्योतार ने यह घोषणा फ्रांसीसी में 1979 में की थी, जो अंग्रेजी में 1984 में सुनाई पड़ी। तब

से अब तक उस जेहाद में शामिल होनेवालों की संख्या लगातार बढ रही है।

ल्योतार जब मुक्ति के विशद् आख्यान के अंत की घोषणा कर रहे थे तब एशिया, अफ्रिका और दक्षिण अमेरिका में मुक्ति के अनेक आंदोलन चल रहे थे। 1975 में वियतनाम में अमेरिकी साम्राज्यवाद पराजित हुआ था, 1979 में ईरान में शाह का तख्ता पलटा था, 1979 में ही निकारागुआ में क्रांतिकारी आंदोलन सफल हुआ था और उन्हीं दिनों दक्षिण अफ्रिका की जनता रंगभेद की गुलामी से मुक्ति के लिए कठिन संघर्ष कर रही थी। लेकिन ल्योतार के लिए पूरी दुनिया में मुक्ति के आख्यान का अंत हो चुका था– "मुदहु आँखि कतहुँ कोउ नाहीं।"

असल में उत्तर आधुनिकतावादी अद्वैतवाद में हर तरह का विरोध डूब जाता है। उसके अनुसार शोषक और शोषित, दमनकारी और दमित, केन्द्र और हाशिया तथा बेजुबान और वाचाल के बीच न कोई द्वैत है, न कोई विरोध, न कोई संघर्ष। वे यह नहीं देखते कि ऐसे सारे द्वैतों और विरोधों का जनक पूँजीवाद है। वे मुक्ति के आख्यान के अंत की बात करते हैं, लेकिन पूँजीवाद के तीन-चार सौ वर्षों से क्रियाशील गुलामी के विराट् वृत्तांत के बारे में कुछ नहीं कहते। वे न तो पूँजीवाद द्वारा प्रकृति के विनाश की चर्चा करते हैं और न संस्कृति के क्षेत्र में बाजार की संस्कृति और उपभोक्तावाद के घातक घुसपैठ की। उनमें से कुछ बौद्धिक तो दिखावे की दुनिया के सतहीपन में आनंद की खोज करना पसंद करते हैं।

आलोचनात्मक चेतना के विरूद्ध उत्तर आधुनिकतावाद का अभियान मुक्ति के प्रत्येक संघर्ष और आंदोलन के विरूद्ध अभियान है। वास्तव में मुक्ति की भावना के लिए वह विवेक जरूरी है जो न्याय, स्वतंत्रता और मानवीय सुख की संभावनाओं की खोज करे। विवेक और चेतना की मौत की उत्तर आधुनिकतावादी घोषणा के बाद वह संभावना कहाँ होगी। इसीलिए नारी मुक्ति के आंदोलनों की ओर से यह सवाल उठ रहा है कि हमलोग, जो युगों से चुप रहे हैं और अब जब बोलने लगे हैं, तभी चेतना का अस्तित्व क्यों अस्वीकार किया जा रहा है। क्या अस्मिता की राजनीति क्रियाशील और स्वतंत्र चेतना को नकार कर संभव है ? उत्तर आधुनिकतावादियों से ऐसे सवाल दुनिया भर के दलित, आदिवासी, अश्वेत, मजदूर वर्ग और सताये हुए समाज तथा राष्ट्र पूछ सकते हैं और पूछ रहे हैं

उत्तर आधुनिकतावादियों ने दावा तो यह किया था कि वे ज्ञान, विवेक, चेतना, अर्थ, भाषा, इतिहास आदि को सत्ता, शक्ति और विचारधारा के खेल से मुक्त करेंगे, लेकिन बदले में उन्होंने मनुष्य को ज्ञान, विवेक, चेतना, अर्थ और इतिहास से मुक्त कर दिया और दूसरी ओर इन सबको अपनी बौद्धिक क्रीड़ा का

साधन बना दिया है। अब शब्द क्रीड़ा की प्रवृत्ति इतनी बढ़ गई है कि उत्तर आधुनिकतावादी विमर्श की भाषा रहस्यवादी कवियों की दुर्बोध, जटिल, अबूझ और मनगढ़ंत संध्या भाषा की याद दिला रही है। इसीलिए फ्रांस के प्रसिद्ध समाजशास्त्री पीरे बोर्डिये ने उत्तर आधुनिकतावादी विमर्श को 'वितडावादी पंडिताऊ ज्ञानचर्या' कहा है।

सबके अंत और मौत की घोषणा करने वाला उत्तर आधुनिकतावाद अब खुद उसी प्रक्रिया का शिकार हो रहा है। 1996 में चार्ल्स अल्टिएरी ने एक लेख लिखा था जिसका शीर्षक है 'अमेरिकी उत्तर आधुनिकतावाद में क्या सजीव है और क्या मृत'। इस लेख में यह स्पष्ट कहा गया है कि "एक सैद्धांतिक धारणा के रूप में उत्तर आधुनिकतावाद अब मर चुका है और सैद्धांतिक चिंतन को प्रभावित करनेवाले सांस्कृतिक दृष्टिकोण की उसकी क्षमता भी मर गई है। अब जबकि उसके बुनियादी तर्क नारे बन गए हैं और द्वैतों से उसके बचने की कोशिश द्वैत का शिकार हो गई है तब वह कुछ नया और सार्थक पैदा करने में शायद ही सक्षम हो। ऐसी स्थिति में वह कलाओं के क्षेत्र में सार्थक रचना की प्रेरणा कैसे दे सकेगा।" असल में आधुनिकतावाद के विरूद्ध विद्रोह सबसे पहले कलाओं के क्षेत्र में हुआ था, जिसका परिणाम था अवाँगार्द आंदोलन। उसमें एक ओर समकालीन यथार्थ और अनुभव की अभिव्यक्ति के नये रूपों के अन्वेषण की कोशिश थी तो दूसरी ओर समकालीन यथार्थ को बदलने की आकांक्षा भी थी। आधुनिकतावाद के विरूद्ध उस विद्रोह का उपयोग जब उत्तर आधुनिकतावादियों ने अपना दर्शन गढ़ने और संस्कृति का नया सिद्धांत बनांने के लिए किया तब वे अनेक लकवाग्रस्त अंतर्विरोधों का शिकार हुए जो अब अपना प्रभाव दिखा रहे हैं।

इस बीच अमेरिका के बौद्धिक जगत में एक ऐसी घटना घटी है जिसने उत्तर आधुनिकतावादी विचार पद्धति की पोल खोल दी है। उत्तर आधुनिकतावादियों के आत्यंतिक सापेक्षतावाद से केवल रचनाकार, दार्शनिक और समाजशास्त्री ही नहीं वैज्ञानिक भी परेशान हैं। वैज्ञानिक विशेष रूप से उत्तर आधुनिकतावादियों की ऐसी मान्यताओं से परेशान हैं कि भौतिक जगत का कोई स्वतंत्र अस्तित्व नहीं है, भौतिक यथार्थ भी सामाजिक यथार्थ के समान ही सामाजिक और भाषिक निर्मिति है और आधुनिक विज्ञान एक मिथक, आख्यान और सामाजिक निर्मिति है। इन मान्यताओं के साथ ही अनेक उत्तर आधुनिकतावादी अपने लेखन को अधिक विद्वतापूर्ण और वैज्ञानिक दिखाने के लिए कभी-कभी विभिन्न विज्ञानों से धारणाएँ, विचार और शब्दावली लेकर उनका प्रायः बेतुका उपयोग करते हैं। इन सब बातों से क्षुब्ध होकर उत्तर आधुनिकतावादी विचार प्रणाली का

खोखलापन खोलने का एक प्रयास भौतिक विज्ञान के प्रो० एलन सोकल ने किया है। सोकल ने उत्तर आधुनिकतावादी जार्गन से भरी भाषा, शैली और दृष्टि का उपयोग करते हुए भौतिक विज्ञान से संबंधित एक लेख लिखा और उसे उत्तर आधुनितावादियों की एक प्रसिद्ध पत्रिका 'सोशल टेक्स्ट' में छपने के लिए भेज दिया। वह लेख 'सोशल टेक्स्ट' (1996) में छप गया। कुछ दिनों बाद सोकल ने 'लिंगुआ फ्रांका' नाम की पत्रिका में एक लेख लिखकर यह बताया कि 'सोशल टेक्स्ट' में छपा उसका लेख वास्तव में एक पैरोडी है जो आदि से अंत तक अनर्गल बातों से भरा हुआ है और उसमें अर्थहीन गद्य तथा असंभव दावों की भरमार है। सोकल के इस रहस्योद्घाटन के बाद अमेरिका की बौद्धिक दुनिया में हंगामा बरपा हो गया है। तब से आज तक अमेरिका के अनेक अखबारों और पत्रिकाओं में इस प्रसंग के पक्ष और विपक्ष में लेख छप रहे हैं। सोकल के लेख को व्यंग्य, मजाक, क्रूर मजाक, पैरोडी और धोखाधडी आदि कहा गया है। एलन सोकल के रहस्योद्घाटन से 'सोशल टेक्स्ट' के संपादक और अन्य उत्तर आधुनिकतावादी हत्प्रभ हैं और आत्मरक्षा में लगे हैं।

अब सोकल ने सैद्धांतिक भौतिक विज्ञान के दूसरे प्रोफ़ेसर जां ब्रिक मोन्त के साथ मिलकर एक किताब लिखी है जो इसी वर्ष (1997) फ्रांसीसी में छपी है। पुस्तक का नाम है 'मायावी बुद्धिजीवी'। इस पुस्तक में एक बार फिर विस्तार के साथ फ्रांस के उत्तर आधुनिकतावादियों की छद्म वैज्ञानिकता का पर्दाफाश किया गया है। इसमें जां लाका, जुलिया क्रिस्तोवा, इरिगरे, बद्रिला, देलूज़, दरिदा, गातारी, लातूर, ल्योतार आदि द्वारा वैज्ञानिक शब्दावली और धारणाओं के दुरुपयोग को सोदाहरण दिखाया गया है। इस पुस्तक के छपने पर फ्रांस के उत्तर आधुनिकतावादी वैसे ही विचलित और बौखलाए हुए हैं जैसे पहले छपे लेख से अमेरिका के उत्तर आधुनिकतावादी हत्प्रभ और बेचैन थे। इस पूरे प्रसंग से उत्तर आधुनिकतावादी विचार पद्धति का खोखलापन जग जाहिर हो गया है।

वही उत्तर आधुनिकतावाद अब धीरे-धीरे भारत में आ रहा है। भारत पहले योरोप के आधुनिकतावाद का अनेक रूपों में शिकार रहा है। लगता है कि अब वह उत्तर आधुनिकतावाद का शिकार होगा। पहले भारत में उपनिवेशवाद के साथ आधुनिकतावाद आया था। क्या अब भूमंडलीकरण के दौर में नव उपनिवेशवाद के साथ उत्तर आधुनिकतावाद आयेगा ? क्या भारत जैसे देश जो पश्चिम का उपनिवेश रह चुके हैं, वे विचारों का उपनिवेश बनते रहने के लिए अभिशप्त हैं ? वह भी ऐसे विचारों का जो अब पश्चिम में मृत घोषित हो चुके हैं और जिनका खोखलापन साबित हो चुका है ?

आज भारत जिन राजनीतिक, सामाजिक और सांस्कृतिक समस्याओं का

सामना कर रहा है उनके संदर्भ में उत्तर आधुनिकतावाद की क्या भूमिका होगी, वह किनके काम का होगा और किनके लिए बेकार, वह किनकी ताकत बनेगा और किन्हें कमजोर बनायेगा–ये सवाल अत्यंत महत्वपूर्ण हैं। जिस देश की जनता का एक बड़ा हिस्सा अभी आदिम स्थितियों में जी रहा हो, दूसरा बड़ा हिस्सा मध्ययुगीनता का शिकार हो और तीसरा बड़ा हिस्सा मध्ययुगीनता से निकलकर आधुनिक बनने के लिए संघर्ष कर रहा हो, उस देश में उत्तर आधुनिकतावाद मुट्ठी भर लोगों के लिए एक नया बौद्धिक फैशन भले ही हो; लेकिन व्यापक समाज के लिए वह व्यर्थ ही होगा। आजकल इस देश में उत्तर आधुनिक भाषा में कहें तो मानव मुक्ति का कोई विशद् आख्यान क्रियाशील नहीं है, लेकिन मुक्ति के छोटे-छोटे वृत्तांत जरूर सक्रिय हैं। क्या उन वृत्तांतों का कोई महत्व नहीं है ? क्या जिस समय और समाज में महाकाव्य और उपन्यास न रचे जा रहे हों, उसमें उपलब्ध प्रगीतों और कहानियों का कोई महत्व नहीं होता ?

आजकल इस देश के भविष्य के लिए जो राजनीतिक और वैचारिक लड़ाई चल रही है उसकी रणभूमि अतीत ही है। ऐसे में इतिहास और उसकी व्याख्या का असाधारण महत्व है। लेकिन उत्तर आधुनिकतावादी सोच में अतीत संबंधी जो दृष्टि है वह भ्रम ही अधिक पैदा करेगी; क्योंकि उसके अनुसार अतीत के बारे में हर दृष्टिकोण सही है; वह चाहे फासिस्ट हो, जातिवादी हो, सांप्रदायिक हो अथवा कोई और। उत्तर आधुनिकतावाद के अनुसार सच न सार्वजनिक होता है और न सार्वभौम; प्रत्येक समूह, समुदाय और वर्ग का अपना सच होता है। साथ ही सच के पीछे कोई तथ्य नहीं होता; क्योंकि तथ्य का आग्रह करना यथार्थवादी भ्रम में जीना है।

दरिदा के अनुसार इतिहास एक पाठ है। इतिहास ही क्यों उनके लिए तो विचार, विश्वास, व्यवहार, घटनाएँ और संस्थाएँ भी पाठ ही हैं और पाठ का अपना कोई निश्चित अर्थ नहीं होता, वह पाठक और उसकी व्याख्या पर निर्भर होता है। इस सोच के अनुसार जालियाँवाला बाग का हत्याकाण्ड, भोपाल का गैस हत्याकाण्ड, बाबरी मस्जिद का ध्वंश और सूरत का दंगा, सब पाठ हैं। इन्हें भयानक ट्रैजिडी कहना एक निश्चित अर्थ देना है, जो उत्तर आधुनिकतावाद को स्वीकार नहीं। दरिदा की राय में पाठ के प्रसंग में अनुभव का कोई स्वतंत्र महत्त्व नहीं होता और अनुभव किसी व्याख्या की सच्चाई की कसौटी नहीं है। क्या यह बात संपूर्ण उत्तर आधुनिकतावाद पर लागू नहीं होती ? क्या उत्तर आधुनिकतावादी सोच के अनुसार वास्तविक मनुष्यों की जिन्दगी की यातनाओं को झुठलाना बौद्धिक अत्याचार नहीं है ?

भारतीय समाज में अपार शोषण और दमन है और उसके विरूद्ध संघर्ष भी। क्या उत्तर आधुनिकतावादी सोच में उस शोषण तथा दमन की वास्तविकता के स्वीकार तथा प्रतिकार की कोई संभावना है ? दूसरों की कौन कहे जो दरिदा खुद को वामपंथी और कभी-कभी मार्क्सवादी भी कहते हैं; उनके लेखन में भी सामाजिक और राजनीतिक दमन की वास्तविकता की कोई चिन्ता नहीं है। वे दमन की बात करते हैं, लेकिन उसका संबंध दार्शनिक द्वैतों से है, जैसे कि प्रकृति और संस्कृति, विवेक और आवेग, चेतना और वस्तु, पुल्लिंग और स्त्रीलिंग आदि। दरिदा केवल इन द्वैतों की व्याख्या में ही दमन की स्थिति स्वीकार करते हैं। उनके लिए दमन केवल एक वैचारिक समस्या है, कोई सामाजिक वास्तविकता नहीं। ऐसी स्थिति में उत्तर आधुनिकतावादी दृष्टि से सामाजिक शोषण, दमन और गुलामी की वास्तविकता को समझना भी संभव नहीं है, उन्हें मिटाने की कौन कहे। ऐसी विचार पद्धति व्यापक भारतीय जनता के किस काम की है।

आज के तरह-तरह के उत्तरवादी तथा अंतवादी विचारक मानव समाज के इतिहास, उस इतिहास के सच, उस सच के ज्ञान, उस ज्ञान के विवेक और उस विवेक की चेतना के अंत का एलान कर रहे हैं। वे मानव मुक्ति की कोशिश ही नहीं, उसकी आकांक्षा की संभावना को भी नकार रहे हैं। इस तरह वे संपूर्ण मानव समाज की निराशा को बढ़ा रहे हैं और उसके वर्तमान संकट को और गहरा बना रहे हैं। विडंबना तो यह है कि ऐसा योरोप और अमेरिका के वे बुद्धिजीवी कर रहे हैं जो खुद न किसी निराशा का सामना कर रहे हैं और न किसी संकट का। उन्हें अब साम्यवाद का वह भूत भी नहीं सता रहा है जिससे एक सदी तक उनके पूर्वज और वे भयभीत रहे हैं। ऐसा भी नहीं लगता है कि उन्हें इस बात का अपराधबोध है कि उनके पूर्वजों ने एशिया, अफ्रिका और दक्षिण अमेरिका की जनता को गुलाम बनाया, उसकी हत्या की और वहाँ की सारी संपत्ति लूटकर अपना घर भर लिया, जिसके अभाव में वे न तो आधुनिक बन पाते और न उत्तर आधुनिक। वह लूट की प्रक्रिया तो अब भी कई रूपों में जारी है, लेकिन उसका विरोध तो क्या; स्वीकार भी उत्तर आधुनिकतावादी सोच और लेखन में कहीं नहीं है।

तीन

उत्तर आधुनिकतावादी विचारकों से एकदम अलग दृष्टि से आज के महत्वपूर्ण रचनाकार वर्तमान समय और संसार को देख रहे हैं। यह बात एशिया, अफ्रिका और दक्षिण अमेरिका के मूलगामी कवियों, कथाकारों, नाटककारों और

फिल्मकारों के बारे में ही नहीं, योरोप और अमेरिका के भी उन रचनाकारों के बारे में सच है जो आज के समय और संसार की बदलती स्थितियों के बारे में सजग हैं। ये रचनाकार अगर एक ओर आधुनिकतावाद का विरोध कर रहे हैं तो दूसरी और उपभोक्तावाद और बाजार के मूल्यों को भी अस्वीकार कर रहे हैं। वे आधुनिकतावादी कला मूल्यों के विरोध के नाम पर और यथार्थवाद की सीमाओं से स्वतंत्र होने की कोशिश में केवल रूप और अर्थ की नवीनता के खेल में ही नहीं लगे हैं, बल्कि आधुनिकतावादी राजनीति के शिकार लोगों की उठती हुई आवाजों को व्यक्त भी कर रहे हैं। इन रचनाकारों में से कुछ की रचनाओं में आज के मनुष्य की गुलामी, यातना और पीड़ा की गवाही है तो कुछ की रचनाओं में दमनकारी सत्ताओं के आलोचनात्मक विकल्पों की पहचान भी है। इस तरह रचनाकार इतिहास से मुँह चुराने या उसे नकारने के बदले इतिहास से मुठभेड़ करते दिखाई देते हैं।

समकालीन रचनाकार अपने समय और संसार को किस तरह देख रहे हैं, उन्हें किन बातों के होने या न होने और किन चीजों के खोने का दुख है—इसका प्रमाण है पोलैण्ड की प्रसिद्ध कवयित्री विस्लाव शिम्बोर्स्का की 'बीसवीं सदी के अंत' पर लिखी यह कविताः

हमारी बीसवीं सदी को
दूसरी सदियों से
बेहतर होना था।
लेकिन वह कैसे होगा अब
जबकि इसके गिनती के दिन शेष हैं,
कदम लड़खड़ा रहे हैं
साँसें उखड़ रही हैं।
ऐसी बहुत सी बातें हुई हैं
जिन्हें नहीं होना था
जो कुछ होना था
वह नहीं हुआ।
बहुत सारी चीज़ों के साथ
खुशी और वसंत को
पास आना था,
जाना था भय को
पहाड़ों और घाटियों के पार,
झूठ से पहले

घर पहुँचना था
सच को।
कुछ समस्याओं को मिट जाना थ
हमेशा के लिए,
जैसे कि भूख और युद्ध
और ऐसी और भी।
उम्मीद थी कि आदर होगा
असहाय लोगों की दुर्बलता का
और विश्वास भी,
ऐसा ही बहुत कुछ।
इस दुनिया में
जो जीना चाहता था
सुख से
वह आज भी
डूबा है
निराशा में।
अफ़सोस
मूर्खता अब हँसने की चीज नहीं
विवेक जिन्दादिल नहीं है
उम्मीद पहले सी चुलबुली लड़की नहीं रही।
अंततः ईश्वर को विश्वास करना था
उस आदमी में
जो भला हो और ताकतवर भी,
पर यहाँ तो अब भी
एक भला है और दूसरा ताकतवर।
किसी ने पूछा था मुझसे पत्र में
"हमें कैसे जीना चाहिये।"
यही पूछना चाहती थी उससे मैं भी।
हमेशा की तरह
आज भी
सबसे भोले सवाल हैं
सबसे जरूरी सवाल।

इस पुस्तक में दो रचनाकारों के साक्षात्कार हैं। उनमें से एक हैं—चेक

गणराज्य के उपन्यासकार इवान क्लीमा और दूसरे क्यूबा के कवि तथा आलोचक रेतामार। ये दोनों अपने-अपने समाजों के एक-दूसरे से एकदम अलग किस्म के भीषण संकटों के साक्षी ही नहीं, भोक्ता भी हैं और उन संकटों के विरुद्ध अपने समाजों के संघर्षों के साझीदार भी। लेकिन उनके सोच में न वैसा नकारवाद है और न निराशावाद; जैसा उत्तर आधुनिक बौद्धिकों के विचारों में मिलता है। इवान क्लीमा और रेतामार की आस्था मनुष्य की स्वतंत्रता में है और साहित्य की सामाजिकता में भी। उन्हें अपने समाज के साथ-साथ पूरे संसार के मानव समाज की यातना और पीड़ा की चिन्ता है। इवान क्लीमा अपने देश की तत्कालीन समाजवादी व्यवस्था के दमन और आतंक से लड़कर मुक्त होने के बावजूद पूँजीवाद के बाजारवाद, उपभोक्तावाद और सूचना तंत्र के विस्तार को साहित्य के लिए खतरनाक मानते हैं। वे हिन्दी के उन लेखकों की तरह नहीं हैं जो पहले मार्क्सवाद के प्रभाव को एक विचार या विचारधारा की तानाशाही कहकर कोसते रहते थे, लेकिन अब पूँजीवाद के एकक्षत्र राज्य में चैन की बंशी बजा रहे हैं।

रेतामार को पूरे विश्व में पूँजीवाद के बेरोकटोक विस्तार से उपजे संकट का बोध है, लेकिन वे निराश नहीं हैं। वे मानते हैं कि इस संकट के बावजूद मानव मुक्ति की आशा के स्त्रोत कभी पूरी तरह सूख नहीं सकते।

समकालीन रचनाकारों को आज के समय में मनुष्य के सामने खडे संकटों का बोध है, लेकिन वे उत्तर आधुनिकतावादी विचारकों की तरह संकट का शास्त्र गढ़ने के बदले मनुष्य की जीने, स्वतंत्र रहने और संघर्ष करने की आकांक्षाओं तथा कोशिशों की अभिव्यक्ति कर रहे हैं। आज जहाँ विचारों की दुनिया में वास्तविक और कल्पित निराशा का राज्य है वहीं रचनाओं की दुनिया में अनेक प्रकार की कठिनाइयों के एहसास के बावजूद उम्मीद मौजूद है क्योंकि कवि केदारनाथ सिंह के शब्दों में:

मौसम चाहे जितना खराब हो
उम्मीद नहीं छोड़तीं कविताएँ

चार

बीसवीं सदी के इस अंतिम दशक में भी अनेक प्रकार के संकटों के बावजूद दुनिया भर की शोषित और उत्पीड़ित जनता के मन में बेहतर जिन्दगी की आशा और उसके लिए संघर्ष की भावना मरी नहीं है। वह आज भी जीवित है और

सक्रिय भी। वही मानव मुक्ति के आख्यान की जीवन शक्ति है और मानव समाज के इतिहास की प्रेरक शक्ति भी। वह आज दुनिया के विभिन्न हिस्सों में अनेक प्रकार के जन आंदोलनों के रूप में जगह-जगह प्रकट हो रही है।

यह सच है कि 1989 से 1991 के बीच सोवियत संघ और पूर्वी योरोप के देशों की समाजवादी व्यवस्थाओं का विघटन दुनिया भर के मार्क्सवादियों और मानव मुक्ति के अभियान से जुड़े लोगों के लिए एक भारी सदमा था। वह सब कुछ जितना अनपेक्षित और आकस्मिक था, उतना ही दहशत पैदा करनेवाला। उससे एक ओर पूँजीवाद की विजय का उन्माद पैदा हुआ तो दूसरी ओर समाजवाद की पराजय का गहरा अवसाद। उस समय यह लगता था कि पूँजीवाद अजेय है, वह अजर-अमर है, उसका कोई विकल्प नहीं है। तब यह भी कहा जाने लगा था कि वर्ग संघर्ष, मजदूर आंदोलन, सर्वहारा की मुक्ति और समाजवाद आदि का कोई भविष्य नहीं है। वह समय सचमुच पूँजीवाद की अमानवीय व्यवस्था से मुक्ति की चिंता करनेवालों के लिए बहुत कठिन समय था।

लेकिन उस सदमे से उपजी दहशत, स्तब्धता और जड़ता से निकलने में मानव समाज को बहुत अधिक समय नहीं लगा। धीरे-धीरे लोगों की समझ में यह बात आने लगी कि किस तरह पूँजीवाद व्यक्ति के जीवन और सामाजिक ढाँचे को ही नहीं, उस पृथ्वी और पर्यावरण को भी नष्ट कर रहा है जो मानव जीवन का आधार है। उसकी नई विश्व व्यवस्था में मजदूरों, छोटे किसानों, विभिन्न श्रमजीवी समूहों और आदिवासियों का भीषण शोषण हो रहा है। वह विभिन्न देशों और समाजों की संस्कृति, अस्मिता, भाषा और साहित्य की स्वतंत्रता के लिए अत्यंत खतरनाक है और उसका भूमंडलीकरण आर्थिक रूप से कमजोर देशों को हमेशा हाशिए पर रहने के लिए मजबूर कर रहा है। इस बीच पूँजीवाद व्यवस्था की आंतरिक कमजोरियाँ भी सामने आने लगी हैं, भूमंडलीकरण के अंतर्विरोध प्रगट होने लगे हैं और मानव कल्याण की सारी चिन्ताएँ गायब होने लगी हैं।

अब जैसे-जैसे पूँजीवाद के अंतर्विरोध सामने आ रहे हैं और भूमंडलीकरण के नाम पर भारत जैसे देशों की अर्थव्यवस्था के उदारीकरण के दुष्परिणाम प्रगट हो रहे हैं वैसे-वैसे जनता का क्रोध विरोध का रूप लेता जा रहा है। अब अर्थव्यवस्था को अराजकता, राजनीति को अपराधीकरण और मनुष्य को अर्थपिशाच बनाने से रोकने के लिए वर्ग की राजनीति और वर्ग-संघर्ष की जरूरत पर वे भी जोर देने लगे हैं जो कुछ समय पहले तक उत्तर वर्ग की बात करते थे।

इस बीच प्रकृति और पर्यावरण की रक्षा के आंदोलन पहले से अधिक सघन और शक्तिशाली बने हैं और स्त्रियों की स्वाधीनता के आंदोलन अधिक व्यापक

हुए हैं। 1994 में मैक्सिको के मूल निवासियों का जो 'जापतिस्ता विद्रोह' हुआ था उसने पूरी दुनिया के जन आंदोलनों को नई प्रेरणा दी है। दक्षिण अमेरिका के प्रत्येक देश में उसकी अनुगूँज सुनाई दे रही है। 1994 के बाद दुनिया के अनेक देशों में मजदूर आंदोलनों की नई लहर उठी है। फ्रांस में 1995 में पहली बार और अभी 1997 में दूसरी बार जो आंदोलन हुए हैं उनका असर पूरे योरोप पर पड़ा है। इन सबसे साथ कनाडा और कोरिया में भी प्रभावशाली मजदूर आंदोलन चल रहे हैं। इन जन आंदोलनों से अभी समाजवाद का भविष्य जुड़ता भले ही न दिखाई दे लेकिन वे पूँजीवाद से असंतोष और उसके विकल्प की खोज की कोशिश के प्रमाण जरूर हैं।

असल में जो बुद्धिजीवी योरोप और अमेरिका को दुनिया की अर्थव्यवस्था, राजनीति और संस्कृति का केन्द्र समझते हैं और एशिया, अफ्रिका तथा दक्षिण अमेरिका के देशों को उनका पिछलग्गू मानते हैं वही यह सोचते हैं कि जहाँ से पूँजीवाद का संकट आया है वहीं से उसका समाधान भी आयेगा। यह उननिवेशवाद के दौर की पुरानी मानसिकता है जो अब भी सक्रिय है। आज पूँजीवाद के भूमंडलीकरण का सर्वाधिक घातक प्रभाव एशिया, अफ्रिका और दक्षिण अमेरिका के देशों की बहुसंख्यक जनता पर पड़ रहा है। वैसे इन्हीं देशों से लूटी गई सम्पत्ति से योरोप तथा अमेरिका में पूँजीवाद का विकास हुआ है। क्या यह इतिहास का न्याय नहीं होगा कि भविष्य में इन्हीं देशों में पैदा होनेवाले जन आंदोलनों से पूँजीवाद के अंत का आरंभ हो ? इस सदी के अंत में समाजवाद के प्रयोग की विफलता के बावजूद समकालीन रचनाशीलता की दुनिया में उम्मीद की उपस्थिति और विभिन्न समाजों में जन आंदोलनों के उभार को देखकर यह लगता है कि आज के समय में संकट तो है, लेकिन उससे उबरने के संकेत भी हैं।

इस सदी के इतिहास का मूल्यांकन करते हुए इटली के इतिहासकार लिओ वेलिआनी ने ठीक ही कहा है कि "हमारी सदी यह साबित करती है कि न्याय और समानता के आदर्शों की विजय हमेंशा अल्पजीवी होती है, और यह भी कि अगर हम अपनी स्वतंत्रता की रक्षा कर सकें तो नई शुरूआत की संभावना हमेंशा बनी रहती है, इसलिए अत्यंत कठिन संमय में भी निराश होने की जरूरत नहीं है।"

पाँच

इस पुस्तक में पाँच साक्षात्कार हैं और पाँच निबंध। पहले खंड के पाँचों

साक्षात्कारों के केन्द्र में समाजवाद और उसके इतिहास की समस्याएँ हैं। उनमें समाजवाद का एक सदी से कुछ अधिक का इतिहास है जो 1871 के पेरिस कम्यून से आरंभ होकर 1991 में सोवियत संघ के विघटन और समाजवादी व्यवस्था के अंत तक फैला हुआ है। पेरिस कम्यून समाजवाद का पहला प्रयोग था, जो 18 मार्च 1971 से 28 मई 1871 तक कायम रहा। समाजवाद के उस प्रयोग की सफलता और उसके दमन की पूरी कहानी कार्ल मार्क्स के पहले साक्षात्कार के माध्यम से सामने आती है। कार्ल मार्क्स पेरिस कम्यून को दुनिया का पहला महान जन आंदोलन कहते हैं।

मार्क्स का दूसरा साक्षात्कार भी पेरिस कम्यून के बारे में ही है। इसमें मार्क्स के कुछ ऐसे महत्वपूर्ण विचार हैं जो आज भी समाजवाद की चिन्ता करने वालों के लिए ध्यान देने लायक हैं। एक जगह मार्क्स कहते हैं कि ''क्रांति केवल एक पार्टी नहीं कर सकती, बल्कि पूरा राष्ट्र क्रांति करता है।'' मार्क्स ने मजदूरों को पेशेवर राजनीतिज्ञों से सावधान रहने की सलाह देते हुए कहा है, ''मजदूर पेशेवर राजनीतिज्ञों पर अब अधिक भरोसा नहीं कर सकते। विधायक गुटबाजी और अखाड़ेबाजी के शिकार हैं। राजनीति व्यवसाय हो गई है।'' मार्क्स की यह बात आज पहले से भी अधिक सच साबित हो रही है। कार्ल मार्क्स के इन दोनों साक्षात्कारों से उनके व्यक्तित्व और विचारों की अनेक विशेषताएँ सामने आती हैं।

तीसरा साक्षात्कार जॉर्ज लूकाच का है। लूकाच एक प्रसिद्ध मार्क्सवादी आलोचक, सौन्दर्यशास्त्री और दार्शनिक हैं। इस साक्षात्कार में उनके राजनीतिक जीवन और विचारों के कुछ ऐसे पक्ष सामने आए हैं जिनसे बहुत लोग परिचित नहीं हैं। इसमें उन्होंने एक ओर रूस के बोल्शेविक पार्टी के लेनिन, स्तालिन, त्रातस्की, बुखारिन जैसे नेताओं के बारे में अपनी राय प्रकट की है तो दूसरी ओर अपने समकालीन वेबर, अर्डोनो, वाल्टर बेंजामिन और ब्रेख्त आदि के बारे में। लूकाच ने जिस तरह अपनी राय व्यक्त की है उससे उनकी स्पष्टवादिता प्रकट होती है। ब्रेख्त के बारे मे उनकी राय अनेक पाठकों को चकित करेगी। वे कहते हैं,'' ब्रेख्त एक महान कवि था और उसके परवर्ती नाटक 'सेंसुआं की भली औरत' और 'साहसी माँ' उत्तम कोटि के नाटक हैं, लेकिन नाटक और सौंदर्य शास्त्र के बारे में उसके सिद्धांत निश्चय ही गलत और उलझे हुए हैं।'' यह भी उनकी स्पष्टवादिता ही है कि वे स्तालिन और स्तालिनवाद की स्पष्ट आलोचना करने के बाद भी समाजवाद में अपनी आस्था प्रकट करते हैं। उन्होंने कहा है कि ''मानव जीवन के लिए निकृष्ट कोटि का समाजवाद भी उत्कृष्ट कोटि के पूँजीवाद से अधिक श्रेयष्कर है।''

इवान क्लीमा चेक गणतंत्र के प्रसिद्ध उपन्यासकार, नाटककार और आलोचक

हैं। उनका साक्षात्कार लेनेवाले फिलिप रॉथ भी अमेरिका के जाने माने उपन्यासकार हैं। इवान क्लीमा का साक्षात्कार उस समय की समाजवादी व्यवस्था के आतंक में जीने और उसके विरूद्ध संघर्ष करनेवाले एक लेखक के अनुभवों का प्रामाणिक दस्तावेज है। इस साक्षात्कार से उस समय की समाजवादी व्यवस्था में साहित्य और साहित्यकारों की कठिन स्थिति का पता लगता है और साथ ही राजनीतिक तथा सामाजिक परिवर्तन में साहित्य और साहित्यकार की भूमिका भी स्पष्ट होती है। चेकोस्लोवाकिया ने दुनिया को काफ्का और मिलान कुंदेरा जैसे लेखक दिए हैं। इवान क्लीमा ने इस साक्षात्कार में काफ्का की रचनाओं के राजनीतिक अर्थ और महत्व की जो नई व्याख्या की है उसे पढ़कर पाठकों को नए काफ्का का साक्षात्कार होगा।

इवान क्लीना का साक्षात्कार पढ़ने के बाद क्यूबा के कवि और आलोचक रोबेर्तो फेर्नान्देज रेतामार का साक्षात्कार पढ़ना एक प्रकार के अनुभवों और विचारों की दुनिया से निकलकर उससे एकदम भिन्न प्रकार के अनुभवों और विचारों की दुनिया की यात्रा करना होगा। इस समय क्यूबा दुनिया का अकेला ऐसा देश है जो अपनी समाजवादी व्यवस्था की रक्षा के लिए कठिन संघर्ष कर रहा है। एक के बाद एक समाजवादी व्यवस्थाओं के पतन के इस दौर में पूँजीवाद की भूमंडलीकरण की सर्वग्रासी प्रक्रिया और अमेरिका की दादागीरी का सामना करते हुए एक छोटे से द्वीप में समाजवाद को बचाये रखना अत्यंत कठिन काम है। उस कठिन काम में लगे हैं रेतामार, क्योंकि वे नैतिक रूप से खुद को अपनी जनता की नियति से अलग नहीं कर सकते।

लेकिन वे ऐसे तनाव से भरे समय में रहने के बावजूद न धैर्य खोते दिखाई देते हैं और न आलोचनात्मक चेतना। वे भूतपूर्व समाजवादी व्यवस्थाओं के विघटन के बारे में अनेक दूसरे लोगों की तरह विलाप और प्रलाप नहीं करते। वे मानते हैं कि पुरानी समाजवादी व्यवस्थाओं में अनेक तरह के मूर्खतापूर्ण और आपराधिक क्रियाकलाप हुए थे जो उनके पतन के कारण बने। रेतामार मार्क्सवाद को इतिहास से खुले संवाद के माध्यम से नई बौद्धिक खोजों की प्रक्रिया मानते हैं, विचारों का कोई बंद शास्त्र नहीं। इसीलिए वे कहते है कि मार्क्सवाद को बंद शास्त्र बनाने का काम जड़ स्तालिनवादियों ने किया और बाद में पश्चिमी मार्क्सवाद के प्रतिनिधियों ने। रेतामार समाज की वर्तमान दशा के बारे में चिंतित जरूर हैं, लेकिन उसके भविष्य के बारे में निराश नहीं। ये मार्क्स की तरह ही मानते हैं कि समाजवाद ही मानव समाज का भविष्य है अन्यथा उसका कोई भविष्य नहीं है। रेतामार का साक्षात्कार उन लोगों के लिए प्रेरणाप्रद है जो पूँजीवाद की विजय के चकाचौंध से उपजे संकट के बावजूद समाजवाद से पूरी

तरह निराश नहीं हुए हैं।

इस पुस्तक के दूसरे खंड के निबंधों में एक ऐसी आलोचना बुद्धि क्रियाशील है जो समाज, संस्कृति और साहित्य को समग्रता में देखती है, उनके आपसी अंतरंग रिश्तों की जटिलताओं की छानबीन करती है और इस प्रक्रिया में अपना भी परिष्कार करती चलती है। वह केवल दूसरों की ही आलोचना नहीं करती, अपनी और अपनों की भी निर्मम आलोचना करती है। उस आलोचना बुद्धि का अत्यंत तेजस्वी रूप रेमण्ड विलियम्स के दो निबंधों में है। पहले निबंध में विलियम्स ने संस्कृति और साहित्य संबंधी मार्क्सवादी चिंतन में मौजूद कट्टरता और यांत्रिकता की समीक्षा करते हुए एक ऐसी दृष्टि का विकास किया है जिसे सांस्कृतिक भौतिकवाद कहा जाता है। परवर्ती मार्क्सवादी सांस्कृतिक विमर्श और साहित्यालोचन पर इसका व्यापक प्रभाव पड़ा है।

रेमण्ड विलियम्स के दूसरे निबंध में प्रतिबद्धता के प्रश्न पर पुनर्विचार है। हिन्दी में प्रतिबद्धता पर अधिकांश बहसों के केन्द्र में कविता रही है, जबकि ज्याँ पाल सार्त्र ने प्रतिबद्धता पर बहस शुरू करते समय कविता को उससे बाहर रखा था। रेमण्ड विलियम्स ने प्रतिबद्धता की धारणा का विस्तार किया है। उन्होंने उसके भीतर कविता को शामिल किया है और प्रतिबद्धता के साथ सम्बद्धता को जोड़कर उसे व्यापक बनाया है। नागार्जुन की एक कविता है 'मैं प्रतिबद्ध हूँ'। उसमें प्रतिबद्धता के साथ सम्बद्धता और आबद्धता की बात की गई है। अगर रचना और रचनाकार के प्रसंग में प्रतिबद्धता के साथ संबद्धता और आबद्धता पर भी ध्यान दिया जाय तो साहित्य के स्वभाव को ठीक ढंग से समझने में अधिक मदद मिलेगी।

इधर हाल के वर्षों में हिन्दी में जब से साहित्य के समाजशास्त्र पर बात होने लगी है तब से आलोचना में जहाँ तहाँ समाजशास्त्रीय कल्पना का भी उल्लेख होने लगा है। लेकिन उन उल्लेखों को देखकर ऐसा नहीं लगता कि लोग समाजशास्त्रीय कल्पना के स्वरूप और साहित्यिक कल्पना से उसके जटिल संबंध को ठीक से जानते हैं। कुछ लोग इन दोनों को परस्पर विरोधी समझते हैं। रिचर्ड हॉगर्ट का निबंध ऐसे अनेक भ्रमों को दूर करने में पाठकों की मदद करेगा।

जबसे समाजशास्त्र में विचारधारा के अंत की घोषणा हुई है तब से कुछ लोग साहित्य में विचारधारा की बात उठते ही बिदक जाते हैं। वे समझते हैं कि समाज और साहित्य में विचारधाराविहीन स्थिति भी संभव है। अगर विचारधारा का अर्थ केवल मार्क्सवाद न हो, जो कि नहीं है तो समाज और साहित्य में विचारधारा से खाली स्थिति की कल्पना एक भ्रम ही है। हर स्थिति में एक नहीं

तो दूसरी विचारधारा जरूर क्रियाशील होगी, सजग रूप में नहीं तो अचेतन रूप में ही सही।

फ्रेडरिक क्रूज ने साहित्य की आलोचना में विचारधारा के प्रश्नों से बचने की कोशिश करनेवाली मानसिकता का विस्तार से विवेचन किया है। यद्यपि उनका लेख अमेरिका में आलोचना की दशा और उसमें विचारधारा की स्थिति के बारे में है, लेकिन वह हिन्दी की उस आलोचना के रूप और उद्देश्य को स्पष्ट करने में पाठकों की पूरी मदद करेगा जो साहित्य और आलोचना को विचारधारा से मुक्त रखने का दावा करती है।

इस पुस्तक के अंतिम निबंध में भारतीय समाज और संस्कृति के द्वैतों, द्वंद्वों और अंतर्विरोधों की अत्यंत प्रखर और मूलगामी समीक्षा है। स्व0 ज्योतिस्वरूप सक्सेना का यह निबंध 1972 में लिखा गया था, लेकिन आज इसे पढ़ते हुए पाठकों को लगेगा कि इसमें आज की दुविधाग्रस्त भारतीय मानसिकता और उसकी राजनीतिक, सामाजिक तथा सांस्कृतिक अभिव्यक्तियों की एकदम सटीक विवेचना की गई है। आजकल राष्ट्र, वर्ग, पुराणपंथी, परिवर्तनवादी, सत्तावादी और पैतृकवादी आदि जिन धारणाओं के आधार पर इस देश में राजनीतिक, सामाजिक और सांस्कृतिक विचार तथा व्यवहार का कारोबार चलता है उन सबकी जैसी समीक्षा इस निबंध में है वैसी अन्यत्र शायद ही कहीं मिले। यह निबंध ज्योतिस्वरूप सक्सेना की आलोचनात्मक अंतर्दृष्टि, गहरी जिज्ञासा और जुझारू नैतिक चेतना का एक महत्वपूर्ण प्रमाण है। यह निबंध भारतीय समाज, संस्कृति और समकालीन राजनीति के बारे में नये ढंग से सोचने की प्रेरणा देगा और मार्गदर्शन भी करेगा।

मैनेजर पाण्डेय

26 नवंबर, 1997

121, उत्तराखंड,
जवाहरलाल नेहरू विश्वविद्यालय
नई दिल्ली, 110067

खंड-1

साक्षात्कार

पूँजी के ख़िलाफ़ श्रम का विद्रोह

[आर. लैंडर का कार्ल मार्क्स से साक्षात्कार]

लंदन, 3 जुलाई 1871। आपने अंतर्राष्ट्रीय मजदूर संगठन (इंटरनेशनल) के संबंध में कुछ जानकारी प्राप्त करने के लिए कहा है और मैंने इसके लिए कोशिश की है। यहाँ इस समय ऐसी कोशिश करना भी काफी मुश्किल काम है। यह सच है कि लंदन इस संगठन का केंद्र है, लेकिन अंग्रेज लोग इससे आतंकित हैं और जैसे भीषण बारूद षड्यंत्र के बाद सम्राट् जेम्स को हर चीज से बारूद की गंध आती थी वैसे ही आजकल अंग्रेजों को हर चीज में इंटरनेशनल की छाया दिखाई देती है।[1] निश्चय ही आशंका के बावजूद समाज की चेतना विकसित हुई है और अगर संगठनकर्ताओं के पास कुछ निजी रहस्य हैं तो वे उन रहस्यों को छुपाने में कामयाब भी हुए हैं। मैं संगठन के नेताओं से मिल चुका हूँ; मैंने उनसे खुली चर्चा भी की है और अपनी बातचीत का सारांश आपको भेज रहा हूँ। मैं यह निस्संदेह कह सकता हूँ कि यह वास्तविक मजदूरों का सही संगठन है, लेकिन ये मजदूर दूसरे वर्ग के राजनीतिक और सामाजिक विचारों से संचालित हो रहे हैं। संगठन की परिषद के एक प्रमुख सदस्य से मैं मिला। वह अपने काम की बैंच पर बैठा हुआ था और हमारी बातचीत के बीच-बीच में पड़ोस में रहनेवाले अपने छोटे मालिक की कड़ी शिकायत सुनने के लिए बार-बार उठकर जाता था। इसी व्यक्ति को आम जनता की सभाओं में शासक वर्ग के खिलाफ घृणा से भरे जोरदार भाषण देते मैंने सुना और देखा है। इस व्यक्ति के घरेलू जीवन से परिचित होने के बाद ही मैंने इसके भाषण में छिपी वास्तविकता को ठीक से पहचाना और उसका अर्थ समझा। यह व्यक्ति निश्चय ही ऐसा महसूस करता होगा कि उसमें मजदूरों की सरकार संगठित करने की

क्षमता है, लेकिन यहाँ उसे घिनौने यांत्रिक पेशे में जीवन खेपाना पड़ रहा है। वह स्वाभिमानी और संवेदनशील व्यक्ति लगता था, लेकिन उसे अपने मालिक की हर झिड़की पर झुकना पड़ता था और हर हुक्म पर मुस्कराना पड़ता था; उसकी यह ज़ी हजूरी एक शिकारी कुत्ते की आज्ञाकारिता के समान थी। इस व्यक्ति से मिलने पर मुझे इंटरनेशनल के एक पहलू की जानकारी मिली। पूँजी के खिलाफ मजदूरों का विद्रोह जगानेवाले के बारे में मैं जान सका तथा मुझे उत्पादन करनेवाले मजदूर वर्ग तथा शोषण करनेवाले दलाल वर्ग के संबंधों की भी जानकारी मिली। इस व्यक्ति के रूप में एक ऐसे कर्मठ व्यक्ति के दर्शन हुए जो मौका मिलते ही करारी चोट कर सकता था और कार्ल मार्क्स से मिलने पर एक ऐसे दिमाग के बारे में जानकारी मिली जो सोच विचार कर सही योजनाएँ बनाने में अत्यंत सक्षम था।

डॉ. कार्ल मार्क्स दर्शन के आचार्य हैं।[2] उनमें सामाजिक जीवन के सम्यक् निरीक्षण और स्वाध्याय से उत्पन्न ज्ञान की जर्मन व्यापकता है। मैं कह सकता हूँ कि साधारण अर्थ में वह कभी भी मजदूर नहीं रहे हैं। वह अपने रहन-सहन और रूप-रंग से मध्य वर्ग के संपन्न व्यक्ति-से लगते हैं। रात में बातचीत के लिए जिस बैठक में मुझे बैठाया गया, उसको देखकर यह कहा जा सकता है कि वह एक संपन्न व्यक्ति के रहने लायक है। वह बैठक सुख-सुविधा संपन्न तो थी ही, उसे देखकर उसमें रहनेवाले व्यक्ति की सुरुचि और संपन्नता का भी पता लगता था। लेकिन कार्ल मार्क्स के व्यक्तित्व की खास विशेषताओं से उसका कोई मेल नहीं बैठता था। कमरे में राइन नदी के दृश्य का जो मोहक चित्र था, उससे इस व्यक्ति की राष्ट्रीयता का पता लगता था। कोने में मौजूद मेज पर रखे फूलदान में मैंने सावधानी से झाँका कि कहीं उसमें बम तो नहीं रखा है। मैंने उसमें पेट्रोल सूँघने की भी कोशिश की। लेकिन वहाँ तो केवल गुलाब की सुगंधि थी। मैं धीरे से सरक कर अपनी जगह पर बैठ गया और 'जो भी हो' की मनोदशा में खराब से खराब स्थिति का इंतजार करने लगा।

वह (मार्क्स) बैठक में आए। उन्होंने स्नेह से मेरा स्वागत किया। हम आमने-सामने बैठ गए। अब मैं क्रांति के अवतार, इंटरनेशनल के संस्थापक तथा मार्गदर्शक और पेरिस कम्यून के पक्षधर के आमने-सामने हूँ। मैं उस व्यक्ति के सामने हूँ जिसने यह घोषणा की थी कि अगर पूँजी ने श्रम के खिलाफ लड़ाई शुरू की तो उसे पूरी तरह बर्बाद होना पड़ेगा। मार्क्स को देखकर उस सुकरात की याद आती है जिसने अपने जमाने के महाप्रभुओं में अपनी आस्था प्रकट करने के बदले शहीद होना बेहतर समझा था। सुकरात के आकर्षक और प्रभावशाली मुखमंडल को याद कीजिए—क्रमशः नीचे की ओर गहरा होता हुआ

ललाट, जिसका निचला हिस्सा नाक तक थोड़ा-सा चिपटा और नुकीली नाक। सुकरात की इस आवक्ष मूर्ति (bust) की कल्पना कीजिए, दाढ़ी के बालों को काले रंग में रंग दीजिए और उसमें जहाँ-तहाँ भूरे रंग की लकीरें खींच दीजिए, और अब इस सिर को एक मझोले कद के शानदार धड़ पर रख दीजिए। देखिए, फिर डॉ. मार्क्स आपके सामने खड़े हैं। अगर आप इस चेहरे के ऊपरी हिस्से को एक कपड़े से ढक दीजिए तो आपके सामने एक जन्मजात पादरी होगा। अगर आप चेहरे के ऊपरी हिस्से से कपड़ा हटा दीजिए ताकि गहरी विशाल भौंहें दिखाई दें तो आपका सामना ठोस धातुओं से बने एक विकट व्यक्ति से होगा। यह व्यक्ति ऐसा स्वप्नदर्शी है जो चिंतन करता है और ऐसा चिंतक है जो सपने भी देखता है।

डॉ. मार्क्स के साथ एक दूसरा व्यक्ति भी है जो शायद जर्मन ही है, लेकिन वह इतनी अच्छी अंग्रेजी जानता है कि यह कहना मेरे लिए मुश्किल है कि वह जर्मन है या अंग्रेज।[3] क्या वह व्यक्ति इस अंतरंग वार्ता में मार्क्स का गवाह था ? मैं समझता हूँ यही बात थी। परिषद[4] इस भेंटवार्ता के बारे में सूचना मिलने पर मार्क्स से इस संबंध में पूछताछ कर सकती है क्योंकि क्रांति हर चीज से अधिक महत्त्वपूर्ण है; क्रांतिकारी भी शंका से परे नहीं हैं।

बातचीत शुरू करते ही मैं सीधे अपने काम की बात पर आया। मैंने कहा, "दुनिया इस इंटरनेशनल के बारे में बहुत कम जानती है। बहुत से लोग इससे घृणा तो करते हैं, लेकिन वे यह नहीं जानते कि वे किस चीज से घृणा करते हैं। जिनका दावा है कि वे इस संस्था के बारे में दूसरों से अधिक जानते हैं उनका कहना है कि जेनस की तरह इस संस्था के भी दो चेहरे हैं, जिनमें एक पर सही और ईमानदार मजदूर की मुस्कराहट है और दूसरे चेहरे पर हत्यारे और षड्यंत्रकारी की क्रोध भरी आँखें हैं। इस धारणा में जिस रहस्य का जिक्र है, उस पर आप कुछ प्रकाश डालेंगे ?"

डॉ. मार्क्स हँस पड़े। यह जानकर कि हम लोग उनसे इतना डरते हैं एक हल्की सी दबी हुई मुस्कराहट उनके चेहरे पर दौड़ गई, ऐसा मुझे लगा। उन्होंने अपनी परिष्कृत मातृभाषा में कहना शुरू किया, "महाशय, यहाँ कोई ऐसा रहस्य है ही नहीं जिस पर प्रकाश डालना जरूरी हो। हाँ, उन लोगों की स्वाभाविक मूर्खता के बारे में कुछ कहना जरूरी है जो बराबर इस तथ्य की उपेक्षा करते हैं कि हमारा संगठन आम जनता का एक खुला संगठन है और इसकी कार्यवाही की पूरी रिपोर्ट उन सब लोगों के लिए छपती रहती है जो उसे पढ़ने का कष्ट करते हैं। आप एक 'पेनी' में हमारी नियमावली खरीद सकते हैं और अगर आप हमारे पैंफलेट के लिए एक 'शिलिंग' खर्च करें तो आप हमारे बारे में लगभग

उतना जान जाएँगे जितना अपने बारे में हम जानते हैं।''

लैंडर : *लगभग ! यही न ! आप ठीक कह रहे हैं। शायद ऐसा हो। लेकिन क्या ऐसा नहीं हो सकता है कि जो कुछ थोड़ा-सा मैं नहीं जान पाऊँगा वही सबसे अधिक महत्त्वपूर्ण हो। अगर मैं आपसे साफ-साफ कहूँ और जैसा एक बाहर से देखनेवाले को लगता है वैसा ही कहूँ, तो क्या आपकी निंदा की चारों ओर फैली हुई इस आम धारणा का मतलब केवल भीड़ का मूर्खतापूर्ण विद्वेष ही है या और कुछ ? मुझे लगता है कुछ और भी होना चाहिए। आपने जो कुछ कहा है उसके बावजूद यह पूछना उचित जान पड़ता है कि यह इंटरनेशनल क्या है।*

मार्क्स : यह जानने के लिए आपको इसके सदस्यों यानी मजदूरों को जानना होगा।

लैंडर : *हाँ, लेकिन यह जरूरी नहीं है कि सिपाही उस शासन कला का व्याख्याकार भी हो जिससे वह संचालित होता है। मैं आपकी संस्था के कुछ सदस्यों को जानता हूँ और मुझे विश्वास है कि वे षड्यंत्रकारियों जैसे नहीं हैं। इसके अलावा अगर किसी रहस्य को लाखों लोग जानते हों तो उसे रहस्य नहीं कहा जा सकता। लेकिन अगर ये लोग किसी अत्यंत कर्तव्यनिष्ठ गुप्त संस्था के मज़बूत साहसी हाथों के हथियार मात्र हों, तो क्या कहा जाएगा ?*

मार्क्स : इस बात का कोई प्रमाण नहीं है।

लैंडर : *क्या हाल का पेरिस विद्रोह[6] इसका प्रमाण नहीं है ?*

मार्क्स : सबसे पहले मुझे इसका सबूत दीजिए कि पेरिस में षड्यंत्र जैसी कोई चीज़ थी। साथ ही यह भी साबित करना होगा कि वहाँ जो कुछ भी हुआ वह सब वहाँ की तात्कालिक परिस्थितियों का न्यायोचित परिणाम नहीं था। अगर यह मान भी लिया जाए कि वहाँ कोई षड्यंत्र हुआ था तो उसमें इंटरनेशनल का भी हाथ था, इसका क्या सबूत है ?

लैंडर : *कम्यून की कई समितियों व संस्थाओं में इंटरनेशनल के अनेक सदस्यों का सक्रिय होना।*

मार्क्स : तब तो यह गुप्त संसदवालों (Free masons) का भी विद्रोह था, क्योंकि व्यक्तिगत रूप से उनके कार्यों का इस प्रसंग में कम महत्त्व नहीं है। मुझे आश्चर्य नहीं होगा अगर पोप इस विद्रोह की पूरी जिम्मेदारी उनके ऊपर डाल दे। एक दूसरी व्याख्या देखिए। पेरिस का विद्रोह वहाँ के मजदूरों का विद्रोह था। यह जाहिर है कि उन मजदूरों में जो सबसे अधिक योग्य थे, वे मजदूर इंटरनेशनल के भी सदस्य थे। इसके बावजूद हमारा संगठन उस विद्रोह के लिए

सीधे जिम्मेदार नहीं माना जाएगा।

लैंडर : *लेकिन इसके विपरीत दुनिया को ऐसा लग रहा है कि पेरिस विद्रोह में इंटरनेशनल का हाथ था। यह भी कहा जाता है कि लंदन से गुप्त आदेश पेरिस भेजे गए, यहाँ तक कि धन भी भेजा गया। क्या यह सच नहीं हो सकता कि संगठन की गतिविधियों के इस खुलेपन का आयोजन संदेशों के रहस्य को छुपाने के लिए है ?*

मार्क्स : क्या आज तक कोई भी संगठन बिना आम और खास एजेंसियों की सहायता के काम कर सका है ? लेकिन किसी पोप के प्रभुत्व के केंद्र से जारी किए जानेवाले आस्था और आचरण संबंधी आदेशों की तरह लंदन से भेजे गए गुप्त आदेशों के षड्यंत्रों की बात करना वास्तव में इंटरनेशनल के स्वरूप को पूरी तरह गलत समझना है। इसका अर्थ यह भी होगा कि इंटरनेशनल एक केंद्रित किस्म की सरकार है, जबकि इसका वास्तविक स्वरूप ऐसा है जिसमें स्थानीय क्रियाशीलता और स्वतंत्रता को सर्वाधिक महत्त्व मिलता है। वास्तव में इंटरनेशनल मजदूर वर्ग की कोई सरकार है ही नहीं। यह नियंत्रण की शक्ति नहीं, एकता पैदा करनेवाली संस्था मात्र है।

लैंडर : *और इस एकता का उद्देश्य क्या है ?*

मार्क्स : राजनीतिक शक्ति पर विजय प्राप्त करके मजदूर वर्ग की आर्थिक मुक्ति लाना। उस राजनीतिक शक्ति का सामाजिक उद्देश्यों के लिए प्रयोग करना। यह आवश्यक है कि हमारे लक्ष्य इतने व्यापक हों कि उनमें मजदूर वर्ग की सभी तरह की गतिविधियों को शामिल किया जा सके। अपने लक्ष्यों को सीमित करके एक खास रूप देने का मतलब होगा कि उन्हें मजदूरों के एक वर्ग या एक राष्ट्र के मजदूर वर्ग की आवश्यकताओं के ही अनुकूल बना देना। लेकिन कुछ लोगों के उद्देश्यों की पूर्ति के लिए पूरे मजदूर वर्ग को कैसे संगठित किया जा सकता है ? ऐसा करने से हमारे संगठन का अंतर्राष्ट्रीय चरित्र नष्ट हो जाएगा। यह संगठन राजनीतिक आंदोलनों के स्वरूप को निर्धारित नहीं करता, यह केवल आंदोलनों के उद्देश्यों के प्रति वफादारी को ही जरूरी समझता है। यह दुनिया भर में फैले हुए मजदूर संगठनों से संबंधित है। दुनिया के हर हिस्से के मजदूर वर्ग की कुछ समस्याओं का अपना विशेष रूप होता है और वहाँ के मजदूर अपनी समस्याओं को अपने ढंग से हल करने की कोशिश करते हैं। बर्लिन, लंदन, बार्सिलोना और न्यूकैसल्स के मजदूरों के संगठन पूरी तरह एक जैसे नहीं हो सकते। उदाहरण के लिए, इंग्लैंड के मजदूरों के लिए शक्ति प्रदर्शन का रास्ता खुला हुआ है। जहाँ शांतिपूर्ण आंदोलन मजदूर वर्ग के उद्देश्यों को पूरा करने में शीघ्र और निश्चित रूप से कारगर हों, वहाँ विद्रोह

करना पागलपन ही है। फ्रांस में वर्गों के तीव्र आपसी वैमनस्य और दमनकारी कानूनों के कारण ही हिंसात्मक सामाजिक संघर्ष अनिवार्य हो गया। अपनी समस्याओं के हल के लिए साधनों का चुनाव करना हर देश के मजदूर वर्ग का अपना मामला है। इस संबंध में इंटरनेशनल किसी तरह के आदेश या सलाह देने की कोशिश नहीं करता है। लेकिन हमारा संगठन अपने नियमों की सीमा में रहकर हर जनांदोलन को सहानुभूति और सहायता देता है।

लैंडर : *यह सहायता किस तरह की होती है?*

मार्क्स : एक उदाहरण लीजिए—मजदूरों की आर्थिक मुक्ति के आंदोलन का एक सबसे प्रचलित तरीका हड़तालों का है। पहले जब एक देश में हड़ताल होती थी तो वहाँ मिल मालिक दूसरे देशों से मजदूर लाकर हड़लात तुड़वा देता था। लेकिन अब इंटरनेशनल ने इसे करीब समाप्त कर दिया है। हमें होनेवाली हड़ताल की सूचना मिलती है; हम उस सूचना को अपने सदस्यों में प्रसारित करते हैं और वे तुरंत समझ जाते हैं कि संघर्ष की जगह उनके लिए वर्जित भूमि है। इस तरह मालिकों को अपने मजदूरों से स्वयं ही निपटना पड़ता है। अधिकांश मामलों में मजदूरों को इससे अधिक मदद की जरूरत नहीं होती। उनको आपसी चंदे और अपने ही संगठनों से धन की मदद मिल जाती है। लेकिन अगर उनकी कठिनाइयाँ अधिक बढ़ जाती हैं, और उस हड़ताल को हमारे संगठन का सहयोग मिला हो तो हम भी उनकी आर्थिक मदद करते हैं। इसी ढंग से कुछ दिन पहले बार्सिलोना के सिगरेट बनानेवालों की हड़ताल सफल हुई। यद्यपि यह संगठन कुछ विशेष स्थितियों में हड़तालों का समर्थन करता है, हड़तालों में इसकी कोई विशेष रुचि नहीं है। इस संगठन को हड़तालों से कोई आर्थिक लाभ नहीं हो सकता, बल्कि हानि की ही संभावना रहती है। सारांश यह है कि मजदूर वर्ग समाज में धन की वृद्धि के बावजूद गरीब है, और आराम की वस्तुओं की बाढ़ के बावजूद दयनीय दशा में पड़ा हुआ है। अपनी आर्थिक-भौतिक दरिद्रता के कारण मजदूर वर्ग नैतिक और शारीरिक दृष्टि से बौना होता जा रहा है। यह वर्ग अपनी समस्याओं के हल के लिए दूसरों पर निर्भर नहीं हो सकता। अब उनके लिए यह एकदम जरूरी हो गया है कि वे अपनी समस्याओं का हल स्वयं करें। अब उन्हें अपने तथा पूँजीपतियों और जमींदारों के आपसी संबंधों को बदलना है, जिसका अर्थ यह है कि उन्हें समाज को ही बदलना है। यही हर प्रकार के मजदूर संगठन का मुख्य उद्देश्य है—खेतिहर तथा कल-कारखानों के मजदूरों के संघ, सहकारी समितियाँ, सहकारी भंडार तथा सहकारी उत्पादन आदि तो उस मुख्य लक्ष्य के साधन मात्र हैं। इन संगठनों में पूर्ण आपसी एकता स्थापित करना ही इंटरनेशनल का काम है।

इसका प्रभाव अब हर जगह महसूस किया जा रहा है। स्पेन में दो अखबार इसके विचारों का प्रचार करते हैं। तीन जर्मनी में, तीन ही आस्ट्रिया व हालैंड में, छः बेल्जियम व उतने ही स्विट्जरलैंड में इसके विचारों को प्रसारित कर रहे हैं। और अब जबकि मैंने यह बता दिया कि इंटरनेशनल क्या है, आप इस स्थिति में हो गए हैं कि इंटरनेशनल के बारे में, प्रचारित षड्यंत्रों की कहानियों के बारे में आप स्वयं अपनी राय बना लें।

लैंडर : *मैं आपकी बात ठीक-ठीक समझ न सका।*

मार्क्स : क्या आप यह नहीं देख रहे हैं कि पुराना समाज इस संगठन का मुकाबला बहस और संगठन के तरीकों से न कर पाने के कारण इस पर षड्यंत्र करने के आरोप लगाने की जालसाजी करने को मजबूर हो रहा है ?

लैंडर : *लेकिन फ्रांस की पुलिस का कहना है कि पहले की घटनाओं को छोड़ भी दिया जाय तो भी हाल की घटनाओं में इंटरनेशनल की साजिश साबित करने के लिए उनके पास काफी सबूत हैं।*

मार्क्स : अगर आप चाहें तो हम उन पहले की घटनाओं के बारे में कुछ कहना चाहेंगे; क्योंकि साजिश करने के जो आरोप इंटरनेशनल के खिलाफ लगाए गए हैं उनकी सचाई का पता इससे लग सकता है। आप उस पहली साजिश को याद कीजिए। हुआ यह कि मतदान से आत्म निर्णय की घोषणा हो चुकी थी।[6] अधिकांश मतदाता विचलित हो रहे थे। पुराने शाही शासन के लिए उनके मन में कोई उत्साह नहीं था और जिस नए समाज से जनता को बचाने का दावा किया जा रहा था उस समाज के तथाकथित खतरों का वे विश्वास नहीं करते थे। ऐसी स्थिति में एक नया हौआ खड़ा करना जरूरी था। पुलिस ने एक हौआ खोज निकालने की कोशिश की। चूँकि वे हर मजदूर संगठन से नफरत करते हैं, उनकी बुरी नजर इंटरनेशनल पर पड़ी। इस सुखद खयाल से वे उत्तेजित हो उठे। उनका खयाल था कि अगर वे नए हौआ के रूप में इंटरनेशनल को सामने लाने में कामयाब हुए तो एक ही साथ इंटरनेशनल बदनाम भी हो जाएगा और शाही उद्देश्यों की पूर्ति के लिए उन्हें राजकीय कृपा भी मिल जाएगी। इस सुखद खयाल से ही सम्राट् की हत्या की हास्यास्पद साजिश की पैदाइश हुई—जैसे कि हम उस गए-गुजरे बूढ़े व्यक्ति की हत्या करना चाहते हों ! उन्होंने इंटरनेशनल के नेताओं को कैद कर लिया। उनके खिलाफ तरह-तरह के सबूत गढ़े गए। अधिकारियों ने तैयारी की, लेकिन इसी बीच में आत्मनिर्णय के लिए मतदान हुआ।[7] वह गढ़ी हुई कॉमेडी एक भोंडा प्रहसन बन कर रह गई। उस घटिया नाटक को देखनेवाले विवेकशील यूरोप को एक क्षण के लिए भी इसके वास्तविक स्वरूप के बारे में धोखा नहीं हुआ।

केवल फ्रांसीसी ग्रामीण जनता को ही बेवकूफ बनाया जा सका। आपके अंग्रेजी अखबारों ने इस घटना की शुरू की खबरें छापीं, लेकिन वे अंत को याद करना भूल गए। फ्रांसीसी जज ने इज्जत बचाने की खातिर साजिश के अस्तित्व को तो स्वीकार किया, लेकिन वह भी यह घोषणा करने के लिए मजबूर हुआ कि इसमें इंटरनेशनल का कोई हाथ नहीं है। मेरी बात का विश्वास कीजिए, यह दूसरा तथाकथित षड्यंत्र भी पहले जैसा ही है। फ्रांसीसी अधिकारी फिर पहले की तरह ही सक्रिय हो रहे हैं। दुनिया के अब तक के सबसे महान् जन आंदोलन का लेखा-जोखा लेने के लिए अधिकारियों की पुकार हुई है। उनको जमाने के सैकड़ों संकेतों से सबक सीखना चाहिए और यह समझने की कोशिश करनी चाहिए कि यह जन-आंदोलन मजदूरों की चेतना के विकास और शासक वर्ग की अक्षमता और आराम की भावना की वृद्धि का परिणाम है। इतिहास की प्रगति अब उस अंतिम दौर में पहुँच रही है जब शासन एक शोषक वर्ग के हाथों से निकल कर जनता के हाथों में आ जाएगा। अब यह महान मुक्ति आंदोलन समय, स्थान और परिस्थितियों का न्यायोचित परिणाम है। इतिहास की इस प्रक्रिया को समझने के लिए एक विचारक की बुद्धि चाहिए, जबकि अधिकारियों के पास केवल जासूसी की समझ है। अपनी समझ और चेतना के अनुसार अधिकारियों ने इस महान् घटना की एक जासूस जैसी व्याख्या करके इसे केवल एक षड्यंत्र कह कर छुट्टी पा ली है।

लैंडर : *जब फ्रांस का हर अखबार इस प्रकार की खबरें प्रसारित कर रहा है तो यूरोप के लोग और सोच भी क्या सकते हैं ?*

मार्क्स : हाँ, साहब ! हर फ्रांसीसी अखबार की यही हालत है। देखिए, उनमें से एक यहाँ पड़ा है (ल सिचुएश को हाथ में लेकर) और तथ्यों की दृष्टि से इसकी सचाई पर आप स्वयं विचार कीजिए। (मार्क्स अखबार में छपी एक खबर पढ़ते हैं) "डॉ. कार्ल मार्क्स (इंटरनेशनल वाले) फ्रांस की ओर भागते समय बेल्जियम में गिरफ्तार। लंदन की पुलिस बहुत दिनों से उस संस्था पर कड़ी नजर रखे हुए है जिससे मार्क्स जुड़े हुए हैं, और उस संस्था के दमन के लिए कड़े कदम उठा रही है।" दो वाक्य और दो झूठ ! आप देखिए कि आपकी आँखें धोखा तो नहीं दे रही हैं। आप देख रहे हैं कि मैं बेल्जियम की जेल में न होकर यहाँ लंदन में बड़े आराम से आपके सामने बैठा हूँ। आप यह भी जानते होंगे कि यहाँ लंदन की पुलिस इंटरनेशनल के किसी मामले में वैसे ही कोई दखल नहीं देती है जैसे हम उसके किसी मामले में दखलंदाजी नहीं करते। फिर भी ऐसी ही खबरें यूरोप भर के अखबारों में हर रोज छपती रहती हैं; इन झूठी खबरों का कोई खंडन नहीं करता।

लैंडर : क्या आपने इन झूठी खबरों के खंडन का प्रयास किया है ?

मार्क्स : मैंने तब तक ऐसे प्रयास किए जब तक ऐसा करते-करते मैं थक नहीं गया। इंटरनेशनल के बारे में किस तरह लापरवाही से खबरें गढ़ी जाती हैं उसका एक और प्रमाण लीजिए। एक अखबार में छपा था कि फैलिक्स प्यात (Felix Pyat) इंटरनेशनल का सदस्य है।

लैंडर : क्या वह सदस्य नहीं है ?

मार्क्स : ऐसे निरंकुश व्यक्ति के लिए इस संगठन में कोई जगह नहीं है। एक बार उसने जबर्दस्ती एक मूर्खतापूर्ण घोषणा हमारे नाम से कर दी तो तुरंत उसका खंडन किया गया। लेकिन साहब, अखबार वालों ने उस खंडन को छापा ही नहीं।

लैंडर : क्या मैज़िनी (Mazzini) आपके संगठन का सदस्य है ?

मार्क्स : (हँसते हुए) नहीं, नहीं। अगर हम लोग उसके विचारों के दायरे के बाहर नहीं गए होते तो हमारी शायद ही कोई प्रगति हुई होती।

लैंडर : मुझे यह सुनकर बहुत आश्चर्य हो रहा है। मैं तो समझता था कि वह बहुत उग्रवादी विचारों का प्रतिनिधि व्यक्ति है।

मार्क्स : वह मध्य वर्ग के गणतंत्र की पुरानी धारणा का ही प्रतिनिधित्व करता है। हम मध्य वर्ग से कोई मेल मिलाप नहीं करना चाहते हैं। अब वह आधुनिक आंदोलनों से उसी तरह पिछड़ गया है जैसे जर्मन के वे अध्यापक, जो अब भी यूरोप में भावी सांस्कृतिक लोकतंत्रवाद के मसीहा माने जाते हैं। सन् 1848 में यह एक सचाई थी, जब जर्मनी का मध्य वर्ग (इंग्लैंड में प्रचलित अर्थ में) पूरी तरह विकसित नहीं हुआ था। लेकिन अब वे जर्मन अध्यापक पूरी तरह प्रतिक्रियावादियों के साथ हैं और सर्वहारा वर्ग उन्हें पूरी तरह भूल चुका है।

लैंडर : कुछ लोगों का खयाल है कि आपके संगठन में विधेयवादी लोगों का भी प्रभाव है।

मार्क्स : ऐसी कोई बात नहीं है। हमारे संगठन में विधेयवादी विचारों के व्यक्ति भी हैं और दूसरे तरह के व्यक्ति भी हैं जो हमारे साथ काम करते हैं। वे हमारे साथ अपने दर्शन के कारण नहीं हैं। हम उस दर्शन को जनता की लोकप्रिय सरकार के लिए बेकार समझते हैं। यह दर्शन पुरानी वर्ग व्यवस्था के स्थान पर एक नया श्रेणीबद्ध समाज ही बनाना चाहता है।

लैंडर : मुझे लगता है कि आपके नए अंतर्राष्ट्रीय आंदोलन को एक नए दर्शन और नए संगठन का निर्माण करना होगा।

मार्क्स : आपने ठीक समझा है। यह सच है। उदाहरण के लिए, अगर हम पूँजी के खिलाफ इस लड़ाई में संघर्ष और तरीके मिल के राजनीतिक अर्थशास्त्र

से लें तो हमारी प्रगति की कोई संभावना नहीं होगी। मिल ने श्रम और पूँजी संबंधों का जो रूप बताया है, हम उससे भिन्न दूसरी तरह के संबंध स्थापित करने के लिए प्रयत्नशील हैं।

लैंडर : *धर्म के बारे में आपकी क्या राय है ?*

मार्क्स : इस संबंध में संगठन की ओर से कुछ कहना नहीं चाहता। जहाँ तक मेरा सवाल है, मैं नास्तिक हूँ। इंग्लैंड में इस तरह की प्रतिज्ञा सुनकर लोगों को आश्चर्य हो सकता है, लेकिन यह सुखद बात है कि जर्मनी या फ्रांस में धर्म के खिलाफ ऐसी बातों को धीरे से कहने की जरूरत नहीं है।

लैंडर : *और इसके बावजूद आपने अपनी गतिविधि का केंद्र इस देश में ही स्थापित किया है।*

मार्क्स : ऐसा करने के कुछ स्पष्ट कारण हैं। एक तो यही कि संगठन बनाने के अधिकार की स्वतंत्रता यहाँ एक स्थापित चीज है। जर्मनी में भी ऐसा अधिकार है, लेकिन वहाँ इसमें बहुत सारी कठिनाइयाँ हैं। फ्रांस में तो बहुत दिनों से ऐसा अधिकार है ही नहीं।

लैंडर : *और संयुक्त राज्य अमेरिका के बारे में आपकी क्या राय है ?*

मार्क्स : यूरोप का पुराना समाज ही अभी तक हमारी गतिविधि का केंद्र बना हुआ है। कई कारणों से अमेरिका में श्रम समस्या को व्यापक महत्त्व नहीं मिला है। लेकिन मजदूर आंदोलनों के विकास में बाधक परिस्थितियाँ धीरे-धीरे समाप्त हो रही हैं और मजदूर आंदोलन बढ़ रहे हैं। यूरोप की भाँति अमेरिका में भी मजदूर वर्ग के स्वतंत्र विकास, समाज के दूसरे वर्गों से उसके अलगाव और पूँजी से उनके संबंध विच्छेद के साथ-साथ श्रम समस्या का रूप व्यापक होता जा रहा है।

लैंडर : *ऐसा लगता है कि इस देश में श्रम समस्या का समाधान, उसका रूप जैसा भी हो, क्रांति के हिंसात्मक साधनों के बिना प्रयोग के भी हो सकता है। जब तक अल्पमत बहुमत में न बदल जाय तब तक सभाओं, संगठनों और प्रेस के माध्यम से आंदोलन चलाने की ब्रिटिश पद्धति के कारण ऐसी आशा की जा सकती है।*

मार्क्स : मैं इस संबंध में आपकी तरह आशावादी नहीं हूँ। इंग्लैंड में मध्य वर्ग को जब तक मतदान की शक्ति का एकाधिकार प्राप्त है तब तक वह बहुमत के निर्णय को हमेशा मानने के लिए तैयार है। आप मेरी बात पर गौर कीजिए–जब वह अपने अस्तित्व के निर्णायक सवालों पर मतदान में पराजित होगा तब यहाँ इंग्लैंड में भी एक नए किस्म की दास प्रथा कायम करनेवाली लड़ाई शुरू हो जाएगी।

[इस विलक्षण व्यक्ति से हुई अपनी अंतरंग वार्ता के मुख्य मुद्दों का सारांश अपनी याददाश्त के मुताबिक मैं आपको भेज रहा हूँ। आप इसके आधार पर अपनी राय बना सकते हैं। कम्यून की घटना में इसकी साजिश के पक्ष-विपक्ष में जो भी कहा जाय, हमें यह निश्चित रूप से स्वीकार करना चाहिए कि इस अंतर्राष्ट्रीय संगठन के रूप में सभ्य दुनिया में एक ऐसी नई शक्ति का उदय हुआ है जिसका अच्छा या बुरा प्रभाव शीघ्र ही सारी दुनिया में महसूस किया जाएगा।]—आर. लैंडर

न्यूयार्क वर्ल्ड
18 जुलाई, 1871

संदर्भ

1. नवंबर 1605 में सम्राट्, लॉर्ड्स और संसद को नष्ट करने के लिए प्रसिद्ध बारूद षड्यंत्र हुआ था। वह कैथोलिकों के खिलाफ दंड विधि के बदले में हुआ था। 5 नवंबर, 1605 को संसद भवन के नीचे रखे बारूद में आग लगाने की कोशिश करते समय गाई फाक्स (Guy Fawkes) पकड़ा गया था।
2. मार्क्स को 1841 में जेन विश्वविद्यालय से डॉक्टर ऑफ फिलॉसफी की उपाधि मिली।
3. यह दूसरा व्यक्ति संभवतः फ्रेडरिक ऐंगेल्स ही थे, जो उस समय लंदन में थे और मार्क्स के गहरे मित्र होने के कारण अक्सर मार्क्स के घर जाया करते थे। ऐंगेल्स को अंग्रेजी की बहुत अच्छी जानकारी थी।
4. अंतर्राष्ट्रीय मजदूर संघ की परिषद् जिसकी हर सप्ताह लंदन में बैठक होती थी।
5. 18 मार्च, 1871 को फ्रांस के मजदूरों ने पेरिस पर कब्जा करके पेरिस कम्यून की स्थापना की थी। इस पेरिस कम्यून की पराजय 28 मई, 1871 को हुई। पेरिस विद्रोह से संवाददाता का आशय पेरिस कम्यून से ही है।
6. 7 मई, 1870 को नेपोलियन तृतीय ने सरकार द्वारा प्रस्तावित संशोधनों और जन समर्थन के लिए आत्म निर्णय का मतदान करवाया। इंटरनेशनलवादियों ने मतदान के बहिष्कार की वकालत की।
7. मतदान के एक दिन पहले पुलिस ने इंटरनेशनल के नेताओं की धर-पकड का तीन बार अभियान चलाया। मुकदमा जून-जुलाई 1870 में चला। अनेक नेताओं को कैद की सजा मिली।

क्रांति पूरा राष्ट्र करता है, केवल एक पार्टी नहीं

['शिकागो ट्रिब्यून' के संवाददाता का कार्ल मार्क्स से साक्षात्कार]

लंदन, 18 दिसंबर, 1878। आधुनिक समाजवाद के संस्थापक कार्ल मार्क्स लंदन के उत्तरी भाग में हेवरस्टॉक हिल के एक छोटे से मकान में रहते हैं। अपने क्रांतिकारी विचारों के प्रचार के कारण 1844 ई. में उन्हें अपने देश जर्मनी से निर्वासित होना पड़ा। 1848 ई. में वे पुनः जर्मनी वापस लौटे, लेकिन कुछ महीनों के भीतर ही फिर जर्मनी से बाहर निकाल दिए गए। उसके बाद वे पेरिस में रहने लगे। लेकिन अपने क्रांतिकारी राजनीतिक विचारों के कारण उन्हें 1849 ई. में पेरिस भी छोड़ना पड़ा और तब से लंदन ही उनके रहने और काम करने का केंद्र है। अपने क्रांतिकारी विचारों के कारण उन्हें क्रियाशील जीवन की शुरुआत से ही कठिनाइयों का सामना करना पड़ा है। उनके घर को देखकर यह अंदाजा करना मुश्किल नहीं है कि अपनी विचारधारा के लिए उन्हें भारी कीमत चुकानी पड़ी है और जीवन की साधारण सुख-सुविधाओं से भी वंचित रहना पड़ा है। वे सारी परेशानियों के बावजूद अत्यंत लगन और दृढ़ता से अपने विचारों का प्रचार हाल के वर्षों में लगातार करते रहे हैं। जाहिर है, ऐसी लगन विचारों के प्रति गहरे संकल्प से ही पैदा होती है। हम भले ही इस विचारधारा के प्रचार की आलोचना करें, लेकिन इस व्यक्ति के आत्मत्याग के प्रति सम्मान की भावना तो जगती ही है।

मैं दो-तीन बार इस विलक्षण व्यक्ति से मिल चुका हूँ और हर बार डॉ. मार्क्स मुझे अपने पुस्तकालय में एक हाथ में किताब और दूसरे में सिगरेट लिए हुए मिले। उनकी उम्र 70 वर्षों से अधिक होगी।[1] वे सुगठित, शानदार और सीधे

डील-डौल के प्रभावशाली व्यक्ति हैं। उनका सिर एक दार्शनिक जैसा है और उनकी शक्ल सूरत एक सुसंस्कृत यहूदी जैसी है। उनके सिर और दाढ़ी के बाल लंबे और भूरे रंग के हैं। घनी भौंहों से ढँकी उनकी आँखें काली तेज और चमकदार हैं। किसी अजनबी व्यक्ति से मिलते समय वे काफी सावधानी बरतते हैं। कोई भी अजनबी व्यक्ति उनसे मिल सकता है, लेकिन मिलनेवालों की देखरेख के लिए तैनात बूढ़ी जर्मन महिला[2] को हिदायत दी गई है कि जर्मनी से आया कोई भी व्यक्ति तब तक भीतर न लाया जाय जब तक उसके पास परिचय-पत्र न हो। अपने पुस्तकालय में वे चश्मे के भीतर से अपनी तेज आँखों के कोने से आनेवाले को इस तरह गौर से देखते हैं जैसे उस व्यक्ति के ज्ञान की व्यापकता और गहराई माप रहे हों और फिर आत्म-संयम खोकर दुनिया भर की वस्तुओं और व्यक्तियों के बारे में आगंतुक व्यक्ति की दिलचस्पी के अनुकूल अपने अबाध ज्ञान प्रवाह से उसे चकित कर देते हैं। उनकी बातचीत किसी एक दिशा में नहीं चलती है, बल्कि उनके पुस्तकालय में सजी पुस्तकों की तरह उनकी चर्चा में भी विविधता होती है। किसी व्यक्ति द्वारा पढ़ी जानेवाली पुस्तकों को जानकर उस व्यक्ति के बारे में राय बनाई जा सकती है। आप इस व्यक्ति के बारे में अपनी राय स्वयं बना सकते हैं, जिसके पुस्तकालय में एक नजर डालते ही शेक्सपीयर, डिकेंस, थैकरे, मोलियर, रेसिन, मानितेन, बेकन, गेटे, वाल्तेयर, पेन आदि अंग्रेज, अमेरिकी और फ्रांसीसी लेखकों की पुस्तकें दिखाई देती हैं। साथ ही रूसी, जर्मन, स्पेनी, इतालवी आदि भाषाओं में दर्शन और राजनीति की पुस्तकें भी सजी हुई हैं। उनसे बातचीत के दौरान अमेरिकी समाज के पिछले बीस वर्षों के सर्वाधिक ज्वलंत प्रश्नों और समस्याओं की उनकी गहरी जानकारी से मैं चकित रह गया। अमेरिकी समस्याओं की उनकी जानकारी और राष्ट्रीय तथा राज्यों के कानूनों की प्रामाणिक आलोचना से मैंने अंदाजा लगाया कि अमेरिका के बारे में उनकी जानकारी अमेरिकी आंतरिक स्रोतों से ही मिली होगी। उनके ज्ञान की प्रामाणिकता, गहराई और व्यापकता केवल अमेरिका तक ही सीमित नहीं है, बल्कि पूरे यूरोप के बारे में उनका ज्ञान समान रूप से प्रामाणिक, गहरा और व्यापक है। अपने जीवन के खास शौक समाजवाद की चर्चा करते समय भी वे उस अतिनाटकीयता के शिकार नहीं होते, जिसका आरोप उन पर अक्सर लगाया जाता है, बल्कि वे 'मानवजाति की मुक्ति' की अपनी काल्पनिक योजनाओं की चर्चा इस दृढ़ विश्वास के साथ करते हैं कि उनके सिद्धांत अगर इस सदी में नहीं तो अगली सदी में जरूर सही साबित होंगे।[3]

अमेरिका में डॉ. कार्ल मार्क्स पूँजी के लेखक और अंतर्राष्ट्रीय समाज के

संस्थापक या उसके प्रमुख नेता के रूप में जाने जाते हैं।[4] इस साक्षात्कार में उन्होंने इस संगठन के वर्तमान स्वरूप पर प्रकाश डाला है। फिर भी इंटरनेशनल की आम परिषद की आज्ञा से 1871 ई. में प्रकाशित इंटरनेशनल के सामान्य नियमों के कुछ अंश आपके लिए मैं भेज रहा हूँ जिन्हें देखकर आप इस संगठन के इरादों और उद्देश्यों के बारे में स्वयं अपनी निष्पक्ष राय बना सकते हैं। इसकी प्रस्तावना के अनुसार "मजदूर वर्ग की मुक्ति का काम स्वयं मजदूर वर्ग को ही पूरा करना है; मजदूर वर्ग की मुक्ति के लिए संघर्ष का अर्थ वर्ग-विशेषाधिकारों और वर्ग-एकाधिकारों की प्राप्ति के लिए संघर्ष नहीं है बल्कि समान अधिकारों और कर्तव्यों की स्थापना और सभी तरह के वर्ग-शासन को पूर्णतः समाप्त करने के लिए संघर्ष करना है; जीवन के मूल स्रोत श्रम के साधन पर एकाधिकार बनाए रखनेवाले पूँजीपति वर्ग के हाथों मजदूर वर्ग की सार्वभौम गुलामी ही हर तरह की दासता, सामाजिक दुर्दशा, मानसिक पतन, राजनीतिक पराधीनता का मूल कारण है और दुनिया भर के मजदूर वर्ग की मुक्ति के अब तक के प्रयास विभिन्न देशों के मजदूरों की आपसी फूट और एकता के अभाव के कारण ही असफल हुए हैं। इस प्रस्तावना में "अब तक परस्पर अलग-थलग पड़े हुए आंदोलन में तुरंत एकता कायम करने" का आह्वान किया गया है। प्रस्तावना के अनुसार इस संगठन में "कर्तव्य के बिना अधिकार और अधिकार के बिना कर्तव्य" के लिए कोई जगह नहीं है, जिसका मतलब यह है कि संगठन के हर सदस्य को मजदूर होना ही चाहिए।

इसके बाद संवाददाता ने इंटरनेशनल के साधारण नियमों, काम करने के तरीकों, उसकी विभिन्न समितियों और परिषदों के बारे में लिखा है और आम परिषद् के सदस्यों के नामों की एक लंबी सूची भी दी है। इसके अतिरिक्त सी. बैंक्रोफ्ट डेविस की 1877 की सरकारी रिपोर्ट के आधार पर उन 12 माँगों का भी उल्लेख किया है जो कार्ल मार्क्स के अनुसार मई 1875 के गोथा के समाजवादी सम्मेलन की रिपोर्ट से लिए गए हैं। इस हिस्से को विस्तार से बचने और वर्तमान हालात में गैर-जरूरी जानकर छोड़ दिया गया है।

डेविस की रिपोर्ट के अनुसार 12 माँगों में अंतिम है कि "लोकतांत्रिक तरीके से औद्योगिक संस्थाओं को सरकारी सहायता और कर्ज देना।" मार्क्स ने अपनी चर्चा में इस अंतिम माँग को छोड़ दिया था क्योंकि यह एक बुर्जुआ माँग है (संवाददाता ने डेविस की रिपोर्ट की 12 वीं माँग की चर्चा करते हुए मार्क्स से पूछा कि उन्होंने इस माँग को क्यों छोड़ दिया ?)–अनुवादक।

डॉ. मार्क्स ने कहा–1875 में जब गोथा में समाजवादी सम्मेलन हुआ था, उस समय सोशल डेमोक्रेट्स के समर्थकों को जो इंटरनेशनल के कार्यक्रम को

सामान्यतः स्वीकार करते थे, उन्हें आइजेनेक पार्टी भी कहा जाता था।

12 वीं माँग को सभा मंच पर नहीं स्वीकार किया गया था, बल्कि उसे कुछ लोगों के संतोष के लिए रियायत के तौर पर रखा गया था। इसके बाद कभी इसकी चर्चा नहीं की गई। डेविस यह नहीं कहते कि इसे रियायत के तौर पर कार्यक्रम में शामिल किया गया, बल्कि इसे वे ऐसे पेश करते हैं जैसे यह कार्यक्रम के मूलभूत सिद्धांतों में से एक हो।

***सं.दा. :** लेकिन समाजवादियों के आंदोलन का अंतिम उद्देश्य श्रम के साधनों को समाज की सार्वजनिक संपत्ति में बदलना ही तो है ?*

डॉ. मार्क्स : जी हाँ, हम यह कहते हैं कि आंदोलन का ऐसा ही परिणाम होगा। लेकिन इसके लिए समय, शिक्षा और बेहतर किस्म की सामाजिक संस्थाओं की जरूरत होगी।

***सं.दा. :** आपका यह घोषणापत्र और मोर्चा केवल जर्मनी या ऐसे ही एक-दो देशों के लिए उपयोगी होगा।*

डॉ. मार्क्स : वाह ! अगर आप केवल इस घोषणापत्र को ही पढ़कर हमारे बारे में नतीजे निकालने की कोशिश करेंगे तो मैं यही कह सकता हूँ कि आप हमारे संगठन की गतिविधियों के बारे में कुछ नहीं जान पाएँगे। जाहिर है कि इस घोषणापत्र की कई बातों का जर्मनी के बाहर कोई महत्त्व नहीं है। स्पेन, रूस, इंग्लैंड और अमेरिका में उन देशों की अपनी खास कठिनाइयों के मुताबिक मोर्चे और संगठन बने हुए हैं। इन सब में समानता केवल उस उद्देश्य की है जिसे हम प्राप्त करना चाहते हैं।

***सं.दा :** वह उद्देश्य क्या मजदूर वर्ग का प्रभुत्व कायम करना है ?*

डॉ. मार्क्स : जी नहीं। उद्देश्य मजदूर वर्ग की मुक्ति है।

***सं.दा :** क्या यूरोप के समाजवादी अमेरिकी मजदूर आंदोलन को महत्त्वपूर्ण मानते हैं ?*

डॉ. मार्क्स : जी हाँ ! यह उस देश के विकास का स्वाभाविक परिणाम है। यह भी कहा जाता है कि वहाँ आंदोलन विदेशियों द्वारा बाहर से लाया गया है। आज से 50 वर्ष पहले जब इंग्लैंड में मजदूर आंदोलन का रूप जुझारू होने लगा तो यहाँ भी ऐसा ही कहा जाता था और यह बात समाजवाद की चर्चा के शुरू होने से पहले की है। अमेरिका में 1857 ई. के बाद से ही मजदूर आंदोलन प्रभावशाली होने लगा है। उसके बाद मजदूर संघ फलने-फूलने लगे। फिर ऐसी मजदूर सभाओं का निर्माण हुआ जिनसे विभिन्न उद्योगों में काम करनेवाले मजदूरों में एकता आई, और अंत में राष्ट्रीय मजदूर संघों की स्थापना हुई। अगर आप इस क्रमिक विकास पर ध्यान दें तो आपको मालूम हो जाएगा कि

बिना विदेशियों की मदद के ही अमेरिका में समाजवाद पैदा हुआ और वह पूँजी के केंद्रीकरण तथा मजदूर और मालिक के बदले हुए संबंधों के कारण संभव हुआ।

सं.दा. : *अब क्या आप यह बताएँगे कि आपके समाजवाद ने अब तक क्या किया है ?*

डॉ. मार्क्स : दो बातें हुई हैं। समाजवादियों ने पूँजी और श्रम के व्यापक संघर्ष की राह दिखाई है, यानी उसे विश्वव्यापी बनाया है, जिसके फलस्वरूप दुनिया भर के मजदूरों में एकता की समझ आई है और अब यह अधिक आवश्यक इसलिए भी हो गया है; क्योंकि पूँजीपति मजदूरों की बहाली में दुनिया भर के मजदूरों पर अपनी नजर रखते हैं और न केवल अमेरिका में ही, बल्कि इंग्लैंड, फ्रांस और जर्मनी के पूँजीपति भी स्वदेशी मजदूरों के खिलाफ विदेशी मजदूरों का इस्तेमाल करते हैं। अब विभिन्न देशों के मजदूरों में अंतर्राष्ट्रीय समझ और भाईचारे का विकास हुआ है। इससे यह भी साबित हुआ है कि समाजवाद कोई स्थानीय समस्या नहीं है और इसका हल दुनिया भर के मजदूरों को एक होकर करना है। मजदूर वर्ग अपने आंदोलन के उद्देश्यों को न जानते हुए भी अपने-आप लगातार आगे बढ़ता रहा है। समाजवादियों ने आंदोलन के चरित्र और उद्देश्य बताने का काम किया है।

सं.दा. : *मेरी समझ में इसका मतलब है—वर्तमान समाज-व्यवस्था को उखाड़ फेंकना ।*

डॉ. मार्क्स : हमारा विचार यह है कि वर्तमान व्यवस्था जिसमें एक ओर पूँजीपतियों के हाथ में पूँजी और भूमि है तथा दूसरी ओर मजदूरों के पास एक बाजार की वस्तु के रूप में बेचने के लिए केवल श्रम शक्ति है, वह एक ऐसी ऐतिहासिक अवस्था है, जो समाप्त होगी और इसकी जगह एक अधिक उन्नत सामाजिक व्यवस्था कायम होगी। हम जानते हैं कि हर जगह समाज वर्गों में बँटा हुआ है। आधुनिक औद्योगिक देशों के औद्योगिक साधनों के विकास के साथ-साथ पूँजीपति और मजदूर वर्ग का आपसी वैमनस्य भी बढ़ रहा है। समाजवादियों के दृष्टिकोण से वर्तमान ऐतिहासिक अवस्था में क्रांति तत्त्व मौजूद है। कई देशों में मजदूर संघों के आधार पर राजनीतिक संगठन भी बने हैं। अमेरिका में मजदूर वर्ग की अपनी एक पार्टी बनाने की जरूरत है। मजदूर पेशेवर राजनीतिज्ञों पर अब और अधिक भरोसा नहीं कर सकते। विधायक गुटबाजी और अखाड़े-बाजी के शिकार हैं, राजनीति व्यवसाय हो गई है। यह दशा केवल अमेरिका में ही नहीं है, बल्कि यूरोप का भी यही हाल है। फर्क केवल इतना है कि यूरोपवालों की तुलना में अमेरिका की जनता कुछ अधिक सावधान

और दृढ़निश्चयवाली है। वहाँ भेद जल्द ही अमेरिका खुल जाता है। महासागर के इस पार जितना शब्दाडंबर और मारधाड़ है उतना उस पार नहीं ।

***सं.दा.** : जर्मनी में समाजवादी पार्टी के तेजी से विकास के क्या कारण हैं ?*

डॉ. मार्क्स : जर्मनी की वर्तमान समाजवादी पार्टी काफी नई है। इंग्लैंड और फ्रांस की तरह जर्मनी में काल्पनिक समाजवादियों की विचारधारा का कोई प्रभाव पहले से नहीं था। जर्मनी वाले सिद्धांत गढ़ने में दूसरों से अधिक माहिर हैं। पिछले अनुभवों से सीखकर जर्मनी वालों ने कुछ निर्णय लिए। आप जानते ही हैं कि यूरोप के दूसरे देशों की तुलना में यह पूँजीवादी व्यवस्था जर्मनी में काफी नई है। जब जर्मनी के मजदूरों ने समाजवादी विचारों को अपनाया तो इंग्लैंड और फ्रांस में जो प्रश्न बहुत पुराने पड़ चुके थे वे जर्मनी में नए रूप में उठने लगे और उन देशों में उत्पन्न राजनीतिक प्रभावों का असर जर्मनी के मजदूरों के जीवन पर होने लगा। इसलिए आधुनिक औद्योगिक विकास की शुरुआत के साथ ही वहाँ के मजदूरों ने अपना स्वतंत्र राजनीतिक दल बना लिया। जर्मनी की संसद में उनके अपने प्रतिनिधि थे। सरकार की नीतियों का विरोध करनेवाला कोई दूसरा दल न था, इसलिए वह जिम्मेदारी मजदूरों के प्रतिनिधियों के कंधों पर ही आई। इस पार्टी की प्रगति की रुपरेखा बताने में काफी समय लगेगा, लेकिन मैं इतना कह सकता हूँ कि अगर जर्मनी के मध्यम वर्गों में घनघोर कायरता न होती और वे इंग्लैंड और अमेरिका के मध्यम वर्गों के समान होते तो सरकार के खिलाफ सारे राजनीतिक काम उन्हें ही करने चाहिए थे।

***सं.दा.** : इंटरनेशनलवादियों के बीच में लासेलवादियों की संख्या कितनी होगी ?*

डॉ. मार्क्स : लासेल की कोई पार्टी नहीं है। हाँ ! हमारे संगठन में लासेल के सिद्धांतों में विश्वास रखनेवाले कुछ लोग हैं, लेकिन उनकी संख्या बहुत थोड़ी है। लासेल को हमारे सामान्य सिद्धांतों का अनुमान था, इसलिए जब उसने 1848 ई. की घटनाओं के बाद नए सिरे से अपनी गतिविधि शुरू की तो उसने यह कल्पना कर ली कि औद्योगिक प्रतिष्ठानों में मजदूरों के सहयोग की वकालत करके वह आंदोलन को फिर अधिक सफलतापूर्वक चला सकता है। मजदूरों को पुनः सक्रिय करने की उसकी यह कोशिश थी। इसे वह आंदोलन के वास्तविक उद्देश्य की पूर्ति का साधन ही समझता था। उसके उस आशय के पत्र मेरे पास हैं।

***सं.दा.** : क्या आप इसे उसका रामबाण कहना चाहेंगे ?*

डॉ. मार्क्स : निश्चित रूप से । वह बिस्मार्क से मिला, उसने अपनी योजना की चर्चा की और बिस्मार्क ने उस समय हर तरह से लासेल की गतिविधियों को बढ़ावा दिया।

सं.दा. : बिस्मार्क का ऐसा करने का क्या उद्देश्य था ?

डॉ. मार्क्स : वह 1848 ई. के उपद्रवों को भड़कानेवाले मध्यम वर्गों के खिलाफ मजदूर वर्ग का इस्तेमाल करना चाहता था।

सं.दा. : ऐसा कहा जाता है कि आप समाजवाद के अध्यक्ष और नेता हैं और आप यहाँ से, अपने घर से, आजकल के सभी प्रकार के संगठनों और क्रांतियों का संचालन करते हैं। इस संबंध में क्या आप कुछ कहना चाहेंगे ?

डॉ. मार्क्स : (हल्की-सी मुस्कराहट) मुझे इसकी जानकारी है। यह एकदम बेतुकी बात है, लेकिन इसका एक मनोरंजक पहलू भी है। होदेत की कोशिश के दो महीने पहले बिस्मार्क ने अपनी पत्रिका 'नार्थ जर्मन गजट' में मेरे खिलाफ यह शिकायत की थी कि मैं जुसुइट आंदोलन के नेता फादर बैक से मिला हुआ हूँ और हम लोगों ने समाजवादी आंदोलन को ऐसा रूप दे रखा है ताकि वह (बिस्मार्क) इससे कोई संबंध न रख सके।

सं.दा. : लेकिन लंदन से आपका अंतर्राष्ट्रीय समाज आंदोलनों का संचालन तो करता ही है।

डॉ. मार्क्स : अंतर्राष्ट्रीय समाज की उपयोगिता अब समाप्त हो चुकी है और अब उसका कोई अस्तित्व नहीं है। उसका अस्तित्व था और उसके माध्यम से आंदोलनों का संचालन भी होता था। लेकिन हाल के कुछ वर्षों में समाजवाद का इतना विकास हो चुका है कि अब इंटरनेशनल की कोई जरूरत नहीं रह गई है। विभिन्न देशों में अखबार निकाले जा रहे हैं। उनमें आपसी आदान-प्रदान होता रहता है। विभिन्न देशों में काम करनेवाली पार्टियों में आपसी संबंध का यही एकमात्र माध्यम है। अंतर्राष्ट्रीय समाज की स्थापना इसीलिए हुई थी कि मजदूरों को संगठित किया जाए और विभिन्न राष्ट्रों के मजदूर संगठनों में आपसी एकता कायम की जाए। हर देश के मजदूर संगठनों के अपने हित हैं जो दूसरों से भिन्न हैं। लंदन में बैठे हुए इंटरनेशनल के नेताओं की काली छाया के हर जगह मँडराने की बात मनगढ़ंत है। यह सच है कि जब इंटरनेशनल की स्थापना हुई थी तो हम विदेशी संगठनों को सलाह देते थे। हम न्यूयार्क के कुछ समूहों को इंटरनेशनल से अलग करने के लिए भी मजबूर हुए थे। उनमें से एक गुट वह भी था जिस पर मदाम वुडहल का प्रभाव था। यह 1871 ई. की बात है। ऐसे अनेक अमेरिकी राजनीतिज्ञ हैं, जो उस आंदोलन से लाभ उठाना

चाहते हैं। मैं उनका नाम नहीं लेना चाहता, अमेरिकी समाजवादी उन्हें बखूबी जानते हैं।

सं.दा. : *डॉ. मार्क्स ! ऐसा कहा जाता है कि आप और आपके अनुयायियों ने धर्म के खिलाफ आगलगाऊ भाषण दिया है। निश्चय ही आप चाहेंगे कि वर्तमान व्यवस्था पूरी तरह समूल बर्बाद हो जाए।*

डॉ. मार्क्स : (एक क्षण रुक कर) हम जानते हैं कि धर्म के खिलाफ हिंसात्मक कार्यवाही करना निरर्थक है, लेकिन यह एक खयाल है। समाजवाद के विकास के साथ-साथ धर्म गायब होता जाएगा। धर्म का लोप सामाजिक विकास के कारण होना चाहिए और इसमें शिक्षा की महत्त्वपूर्ण भूमिका होनी चाहिए।

सं.दा. : *आप वोस्टन के पादरी कुक को तो जानते होंगे ?*

डॉ. मार्क्स : मैंने उनके बारे में सुना है। समाजवाद के संबंध में उनकी जानकारी बहुत गलत किस्म की है। अपने हाल के एक भाषण में उन्होंने कहा था, डॉ. कार्ल मार्क्स का कहना है कि "अमेरिका, ग्रेट ब्रिटेन और शायद फ्रांस में बिना खूनी क्रांति के मजदूरों की दशा में सुधार होगा लेकिन जर्मनी, इटली, रूस और आस्ट्रिया में अवश्य रक्तपात होगा" (डॉ. मार्क्स ने मुस्कराते हुए आगे कहा) किसी भी समाजवादी को यह भविष्यवाणी करने की जरूरत नहीं है कि रूस, जर्मनी, आस्ट्रिया और खास तौर से इटली में अगर वर्तमान सरकारी नीतियाँ चलती रहीं तो खूनी क्रांति अनिवार्य होगी, फ्रांसीसी क्रांति की घटनाएँ इन देशों में दोहराई जाएँगी। इसको राजनीति का कोई विद्यार्थी भी समझ सकता है। लेकिन क्रांतियाँ बहुमत द्वारा होंगी। क्रांति केवल एक पार्टी नहीं कर सकती, बल्कि पूरा राष्ट्र क्रांति करता है।

सं.दा. : *उस आदरणीय व्यक्ति ने 1871 में पेरिस के कम्यूनिस्टों को लिखे एक पत्र के एक अंश का हवाला दिया है जिसमें आपने लिखा है, (पत्र का एक अंश पढ़ता है) "अभी हम लोग केवल 30 लाख हैं, अगले 20 वर्षों में 5 करोड़ या 10 करोड़ हो जाएँगे, तब दुनिया हमारी होगी ; क्योंकि तब केवल पेरिस, लियोंस, मरसेलिज में ही घृणित पूँजी के विरुद्ध विद्रोह नहीं होगा, बल्कि बर्लिन, म्यूनिख, ड्रेसडेन, लंदन, लिवरपूल, मेनचस्टर, ब्रूसेल्स, सेंट पीटर्सबर्ग, न्यूयार्क अर्थात् सारी दुनिया में ऐसा विद्रोह होगा। अब तक के इतिहास के इस अभूतपूर्व विद्रोह के सामने अतीत भयानक बुरे सपने के समान गायब हो जाएगा क्योंकि अनेक जगहों से एक साथ सुलगाई गई यह लोकप्रिय आग अतीत की आग को भस्म कर देगी।" डॉ. मार्क्स ! क्या यह सच है कि ऐसा पत्र आपने*

लिखा था ?

डॉ. मार्क्स : इसका एक शब्द भी मेरा लिखा हुआ नहीं है। मैं ऐसी अतिनाटकीयता से भरी अनर्गल बातें कभी नहीं लिखता। मैं जो कुछ लिखता हूँ खूब सोच समझ कर लिखता हूँ। उस समय यह 'ल फिगरो' (फ्रांस का एक अखबार) में मेरे जाली दस्तखत के साथ छपा था। उस समय ऐसे सैकड़ों पत्र हवा में उड़ाए जा रहे थे। मैंने उसी समय 'लंदन टाइम्स' में लिखा था कि ये पत्र जाली हैं। लेकिन मेरे बारे में जितना कुछ झूठ कहा और लिखा गया है अगर उसका खंडन करता रहूँ तो उसके लिए मुझे करीब बीसों सहायकों की जरूरत पड़ेगी।

सं.दा. : *लेकिन आपने पेरिस के कम्यूनिस्टों के समर्थन में लिखा तो है न ?*

डॉ. मार्क्स : जी हाँ ! मैंने लिखा है।[5] खासतौर से उनके बारे में प्रमुख अखबारों के मुख्य लेखों में जो झूठ लिखा गया था उसकी तुलना में मैंने सहानुभूति के साथ लिखा है। उन अखबारों के संपादकीय लेखों में पेरिस कम्यून के बारे में जो झूठ प्रचारित किया गया, उसके खंडन के लिए अंग्रेजी अखबारों में छपे पेरिसवालों के पत्र ही काफी हैं। कम्यून के कारण करीब 60 लोगों की मौत हुई जबकि मार्शल मेकमोहन और उसकी कातिल सेना ने साठ हजार से ज्यादा लोगों की हत्या की। कम्यून पर जितना कीचड़ उछाला गया है उतना आज तक किसी और आंदोलन पर नहीं।

सं.दा. : *खैर, क्या समाजवाद लाने के लिए समाजवादी हत्या और रक्तपात की वकालत करते हैं ?*

डॉ. मार्क्स : आज तक कोई भी महान् आंदोलन बिना रक्तपात के शुरू नहीं हुआ है। अमेरिका की स्वतंत्रता के लिए खून बहा। नेपोलियन ने खून-खराबी के माध्यम से फ्रांस पर कब्जा किया और वैसे ही उसका भी अंत हुआ। इटली, इंग्लैंड, जर्मनी और यहाँ तक कि हर देश में इस बात के सबूत मिल जाएंगे। अगर हत्या के बारे में विचार करें तो यह कोई नई चीज नहीं है। ओर्सिनी ने नेपोलियन की हत्या की कोशिश की, ईसाइयों ने हत्याएँ की हैं, क्रामवेल के जमाने में प्यूरिटनों ने हत्याएँ कीं और सच तो यह है कि राजाओं ने जितनी हत्याएँ की हैं उतनी दूसरों ने नहीं। ये सारी हत्याएँ या हत्या की कोशिशें समाजवाद के आने के पहले हुईं। आज अगर किसी भी राजकीय या सरकारी व्यक्ति की हत्या की कोशिश होती है तो उसकी जिम्मेदारी समाजवाद के मत्थे मढ़ दी जाती है। वर्तमान स्थिति में जर्मन सम्राट् की मौत से समाजवादी बहुत दुखी होंगे। अपनी जगह पर वह बहुत उपयोगी है और

बिस्मार्क अपनी अतिवादी कार्रवाइयों से दूसरे राजनीतिज्ञों की तुलना में हमारे उद्देश्यों के लिए बहुत उपयोगी साबित हुआ है।

सं.दा. *: बिस्मार्क के बारे में आपकी क्या राय है ?*

डॉ. मार्क्स : जब तक नेपोलियन का पतन नहीं हुआ था तब तक वह एक प्रतिक्रियावादी व्यक्ति माना जाता था, लेकिन जैसे ही उसका पतन हुआ लोग उसे मूर्ख कहने लगे। बिस्मार्क की यही दशा होगी। उसने एकीकरण के बहाने तानाशाही की स्थापना की, लेकिन अब उसके काले कारनामों का रहस्य लोगों को मालूम हो गया है। उसकी पिछली चाल राज्य-विप्लव की एक कोशिश है, लेकिन वह भी असफल होगी। फ्रांस के समाजवादियों की तरह जर्मनी के समाजवादियों ने भी 1870 के युद्ध को कोरा राजवंशीय युद्ध समझ कर उसका विरोध किया। उन्होंने जर्मनी को सावधान करते हुए अपने घोषणा-पत्रों में कहा कि अगर जनता ने इस तथाकथित सुरक्षात्मक लड़ाई को विजय-अभियान का रूप लेने दिया तो वह सैनिक तानाशाही के दमन का शिकार होगी और किसानों-मजदूरों पर निर्मम अत्याचार किये जाएँगे। फ्रांस के साथ सम्मानजनक शांति के समर्थन में सभाएँ करने और घोषणापत्र निकालने के लिए जर्मनी की सोशल डेमोक्रेटिक पार्टी का जर्मन सरकार ने दमन किया और पार्टी के अनेक नेताओं को कैद कर लिया। फिर भी केवल उस पार्टी के प्रतिनिधि ही जर्मन संसद में फ्रांस के प्रांतों को जबरदस्ती हड़पकर जर्मनी में मिलाने का जोरदार विरोध कर रहे हैं। बिस्मार्क ने ताकत के जरिये अपनी नीतियों को लागू किया और लोगों ने उसकी बुद्धि की तारीफ की। लड़ाई हुई और जब बिस्मार्क की विजय की संभावनाएँ समाप्त हो गईं तो लोगों ने उससे नए विचारों की आशा की। लेकिन इस काम में वह बुरी तरह असफल हुआ। उसमें लोगों का विश्वास कम होने लगा। उसकी लोकप्रियता घटने लगी। उसे धन चाहिए और राज्य को भी धन की जरूरत है। एक बनावटी संविधान के बहाने उसने एकीकरण और सेना संबंधी अपनी योजनाओं के लिए जनता पर भारी कमरतोड़ कर लगाया और अब वह संविधान को ही रद्दी की टोकरी में फेंक कर जनता पर और अधिक कर लगाना चाहता है। जनता पर मनमाने कर लगाने के लिए ही अब उसने समाजवाद का हौआ खड़ा कर रखा है और दंगा कराने की भरसक कोशिश कर रहा है।

सं.दा. *: क्या आपको बर्लिन से लगातार सूचनाएँ मिलती रहती हैं ?*

डॉ. मार्क्स : जी हाँ मेरे मित्र मुझे बराबर सूचनाएँ देते रहते हैं। जर्मनी आजकल पूरी तरह शांत है और बिस्मार्क इससे परेशान हैं। उसने हेसेलमन, राकोव और वॉमन आदि 48 युवा नेताओं को जर्मनी से निष्कासित कर दिया

है।[6] इन नेताओं ने जर्मनी के मजदूरों को शांत कर रखा था। बिस्मार्क यह जानता था। वह यह भी जानता था कि उस शहर में करीब 75 हजार मजदूर भुखमरी के शिकार हो रहे हैं। उसका खयाल था कि इन नेताओं के जर्मनी से बाहर जाते ही जनता बेचैन होकर विद्रोह कर देगी और उसे खून की होली खेलने का अच्छा मौका मिल जाएगा। पूरे जर्मन साम्राज्य में दमन चक्र तेजी से चलेगा और उसे अपने 'रक्तपात तथा दमन चक्र' के प्रिय सिद्धांत को पूरी तरह व्यवहार में लागू करने का मौका मिल जाएगा। फिर तो जनता पर मनमाने कर लगाना भी आसान होगा। लेकिन अब तक वहाँ कोई दंगा-फसाद नहीं हुआ है, बिस्मार्क इस हालत से हैरान है और सभी राजनीतिज्ञ उसका मजाक उड़ा रहे हैं।

[5 जून 1879 के 'शिकागो ट्रिब्यून' में प्रकाशित]

संदर्भ

1. इस बातचीत के समय (18 दिस. 1879 को) मार्क्स की उम्र 60-61 के बीच में थी। क्योंकि मार्क्स का जन्म 5 मई, 1818 को हुआ था।
2. यह महिला निश्चय ही हेलेन डेमुथ ही होगी जो मार्क्स के परिवार की देखभाल करती थी।
3. बीसवीं शताब्दी के आरंभ में, 1917 ई. में ही रूस की क्रांति से मार्क्स के सिद्धांत की सच्चाई साबित हो गई ।
4. अंतर्राष्ट्रीय समाज वास्तव में 1864 ई. में स्थापित अंतर्राष्ट्रीय मजदूर संगठन ही था।
5. विस्तृत जानकारी के लिए मार्क्स की प्रसिद्ध पुस्तक 'फ्रांस में गृहयुद्ध' देखिए।
6. बबेल की आत्म-कथा के अनुसार 61 नेताओं को देश-निकाले की सजा मिली थी जिनमें अधिकांश को 48 घंटे के भीतर जर्मनी छोड़ना पड़ा। लगता है संवाददाता ने समय को संख्या समझ लिया है।

विकल्पों की धारणा मानवीय श्रम के अर्थ का आधार है

[जार्ज लूकाच से साक्षात्कार]

प्रश्न : *यूरोप की हाल की घटनाओं के कारण जनतंत्र और समाजवाद के संबंध की समस्या एक बार फिर सामने आई है। आपके अनुसार बुर्जुआ जनतंत्र और क्रांतिकारी या समाजवादी जनतंत्र में मौलिक अंतर क्या है ?*

उत्तर : बुर्जुआ जनतंत्र की शुरुआत 1793 के फ्रेंच संविधान से होती है जिसमें इसकी सर्वोच्च और सर्वाधिक मूलगामी अभिव्यक्ति हुई। जनजीवन के नागरिक और व्यक्तिगत जीवन के बुर्जुआ के रूप में मानव का विभाजन ही इसका निरूपक सिद्धांत है। एक सार्वभौम राजनीतिक अधिकारों से संपन्न होता है तो दूसरा विशिष्ट और विषम आर्थिक हितों का मूर्त रूप है। ऐतिहासिक प्रक्रिया से सुनिश्चित घटना के रूप में उत्पन्न इस बुर्जुआ लोकतंत्र के लिए ऐसा विभाजन मूलतः अनिवार्य है। इसकी दार्शनिक अभिव्यक्ति साद की रचनाओं और सिद्धांतों में हुई है। यह दिलचस्प बात है कि एडोर्नो जैसे लेखक साद में खास दिलचस्पी रखते हैं क्योंकि वह 1793 के संविधान का दार्शनिक पर्याय है। दोनों का मुख्य सिद्धांत यह था कि मानव, मानव के लिए एक वस्तु मात्र है और बौद्धिक अहंवाद मानव समाज का सारतत्त्व है। यह स्पष्ट है कि समाजवाद में ऐतिहासिक दृष्टि से जनतंत्र के पुराने रूप के पुनरुज्जीवन का प्रयास एक काल-दोष और प्रतिगामी कदम है। लेकिन इसका यह तात्पर्य नहीं है कि समाजवादी जनतंत्र की आकांक्षाओं को प्रशासकीय पद्धति को सौंप दिया जाय। समाजवादी जनतंत्र की समस्या एक वास्तविक समस्या है और अभी तक इसका

समाधान नहीं हुआ है। समाजवादी जनतंत्र को निश्चय ही भौतिकवादी जनतंत्र होना चाहिए न कि भाववादी। मैं अपने तात्पर्य को स्पष्ट करने के लिए एक उदाहरण दे रहा हूँ। गुवेरा जेकोबियन आदर्श का एक बहादुर प्रतिनिधि था। उसने अपने विचारों को अपने जीवन में उतारा और उनके अनुरूप अपने जीवन को पूर्णतः ढाल दिया। क्रांतिकारी आंदोलन के इतिहास में ऐसा करनेवाला वह पहला व्यक्ति नहीं था। जर्मनी में लेविंग या हंगरी में ओटो कोरविन उसके समान ही थे। इस प्रकार की उदात्तता के प्रति हमारे मन में गहरी मानवीय श्रद्धा का होना अनिवार्य है। लेकिन उनका आदर्शवाद दैनिक जीवन के उस समाजवाद से भिन्न है जिसका अनिवार्यतः भौतिक आधार होता है और जिसका निर्माण एक नई अर्थ-व्यवस्था की रचना पर निर्भर है। लेकिन मैं तुरंत यह भी कहना चाहूँगा कि केवल आर्थिक विकास से ही समाजवाद पैदा नहीं होता है। ख्रुश्चेव का यह सिद्धांत पूर्णतः गलत था कि जब समाजवादी सोवियत संघ के लोगों का जीवन-स्तर संयुक्त राज्य अमेरिका के लोगों के जीवन-स्तर से ऊँचा हो जाएगा तो समाजवाद सारी दुनिया में विजयी हो जाएगा। इस समस्या को दूसरे रूप में प्रस्तुत करने की जरूरत है । इसको इस प्रकार कहा जा सकता है कि समाजवाद मानव-इतिहास में वह पहली अर्थ-व्यवस्था है जो अपने अनुरूप आर्थिक मानव को अनायास ही पैदा नहीं करती। इसका कारण यह है कि वह एक अंतर्वर्ती निर्माण कार्य है, निश्चय ही वह पूँजीवाद से साम्यवाद तक की यात्रा के बीच का एक पड़ाव है। चूँकि समाजवादी अर्थ-व्यवस्था अपने अनुरूप मानव को अनायास ही उत्पन्न नहीं करती, जैसा कि प्राचीन पूँजीवाद ने सहज ही अपने ढंग का आर्थिक मानव पैदा किया, 1793 के नागरिक और बुर्जुआ के रूप में मानव-समाज का विभाजन किया और जिससे साद जैसे लेखक उत्पन्न हुए, इसलिए समाजवादी जनतंत्र का कार्य है अपने सदस्यों को समाजवाद की ओर बढ़ने के लिए ठीक से शिक्षित करना। यह कार्य पूर्णतः अभूतपूर्व है और बुर्जुआ जनतंत्र की किसी भी चीज से इसका कोई साम्य नहीं है। आज फिर मजदूर-वर्ग की जनतांत्रिक प्रणाली, सोवियतों के पुनर्जागरण की जरूरत है जो हर बार सर्वहारा क्रांति से उत्पन्न होती है जैसे 1871 के पेरिस कम्यून, 1905 की रूसी-क्रांति और अक्तूबर क्रांति। लेकिन ऐसा बहुत शीघ्र नहीं होगा। समस्या यह है कि यहाँ मजदूर उदासीन हैं और प्रारंभ में वे किसी भी चीज में विश्वास नहीं करेंगे।

इतिहास में विच्छिन्नता

इस प्रसंग में एक समस्या अनिवार्य परिवर्तनों के ऐतिहासिक प्रस्तुतीकरण की

है। यहाँ हाल के दार्शनिक विवादों में इतिहास में विच्छिन्नता और अविच्छिन्नता के प्रश्न पर पर्याप्त बहस हुई है। मैंने विच्छिन्नता की धारणा का दृढ़ता से समर्थन किया है। आप तेन और दि तोक्यूविल के उन पुराणपंथी विचारों से अवगत होंगे जिनके अनुसार फ्रांसीसी क्रांति फ्रांसीसी इतिहास में मौलिक परिवर्तन एकदम नहीं है; क्योंकि उसने फ्रांसीसी राज्य के केंद्रीयकरण की परंपरा को कायम रखा, जो लुई चौदहवें के शासन-काल में अत्यंत मजबूत थी और नेपोलियन तथा द्वितीय साम्राज्य के समय और अधिक मजबूत ही हुई। लेनिन ने क्रांतिकारी आंदोलन के दौरान ही इस दृष्टिकोण का दृढ़ता से खंडन किया। उसने कभी भी मूलभूत परिवर्तनों और नवीन कदमों को पूर्ववर्ती प्रवृत्तियों के सातत्य या सुधार के रूप में प्रस्तुत नहीं किया। उदाहरण के लिए जब उसने 'नई आर्थिक नीति' की घोषणा की तो उसने एक क्षण के लिए भी यह नहीं कहा कि यह 'युद्धकालीन साम्यवाद' का विकास है या उसको पूर्ण करने का प्रयास। उसने स्पष्ट कहा कि 'युद्धकालीन साम्यवाद' तत्कालीन परिस्थितियों से उत्पन्न एक गलती थी और नई आर्थिक नीति उस गलती को सुधारने और पद्धति को पूर्णतः परिवर्तित करने का निश्चित प्रयास है। स्तालिनवाद के दौरान इस लेनिनवादी पद्धति का परित्याग कर दिया गया और स्तालिन ने नीति संबंधी बड़े से बड़े परिवर्तनों को भी पुरानी नीति के संशोधन या उसकी तर्कसंगत परिणति के रूप में ही पेश किया। स्तालिन ने संपूर्ण समाजवादी इतिहास को एक अविच्छिन्न और सही विकास के रूप में पेश किया, उसने कभी भी विच्छिन्नता को स्वीकार नहीं किया। आजकल स्तालिनवाद के अवशेषों पर विचार करने की समस्या के संदर्भ में यह प्रश्न विशेष महत्त्वपूर्ण है। प्रश्न यह है कि क्या सुधारों के परिप्रेक्ष्य के अंतर्गत अतीत की अविच्छिन्नता पर बल दिया जाए या इसके ठीक विपरीत अगला कदम स्तालिनवाद से पूर्णतः संबंध-विच्छेद का हो। मेरा विश्वास है कि पूर्णतः संबंध-विच्छेद जरूरी है। यही कारण है कि इतिहास में विच्छिन्नता का प्रश्न हमारे लिए इतना महत्त्वपूर्ण है।

***प्रश्न** : क्या आप इसको अपने दार्शनिक विकास पर लागू करना पसंद करेंगे ? आप 1920 के आस-पास की अपनी कृतियों के बारे में आज क्या सोचते हैं ? आपकी वर्तमान कृतियों से उनका क्या संबंध है ?*

उत्तर : 1920 के करीब कोर्श, मैं और ग्राम्शी, हम तीनों ही विभिन्न तरीकों से सामाजिक अनिवार्यता की समस्या को समझने और उसकी यांत्रिक व्याख्या करने का प्रयत्न कर रहे थे, जो द्वितीय इंटरनेशनल की विरासत थी। हमें यह समस्या विरासत में मिली थी, लेकिन हममें से कोई भी इस समस्या को सुलझा न सका, यहाँ तक कि ग्राम्शी भी, जो हममें सर्वाधिक योग्य था, असफल रहा।

हमने गलती की और आज उस समय की रचनाओं को सही मानकर उनको पुनर्जीवित करने का प्रयास गलत होगा। पश्चिम में हमारी उन रचनाओं को 'अपसिद्धांत के शास्त्र' के रूप में उपस्थित करने की एक प्रवृत्ति है, लेकिन उनकी अब कोई जरूरत नहीं है। '20 के आसपास का समय अब गुजरा हुआ जमाना है। अब तो हमें 60 की दार्शनिक समस्याओं की चिंता करनी चाहिए। मैं इस समय *सामाजिक अस्तित्व की सत्ता-मीमांसा* नामक रचना को पूरा करने में लगा हुआ हूँ और मेरा विश्वास है कि इस रचना के माध्यम से मैं उस समस्या को ठीक ढंग से सुलझा सकूँगा जो नितांत गलत रूप में मेरी प्रारंभिक रचना 'इतिहास और वर्ग चेतना' में प्रकट हुई थी। मेरी नवीन रचना का केंद्रीय प्रश्न अनिवार्यता और स्वतंत्रता के पारस्परिक संबंध से जुड़ा है, जिसे मैं सोद्देश्यवाद और कार्य-कारण सिद्धांत भी कहता हूँ। परंपरा से प्रायः दार्शनिक हमेशा इन दोनों ध्रुवों में से किसी एक पर आधारित सिद्धांत-स्थापना का प्रयत्न करते रहे हैं और या तो उन्होंने अनिवार्यता को छोड़ दिया है या मानवीय स्वतंत्रता को। मेरा उद्देश्य दोनों के सत्ता-मूलक परस्पर संबंध का विवेचन है। दोनों में से प्रत्येक उस पद्धति को भी खारिज करता है जिसके सहारे प्रायः परम्परा से दार्शनिक अभी तक मनुष्य को प्रस्तुत करते रहे हैं। श्रम की धारणा ही मेरे विश्लेषण का केंद्रबिंदु है, क्योंकि श्रम जैविक आधार पर निर्भर नहीं होता। अगर एक सिंह एक हिरण पर आक्रमण करता है तो उसका व्यवहार केवल जैव आवश्यकता से निर्धारित होता है। लेकिन अगर आदिम मनुष्य के सामने पत्थरों का ढेर हो तो वह उनमें से कुछ का चुनाव इस आधार पर करेगा कि कौन से पत्थर उसके किस औजार के लिए अधिक उपयोगी साबित होंगे। उसको विकल्पों के बीच चुनाव करना होगा। विकल्पों की धारणा मानव-श्रम के अर्थ का आधार है, जो सदा सोद्देश्य होता है और इससे ही उस उद्देश्य की स्थापना होती है जो चुनावों का परिणाम होता है। इस प्रकार इससे मानवीय स्वतंत्रता की व्यंजना होती है। लेकिन इस स्वतंत्रता का अस्तित्व वस्तुगत भौतिक शक्तियों की गतिमयता पर निर्भर होता है, जो भौतिक विश्व के कारण कार्य संबंधी नियमों से संचालित होता है। इस प्रकार श्रम की सोद्देश्यता सदा शारीरिक क्षय से समन्वित होती है और वास्तव में किसी एक व्यक्ति के श्रम का फल दूसरे व्यक्ति के उद्देश्य के अनुकूल उसके शारीरिक क्षय का एक क्षण है। प्रकृति की सोद्देश्यता में विश्वास ही कभी धर्म का विज्ञान था और इतिहास में निहित सोद्देश्यता के प्रति विश्वास निराधार था। लेकिन हर मानवीय श्रम में सोद्देश्यता होती है, जो भौतिक जगत् के क्षय में अत्यंत सूक्ष्मता से समाविष्ट है। लेकिन यह धारणा जो अनिवार्यता और स्वतंत्रता के प्राचीन विरोध को समाप्त करती है, मेरे

वतमान ग्रथ का केंद्रीय तत्त्व है। मैं यह जोर देकर कहूँगा कि मैं कोई सर्व-समावेशी दार्शनिक पद्धति के निर्माण का प्रयत्न नहीं कर रहा हूँ। मेरा ग्रंथ पूर्ण हो चुका है, लेकिन मैं उसके प्रथम अध्याय को पुनः संशोधित कर रहा हूँ। उक्त ग्रंथ का शीर्षक है *सामाजिक अस्तित्व की एक सत्ता-मीमांसा* न कि 'सामाजिक अस्तित्व की सत्ता मीमांसा'। आप दोनों शीर्षकों के अर्थ-भेद को जरूर पसंद करेंगे। मैं जिस काम में व्यस्त हूँ उसको ठीक ढंग से आगे बढ़ाने के लिए अनेक चिंतकों के सामूहिक प्रयत्न की जरूरत पड़ेगी। मैंने दैनिक जीवन के जिस समाजवाद की चर्चा की है उसके सत्तामूलक आधारों की व्याख्या इस ग्रंथ में होगी।

मूलगामी अंग्रेजी संस्कृति

प्रश्न : *इंग्लैंड यूरोप का एकमात्र ऐसा बड़ा देश है जिसकी मार्क्सवादी दर्शन की कोई निजी परंपरा नहीं है। आपने इसके सांस्कृतिक इतिहास के एक अंश–वाल्टर स्कॉट के उपन्यासों–के बारे में व्यापक रूप से लिखा है, लेकिन ब्रिटेन के राजनीतिक और बौद्धिक इतिहास तथा महादेशीय ज्ञानोदय के बाद की यूरोपीय संस्कृति से उसके संबंध के बारे में आपके क्या विचार हैं ?*

उत्तर : ब्रिटेन का इतिहास मार्क्स के शब्दों में अनियमित विकास के नियम का शिकार रहा है। क्रॉमवेल की क्रांति की मूलगामिता और 1688 की क्रांति तथा नगरों और देहातों में पूँजीवादी संबंधों की स्थापना में उनकी सफलता ही इंग्लैंड के परवर्ती पिछड़ेपन का कारण बन गया। मैं समझता हूँ कि इंग्लैंड में पूँजीवादी कृषि के ऐतिहासिक महत्त्व और इंग्लैंड के परवर्ती विकास के उसके विरोधाभासी नतीजों पर बल देनेवाला आपका विचार सही है। इसे स्पष्टतः इंग्लैंड के सांस्कृतिक विकास में देखा जा सकता है। बुर्जुआ वर्ग की विचारधारा के रूप में अनुभववाद की प्रधानता 1688 के बाद ही स्थापित हुई, लेकिन उसका भीषण प्रभाव क्रमशः बढ़ता गया और उसने इंग्लैंड के दर्शन और कला के पूर्ववर्ती इतिहास को पूर्णतः विकृत कर दिया। उदाहरण के लिए बेकन को लीजिए। वह महान् चिंतक था, वह लॉक से भी बड़ा चिंतक था। लेकिन बाद में बुर्जुआ वर्ग ने लॉक की महानता का बहुत शोर मचाया । बेकन की महत्ता अंग्रेजी अनुभववाद से धूमिल हो गई और अगर आज आप इसका अध्ययन करना चाहें कि बेकन ने अनुभववाद को क्या दिया तो पहले आपको यह समझना आवयक होगा कि अनुभववाद ने बेकन को क्या बना दिया और इन दोनों स्थितियों में भारी अंतर है। आप जानते हैं कि मार्क्स बेकन का महान् प्रशंसक

था। इसी प्रकार की दुर्घटना एक दूसरे अंग्रेज चिंतक मेंडविल के साथ हुई। वह हॉब्स का महान् उत्तराधिकारी था, लेकिन अंग्रेज बुर्जुआ वर्ग ने उसे पूरी तरह भुला दिया। मार्क्स ने 'अतिरिक्त मूल्य के सिद्धांतों' के संदर्भ में अनेक बार उसे उद्धृत किया है। इंग्लैंड के अतीत की यह मूलगामी संस्कृति विलुप्त और विकृत हो गई। इसके बाद इलियट और उसके समानधर्मा लेखकों ने डन जैसे मेटाफिजिकल कवियों को अतिरंजित महत्त्व दिया, जो मानव-संस्कृति के संपूर्ण विकासशील इतिहास के संदर्भ में बहुत कम महत्त्व रखते हैं। इसी प्रसंग में स्कॉट की नियति आँख खोल देने लायक है। मैंने स्कॉट के महत्त्व के बारे में अपनी पुस्तक *ऐतिहासिक उपन्यास* में विचार किया है। आप जानते हैं कि वह पहला उपन्यासकार था जिसने यह समझा कि मानव-समाज इतिहास से परिवर्तित होता है। उसकी महत्ता को रूस के पुश्किन, इटली के मैजीनी और फ्रांस के बाल्जाक जैसे यूरोप के महान् साहित्यकारों ने तत्काल पहचान लिया। इन सभी ने स्कॉट की महत्ता को समझा और उससे बहुत कुछ सीखा। लेकिन विचित्र बात यह है कि स्वयं इंग्लैंड में स्कॉट का कोई सच्चा उत्तराधिकारी नहीं दिखाई देता। वहाँ स्कॉट को भी लोगों ने गलत समझा और क्रमशः उसे भूल गए। इस प्रकार अंग्रेजी संस्कृति के संपूर्ण विकास-क्रम में एक विच्छेद उत्पन्न हो गया और इसे शॉ जैसे मूलगामी लेखकों में भी स्पष्ट देखा जा सकता है। शॉ का मूल इंग्लैंड के सांस्कृतिक अतीत में स्थित नहीं है, क्योंकि उन्नीसवीं शताब्दी की अंग्रेजी संस्कृति तब तक अपने मूलगामी पूर्ववर्ती इतिहास से कट चुकी थी। स्पष्टतः शॉ की रचनाओं में इससे उत्पन्न गहरी दुर्बलता दिखाई देती है।

आज अंग्रेजी बुद्धिजीवियों को मार्क्सवाद केवल बाहर से नहीं लेना चाहिए। बल्कि उन्हें स्वयं अपनी संस्कृति के नवीन इतिहास की पुनर्रचना करनी चाहिए। यह उनका अनिवार्य कर्तव्य है जिसे वे ही पूरा कर सकते हैं। मैंने स्कॉट के बारे में और एग्रेस हेलर ने शेक्सपीयर के बारे में लिखा है। लेकिन मूलतः अंग्रेजों को ही इंग्लैंड की नई खोज करनी होगी। यहाँ हंगरी मे हमारे राष्ट्रीय चरित्र के संबंध में वैसा ही बहुरंगी धुंध फैला है जैसा आपके यहाँ इंग्लैंड में। आपकी संस्कृति का सच्चा इतिहास इस धुंध को समाप्त कर देगा। इस संबंध में संभवतः अनियमित विकास के नियमों से उत्पन्न आर्थिक और राजनीतिक संकटों की गहराई से आपको मदद मिलेगी। निश्चय ही विल्सन आज की दुनिया का सबसे बड़ा चालाक और अवसरवादी राजनीतिक व्यक्ति है, लेकिन उसकी सरकार भी पूर्णतः अनर्थकारी और असफल सिद्ध हुई है। यह भी इंग्लैंड के संकट की गहराई और उसकी असाध्यता का प्रमाण ही है।

***प्रश्न** : आज आप उपन्यास के सिद्धांत जैसी अपनी प्रारंभिक कृतियों के बारे में क्या सोचते हैं ? उसकी ऐतिहासिक सार्थकता क्या थी ?*

उत्तर : *उपन्यास के सिद्धांत* नामक पुस्तक में प्रथम विश्व युद्धकालीन मेरी निराशा की अभिव्यक्ति हुई है। जब युद्ध प्रारंभ हुआ तो मैंने कहा था कि जर्मनी और आस्ट्रिया तथा हंगरी रूस को, जारवाद को हराकर समाप्त कर देंगे और यह सही सिद्ध हुआ। मेरा यह भी विश्वास था कि फ्रांस और इंग्लैंड, जर्मनी आस्ट्रिया तथा हंगरी को हराकर हाब्सबुर्गों और होहेंजोलनों को समाप्त कर देंगे और यह भी सही है। लेकिन अंग्रेजी और फ्रांसीसी संस्कृति से हमारी रक्षा कौन करेगा, यह एक महत्त्वपूर्ण प्रश्न था। इस प्रश्न के लाजवाब होने की निराशा ही *उपन्यास के सिद्धांत* की पृष्ठभूमि में है। निश्चय ही अक्तूबर क्रांति से इस प्रश्न का उत्तर मिल गया। रूसी क्रांति मेरी वैयक्तिक दुविधा के एक व्यापक समाधान के रूप में सामने आई। उसने इंग्लैंड और फ्रांस के बुर्जुआ वर्ग की विजय से हमें बचा लिया, जिसका मुझे भय था। लेकिन मुझे यह कहना चाहिए कि अपनी अनेक कमजोरियों के बावजूद *उपन्यास के सिद्धांत* में जिस संस्कृति का विश्लेषण हुआ है उसको उत्पन्न करनेवाली दुनिया को पराजित करने की आवाज उस रचना से बुलंद हुई है। उसमें क्रांतिकारी परिवर्तन की समझदारी व्यक्त हुई थी।

वेबर

> **प्रश्न :** *उस समय मैक्स वेबर से आपकी मित्रता थी। अब आप उनके बारे में क्या सोचते हैं ? उनका सहयोगी सोमबर्ट अंततः नाजी बन गया। क्या आप ऐसा समझते हैं कि अगर वेबर भी जीवित रहता तो उसने भी 'राष्ट्रीय समाजवाद' से समझौता कर लिया होता ?*

उत्तर : नहीं ! कभी नहीं ! आपको यह निश्चित रूप से समझना चाहिए कि वेबर एक ईमानदार व्यक्ति था। उदाहरण के लिए उसके मन में सम्राट् के प्रति तीव्र घृणा थी। वह प्रायः हमसे कहा करता था कि यहाँ स्टुअर्ट्स या बूर्बों के समान किसी सम्राट् का सिर नहीं काटा गया, यह जर्मनी का दुर्भाग्य है। आप कल्पना कर सकते हैं कि 1912 में इस प्रकार की बात करनेवाला वह जर्मन प्रोफेसर जरूर असाधारण रहा होगा। वेबर सोमबर्ट से पूरी तरह भिन्न व्यक्ति था। उसने कभी भी यहूदी विरोधवाद से समझौता नहीं किया। मैं आपको एक ऐसी कहानी सुनाता हूँ जिससे उसकी चारित्रिक विशेषताओं का अंदाजा लग सकता है। एक जर्मन विश्वविद्यालय ने किसी नवीन नियुक्ति के प्रसंग में एक पद के लिए उसकी राय माँगी। वेबर ने योग्यता क्रम से तीन नामों की एक सूची भेज दी और साथ ही यह भी लिखा कि इन तीनों में से हर व्यक्ति उस पद के योग्य है, क्योंकि तीनों ही योग्य व्यक्ति हैं। लेकिन मैं जानता हूँ कि आप उनमें

से किसी को भी नियुक्त नहीं करेंगे क्योंकि वे यहूदी हैं, इसलिए मैं तीन नामों की एक दूसरी सूची भी भेज रहा हूँ। इनमें से कोई भी उन तीनों में से किसी के समान योग्य नहीं है। लेकिन आप निश्चय ही इस दूसरी सूची के तीन नामों में से ही एक व्यक्ति को स्वीकार करेंगे; क्योंकि ये तीनों ही यहूदी नहीं हैं। लेकिन इन सबके बावजूद आप यह जरूर याद रखें कि वेबर का साम्राज्यवाद में गहरा विश्वास था। उसका उदारवाद उसके इस विश्वास का ही एक अंग था कि एक कुशल सम्राज्यवाद आवश्यक है और उदारवाद ही उस कुशलता का कारण है। वह एक असाधारण विद्वान् और गहरा प्रतिक्रियावादी था। वह अक्तूबर और नवंबर की क्रांति का घोर शत्रु था। शेलिंग और शोपेनहावर से जिस अबुद्धिवाद की शुरुआत हुई थी, उसका वह मूर्त रूप था। उस विचारधारा की सर्वाधिक महत्त्वपूर्ण अभिव्यंजना वेबर में दिखाई देती है।

प्रश्न : *आप जब अक्तूबर क्रांति के पक्षधर हुए तो वेबर ने क्या प्रतिक्रिया व्यक्त की थी ?*

उत्तर : कहा जाता है कि उसने कहा था कि लूकाच में यह परिवर्तन निश्चय ही विश्वासों और विचारों के गहरे रूपांतरण का परिणाम होगा, लेकिन टोलर में यह परिवर्तन भावनाओं की उलझन का ही फल है। उसके बाद वेबर से मेरा कोई संबंध नहीं रहा।

प्रश्न : *युद्ध के बाद आपने हंगरी के कम्यून में शिक्षा-मंत्री की हैसियत से भाग लिया था। आज 70 वर्षों बाद उस कम्यून के अनुभवों के बारे में आपकी क्या राय है ?*

उत्तर : कम्यून का मूल कारण हंगरी के प्रति समझौते की नीति थी। इस संबंध में हंगरी का कम्यून रूसी क्रांति से तुलनीय हैं, जहाँ युद्ध की समाप्ति के प्रश्न ने ही अक्तूबर-क्रांति की सफलता में बुनियादी भूमिका अदा की। सामाजिक लोकतंत्रवादियों ने कम्यून की स्थापना के लिए हमारी आलोचना की, लेकिन उस समय युद्ध के पश्चात् बुर्जुआ राजनीतिक ढाँचे के भीतर काम करना संभव नहीं था, इसलिए उसको ध्वस्त करना जरूरी था।

बाल्शेविक नेताओं के बारे में

प्रश्न : *कम्यून की पराजय के बाद आप कोमिंटर्न के तीसरे अधिवेशन में प्रतिनिधि की हैसियत से मास्को गए। क्या वहाँ बाल्शेविक नेताओं से आपकी भेंट हुई ? आपके मन पर उनका क्या प्रभाव पड़ा ?*

उत्तर : आपको यह याद रखना चाहिए कि उस अधिवेशन में मैं एक छोटे-से प्रतिनिधि-मंडल का छोटा प्रतिनिधि था। उस समय मैं किसी भी तरह

महत्त्वपूर्ण व्यक्ति नहीं था। इसलिए रूसी पार्टी के नेताओं से मेरी कोई लंबी बातचीत न हो सकी। ल्यूनाचार्स्की ने लेनिन से मेरा परिचय कराया। लेनिन के व्यक्तित्व से मैं पूरी तरह प्रभावित हुआ। अधिवेशन की समितियों में काम करते हुए लेनिन को देखने का भी मुझे सुअवसर प्राप्त हुआ। मैं यह जरूर कहना चाहूँगा कि दूसरे बाल्शेविक नेताओं में मुझे विद्वेष की झलक मिली। ट्राट्स्की को मैंने तत्काल नापसंद किया, वह मुझे ढोंगी लगा। आपको याद होगा कि लेनिन संबंधी गोर्की के संस्मरण में एक जगह लेनिन ने क्रांति के बाद गृहयुद्ध के दौरान ट्राट्स्की की संगठनात्मक उपलब्धियों की प्रशंसा की है, लेकिन साथ ही उन्होंने यह भी कहा है कि ट्राट्स्की में लास्साल की प्रवृत्तियाँ भी थीं। जिनोवीव कोमिंटर्न में राजनीतिक जोड़-तोड़ करनेवाला व्यक्ति था। इसका ठीक से पता मुझे बाद में लगा। बुखारिन के संबंध में अपनी राय मैंने 1925 के अपने उस निबंध में व्यक्त की है जिसमें उसके मार्क्सवाद की आलोचना की गई है। ऐसा मैंने उस समय किया था जब वह रूस में सैद्धांतिक मामलों में स्तालिन के बाद दूसरा अधिकारी व्यक्ति माना जाता था। मुझे अनेक अन्य विदेशी साम्यवादियों की भाँति उस अधिवेशन में रूसी पार्टी में स्तालिन की महत्ता का कोई खास अंदाज नहीं लगा। मैंने रैडेक से लंबी बातचीत की। उसने मुझसे कहा था कि जर्मनी में हुई मार्च की कार्यवाही के बारे में मेरा निबंध उस विषय पर लिखा हुआ सर्वोत्तम निबंध है और उसने यह भी कहा कि उस निबंध में व्यक्त विचारों का वह पूरी तरह समर्थन करता है। लेकिन बाद में जब पार्टी ने मार्च की कार्यवाही की निंदा की तो उसने भी अपनी राय बदल ली और उसने खुले आम उस निबंध की निंदा की। इन सबकी तुलना में लेनिन का मेरे मन पर गंभीर प्रभाव पड़ा ।

***प्रश्न** : जब लेनिन ने संसदवाद संबंधी आपके निबंध की आलोचना की तो आपकी क्या प्रतिक्रिया हुई थी ?*

उत्तर : मेरा निबंध पूरी तरह भ्रामक था और उसमें व्यक्त धारणाओं को मैंने निःसंकोच छोड़ दिया, लेकिन मैं इसके साथ यह भी कहना चाहूँगा कि मेरे निबंध की लेनिन ने जो आलोचना की उसके पहले ही उनकी पुस्तक *वामपंथी साम्यवाद–एक बचकाना मर्ज* का मैंने अध्ययन किया था और संसदीय प्रणाली में हिस्सा लेने के प्रश्न पर उनके विचारों से मैं पूरी तरह सहमत था। इसलिए जब उन्होंने मेरे निबंध की आलोचना की तो मेरे मन में कोई विशेष हलचल नहीं हुई। मुझे यह पहले से ही मालूम था कि इस प्रश्न पर मेरे विचार गलत हैं। आपको याद होगा कि लेनिन ने उसी पुस्तक में लिखा है कि सर्वहारा शक्ति के क्रांतिकारी साधन के रूप में सोवियतों के पैदा होने के साथ ही विश्व-इतिहास

की चेतना के प्रसंग में बुर्जुआ संसदों की व्यर्थता सिद्ध हो गई है। लेकिन इसका यह अर्थ नहीं है कि तात्कालिक राजनीतिक संदर्भ में उनकी व्यर्थता सिद्ध हो गई। खास तौर से इसका यह मतलब एकदम नहीं है कि पश्चिमी देशों की जनता अब संसदों में विश्वास ही नहीं करती, इसलिए लेनिन के अनुसार साम्यवादियों को संसदों के भीतर और बाहर काम करना चाहिए।

प्रश्न : *हंगरी के साम्यवादी दल के तीसरे अधिवेशन के समय सन् 1928-29 में आपने प्रसिद्ध 'ब्लूम थीसिस' में उस समय के हंगरी के साम्यवादी दल के सुरक्षात्मक उद्देश्य के रूप में किसानों और मजदूरों के जनतांत्रिक अधिनायकत्व की धारणा पेश की थी। आपके विचारों को अवसरवादी कहकर रद्द कर दिया गया और उन विचारों के कारण ही आप केंद्रीय समिति से निष्कासित कर दिए गए। उस संपूर्ण घटना के बारे में आज आप क्या सोचते हैं ?*

उत्तर : 'ब्लूम थीसिस' तीसरे काल के संकीर्णतावाद के खिलाफ मेरी सुरक्षात्मक कार्यवाही थी, जिसमें इस बात पर बल दिया गया था कि 'सामाजिक लोकतंत्र' और 'फासिज्म' एक ही है। आपको याद होगा कि इस अनर्थकारी नीति के साथ ही वर्ग के खिलाफ वर्ग और सर्वहारा के तत्काल अधिनायकत्व की स्थापना का नारा भी बुलंद किया जा रहा था। लेनिन के 1905 के मजदूरों और किसानों के जनतांत्रिक अधिनायकत्व के नारे को पुनर्जीवित और स्वीकार करके तथा छठे कोमिंटर्न कांग्रेस की नीतियों की कमजोरियों का पर्दाफाश करके मैं हंगरी की पार्टी को एक अधिक यथार्थवादी नीति की ओर ले जाने का प्रयत्न कर रहा था। मैं इस काम में असफल हो गया। पार्टी ने 'ब्लूम थीसिस' की निंदा की और बेलाकुतथान तथा उसके समर्थकों ने मुझे पार्टी से निकाल दिया। उस समय मैं पार्टी में पूरी तरह अकेला था और आपको यह भी समझना चाहिए कि मैं उनको भी 'ब्लूम थीसिस' समझाने में असफल रहा जो पार्टी के भीतर कुन की संकीर्णतावादी नीति के खिलाफ मेरे संघर्ष में मेरे विचारों से सहमत थे। इसलिए मैंने 'थीसिस' का आत्मलोचन किया। यद्यपि यह एक सनक थी, लेकिन इसे तत्कालीन परिस्थितियों ने मुझ पर थोप दिया था। वास्तव में मैंने अपना मत नहीं बदला और सचाई यह है कि अब भी मेरा विश्वास है कि उस समय मैं पूर्णतः सही था। वास्तव में परवर्ती इतिहास की गतिविधि से 'ब्लूम थीसिस' की सचाई सिद्ध हुई है; क्योंकि हंगरी में 1945-48 में मजदूरों और किसानों के जनतांत्रिक अधिनायकत्व की वास्तविकता चरितार्थ हुई जिसकी वकालत मैंने 1929 में की थी। लेकिन 1928 के बाद स्तालिनवाद के कारण एक भिन्न प्रकार की स्थिति उत्पन्न हो गई जिसकी एक अलग कहानी है।

ब्रेख्त के साथ संबंध

***प्रश्न** : ब्रेख्त के साथ सन्, 30 में और युद्ध के बाद आपके संबंध कैसे थे ? उसकी महानता के बारे में आपकी क्या राय है ?*

उत्तर : ब्रेख्त एक महान् कवि था और उसके परवर्ती नाटक 'सेसुआँ की भली औरत' और 'साहसी माँ' आदि उत्तम कोटि के नाटक हैं, लेकिन नाटक और सौंदर्यशास्त्र के संबंध में उसके सिद्धांत निश्चय ही गलत और उलझे हुए हैं। मैंने अपनी पुस्तक *समकालीन यथार्थवाद का अर्थ* में इसकी व्याख्या की है, लेकिन उन सिद्धांतों से उसके परवर्ती नाटकों की श्रेष्ठता कम नहीं होती। मैं 1931-33 में बर्लिन में था और वहाँ लेखक संघ में काम कर रहा था। उसी समय 1930 के बीच ब्रेख्त ने अभिव्यंजनावाद का समर्थन करते हुए मेरे खिलाफ एक लेख लिखा। लेकिन बाद में जब मैं मास्को में था तो ब्रेख्त स्कैंडिनेविया से अमेरिका की यात्रा के दौरान सोवियत संघ आया तो मुझसे मिला और उसने मुझसे यह भी कहा कि कुछ ऐसे लोग हैं जो हमें एक-दूसरे के खिलाफ भड़काने की कोशिश कर रहे हैं। उसने यह भी कहा कि हमें यह भी तय कर लेना चाहिए कि हम दूसरों की बातों से उत्तेजित होकर आपस में नहीं लड़ेंगे। उसके बाद हमारा संबंध हमेशा अच्छा रहा और युद्ध के बाद जब कभी मैं बर्लिन गया–(उस समय मैं अक्सर ही बर्लिन जाया करता था) तो ब्रेख्त से जरूर मिला और हम लोगों में लंबी बातचीत भी हुई। उस समय हम एक-दूसरे के काफी करीब थे। आप जानते ही होंगे कि उसकी अंत्येष्टि के अवसर पर श्रद्धांजलि-भाषण करने वालों में मैं भी उसकी पत्नी द्वारा आमंत्रित किया गया था। मुझे इस बात का दुःख है कि सन् 40 में दूसरे कामों में व्यस्त होने के कारण मैं उसके बारे में कोई लेख न लिख सका। यह मेरी भूल थी। ब्रेख्त के लिए हमेशा मेरे मन में असीम श्रद्धा रही है। वह अत्यंत विवेकशील था और उसे यथार्थ का गहरा बोध था। इस संदर्भ में वह अपने मित्र कोर्श से नितांत भिन्न था। जब कोर्श ने जर्मनी की पार्टी छोड़ दी तो वह समाजवाद से भी अलग हो गया। मैं यह जानता हूँ कि उस समय बर्लिन में लेखक-संघ के फासिस्ट-विरोधी संघर्ष में सहयोग करना उसके लिए असंभव था, क्योंकि पार्टी से इसकी अनुमति नहीं मिलती। ब्रेख्त पूर्णतः भिन्न प्रकार का व्यक्ति था। वह जानता था कि सोवियत रूस के खिलाफ कुछ भी करना उचित नहीं है और वह जीवन-पर्यंत अपनी इस धारणा पर कायम रहा।

***प्रश्न** : क्या आप वाल्टर बेंजामिन को उस समय जानते थे ? क्या आप यह मानते हैं कि अगर वह जीवित होता तो एक दृढ़ प्रतिबद्ध मार्क्सवादी क्रांतिकारी हुआ होता ?*

उत्तर : नहीं, कुछ कारणों से मैं बेंजामिन से न मिल सका, जबकि 1930 में सोवियत संघ की यात्रा के दौरान रास्ते में फ्रांकफुर्त में मैं एडोर्नो से मिला। बेंजामिन असाधारण प्रतिभाशाली व्यक्ति था और कई अत्यंत नवीन समस्याओं पर उसने गंभीरतापूर्वक विचार किया था। यद्यपि उसने इन समस्याओं पर नए तरीके से विचार किया तो भी वह उनके घेरे से बाहर न निकल सका। मैं समझता हूँ कि अगर वह जीवित रहता तो ब्रेख्त से मित्रता के बावजूद उसका अनिश्चित विकास ही होता। आपको यह भी याद रखना चाहिए कि 1930 का समय शुद्धीकरण और शीत-युद्ध के कारण कितना नाजुक था। इसी वातावरण के कारण एडोर्नो एक प्रकार की 'असहमतिवादी सहमति' का प्रतिपादक बन गया।

***प्रश्न** : जर्मनी में फासिज्म की विजय के बाद आपने रूस के मार्क्स-लेनिन संस्थान में रायजानोव के साथ काम किया। आपने वहाँ क्या काम किया ?*

उत्तर : 1930 में जब मैं मास्को में था तो रायजानोव ने मुझे मार्क्स की पेरिस में लिखी 1844 की कुछ पांडुलिपियाँ दिखलाईं। आप मेरी उस समय की उत्तेजना की कल्पना कर सकते हैं। उन पांडुलिपियों को पढ़ने से मार्क्सवाद से मेरा संपूर्ण संबंध ही बदल गया और मेरे दार्शनिक दृष्टिकोण में भारी परिवर्तन हुआ। उन पांडुलिपियों को प्रकाशन योग्य बनाने का काम सोवियत संघ का जर्मन विद्वान् कर रहा था। उनमें दीमक लग जाने के कारण कुछ शब्दों के अक्षर गायब थे या कहीं-कहीं शब्द ही गायब हो गए थे। अपने दार्शनिक ज्ञान के कारण मैंने उस विद्वान् के साथ मिलकर नष्ट हुए अक्षरों और शब्दों को निर्धारित करने का काम किया। कभी-कभी किसी शब्द के शुरू का अक्षर जैसे 'जी' था और अंत का 'एस' था, लेकिन यह तय करना था कि बीच के अक्षर कौन-से होंगे। मैं समझता हूँ कि अंत में उन पांडुलिपियों का जो संस्करण प्रकाशित हुआ वह बहुत अच्छा था; क्योंकि उनके संपादन में सहयोग करने के कारण मुझे इसका विश्वास है। इस कार्य का श्रेय रायजानोव को है, वह सिद्धांतशास्त्री तो न था, लेकिन एक महान् भाषाशास्त्री जरूर था। उसके निष्कासन के बाद संस्थान के कार्य में भारी अवनति हुई। मुझे याद है, उसने कहा था कि मार्क्स की पुस्तक *पूंजी* की पांडुलिपि के दो खंड हैं, जिनका अंग्रेजी में प्रकाशन नहीं हुआ है। एंगेल्स ने *पूंजी* के दूसरे और तीसरे खंडों की भूमिका में यह लिखा है कि ये दोनों ही खंड मार्क्स द्वारा लिखित *पूँजी* की पांडुलिपि से संकलित हैं। 1930 के प्रारंभ में सोवियत संघ में दार्शनिक बहसें हुईं, लेकिन मैंने उनमें भाग नहीं लिया। उस समय वहाँ एक विवाद में देबोरिन की पुस्तक

की आलोचना हुई थी। व्यक्तिगत तौर पर मैं अधिकांश आलोचना को उचित समझता हूँ, लेकिन इस आलोचा का उद्देश्य स्तालिन को श्रेष्ठ दार्शनिक के रूप में स्थापित करना था।

प्रश्न : क्या आपने 1930 के आसपास सोवियत रूस में हुई साहित्यिक बहसों में भाग लिया था ?

उत्तर : मैंने छः-सात वर्षों तक 'साहित्यिक समालोचना' पत्रिका में सहयोगी की हैसियत से काम किया और हम लोगों ने उस समय के कठमुल्लापन के खिलाफ एक दृढ़ नीति बराबर कायम रखी। फादएव और दूसरों ने 'रापवाद' के खिलाफ संघर्ष किया और रूस में उसे परास्त किया, लेकिन आबरबाख और दूसरे ट्राट्स्कीवादियों के कारण रापवाद एक दूसरे रूप में पुनः सोवियत रूस में आ गया। 'साहित्यिक समालोचना' ने बराबर इन प्रवृत्तियों का विरोध किया। मैंने उस पत्रिका के लिए कई लेख लिखे और उनमें स्तालिन के केवल तीन उद्धरण थे–उस समय रूस में स्तालिन को उद्धृत करना जरूरी था। लेकिन उन सभी लेखों में साहित्य में स्तालिनवादी धारणाओं के खंडन का प्रयास था। उनकी विषय-वस्तु का लक्ष्य स्तालिन की मतांधता का विरोध ही था।

लूकाच का राजनैतिक जीवन

प्रश्न : आपने 1919 से 1929 तक, करीब दस वर्ष राजनीति में सक्रिय रूप से भाग लिया, उसके बाद आप सक्रिय राजनीति से पूरी तरह अलग हो गए। इसको किसी भी प्रतिबद्ध मार्क्सवादी के लिए महत्त्वपूर्ण महान् परिवर्तन कहा जा सकता है। 1930 में अपने जीवन में इस एकाएक परिवर्तन के कारण क्या आपने अपने-आपको परिसीमित (या इसके ठीक विपरीत मुक्त) अनुभव किया ? आपके जीवन के इस पहलू से आपके बचपन और यौवन का क्या कोई संबंध है ? क्या आप अपने निर्माण में सहायक प्रभावों के बारे में कुछ कहेंगे ?

उत्तर : अपने राजनीतिक जीवन को समाप्त कर देने का कारण मेरा यह विश्वास था कि 1928-29 में पार्टी के भीतरी विवादों में मैं एकदम सही था और मुझे ऐसा कोई कारण नहीं मिला जिससे इस संबंध में मैं अपने विचारों को बदल लूँ: तो भी मैं पार्टी को अपने विचार समझाने में पूरी तरह असफल रहा। इसलिए मैंने सोचा कि अगर मैं पूरी तरह सही होने पर भी पूरी तरह पराजित हो रहा हूँ तो इसका यही तात्पर्य हो सकता है कि मुझमें राजनीतिक योग्यता ही नहीं है और इसलिए मैं बिना किसी कठिनाई के व्यावहारिक राजनीतिक कार्यों से अलग हो गया। मैंने यह मान लिया कि मुझमें राजनीतिक प्रतिभा नहीं है। हंगरी

की पार्टी की केंद्रीय समिति से अपने निष्कासन के बाद भी मेरे इस विश्वास में कोई परिवर्तन नहीं हुआ कि तीसरे काल की अनर्थकारी संकीर्णतावादी नीतियों के बावजूद कम्युनिस्ट आंदोलन के माध्यम से ही फासिज्म के खिलाफ प्रभावकारी लड़ाई लड़ी जा सकती है। इस संबंध में अब भी मेरे विचारों में कोई परिवर्तन नहीं हुआ है। मेरा यह बराबर विचार रहा है कि मानव-जीवन के लिए निकृष्ट कोटि का समाजवाद भी उत्कृष्ट कोटि के पूँजीवाद से अधिक श्रेयस्कर है।

कुछ समय पश्चात् 1956 में नाज इमरे की सरकार में भाग लेने से राजनीतिक क्रिया-कलाप से मेरी विरक्ति का खंडन नहीं होता है। नाज के आम राजनीतिक विचारों से मैं सहमत नहीं था और जब अक्तूबर के पहले कुछ नवयुवकों ने हम दोनों में समझौता कराने का प्रयास किया तो मैंने बराबर यह जवाब दिया कि नाज इमरे से चल कर मेरे यहाँ तक पहुँचना उतना कठिन नहीं है जितना मेरे यहाँ से चलकर नाज इमरे तक पहुँचना। 1956 के अक्तूबर में जब मुझे संस्कृति का मंत्री बनने को कहा गया तो वह मेरे लिए एक नैतिक प्रश्न बन गया न कि राजनीतिक। मैं इंकार न कर सका। जब हमें कैद करके रूमानिया में नजरबंद किया गया तो रूमानिया और हंगरी की पार्टियों के कॉमरेडों ने नाज से मेरे मतभेदों को जानते हुए भी उसकी नीतियों के बारे में मेरी राय माँगी। मैंने उनसे कहा कि जब बुदापेस्ट की गलियों में हम दोनों स्वतंत्र मानव के रूप में होंगे तो मैं खुलेआम और विस्तार से नाज के बारे में अपनी राय जाहिर करूँगा, लेकिन जब तक वह जेल में है तब तक उससे मेरी हमदर्दी है।

आपने यह भी जानना चाहा है कि जब मैं राजनीति से अलग हुआ तो मेरी व्यक्तिगत भावनाएँ किस प्रकार की थीं। मैं कह सकता हूँ कि मैं संभवतः बहुत समकालीन इंसान नहीं हूँ। मैंने कभी भी अपने जीवन में किसी प्रकार की हताशा या कुंठा का अनुभव नहीं किया है। मैं यह जानता हूँ कि इनका अर्थ क्या है, लेकिन यह ज्ञान बीसवीं शताब्दी के साहित्य और फ्रायड के अध्ययन से मैंने प्राप्त किया है; लेकिन मुझे स्वयं इनकी अनुभूति नहीं हुई है। जब भी मैंने अपने जीवन में अपनी गलत दिशाओं या गलतियों को पहचाना तो मैं हमेशा उनको मान लेने के लिए तैयार रहा हूँ और ऐसा करने में मेरा कुछ भी बिगड़ा नहीं है और फिर मैं एक नई दिशा की ओर मुड़ गया। जब मैं पंद्रह-सोलह वर्ष का था तो मैंने इब्सन और हाप्ट्समन के ढंग पर कुछ आधुनिक नाटक लिखे और जब मैंने अठारह वर्ष की अवस्था में उन्हें पढ़ा तो वे नाटक मुझे नितांत घटिया लगे। मैंने तुरंत निश्चय किया कि मैं रचनाकार नहीं हो सकता और मैंने उन नाटकों को जला दिया। मुझे इस घटना से कोई विशेष दुख नहीं हुआ; लेकिन वह

अत्यंत प्रारंभिक अनुभव बाद में मेरे लिए लाभदायक साबित हुआ, क्योंकि एक आलोचक की हैसियत से जब मुझे किसी रचना पर विचार करना पड़ा और मुझे लगा कि मैं स्वयं उसकी रचना कर सकता हूँ तो मुझे बराबर लगा कि यह उस रचना की कमजोरी का एक निर्भ्रांत प्रमाण है। वह आलोचना के लिए एक विश्वसनीय प्रतिमान बन गया। यह मेरा पहला साहित्यिक अनुभव था। मेरे मन पर प्रारंभिक राजनीतिक प्रभाव एक विद्यार्थी के रूप में मार्क्स की रचनाओं को पढ़ने का पड़ा और सर्वाधिक महत्त्वपूर्ण प्रभाव हंगरी के महान् कवि एडी की रचनाओं का पड़ा। मैं विद्यार्थी जीवन में अपने समकालीनों के बीच नितांत अकेला था। एडी का मेरे मन पर गहरा प्रभाव पड़ा। वह एक क्रांतिकारी था, लेकिन उसके मन में हेगेल के प्रति गहरी उमंग थी। यद्यपि उसने हेगेल के उस पक्ष को कभी पसंद नहीं किया जो मुझे भी बहुत प्रारंभ से ही नापसंद था। हेगेल का वह पक्ष था स्थापित यथार्थ से समझौता करना। अंग्रेजी संस्कृति की यह एक बहुत बड़ी कमजोरी है कि हेगेल से उसका गहरा परिचय नहीं है। आज भी मेरे मन में हेगेल के प्रति सम्मान है और मैं समझता हूँ कि मार्क्स ने हेगेल के दर्शन को भौतिकवादी बनाने का जो काम शुरू किया था उसे मार्क्स से भी आगे ले जाने की जरूरत है। मैंने अपनी आगामी पुस्तक *सत्व मीमांसा* में यह प्रयास किया है। सब-कुछ के बावजूद पश्चिम में तीन महान् अनन्य चिंतक हैं–अरस्तू, हेगेल और मार्क्स।

['न्यू लेफ्ट रिव्यू' 68, जुलाई-अगस्त 1971:]

[यह अंतरंग वार्ता 'न्यू लेफ्ट रिव्यू' के संपादक-मंडल के एक सदस्य से 1968 के अंत में बुदापेस्ट में हुई थी। लूकाच ने स्वीकार किया कि इसमें उसने जो कुछ कहा था उसका ठीक-ठीक प्रस्तुतीकरण हुआ है, लेकिन उसने इसे उस समय प्रकाशित न करने का आग्रह किया था। इस वर्ष जून में लूकाच की मृत्यु हो गई और अब इस अंतरंग वार्ता का प्रकाशन संभव हो सका है।]

सत्ता ने साहित्य को कई तरह के कथानक दिए हैं

[प्राग में इवान क्लीमा से साक्षात्कार]

इवान क्लीमा चेकोस्लोवाकिया के प्रसिद्ध उपन्यासकार, आलोचक और नाटककार हैं। 1931 में जन्मे क्लीमा का बचपन आतंक का सामना करने में गुजरा। यहूदी होने के कारण अपने माता-पिता के साथ उन्हें भी नाजियों के आतंक का सामना करना पड़ा। जवानी के दिनों में चेकोस्लोवाकिया की सरकार ने इवान क्लीमा के साथ-साथ उनकी पत्नी और बच्चों को भी तरह-तरह से दंडित और अपमानित किया। 1969 में चेकोस्लोवाकिया पर रूसी आक्रमण के समय वे अपने देश से बाहर थे। 1970 में जब वे वापस लौटे तो नई सरकार का विरोध करने के कारण एक बार फिर उनका संघर्षशील जीवन तरह-तरह की कठिनाइयों का सामना करने में बीता। वे उन थोड़े से लोगों में रहे हैं जिनका सत्ता से निरंतर संघर्ष चलता रहा है।

उनके अब तक लगभग 15 उपन्यास और कहानियों के अनेक संग्रह छप चुके हैं। 1970 के बाद उनकी किताबें चेकोस्लोवाकिया से बाहर यूरोप के दूसरे देशों में छपती रही हैं। उनके उपन्यासों में जहाँ आत्मकथात्मक तत्त्व हैं वहीं चेकोस्लोवाकिया के सत्ता विरोधी लेखकों की जिंदगी के चित्र भी मिलते हैं। सत्तर के दशक के आरंभ से मैं चेकोस्लोवाकिया की यात्रा करता रहा हूँ, और अपनी हर यात्रा में मैं इवान क्लीमा से मिलता रहा हूँ। उस समय मैंने देखा था कि प्राग में लेखकों की क्या दशा थी; कहीं कोई लेखक सड़क के किनारे सिगरेट बेचता मिल जाता था तो कहीं कोई सड़क की सफाई करता था, कहीं कोई लेखक राजमिस्त्री बनकर ईंटें जोड़ता दिखाई देता था तो कहीं कोई पानी

ढोता हुआ। 1976 के बाद मैं चेकोस्लोवाकिया न जा सका, लेकिन गुप्त सूत्रों के सहारे पत्र-व्यवहार से मुझे वहाँ की जानकारी मिलती रही। सत्ता से लगातार लड़ते हुए कई बार कुछ लेखक थकान और टूटन का भी अनुभव करते थे। एक बार इवान क्लीमा ने पत्र में लिखा था, "कई बार मैं सोचता हूँ कि क्या बाकी जिंदगी इसी तरह कठिनाइयों में गुजरेगी। यहाँ जिंदगी बहुत कठिन है और निराश करने वाली भी। हमें हमेशा परेशान किया जाता है और लगातार सताया जाता है। हमारा एक शब्द भी यहाँ छप नहीं सकता। हमें पूछताछ के लिए बराबर बुलाया जाता है। हमारे कई मित्र जेल जाते-आते रहते हैं। मुझे अभी जेल नहीं जाना पड़ा है, लेकिन गाड़ी चलाने का मेरा लाइसेंस छीन लिया गया है और मेरा टेलीफोन काट दिया गया है।"

लगभग 14 वर्षों बाद इस बार जब इवान क्लीमा को मैंने देखा तो उनकी स्फूर्ति और शक्ति देखकर मैं दंग रह गया। इस बार उनके चेहरे पर थकान का कोई चिन्ह न था। आजकल चेकोस्लोवाकिया में जिसे 'क्रांति' कहा जा रहा है उसको विकसित करने में इवान क्लीमा की महत्त्वपूर्ण भूमिका रही है। इस पूरे आंदोलन में अपने लंबे संघर्ष के बावजूद वे थके नहीं हैं, जबकि कई लोग पिछले कठिन दौर से गहरे स्तर पर प्रभावित दिखाई देते हैं। एक शाम क्लीमा के घर पर रात में भोजन करते समय उनकी दृढ़ता का एक प्रमाण मिला। उनका एक पुराना लेखक मित्र उनके यहाँ आया था जिसके दो कमरों के घर को पुरानी सरकार के अधिकारियों ने छीन लिया था। वह अपना घर वापस पाने के बारे में इवान क्लीमा से सलाह करने आया था। क्लीमा ने उससे कहा कि "तुम अपनी पत्नी और चार बच्चों के साथ प्राग के मेयर जरोस्लाव कोरान के दफ्तर में जाकर बैठ जाओ और कहो, 'जब तक मुझे मेरा मकान वापस नहीं मिलेगा तब तक मैं हटूँगा नहीं।' तुम उनसे प्रार्थना मत करना, अपने हक की माँग करना।" उस लेखक के चेहरे पर असमंजस और चिंता के चिन्ह देखकर क्लीमा ने मुझसे कहा कि अभी कुछ लोग नई स्थिति को समझ नहीं पा रहे हैं।

चेकोस्लोवाकिया में जो सरकार सत्ता में आई है उसके अधिकांश अधिकारी लेखक, पत्रकार और बुद्धिजीवी हैं। स्वयं राष्ट्रपति हॉवेल प्रसिद्ध नाटककार और निबंधकार हैं। शायद ही कभी और कहीं किसी देश की सरकार में इतने उपन्यासकार, कवि और पत्रकार एक साथ मौजूद हों। चेकोस्लोवाकिया की नई सरकार लेखक, पत्रकारों और बुद्धिजीवियों की सरकार है।

इवान की पत्नी हेलेना क्लीमोवा मनोचिकित्सक हैं। उन्होंने रूसी कब्जे के दौरान भूमिगत रहकर बीमारों की देखभाल और सेवा की है। जब मैंने उनसे पूछा कि इस नई क्रांति के बारे में उनके मरीज क्या सोचते हैं और नया समाज

उन्हें कैसा लग रहा है ? तब हेलेना ने बताया कि "जो मानसिक विकृति के शिकार हैं वे उत्साह का अनुभव कर रहे हैं, पहले से बेहतर हो रहे हैं, लेकिन जो स्नायविक दुर्बलता के शिकार हैं उनकी हालत बिगड़ रही है।" मैंने पूछा कि "सो क्यों है ?" उन्होंने कहा कि "जो स्नायविक दुर्बलता के शिकार हैं वे अत्यंत अनिश्चय की स्थिति में हैं। वे वर्तमान के बारे में सशंकित हैं क्योंकि भविष्य के बारे में चिंतित हैं। उन्हें पुरानी जड़ता से चिढ़ है, लेकिन नई स्थिति के प्रति वे आश्वस्त नहीं हैं। जो स्नायविक दुर्बलता के शिकार होते हैं वे हमेशा परिवर्तन से घबराते हैं। क्योंकि वे अचानक खुद को विकल्पों की दुनिया में पाते हैं। लेकिन जो मानसिक विकृति के रोगी हैं वे वर्तमान स्थिति को स्थायी मानकर आश्वस्त हैं। वे उत्साहित भी हैं। चूँकि उनके आसपास का हर आदमी प्रसन्न है इसलिए वे दूसरों से अधिक प्रसन्न दिखाई देते हैं। यह सब बहुत विचित्र है, लेकिन यहाँ हर आदमी नई स्थिति का सामना करने की कोशिश कर रहा है।

जिस समय इवान क्लीमा से मेरी बातचीत हुई उस समय प्राग में उत्सव का माहौल था। चारों ओर खुशी फैली हुई थी और लोग खुलकर हँस-बोल रहे थे। मैंने दो दिनों तक क्लीमा से बातचीत की, जो इस प्रकार थी :

फिलिप रॉथ : *पिछले लंबे समय से आपकी रचनाएँ आपके ही देश में गुप्त रूप से छपती रही हैं। अपनी रचनाओं को इस रूप में देखना आपको कैसा लगता था ? जाहिर है, गंभीर साहित्यिक रचनाएँ जब गुप्त रूप से छपती हैं तब आमतौर पर उसके पाठक भी प्रबुद्ध लोग ही होते हैं। इस तरह के प्रकाशन से लेखक और पाठक के बीच एक विलक्षण, लेकिन आकर्षक संपर्क बनता है। फिर भी ऐसा प्रकाशन बहुत सीमित रूप में होता है और वह सरकारी प्रतिबंध से बचते हुए छपता है। इसलिए वह अनेक अर्थों में अधूरा भी होता है। ऐसे प्रकाशन के कारण चेकोस्लोवाकिया में जो साहित्य की संस्कृति विकसित हुई उसका क्या रूप था ?*

इवान क्लीमा : तुमने ठीक ही कहा कि साहित्य के गुप्त प्रकाशन के कारण एक विशेष प्रकार का पाठक वर्ग निर्मित होता है। हमारे यहाँ इस तरह के प्रकाशन की शुरुआत जिस स्थिति में हुई थी वह असामान्य थी। हमारे यहाँ की सरकार और उसके विदेशी सहायक आलोचना से डरते थे। वे यह भी जानते थे कि हर तरह की आत्मिक और बौद्धिक गतिविधि स्वतंत्रता की ओर बढ़ती है। इसीलिए वे चेक संस्कृति के प्रत्येक रूप के विकास का गला घोंट रहे थे। उन्होंने लेखकों के लिए लिखना, चित्रकारों के लिए प्रदर्शनी लगाना और वैज्ञानिकों के लिए सोचना लगभग असंभव बना दिया था। इसका परिणाम यह हुआ कि सांस्कृतिक संस्थाएँ जीते जी मर गई थीं। आरंभ में अचानक आई इस

स्थिति से लोगों ने समझौता कर लिया था, चारों ओर निराशा छा गई थी, लेकिन जिन लेखकों और बुद्धिजीवियों के प्रति लोगों के मन में विश्वास था उनकी ओर जनता आशा भरी नजरों से देख भी रही थी।

गुप्त प्रकाशन की प्रक्रिया धीरे-धीरे शुरू हुई। सत्तर के दशक के आरंभ में मेरे घर पर मेरे ऐसे लेखक मित्र एकत्र होने लगे जिनकी रचनाओं के प्रकाशन पर रोक लगी हुई थी। ऐसे लेखकों में वाक्लाव हविल, गूसा, लुडविक वाकुलिक, कोहाउत, क्लिमेत, यान त्रेफुल्का, मिलान उदे आदि मुख्य थे। हमारी नियमित बैठकें शुरू हुईं। ऐसी बैठकों में हम अपनी रचनाएँ एक-दूसरे को सुनाते थे। बहुमिल हार्वल और जारोस्लाव शेफर खुद तो नहीं आए, लेकिन उन्होंने अपनी रचनाएँ भेजीं। पुलिस को हमारी बैठकों की कुछ खबर हो गई थी। उनके कहने पर टेलीविजन द्वारा एक छोटी-सी फिल्म दिखाई गई जिसमें बताया गया था कि मेरे घर पर इन बैठकों में कुछ गहरा षड्यंत्र चल रहा है। मुझसे कहा गया कि ये बैठकें बंद कर दी जाएँ। उसके बाद हमने तय किया कि हम अपनी रचनाओं को टाइप कराके कम-से-कम कीमत पर पाठकों को पहुँचाएँ। इस काम का जिम्मा प्रसिद्ध लेखक लुडविक वाकुलिक ने लिया। इस तरह हमने एक टाइपराइटर और एक टाइपिस्ट से अपना काम शुरू किया।

प्रत्येक रचना की दस या अधिक से अधिक बीस प्रतियाँ बनती थीं, उनकी कीमत सामान्य से कुछ अधिक होती थी। धीरे-धीरे साहित्य में दिलचस्पी रखने वाले लोगों में इसका प्रचार-प्रसार होने लगा। लोग ऐसी रचनाओं की खोज करने लगे। कुछ लोग खुद भी हमारी रचनाओं की नई प्रतियाँ तैयार करने लगे। इस बीच पुस्तकों का आकार-प्रकार भी बेहतर होने लगा। यह बात आश्चर्यजनक लग सकती है कि हमारी किताबों की जिल्दसाजी का काम वहीं होता था जहाँ सरकारी किताबों का। हमारी किताबों पर उन चित्रकारों के चित्र छपते थे जिन पर सरकारी प्रतिबंध लगा था। आजकल उस समय की किताबों को अपने पास रखना लोग गौरव की बात समझते हैं। धीरे-धीरे किताबों और पाठकों के साथ-साथ प्रकाशित प्रतियों की संख्या भी बढ़ती गई। लोग दूसरों से भी ऐसी किताबें लेकर पढ़ने लगे। पहले इस तरह का काम साहित्यकारों ने शुरू किया, लेकिन बाद में इतिहासकारों, समाजशास्त्रियों, विद्रोही धर्मशास्त्रियों और जॉज, पॉप तथा लोक संगीत के समर्थक भी इस अभियान में शामिल हो गए। बाद के दिनों में ऐसे नए लेखक भी इस अभियान में आ गए जो सरकारी प्रकाशनों से अपनी किताबें छपवाना नहीं चाहते थे। इस प्रक्रिया में अनुवाद की किताबें भी छपने लगीं। साथ ही राजनीतिक-धार्मिक किताबें भी निकलने लगीं। गीतों के कुछ संग्रह भी प्रकाशित हुए। यान पतोखा जैसे दार्शनिक की लगभग सारी रचनाओं

के संकलन छपे।

आरंभ में पुलिस ने प्रकाशन के इस अभियान को रोकना चाहा, घरों की तलाशी के समय पुस्तकों की प्रतियाँ जब्त कर ली गईं। कई बार टाइप करने वालों को गिरफ्तार भी किया गया, कुछ को जेल भी भेजा गया; लेकिन गुप्त प्रकाशन का काम बंद नहीं हुआ।

यद्यपि हमारे पास ठीक-ठीक आँकड़ा नहीं है फिर भी मैं कह सकता हूँ कि इस प्रक्रिया से लगभग 200 पत्रिकाएँ और कई हजार किताबें छपीं। जाहिर है कि हम जिन हजारों किताबों की बात कर रहे थे उनमें सब की सब उच्चकोटि की नहीं थीं। लेकिन उनके बारे में एक बात कही जा सकती है कि वे किताबें और उनके माध्यम से विकसित होनेवाली साहित्य की संस्कृति बाजार और सरकार दोनों से स्वतंत्र थी। इस स्वतंत्र चेक संस्कृति ने नई पीढ़ी को अपनी ओर तेजी से आकर्षित किया । अभी यह कहना मुश्किल है कि यह संस्कृति कितनी व्यापक थी। इसे बाद में खोजबीन के द्वारा जाना जा सकता है। लेकिन हमारा अनुमान है कि कुछ किताबों के 10,000 से भी अधिक पाठक थे। इस अभियान में चेक भाषा की वे किताबें भी शामिल हैं जो दूसरे देशों से छपकर आती थीं। हमारे इस अभियान को सफल बनाने में दूसरे देशों के रेडियो स्टेशन भी सहायक हुए, जो प्रतिबंधित साहित्य का समय-समय पर प्रसारण करते थे। उनमें रेडियो फ्री यूरोप और वायस ऑफ अमेरिका की विशेष भूमिका रही है। रेडियो फ्री यूरोप हमारे यहाँ से गुप्त रूप से प्रकाशित किताबों को धारावाहिक रूप से प्रसारित करता था। यहीं से हावेल और दूसरे लेखकों की पुस्तकों का प्रसारण हुआ। मैं मानता हूँ कि 1989 की क्रांतिकारी घटनाओं पर उस भूमिगत संस्कृति का गहरा असर है।

फिलिप रॉथ : *पश्चिम की साहित्यिक दुनिया में आपके यहाँ के सेंसरशिप और उससे लेखकों के संबंध के बारे में कुछ-कुछ रोमैंटिक मान्यताएँ रही हैं। पश्चिम में कुछ ऐसे लेखक हैं जो आपके यहाँ के लेखकों की स्थिति से एक तरह की ईर्ष्या का अनुभव करते रहे हैं; क्योंकि आप लोग एक विशेष प्रकार के दबाव के तहत कठिन स्थिति में रचना करते हैं, इसलिए आपकी रचनाशीलता का एक निश्चित उद्देश्य भी होता है। यह कहना गलत न होगा कि आप लोग अपने समाज में सत्य के एकमात्र रक्षक और पोषक हैं। सेंसरशिप की संस्कृति के भीतर हर आदमी दोहरा जीवन जीने के लिए अभिशप्त होता है, वह झूठ और सच दोनों को साथ-साथ लेकर चलता है। ऐसी स्थिति में साहित्य जीवन का रक्षक होता है और आम जनता उसमें सचाई खोजने और पाने की कोशिश करती है; क्योंकि वही*

सचाई का एक मात्र स्रोत बच जाता है। इसके ठीक विपरीत हमारे यहाँ (अमेरिका) की संस्कृति में कहीं कोई प्रतिबंध नहीं है, लेकिन जन संचार के माध्यम तरह-तरह के झूठ के आक्रमण से लोगों को दिग्भ्रमित करते हैं। इसलिए वहाँ भी जीवन और सचाई की रक्षा का काम गंभीर साहित्य के माध्यम से ही होता है।

सत्तर के आरंभ में जब मैं यहाँ से लौटकर अमेरिका गया तब यहाँ और वहाँ के लेखकों की स्थिति की तुलना करते हुए मैंने कहा था, "यहाँ कुछ भी कहना आसान नहीं है, इसलिए जो कुछ किया जाता है उसका एक अर्थ होता है, जबकि वहाँ सब चलता है, इसलिए किसी चीज का कोई अर्थ नहीं होता।" आपने जो कुछ लिखा उसको सार्थक बनाने के लिए क्या कीमत चुकाई है ? सेंसर और दमन के कारण रचनाकारों को किन स्थितियों से गुजरना पड़ा है ?

इवान क्लीमा : तुमने चेक लेखकों से यूरोप और अमेरिका के लेखकों की जो तुलना की है वह बार-बार मेरे मन में आती रही है। मैं तुम्हारे यहाँ की स्थितियों के अंतर्विरोध के बारे में कुछ कहने की स्थिति में नहीं हूँ। हमारे यहाँ लेखकों ने अपने लेखन के लिए भारी कीमत चुकाई है। वे केवल प्रतिबंध और दमन के शिकार नहीं हुए हैं बल्कि कई बार काम करने और रोजी-रोटी कमाने के अवसर से भी वंचित किए गए हैं। हमारे लगभग सभी प्रतिबंधित लेखक मित्र अपनी जीविका चलाने के लिए किसी-न-किसी तरह की मजदूरी करते रहे हैं। मिलान कुंदेरा के उपन्यास में एक डॉक्टर घर की खिड़कियाँ और दरवाजे साफ करने का काम करता है, लेकिन यहाँ कई लेखक, आलोचक और अनुवादक इसी ढंग से अपनी जीविका अर्जित करते रहे हैं। कुछ लेखक ईंट ढोते रहे हैं तो कुछ खुदाई के काम में लगे रहे हैं। कभी-कभी ऐसा लगता है कि इस तरह के काम करने से लेखकों को दिलचस्प अनुभव मिलते हैं। ऐसा तभी संभव है जब वह स्थिति थोड़े दिनों की हो और थकान तथा ऊब से बचने के रास्ते भी हों। अगर 15 या 20 वर्षों तक कोई इसी तरह मजदूरी करे तो उसके लेखकीय व्यक्तित्व के विनाश की संभावना ही अधिक होगी। ऐसी क्रूरता और कठोरता के शिकार अनेक लेखक एकदम टूट गए तो कुछ इस तरह थक गए कि उनके लिए किसी तरह का रचनात्मक कार्य करना मुश्किल हो गया। उनमें से अगर कुछ ने अपनी रचनात्मक क्षमता की रक्षा की तो व्यक्तिगत जिंदगी की हर खुशी खो दी।

फिलिप रॉथ : *मैंने यहाँ जितने लेखकों और पत्रकारों से बात की उन सबके मन में मिलान कुंदेरा के बारे में कई तरह के पूर्वग्रह हैं। कुछ लोग*

उनके तथाकथित 'अंतर्राष्ट्रीयतावाद' की आलोचना करते हैं। कुछ लोगों ने मुझसे यह भी कहा कि अब मिलान कुंदेरा अपने यूरोप और अमेरिका के पाठकों के लिए लिखते हैं। यह एक प्रकार से अपनी संस्कृति से दूर जाने की कोशिश है। मुझे ऐसा लगता है कि वह एक ऐसा लेखक है जो विदेश में रहने के बाद यथार्थवादी ढंग से यह महसूस करता है कि वह अपने देश के बाहर रह रहा है, अपनी जड़ों से कटा हुआ है। इसलिए वह बाहर रहकर भी अपनी जड़ों से जुड़े रहने का बहाना नहीं करता। वह नई स्थिति में नए ढंग का साहित्य लिख रहा है। उसने चेकोस्लोवाकिया में रहकर जो कुछ लिखा है और बाद के दिनों में फ्रांस में रहकर जो कुछ लिखता है, उन दोनों की अगर तुलना की जाय तो यह कहना कठिन है कि उसका पहले का लेखन बेहतर है या बाद का; लेकिन मुझे ऐसा लगता है कि उसने नई स्थिति की चुनौतियों को स्वीकार करते हुए रचनात्मक स्तर पर अनुभव और लेखन की नई पद्धति का विकास किया है। क्या आप यह बताएँगे कि यहाँ के लेखक मिलान कुंदेरा के परवर्ती लेखन के बारे में क्या सोचते हैं ?

इवान क्लीमा : मिलान कुंदेरा से यहाँ के लेखकों का संबंध कुछ जटिल है। यहाँ के बहुत थोड़े से लेखक कुंदेरा के लेखन के बारे में सोचते हैं; क्योंकि पिछले बीस वर्षों में उसकी कोई किताब यहाँ नहीं छपी। कुंदेरा के बारे में यहाँ कई तरह की बातें की जाती हैं, उनमें एक बात यह भी है कि अब वह विदेशियों के लिए लिखता है। कुछ दूसरे लोग यह भी कहते हैं कि अब अपने देश से उसका कोई संबंध नहीं रहा। हम उसके लेखन के कलात्मक महत्त्व के बारे में बात करने की स्थिति में नहीं हैं, क्योंकि यहाँ उसके लेखन के गुण से अधिक दूसरे पक्षों पर बात होती रही है। यहाँ मिलान कुंदेरा के समर्थक भी काफी हैं और वे कहते हैं कि यहाँ के अनेक लेखक ईर्ष्या के कारण कुंदेरा की आलोचना करते हैं। लेकिन मुझे लगता है कि यह समस्या इतनी सीधी-सादी नहीं है। यहाँ अनेक ऐसे लेखक हैं जो इस देश में ही नहीं विदेशों में भी लोकप्रिय हैं, फिर भी यहाँ के बुद्धिजीवी उनसे ईर्ष्या करने के बदले प्रेम करते हैं, हावेल ऐसे लेखकों में एक हैं। यहाँ कुछ लोगों के मन में कुंदेरा के बारे में एलर्जी है। एलर्जी के अनेक कारण होते हैं और उनमें से मुख्य कारण को खोज लेना बड़ा मुश्किल है। मुझे ऐसा लगता है कि मिलान कुंदेरा के बारे में यहाँ एलर्जी का एक कारण यह है कि वह अपने यहाँ के पुराने अनुभवों को कुछ सरलीकृत और मोहक रूप में पेश करता है। कुछ लोग यह भी कहते हैं कि उसकी रचनाओं में यहाँ के जो अनुभव हैं उन अनुभवों का उसके जीवन की वास्तविकताओं से

बहुत मेल नहीं है, क्योंकि 1968 तक यहाँ के शासकों से वह सम्मानित और पुरस्कृत होता रहा है।

कुंदेरा यह ठीक ही पहचानता है कि एकाधिकारवादी सत्ता जनता पर जुल्म करती है। लेकिन उसकी रचनाओं में जैसी जिंदगी मिलती है उसकी तुलना में यहाँ की वास्तविक जिंदगी अधिक कठोर और जटिल है। कुंदेरा के आलोचक कहते हैं कि उसकी रचनाओं में चेकोस्लोवाकिया की जिंदगी की जैसी तस्वीर मिलती है वैसी तस्वीर इस देश की यात्रा करके रिपोर्ट लिखने वाले किसी भी विदेशी संवाददाता के लेखन में मिल जाएगी। ऐसी तस्वीर से विदेशी पाठक संतुष्ट होंगे; क्योंकि वह उनकी उम्मीदों के अनुरूप होगी, उस तस्वीर से अच्छाई और बुराई की चिरपरिचित कहानी सच साबित होती है, लेकिन चेक पाठकों के लिए हमारी वास्तविकता परियों की कहानी की वास्तविकता नहीं है। यहाँ के पाठक मिलान कुंदेरा जैसे लेखक से यहाँ की वास्तविकता की अधिक समग्र और जटिल तस्वीर की उम्मीद करते हैं, जो हमारी जिंदगी में गहरे पैठने की अंतर्दृष्टि दे सके। लेकिन एक लेखक के रूप में कुंडेरा की दूसरी आकांक्षाएँ भी हैं। वह यहाँ की जिंदगी की वास्तविकता का चित्रण करने तक सीमित रहना नहीं चाहता। उसकी दूसरी आकांक्षाएँ यहाँ के पाठकों के लिए बहुत प्रासंगिक नहीं हैं। कुंदेरा के बारे में यहाँ फैली एलर्जी के पीछे यहाँ के पाठकों का वह दृष्टिकोण भी है जो लेखकों से एक विशेष प्रकार की नैतिकता की माँग करता है।

इस प्रसंग में अंतिम बात एक और है। जिस समय कुंदेरा को अपार अंतर्राष्ट्रीय ख्याति मिल रही थी ठीक उसी समय चेक संस्कृति अपने देश की एकाधिकारवादी सत्ता के कठिन संघर्ष के दौर से गुजर रही थी। यहाँ के अधिकांश बुद्धिजीवी और कुछ विदेशों में रहनेवाले चेक बुद्धिजीवी भी उस संघर्ष में लगे हुए थे। फलतः उन्होंने तरह-तरह की विपत्तियाँ झेलीं, अपनी व्यक्तिगत स्वतंत्रता का बलिदान किया, कुछ को नौकरी छोड़नी पड़ी और कुछ अपने सुखी जीवन से वंचित होकर कठोर यातना सहने के लिए मजबूर हुए। यहाँ कुछ लोगों को लगता है कि मिलान कुंदेरा इस पूरे संघर्ष से अलग रहे। मैं मानता हूँ कि यह कुंदेरा का अपना चुनाव था। हम यह क्यों उम्मीद करें कि हर लेखक को संघर्षशील ही होना चाहिए। कुछ लोग यह भी कह सकते हैं कि उसने अपने लेखन से यहाँ के लिए बहुत कुछ किया है। जो भी हो, मैंने साफ शब्दों में यह बताने की कोशिश की है कि क्यों कुंदेरा की जो छवि विदेशों में है उससे भिन्न यहाँ के लोगों के मन में है। मैं यह भी कह सकता हूँ कि पिछले 50 वर्षों से हमारा देश जिस यातना से गुजरा है उसके कारण लोगों के मन में विदेशियों

के प्रति एक विचित्र तरह के भय की भावना घर कर गई है। यहाँ के लोगों के मन में उस यातना ने इतनी कटुता भर दी है कि वे विदेश में रहने वाले और वहाँ लोकप्रियता प्राप्त करनेवाले कुंदेरा के प्रति सहज रूप में सोच नहीं पाते। उनकी यह प्रतिक्रिया समझ में आने लायक है, लेकिन मैं यह भी कहना चाहूँगा कि कुंदेरा निस्संदेह इस सदी का एक महान् चेक लेखक है।

फिलिप रॉथ : *आपके यहाँ के सरकारी लेखक मुझे काफी रहस्यमय लगते हैं। क्या वे सभी खराब लेखक थे ? क्या उनमें कुछ अवसरवादी भी थे ? यह संभव है कि दूसरे महायुद्ध के बाद के एक-दो दशकों में कुछ ऐसे लेखक हों जो समाजवाद में आस्था रखते हों ? लेकिन पिछले दशक के अधिकांश सरकारी लेखक मुझे अवसरवादी लगते हैं। क्या मेरी यह समझ गलत है ? अगर मैं गलत हूँ तो उसे स्पष्ट कहें और यह भी बताएँ कि पिछली व्यवस्था में क्या यह संभव था कि कोई लेखक उस समय के शासकों और उनके नियमों को स्वीकार करे और फिर भी वह अच्छा लेखक बना रहे ? कहीं ऐसा तो नहीं था कि सरकार की शरण में जाने वाले लेखकों की रचनाएँ सहज ही कमजोर होती थीं ?*

इवान क्लीमा : यह सही है कि पचास के दशक में सत्ता का समर्थन करनेवाले लेखकों की मानसिकता और स्थिति 1968 के बाद सत्ता समर्थक लेखकों की स्थिति से काफी भिन्न थी। द्वितीय महायुद्ध के पहले वामपंथी लेखकों ने बहुत महत्त्वपूर्ण भूमिका निभाई थी। महायुद्ध के दौरान एक तो हमारे देश के अधिकांश हिस्से को सोवियत सेना ने नाजियों से मुक्त कराया था और दूसरे पश्चिमी देशों ने अनेक संधियों और समझौतों के बावजूद हमारे देश को धोखा दिया था। इन दोनों के मिले-जुले प्रभाव के कारण हमारे यहाँ साहित्य में वामपंथी चेतना मजबूत हुई और उसकी ओर लेखकों का झुकाव हुआ। विशेष रूप से नई पीढ़ी के लोग इस भ्रम के शिकार हुए कि साम्यवादी एक बेहतर समाज व्यवस्था बनाने जा रहे हैं। वही नई पीढ़ी बाद में मोहभंग के कारण नई व्यवस्था का विरोध करने के लिए आगे आई और स्तालिनवादी अधिनायकशाही का विरोध करती हुई 'प्राग वसंत' को लाने और उसकी आगवानी करने के लिए आगे बढ़ी।

1968 के बाद, कुछ कट्टरपंथियों को छोड़कर कोई भी महायुद्ध के बाद के भ्रमों को स्वीकार करने के लिए तैयार न था। जो रूसी सेना पहले मुक्ति दिलानेवाली सेना लगती थी वही 1968 के बाद कब्जा जमानेवाली सेना बन गई और रूसी आक्रमण का समर्थन करनेवाले शासकों को लोगों ने देशद्रोही मान लिया। जो लेखक इस स्थिति को नहीं देख पाए, उनकी रचनात्मक संभावनाएँ

समाप्त हो गईं; लेकिन जिन लोगों ने इस स्थिति को देखा और देखकर भी अनजान बने रहे वही अवसरवादी थे।

ध्यान देने की बात यह है कि ऐसी शासन-व्यवस्था लगभग दो दशकों तक कायम रही। उस व्यवस्था ने अपने कुछ विरोधियों को देश से बाहर जाने के लिए मजबूर किया तो कुछ दूसरे विरोधियों का जीना हराम कर दिया। जो लोग इन दोनों स्थितियों से बचना चाहते थे वे उस व्यवस्था को स्वीकार करने या समर्थन देने के लिए मजबूर थे। सरकार की भी मजबूरी यह थी कि टेलीविजन और रेडियो को जैसे-तैसे चलाना था और प्रकाशन का धंधा भी चालू रखना था। कुछ अच्छे-भले लोग यह भी कहते मिल जाते थे कि अगर इस सरकारी पद को मैं नहीं स्वीकार करूँगा तब मुझसे भी खराब कोई दूसरा आदमी कर लेगा। कुछ लेखक यह भी कहते थे कि हम ऊपरी तौर पर सरकार से सहयोग करते हुए भी अपने लेखन में सत्य की रक्षा करने और उसे पाठकों तक पहुँचाने की कोशिश करते हैं। अगर हम यह काम नहीं करेंगे तब फिर ऐसे लोग करेंगे जो इस सत्ता और सरकार के भक्त हैं; इसलिए बेहतर है कि हम सत्य की रक्षा के लिए सीमित रूप से सत्ता का समर्थन स्वीकार करें।

मैं यह नहीं कहूँगा कि पिछले बीस वर्षों में जो भी साहित्य सरकारी समर्थन से छपा है वह सब खराब ही है। यह भी सच है कि सत्ता ने धीरे-धीरे कुछ महत्त्वपूर्ण चेक लेखकों को अपनाया और उनकी रचनाओं का प्रकाशन होने लगा। इसी प्रक्रिया से बहुमिल, हॉवेल और मिरोस्लाव होलुव की रचनाएँ छपीं और यारोस्लाव शेफर की भी कविताओं का प्रकाशन हुआ। बाद में इन सभी लेखकों ने सरकार से अपने सहयोग की आलोचना की और नागरिक आंदोलन का साथ दिया। इस प्रसंग में यह भी कहना जरूरी है कि सरकारी प्रकाशनों से अपनी रचनाएँ छपवाने के लिए लेखकों को सेंसरशिप की जिस प्रक्रिया से गुजरना पड़ता था उसका प्रभाव रचनाओं पर भी पड़ता था। हर्वल जैसे लेखकों को भी सेंसर का दबाव मानना पड़ा था। कुछ लेखकों ने सरकारी आपत्तियों को ध्यान में रखकर लिखने के दौरान ही अपनी रचनाओं में सुधार करने की आदत डाल ली थी। अस्सी के दशक में जो क्रुद्ध नई पीढ़ी सामने आई, उसमें लेखक, रंगकर्मी और गीतकार अधिक थे। वे लोग जो कहना चाहते थे, हू-ब-हू वही कहते थे और तरह-तरह के खतरे उठाते थे। उन्हीं के संघर्ष के कारण आज हमारा साहित्य स्वतंत्र है।

फिलिप रॉथ : *चेकोस्लोवाकिया पर रूसी सेना के कब्जे के बाद समकालीन चेक लेखन का बहुत बड़ा हिस्सा अमेरिका में छपा है। वहाँ छपनेवाले लेखक दोनों तरह के हैं—वे जो चेकोस्लोवाकिया से बाहर अमेरिका तथा*

यूरोप के देशों में रहते हैं और वे भी जो चेकोस्लोवाकिया में हैं। इन लेखकों में एक ओर कुंदेरा, पावेल, कोहाउ, यूरी गूसा आदि हैं तो दूसरी ओर वाकुलिक, हर्वल, होलुब और हावेल आदि हैं। एक छोटे से देश से इतने अधिक महत्त्वपूर्ण लेखकों का अमेरिका में छपना एक आश्चर्य की बात है। नार्वे या डेनमार्क के इतने लेखक अमेरिका में नहीं छपे हैं। यह सही है कि जिस देश में काफ्का पैदा हुआ हो उसका साहित्य की दुनिया में एक विशेष महत्त्व है, लेकिन केवल इसी कारण आपके यहाँ के लेखन की ओर पश्चिम का ध्यान नहीं गया है। दूसरे देशों के अनेक बड़े लेखकों ने चेकोस्लोवाकिया के साहित्य की ओर ध्यान दिया है और उसके महत्त्व को पहचाना है। आपके जीवन और लेखन के बारे में भी बाहर बहुत सोचा और लिखा गया है। क्या आपको ऐसा नहीं लगता कि अब जबकि सब कुछ बदल चुका है तब भविष्य में आप लोग हमसे बात करने के बदले आपस में ही बात करना पसंद करेंगे ?

इवान क्लीमा : निश्चय ही हमारे राष्ट्र की कठिन स्थिति के कारण लेखकों को कई ऐसे विषयों पर लिखना पड़ा जिन पर सामान्य स्थिति में लिखना संभव न होता। उस कठिन स्थिति के कारण कई लेखकों की रचनाओं में ऐसे अनुभवों की अभिव्यक्ति है जो सामान्य स्थिति में असहज और पराये लगते और पाठकों को भी चकित करते। हमारे यहाँ जो स्थिति थी उसमें साहित्य ही व्यक्ति का अंतिम शरण-स्थल था। कई लोग अपने निजी अनुभवों की अभिव्यक्ति की आकांक्षा से बाध्य होकर लेखक बन गए। आगे आनेवाले दिनों में इनमें से बहुत सारी चीजें खो जाएँगी। हमारे समाज में विशिष्टता की पूजा की प्रवृत्ति कुछ कम ही है, इसलिए भविष्य में भी लेखकों का ध्यान साधारण जनता की दैनिक जिंदगी की समस्याओं की ओर ही होगा। मैं जब यह बात कर रहा हूँ तब मेरे ध्यान में हमारे यहाँ के पुराने बड़े लेखक हैं और समकालीन लेखक भी। काफ्का जीवन भर दफ्तर में कर्मचारी था, चापेक लगातार पत्रकार रहा, हासेक और हर्वल हमेशा आम जनता के बीच रहे, होलुब बराबर एक वैज्ञानिक के रूप में अपना काम करते हैं और वाकुलिक हमेशा ऐसी स्थितियों से बचते रहे हैं जिनसे वे जनता से दूर हो जाएँ। जैसे-जैसे सामाजिक जीवन में बदलाव आता जाएगा वैसे-वैसे साहित्य की अंतर्वस्तु भी बदलती जाएगी, लेकिन मैं नहीं समझता कि इसके कारण हमारे साहित्य में विदेशियों की दिलचस्पी कम होगी। मैं मानता हूँ कि अगर हमारे साहित्य ने यूरोप में अपने लिए जगह बनाई है और यूरोप के बाहर भी उसकी पूछ होने लगी है तो यह सब केवल उसमें व्यक्त विशेष प्रकार की विषयवस्तु के कारण ही नहीं है, उसके पीछे हमारे साहित्य के कलात्मक

महत्त्व का भी हाथ है।

फिलिप रॉथ : *आपके यहाँ इस समय पाठकों के मन में पुस्तकों की उत्कट अभिलाषा है, वे किताबों के भूखे हैं; लेकिन जब क्रांतिकारी लहर थम जाएगी और संघर्ष के काल की एकता की भावना शांत हो जाएगी तब क्या साहित्य की स्थिति वही होगी जो अब है। संघर्ष के काल में आप लोग सचाई की रक्षा के साथ-साथ उस चेक भाषा की रक्षा का भी काम कर रहे थे, जो भाषा सरकारी समाचार-पत्रों, भाषणों और किताबों के माध्यम से भ्रष्ट की जा रही थी।*

इवान क्लीमा : मैं यह मानता हूँ कि नागरिक स्वाधीनता के आंदोलन के दौरान और आजकल भी हमारे साहित्य की जैसी माँग है वैसी भविष्य में नहीं रहेगी। संभव है, उसका प्रभाव भी कुछ कम हो। हमारे साहित्य की इस अभूतपूर्व माँग और आकर्षण का एक पक्ष ऐसा भी है जिससे लेखक चिंतित रहे हैं। हमारा लेखक वह काम भी करता रहा है जो पत्रकारों, समाजशास्त्रियों और राजनीतिशास्त्रियों को करना चाहिए। हमारे यहाँ की एकाधिकारवादी सत्ता ने साहित्य को कई तरह के कथानक दिए हैं। उस सत्ता के कारण प्रायः मूर्खता की विजय होती है, सत्ता की उद्दंडता हर जगह दिखाई देती है, भोलापन हिंसा का शिकार होता है, पुलिस की क्रूरता सामने आती है; कठोर दमन की स्थितियों में लोग जेल जाते हैं, मनुष्य का अपमान होता है और जीवन में झूठ तथा बहानेबाजी का राज चलता है। आगे चलकर ऐसे कथानक वाली रचनाएँ अपनी कुछ सार्थकता खो देंगी, लेकिन नई स्थितियों से नए विषय पैदा होंगे। पिछले 40 वर्षों की एकाधिकारवादी सत्ता ने हमारे जीवन में ऐसा बहुत कुछ छोड़ा और पैदा किया है जिसका असर बहुत दिनों बाद तक बना रहेगा। हमारे जीवन में भौतिक ही नहीं आत्मिक खालीपन भी है। इस खालीपन को भरने में कठिनाइयाँ सामने आएँगी, तनाव पैदा होंगे, निराशा होगी और कहीं-कहीं ट्रेजेडी भी हो सकती है।

यह सच है कि यहाँ चेकोस्लोवाकिया में किताबों से लगाव की एक पुरानी लंबी परंपरा है। वह परंपरा मध्यकाल से अब तक चली आ रही है। आजकल जबकि हर घर में टेलीविजन आ गया है तब भी यहाँ शायद ही कोई ऐसा घर मिले जहाँ अच्छी किताबों का अच्छा संग्रह न हो। यद्यपि मैं भविष्यवाणी करना नहीं चाहता, फिर भी मैं यह कहूँगा कि भविष्य में भी हमारे यहाँ साहित्य केवल मनोरंजन का साधन नहीं होगा।

फिलिप रॉथ : *पोलैंड के लेखक वोरोवस्की ने कहा था कि "नाजियों के अत्याचारों, उनके यातना और मौत के अभियानों के बारे में वही ठीक*

लिख सकता है जो उसका सहभोक्ता ही नहीं सहभागी भी हो'' यही काम उसने अपने आत्मकथात्मक संस्मरण में किया है। वोरोवस्की ने आश्वीज के कैंप की भयानक स्थिति और संत्रास को व्यक्त करने के लिए खुद को शिकार के रूप में ही नहीं, एक सीमा तक अपराध के सहयोगी के रूप में रखा है। एक अनजान और भोलाभाला शिकार व्यक्ति उस भीषण संत्रास को ठीक-ठीक व्यक्त नहीं कर सकता।

सोवियत साम्यवाद के साये में जीनेवाले पूर्वी यूरोप के कॉन्विकी, डेनिलोव किश और कुंदेरा जैसे लेखकों ने जो साहित्य लिखा है उससे भी यही साबित होता है कि कोई भी एकदम संत नहीं है, बुराई व्यक्ति के बाहर ही नहीं भीतर भी है। मुझे लगता है कि इस आत्मालोचन की प्रवृत्ति के पीछे, इसमें निहित विडंबना के बावजूद एक ऐसी नैतिक आदत है जो बुराई के मूल स्रोत के रूप में सत्ता की पहचान करती हुई भी व्यक्तियों पर उसके प्रभाव की भी खोज करती है। आप हमेशा सत्य के पक्ष में रहे हैं और उसके खतरे भी उठाते रहे हैं। आप हमेशा बुराई की ठीक-ठीक पहचान बताते हुए उसका विरोध करते रहे हैं। मुझे चिंता है कि आगे आनेवाले दिनों में आपके लेखन की क्या स्थिति होगी और उसमें निहित नैतिक चेतना का क्या महत्त्व होगा ?

इवान क्लीमा : तुम्हारे इस सवाल के बाद मैं उन सभी बातों पर पुनर्विचार की जरूरत महसूस कर रहा हूँ जो अब तक मैंने कही हैं। मैं महसूस करता हूँ कि मैंने हमेशा एक ऐसे संघर्ष का चित्रण-वर्णन किया है जिसमें मैं एक आक्रामक सत्ता के खिलाफ अपनी रक्षा करता रहा हूँ, लेकिन सत्ता से संघर्ष का चित्रण करते हुए कभी मुझे ऐसा नहीं लगा कि सारी दुनिया खराब है और मैं ही अच्छा हूँ। यह सच है कि प्रायः लेखक ही नहीं, दूसरे लोग भी खुद को पक्ष में और पूरी दुनिया को विपक्ष में रखकर अपने संघर्ष की कहानी कहते हैं। पूरी दुनिया खराब है या व्यक्ति खराब है और दोनों में विरोध है, यह हमारे यहाँ के साहित्य की ही विशेषता नहीं है। दूसरे देशों में लिखे गए साहित्य से भी ऐसे अनेक उदाहरण दिए जा सकते हैं, जिनमें कोई नायक एक खराब, आक्रामक और नासमझ समाज से घिरा हुआ है।

हमारे यहाँ जो लोग खुद और समाज के विरोध के द्वैत की दृष्टि से रचना करते हैं वे आगे चलकर बुराई के चित्रण का कोई और तरीका खोज लेंगे। इसके साथ ही जो लेखक अब तक अपनी रचनाओं में सत्ता की मूर्खता और क्रूरता पर ही अपनी प्रतिक्रिया व्यक्त करते रहे हैं वे भी बदली हुई परिस्थितियों में जीवन-जगत् और मनुष्य के बारे में नए ढंग से सोचेंगे। लेकिन सवाल यह

है कि मैं अब कैसे लिखूँगा ? मैं पिछले तीन महीने से ऐसे कामों में लगा रहा हूँ कि एक कहानी लिखने के लिए समय निकाल पाना मुश्किल हो रहा है। मैं इस बात से दुखी नहीं हूँ कि भविष्य में मुझे एक त्रासद समाज-व्यवस्था पर साहित्य लिखने का मौका नहीं मिलेगा।

> ***फिलिप रॉथ :*** *मैं पिछले नवंबर में अपने यहाँ कालेज में काफ्का का साहित्य पढ़ा रहा था। ठीक उसी समय यहाँ आंदोलन के दौरान हावेल एक सभा को संबोधित कर रहे थे। उस समय न्यूयार्क टाइम्स में एक तस्वीर छपी थी जिसमें हावेल पुराने शासन के प्रधानमंत्री से हाथ मिला रहे थे। वह तस्वीर अपने छात्रों को दिखाते हुए मैंने काफ्का के 'किला' के नायक और उसके विरोधी को याद करते हुए छात्रों से कहा कि अब 'के' 'क्लाम' से मिल रहा है। आपको यह जानकर खुशी होगी कि छात्रों ने जब सुना कि हावेल राष्ट्रपति का चुनाव लड़ रहे हैं, तब वे बहुत प्रसन्न हुए। क्योंकि उनको लगा कि इस प्रक्रिया में 'के' 'क्लाम' के उत्तराधिकारी बनकर किले में प्रवेश करेंगे।*

इवान क्लीमा : मैं समझता हूँ कि विडंबना काफ्का की इस रचना की सबसे बड़ी विशेषता भले ही न हो, लेकिन वह हमारा ध्यान जरूर आकर्षित करती है। काफ्का वास्तविक दुनिया के समानांतर एक स्वप्न या दुःस्वप्न की दुनिया निर्मित करता है। उसके उपन्यास हमेशा यह याद दिलाते हैं कि हमें जो कुछ अकल्पनीय, दुःस्वप्न या अंतर्विरोधी लगता है उसीसे हमारे जीवन की वास्तविकता बनी हुई है। द *मेटामोर्फोसिस, द ट्रायल, द कैसिकल* आदि रचनाओं में वह यह बताता है कि जो कुछ हमें विचित्र, हास्यास्पद और अविश्वसनीय लगता है वही वास्तव में घटित हो रहा है और यह भी कि हमारे जीवन में ऐसी बहुत सारी बातें होती हैं जो ऊपरी तौर पर दिखाई नहीं देतीं, लेकिन वही हमारे भाग्य का निर्णय करती हैं। 'मेटामोर्फोसिस' नाम की कहानी में जब ग्रेगर साम्सा जागता है और पाता है कि वह एक कीड़ा बन गया है तभी काफ्का लिखता है कि "यह कोई सपना नहीं था।" काफ्का के अनुसार सपना संभावनाओं की दुनिया का दूसरा नाम है। उसमें व्यवस्था और स्थायित्व होता है, उसमें कार्य-कारण संबंध भी होते हैं। काफ्का की दुनिया में जीवन का अर्थ तभी खुलता है जब हम यह महसूस करते हैं कि यहाँ हम क्यों हैं।

> ***फिलिप रॉथ :*** *जिन दिनों आप तरह-तरह के अपमान सह रहे थे उन दिनों काफ्का ने आपकी कल्पना और चेतना को किस तरह प्रभावित किया था ? कम्युनिस्ट अधिकारियों ने काफ्का की रचनाओं पर पूरी तरह प्रतिबंध लगा रखा था। आखिर क्यों ? काफ्का में ऐसा क्या है जिससे वे*

डरते थे या नाराज होते थे ? आप लोग काफ्का के साथ किन कारणों से लगाव महसूस करते थे ?

इवान क्लीमा : तुम्हारी तरह मैंने भी काफ्का की रचनाओं को पढ़ा है। अभी कुछ दिन पहले ही मैंने एक लंबा लेख लिखा था, जिसमें काफ्का की रचनाओं के साथ-साथ उसके प्रेम संबंध पर आधारित एक नाटक की विस्तार से चर्चा थी। मैं काफ्का की रचनाओं में वास्तविक दुनिया से स्वप्न की दुनिया के संबंध को कुछ भिन्न तरह से देखता हूँ। तुम मानते हो कि काफ्का के अनुसार सपनों की दुनिया संभावना, संतुलन, स्थिरता, व्यवस्था और कार्य-कारण संबंध की दुनिया है। वह दुनिया विश्वसनीय भी है और साथ ही विलक्षण भी। मैं उस दुनिया को विलक्षण कहने के बदले दुर्लभ कहूँगा। तुम जिसे काफ्का के अनुसार स्वप्नों की दुनिया कहते हो वह वास्तव में उसके लिए वास्तविक दुनिया थी; जिसमें सुव्यवस्था थी और उसमें लोग एक-दूसरे से प्रेम करते थे, पारिवारिक होते थे और अपने-अपने कर्तव्यों का पालन करते थे। लेकिन वह ऐसी दुनिया को सचमुच दुर्लभ मानता था। उसके नायकों की परेशानी यह नहीं है कि वे अपने सपनों को साकार नहीं कर पाते बल्कि उनकी परेशानी का कारण यह है कि वे वास्तविक दुनिया में ठीक ढंग से रहकर अपने कर्तव्यों का पालन करने में सक्षम नहीं हैं।

तुम्हारा यह सवाल दिलचस्प है कि कम्युनिस्ट शासन ने काफ्का पर प्रतिबंध क्यों लगाया। इसका उत्तर मेरे उपन्यास *लव एण्ड गार्बेज* के नायक का यह वाक्य है, "काफ्का के व्यक्तित्व की सबसे बड़ी विशेषता उसकी ईमानदारी है।" जो शासन धोखाधड़ी पर टिका हो और जनता की वास्तविक भावनाओं की चिंता किए बिना उसकी ऊपरी सहमति को समर्थन मानता हो, यही नहीं जो शासन उस हर आदमी से डरता हो जो अपने कर्म के अर्थ की चिंता करता है, वह शासन ऐसे लेखक को कैसे बर्दाश्त कर सकता है जिसकी सत्यवादिता में जनता की गहरी आस्था हो और जिसके लेखन से जनता पूरी तरह आत्मीयता अनुभव करती हो।

अगर तुम यह जानना चाहते हो कि मेरे लिए काफ्का का क्या अर्थ है तो मैं अपनी बात विस्तार से कहूँगा। काफ्का एक अराजनीतिक लेखक था। मैं उसकी डायरी में से 2 अगस्त, 1914 का लिखा वाक्य उद्धृत करना चाहूँगा–"जर्मनी ने रूस के खिलाफ युद्ध की घोषणा कर दी है, यह तीसरे पहर तैरने जैसा है।" यहाँ ऐतिहासिक और वैयक्तिक को एक ही स्तर पर रख दिया गया है। मुझे लगता है कि काफ्का ने जो कुछ लिखा वह अपने वैयक्तिक संकटों की आंतरिक अभिव्यक्ति से प्रेरित होकर लिखा। इस प्रक्रिया में उसने अपने जीवन की कठिन

वैयक्तिक समस्याओं के हल खोजने की कोशिश की। मैंने अपने लेख में बताया है कि उसकी कहानी 'इन द पेनल कॉलोनी' में जो हिंसक यंत्र है वह वैवाहिक जीवन का ही आश्चर्यजनक लेकिन भावपूर्ण प्रतिबिंब है। वह कहानी लिखने के वर्षों बाद उसने मिलेना येसेंस्का से अपने एक साथ रहने के बारे में बात करते हुए कहा था, "तुम जानती हो, मैं जब तुमसे अपनी सगाई के बारे में कुछ लिखने की कोशिश करता हूँ तो लगता है कि चारों ओर से तलवारों की नोकें मेरी ओर बढ़ रही हैं। यह भयंकर यातना है। वे नोकें जब मेरी ओर बढ़ती हैं तब मैं भय से चीख पड़ता हूँ और तभी मैं तुमसे, खुद से और सारी दुनिया से निराशा अनुभव करता हूँ।"

काफ्का के बिंब इतने शक्तिशाली हैं कि उनका अर्थ लेखक के मूल मंतव्यों तक ही सीमित नहीं रहता। मैं जानता हूँ कि कुछ लोगों ने उसकी 'द ट्रायल' और 'इन द पैनल कॉलोनी' जैसी रचनाओं की व्याख्या करते हुए उनमें द्वितीय महायुद्ध के दौरान आई विपत्तियों के पूर्वाभास की खोज की है। लेकिन काफ्का कोई भविष्यवक्ता नहीं था। इससे केवल यही साबित होता है कि जो रचनाकार अपने नितांत निजी अनुभवों की गहरी और सच्ची अभिव्यक्ति करता है वही अंतर्वैयक्तिक और सामाजिक संदर्भों का भी स्पर्श करता है। यहाँ राजनीति से साहित्य के संबंध का एक और पक्ष सामने आता है। साहित्य के लिए यह जरूरी नहीं है कि वह राजनीतिक वास्तविकताओं के पीछे दौड़े या सत्ताओं के बनने-बिगड़ने की चिंता करे। वह इन सबसे ऊपर उठकर भी ऐसे सवालों के उत्तर दे सकता है जो सत्ता के स्वरूप के कारण जनता के मन में पैदा होते हैं। काफ्का के लेखन से यही बड़ी सीख मुझे मिलती है।

फिलिप रॉथ : *इवान ! आप जन्म से यहूदी हैं और यहूदी होने के कारण ही आपको यातना शिविरों में भी जाना पड़ा था। बाद के दिनों में कम्युनिस्ट शासन ने भी आपको सताया। क्या आपको लगता है कि आपके लेखन पर इन दोनों बातों का प्रभाव है ? दूसरे महायुद्ध के एक दशक पहले केंद्रीय यूरोप की संस्कृति में यहूदियों की अत्यंत महत्त्वपूर्ण भूमिका थी। उस समय की संस्कृति के बारे में यहूदी लेखकों, पाठकों, पत्रकारों, नाटककारों, आलोचकों और प्रकाशकों को छोड़कर बात करना मुश्किल है। अब, जबकि पूर्वी यूरोप में मुक्त बौद्धिक वातावरण में साहित्यिक-सांस्कृतिक गतिविधियों की सक्रियता बढ़ी है तब क्या आगे आनेवाले दिनों में यहूदियों की अनुपस्थिति महसूस की जाएगी ? क्या चेक साहित्य में पुरानी यहूदी संस्कृति के कुछ चिन्ह बाकी हैं या कि यहूदी मानसिकता और संवेदनशीलता चेक साहित्य से पूरी तरह गायब*

हो गई है ?

इवान क्लीमा : ऐसा कोई भी आदमी जिसका बचपन यातना शिविरों में गुजरा हो, या फिर वह व्यक्ति जिसके सिर पर हमेशा एक बाहरी सत्ता का आतंक मँडराता रहा हो, वह जीवन को वैसे ही नहीं देखेगा जैसे वह व्यक्ति जो इन स्थितियों से नहीं गुजरा है। मेरा बचपन हर रोज जिंदगी के तार जोड़ने में गुजरा। जहाँ तक उस अनुभव का मेरे लेखन पर प्रभाव का प्रश्न है तो मैं यह कह सकता हूँ कि मेरे मन में न्याय-अन्याय की समस्या गहरे स्तर पर बैठी रही है। मैं ऐसे लोगों के बारे में सोचता रहा हूँ जो पीड़ित, प्रताड़ित और असहाय रहे हैं। बाद के दिनों में मेरे देश की दशा के कारण इन भावनाओं से जुड़ी स्थितियों और समस्याओं की प्रासंगिकता कम होने के बदले और अधिक बढ़ गई। जहाँ तक इस मानसिकता का मेरे जीवन पर प्रभाव का सवाल है तो मैं मित्रों के बीच आशावादी के रूप में विख्यात रहा हूँ। जो व्यक्ति मौत के साये से बचकर निकलता है वह या तो जीवन-भर मृत्यु के आतंक में जीता है या फिर आशावादी हो जाता है, वह मानता है कि अंत में सब कुछ ठीक होगा। जहाँ तक आज की हमारी संस्कृति पर यहूदी संस्कृति के प्रभाव की बात है तो संभव है कि हम इस पर विचार करते हुए उसी तरह भावुकता के शिकार होंगे जैसे अपने बचपन के बारे में सोचते हुए होते हैं। इस सदी के आरंभिक दिनों में प्राग में संस्कृतियों और परंपराओं का आश्चर्यजनक मेल-जोल था। यह अनेक महान् व्यक्तियों का शहर था। यहाँ काफ्का, रिल्के, हासके, वेर्फेल आंस्ताइन, दोराक और माख ब्रोड जैसे लोग थे। उस समय यह शहर पूर्वी यूरोप की संस्कृति का प्रतीक था। यहाँ संस्कृति की एक लहर चल रही थी। लेकिन इन सबके साथ ही घृणा, आक्रोश और संघर्ष की स्थितियाँ भी देखने को मिलती थीं। यह सही है कि यहाँ यहूदी संस्कृति का खूब विकास भी हुआ है, लेकिन उसके साथ ही यहूदी विरोधी भावनाएँ भी मौजूद थीं। अधिकांश लोग यहूदियों को विदेशी मानते थे और उन्हें अलग-थलग रखने की कोशिश भी करते थे। इसमें कोई संदेह नहीं है कि यहूदी संस्कृति ने चेक संस्कृति को कई तरह समृद्ध किया है। आजकल आमतौर पर यह समझा जाता है कि अब चेक संस्कृति पर यहूदियों के प्रभाव के चिन्ह बहुत कम हैं। लेकिन मुझे यह सच नहीं लगता। आजकल हमारे यहाँ धैर्य के साथ पुराने निषेधवादी दृष्टिकोण पर विजय पाने की कोशिश हो रही है और विकास के नए क्षितिज को छूने का प्रयास भी हो रहा है।

फिलिप रॉथ : *अब हम लोग हावेल के बारे में कुछ बातें करें। हावेल का व्यक्तित्व काफी जटिल लगता है। उनमें प्रबल बौद्धिकता के साथ-साथ शरारती विडंबना का मेल है। वे एक लेखक हैं और दर्शन के अध्येता भी,*

उनमें आध्यात्मिक झुकाव के साथ-साथ गंभीर विचारशीलता भी है। वे अपनी भाषा की बारीकियों को पहचानते हुए विवेक, तर्क और व्यंग्य के साथ बोलते हैं। उन्हें अपने देश के इतिहास का गहरा ज्ञान है और अपनी संस्कृति से अत्यंत लगाव भी। ऐसा व्यक्ति अमेरिका में राष्ट्रपति का चुनाव नहीं जीत सकता। आज सबेरे मैं उनके एक संवाददाता सम्मेलन में गया था। उसमें वे रूस और अमेरिका की अपनी यात्रा के बारे में बात कर रहे थे। वे जिस तरह और जिस भाषा में संवाददाता सम्मेलन में बोल रहे थे, वह सब आश्यर्चजनक था। अमेरिका में लिंकन के बाद कोई दूसरा राष्ट्रपति ऐसी भाषा में बात करनेवाला नहीं रहा है। जब एक जर्मन संवाददाता ने उनसे पूछा कि वे दलाईलामा, जार्ज बुश और मिखाइल गोर्वाचोव में से किसके साथ अपनी मुलाकात से अधिक प्रसन्न हैं ? तो उन्होंने कहा कि सहानुभूति के मामले में छोटे-बड़े का भेद करना ठीक नहीं है। जब गोर्वाचोव के बारे में उनसे पूछा गया तब उन्होंने कहा कि गोर्वाचोव की सबसे बड़ी विशेषता मुझे यह लगी कि अगर वे किसी बात के बारे में असमंजस अनुभव करते हैं तो वे उस असमंजस को छिपाते नहीं। जब उन्होंने यह घोषणा की कि 15 मार्च को पश्चिम जर्मनी के राष्ट्रपति प्राग आ रहे हैं तब एक संवाददाता ने यह याद दिलाया कि 1939 के 15 मार्च को ही हिटलर भी प्राग में आया था। फिर उसने पूछा, "लगता है आप जयंतियाँ मनाना पसंद करते हैं ?" हावेल ने तत्काल उत्तर दिया, "जी नहीं, मैं जयंतियाँ पसंद नहीं करता, मैं राजनीति में भी नाटकीय संरचनाओं के अर्थ की खोज करता हूँ।"

आखिर हावेल राष्ट्रपति कैसे बने ? वे अकेले ऐसे व्यक्ति नहीं थे जो अपने विचारों के लिए जेल गए हों। मैं आपसे यह जानना चाहूँगा कि वे किस तरह इस राष्ट्र की आशा के प्रतीक बन गए ? आरंभ के दिनों में वे राष्ट्रपति होसाक के नाम जब विरोध के पत्र लिख रहे थे तब अधिकांश लोग उन्हें नासमझ बुद्धिजीवी मान रहे थे। पहले जो लोग कम्युनिस्ट सत्ता के साथ थे उनमें से भी अब बहुत सारे लोग हावेल का जयजयकार करके क्या अपना अपराध छिपाना चाह रहे हैं ?

इवान क्लीमा : हावेल की राजनीतिक स्थिति के बारे में कुछ कहने से पहले मैं उनके व्यक्तित्व के बारे में कुछ कहना चाहूँगा। यहाँ राष्ट्रपति की आलोचना की मनाही है, फिर भी मुझे उम्मीद है कि मैं हावेल की आलोचना करके कोई अपराध नहीं करूँगा। तुमने हावेल के व्यक्तित्व के बारे में जो कहा है, वह सब लगभग सही है। मैं हावेल को पिछले 25 वर्षों से बहुत करीब से

जानता हूँ, इसलिए तुम्हारी बातों में कुछ और बातें जोड़ना चाहूँगा। हावेल को सारी दुनिया पहले एक महत्त्वपूर्ण नाटककार के रूप में जानती है, फिर निबंधकार के रूप में और उसके बाद पुरानी सत्ता के एक ऐसे विरोधी के रूप में जो अपनी मान्यताओं और सिद्धांतों के लिए जेल जाने और यातना सहने से भी नहीं डरता। लेकिन इन सब बातों में वह बात नहीं है जिसे मैं हावेल की बुनियादी विशेषता मानता हूँ।

नाटक के समीक्षक हावेल को एब्सर्ड थियेटर का प्रतिनिधि नाटककार मानते हैं, लेकिन यहाँ जब आरंभिक दिनों में हावेल के नाटकों के मंचन पर प्रतिबंध नहीं लगा था। उनके नाटकों को लोग राजनीतिक नाटक मानते थे। मैं उस समय मजाक में कहा करता था कि हावेल इसलिए नाटककार बन गए हैं कि यहाँ रंगमंच के अलावा और किसी मंच से राजनीतिक विचारों की अभिव्यक्ति संभव नहीं है। मैं उन्हें जब से जानता हूँ तब से यह मानता रहा हूँ कि वे सबसे पहले एक राजनीतिक हैं, फिर एक प्रतिभाशाली निबंधकार और अंत में नाटककार। यह उनकी प्रतिभा का कोई मूल्यांकन नहीं है। यह केवल मेरी व्यक्तिगत रुचि और पसंद की बात है।

एक समय जब हमारे यहाँ के पुराने लोकतंत्रवादी या तो देश छोड़कर चले गए थे या जेलों में बंद थे, तब हावेल एकमात्र ऐसे व्यक्ति थे जो लोकतंत्र के लिए लगातार संघर्ष कर रहे थे। वे टोमास मसरिक की परंपरा के प्रतिनिधि हैं। आज मसरिक हमारे राष्ट्र की चेतना में लोकतंत्र के प्रतीक के रूप में प्रतिष्ठित हैं। वे हमारे यहाँ के प्रथम गणतंत्र के सिद्धांतकार थे। यह बात कम लोग जानते हैं कि वे एक उच्च कोटि के राजनीतिज्ञ थे और खतरनाक रास्तों पर दृढ़तापूर्वक चलनेवाले थे। वे असहायों और गरीबों के पक्ष में लड़नेवाले व्यक्ति थे। हावेल ने मसरिक की परंपरा को ही आत्मसात करते हुए अपना राजनीतिक जीवन बनाया है। उनकी राजनीतिक क्रियाशीलता के पीछे एक गहरी नैतिक चेतना है। वे मसरिक की तुलना में अधिक खतरनाक सत्ता का सामना करते रहे हैं। 1975 में हुसाक के नाम लिखा उनका पत्र उनकी नैतिक चेतना से प्रेरित ऐसा राजनीतिक कर्म था जिसे कुछ लोगों ने आत्मघाती भी कहा था। बाद में उन्होंने कैदियों की रिहाई के लिए जो हस्ताक्षर अभियान चलाया, उसके पीछे भी वही चेतना काम कर रही थी।

मसरिक की तरह ही हावेल भी संधियों और समझौतों की कला में माहिर हैं, लेकिन उन्होंने कभी भी एकाधिकारवादी सत्ता को हटाने और उसकी जगह एक नई जनतांत्रिक व्यवस्था को लाने के अपने उद्देश्य को छोड़कर न कोई समझौता किया और न कोई संधि की। अपने इस उद्देश्य को पूरा करने के लिए

1977 में उन्होंने उन सभी लोगों से एकता कायम की जो एकाधिकारवादी शक्तियों के विरोधी थे, वे चाहे भूतपूर्व कम्युनिस्ट हों या भूमिगत कलाकर्मी या आस्थावादी ईसाई। चार्टर 77 की सबसे बड़ी विशेषता यही एकता है। मुझे कोई संदेह नहीं है कि वाक्लाव हावेल ही नागरिक आंदोलन के उस अभियान के प्रणेता थे और उसके नेता भी।

हावेल का राष्ट्रपति के रूप में चुना जाना इस देश में चलनेवाली क्रांतिकारी गतिविधियों की एक परिणति है। मैं पिछले नवंबर में एक दिन जब नागरिक अभियान की एक बैठक से मित्रों के साथ लौट रहा था तब हम लोग यह बात कर रहे थे कि हमें राष्ट्रपति पद के लिए अपना उम्मीदवार भी तय करना चाहिए। उस समय हम लोगों ने सोचा था कि दूबचेक ही ऐसे उम्मीदवार हो सकते हैं जिनको व्यापक समर्थन मिलेगा। लेकिन बाद की घटनाओं ने यह साबित किया कि पुरानी सत्ता से किसी भी रूप में जुड़ा हुआ कोई व्यक्ति राष्ट्रपति के रूप में नई पीढ़ी को स्वीकार नहीं होगा। इसलिए हावेल सबसे उपयुक्त उम्मीदवार के रूप में सामने आए। यह भी हावेल की राजनीतिक दूरदर्शिता ही थी कि उन्होंने राष्ट्रीय एकता को ध्यान में रखकर दूबचेक को राष्ट्र का दूसरा महत्त्वपूर्ण पद देने पर जोर दिया।

चेक जनता के बीच हावेल की छवि धीरे-धीरे बनी है। अभी कुछ दिन पहले तक यहाँ कुछ लोग हावेल के बारे में बहुत कम जानते थे या उसकी एक गलत छवि अपने मन में बनाए हुए थे। कभी-कभी ऐसा होता है कि भीड़ में एक व्यक्ति जनता की मानसिकता के साथ खुद को जोड़ देता है और वह जनता का ध्यान अपनी ओर खींच लेता है। यह सही है कि इस देश की अधिकांश जनता पहले के शासन से जुड़ी हुई थी, लेकिन यह भी सच है कि वही जनता उस शासन से घृणा भी करती थी। अब शायद ही कोई ऐसा मिले जो उस पुराने शासन से एकता अनुभव करता हो, जिसने आम जनता को अपमानित किया, धोखा दिया और भ्रम में रखा। कुछ ही दिनों के भीतर हावेल क्रांतिकारी परिवर्तन के प्रतीक बन गए। लोग मानने लगे कि हावेल समाज को संकट से उबारेंगे और एक बेहतर भविष्य की ओर उसे ले जाएँगे। हावेल को जो व्यापक समर्थन मिला है वह आगे के दिनों में बना रहेगा या नहीं–यह कहना मुश्किल है। इस समर्थन का आगे आधार क्या होगा : क्या वह विवेक और जीवन के व्यावहारिक सरोकारों पर टिका रहेगा–यह भी भविष्य ही बताएगा।

फिलिप रॉथ : *अब हम लोग भविष्य के बारे में बात कर रहे हैं। क्या मैं इस बातचीत के अंत में एक भविष्यवाणी करने की कोशिश करूँ ? मैं जो कुछ कहने जा रहा हूँ उसे आप एक ऐसे आदमी के अहंकार की*

अभिव्यक्ति भी कह सकते हैं जो स्वतंत्रताओं की दुनिया से आकर स्वतंत्रता की ओर बढ़नेवाले समाज को उपदेश देने की कोशिश कर रहा है। आप लंबे समय से एक चीज के लिए संघर्ष करते रहे हैं। उसे आप अपने लिए हवा की तरह आवश्यक मानते रहे हैं, लेकिन वह हवा कुछ-कुछ दूषित हो गई है। मैं कोई हवाई बात नहीं कर रहा हूँ और न अपनी पवित्र आकांक्षा व्यक्त कर रहा हूँ। यह कोई शिकायत भी नहीं है। मुझे जो महसूस हो रहा है वह मैं कह रहा हूँ।

मुझे लगता है कि जो देश चालीस के दशक से रूसी आधिपत्य में रहे हैं उन पर द्वितीय महायुद्ध के पहले की छाया मौजूद है। यहाँ जो व्यवस्था रही है उसके कारण अभी यहाँ मैकलुहान की क्रांति की हवा नहीं आई है। प्राग अब भी पुराना प्राग है। वह संसार के व्यापक तंत्र से जुड़ा एक हिस्सा नहीं बन पाया है। अभी चेकोस्लोवाकिया में बहुत कुछ पुरानी स्थितियाँ मौजूद हैं, जबकि आप एक ऐसे यूरोप से जुड़ने जा रहे हैं जो पूरी तरह रूपांतरित हो चुका है। आपके समाज में अभी पुरानी शुद्धता बची हुई है। आप जिधर बढ़ रहे हैं उधर धन है और धन की संस्कृति भी है, जो बाजार की अर्थ-व्यवस्था से जुड़ी हुई है।

आपके यहाँ के लेखक एक ऐसी व्यवस्था के आदी हो चुके हैं जिसमें लेखन और प्रकाशन को सरकार की मदद मिलती है। बाजार की व्यवस्था में आपके प्रकाशन की व्यवस्था की क्या स्थिति होगी ? आज से पाँच या दस वर्ष बाद उस व्यावसायिक संस्कृति का आप क्या करेंगे जो बाजार की अर्थव्यवस्था से अनिवार्यतः जुड़ी हुई है।

अब जबकि चेकोस्लोवाकिया एक स्वतंत्र और जनतांत्रिक उपभोक्ता समाज बन जाएगा तब आपके लेखकों को ऐसे विरोधियों का सामना करना पड़ेगा जिनका कम्युनिस्ट शासन में सामना नहीं करना पड़ता था। आपके सामने वह शैतान होगा जो साहित्य, शिक्षा और भाषा का सबसे बड़ा दुश्मन है। उसका सामना करने के लिए न उत्साही जनता का कोई समूह होगा और न राष्ट्र की आत्मा को बचानेवाला कोई नाटककार बुद्धिजीवी। मैं उस व्यावसायिक टेलीविजन के बारे में बात कर रहा हूँ जो हर चीज को सस्ता, सतही और घटिया बना देता है। जहाँ एकाधिकारवादी सत्ता होती है, वहाँ टेलीविजन और दूसरे जन-संचार के माध्यम ऊब पैदा करते हैं, इसलिए उन्हें कोई नहीं देखता। लेकिन जहाँ जन-संचार माध्यम व्यवसाय के लिए चलाए जाते हैं वहाँ मनोरंजन प्रधान होता है, इसलिए उसे सब देखते हैं। आप और आपके लेखकों ने मिलजुलकर एकाधिकारवादी

साम्यवाद के बौद्धिक कारागार को तोड़ा है। हम समग्र मनोरंजन की दुनिया में आपका स्वागत करते हैं। क्या आप यह महसूस करते हैं कि इस प्रक्रिया में आप क्या कुछ खो रहे हैं ?

इवान क्लीमा : मैं कुछ दिनों तक अमेरिका में रह चुका हूँ और पिछले वर्षों में मेरी अधिकांश रचनाएँ पश्चिमी देशों में छपी हैं। इसलिए मैं एक स्वतंत्र समाज में बाजार की व्यवस्था से जुड़ी संस्कृति के खतरों से परिचित हूँ। मैं यह जानता हूँ कि अधिकांश लोग गंभीर साहित्य के बदले सतही और सस्ते साहित्य की ओर झुकते हैं। मुझे यह भी मालूम है कि शायद अब कविता के पाठकों की संख्या घटेगी। मुझे लग रहा है कि बाजार में साहित्य के नाम पर सतही चीजों की भरमार होगी। टेलीविजन का कूड़ा फैलेगा। लेकिन अभी हम इससे बच नहीं सकते। हमारे यहाँ बहुत सारे लोग ऐसा महसूस करते हैं कि स्वतंत्रता के इन आरंभिक दिनों में अगर एक स्तर पर संस्कृति समृद्ध होती है तो दूसरे स्तर पर कुछ खोती भी है। जनवरी के आरंभ में हमारे यहाँ के एक बहुत अच्छे फिल्म निर्देशक का साक्षात्कार टेलीविजन पर आया था। उसने अपने साक्षात्कार में संस्कृति के व्यावसायीकरण से लोगों को सावधान किया था। उसने जब यह कहा था कि सेंसर की पुरानी व्यवस्था ने हम लोगों को न केवल देश-विदेश की सर्वोत्तम कृतियों से वंचित किया था बल्कि हमें भीड़ की संस्कृति से बचाया भी था, तब बहुत लोग उसकी बात से नाराज हो गए थे। लेकिन मैं उसका आशय समझ रहा था। अभी कुछ दिन पहले टेलीविजन की स्थिति के बारे में एक ज्ञापन छपा था। उसमें कहा गया था कि, "चूँकि टेलीविजन का प्रभाव बहुत व्यापक होता है इसलिए वह नैतिक जागरण का बहुत बड़ा साधन बन सकता है। ऐसा तभी संभव है जब टेलीविजन की एक नई व्यवस्था विकसित की जाय। यह नई व्यवस्था तभी सार्थक होगी जब केवल उसके संगठन का ढाँचा न बदले बल्कि उसका नैतिक उद्‌देश्य और सर्जनात्मक दायित्व भी बदला जाय। हम जिस समय में जी रहे हैं उसने हमें टेलीविजन के रूप में एक शक्तिशाली साधन दिया है और हम इसको नए ढंग से विकसित कर सकते हैं, बशर्ते हमारे सामने भविष्य की दिशा स्पष्ट हो।" उस ज्ञापन में सेंसर की व्यवस्था की कोई माँग नहीं है, लेकिन टेलीविजन की देख-रेख के लिए एक स्वतंत्र समिति की माँग जरूर है, जो टेलीविजन का मार्गदर्शन करे। मैंने भी उस ज्ञापन पर दस्तखत किया था। वैसे मैं यह मानता हूँ कि एक स्वतंत्र समाज में इस तरह के टेलीविजन की बात एक कल्पना ही है। मुझे उस ज्ञापन की भाषा आदर्शवादी और नैतिकता से भरी हुई लगी थी, जो क्रांति के उत्साह से पैदा हुई थी।

हमारे यहाँ के कुछ बुद्धिजीवी इस दिशा में सोचने लगे हैं कि भविष्य में

दोनों व्यवस्थाओं की अच्छी बातों को मिलाकर कैसे चला जाय। वे लोग बाजार की नई व्यवस्था के साथ-साथ सरकारी नियंत्रण की पुरानी व्यवस्था की अच्छाई-बुराई की जाँच कर रहे हैं। इस तरह सोचनेवाले लोग सबसे अधिक संस्कृति के क्षेत्र में सक्रिय हैं। यह भविष्य ही बताएगा कि उनका सोचना कितना काल्पनिक और कितना यथार्थपरक है। यह भी भविष्य में ही सामने आएगा कि हमारे यहाँ टेलीविजन की व्यवस्था व्यावसायिक होगी या उस पर किसी प्रकार का सरकारी अनुशासन होगा।

मैं तुमसे पहले भी कह चुका हूँ कि हमारे देश में लोग साहित्य से प्रेम ही नहीं करते, उसका सम्मान भी करते हैं। यह सब इससे भी साबित होता है कि यद्यपि हमारे देश की जनसंख्या लगभग एक करोड़ बीस लाख है, लेकिन यहाँ अच्छे लेखकों की पुस्तकें लाखों की संख्या में छपती हैं। हमारे यहाँ व्यवस्था ऐसे समय में बदल रही है जब चारों ओर पर्यावरण की चिंता बढ़ रही है। लेकिन इस बात का क्या अर्थ है कि हम अपने वातावरण को शुद्ध करने की कोशिश करें और अपनी संस्कृति को दूषित होने दें। इसलिए जन-संचार के माध्यमों को राष्ट्रीय चेतना, संस्कृति और शिक्षा के विकास का साधन बनाने के बारे में सोचना कल्पनालोक में जीना नहीं है। अगर टेलीविजन के बारे में हमारी चिंता भविष्य में एक सीमा तक भी सार्थक रूप और दिशा पा सके तो वह एक उपलब्धि होगी। और अंत में तुम इस पर भी ध्यान दो कि हमारा यह छोटा-सा देश समय-समय पर यूरोप की आत्मिक चेतना को उत्थान की प्रेरणा देता रहा है।

[12 अप्रैल 1990, 'द न्यूयार्क रिव्यू ऑफ बुक्स']

ऐसे ही समय में हमें जीना है

[रोबेर्तो फेर्नांदेज़ रेतामार से जोफ्रेडो डायना और जॉन बेवरली की बातचीत]

1930 में जन्मे रोबेर्तो फेर्नांदेज़ रेतामार क्यूबा के प्रसिद्ध कवि, समालोचक और निबंधकार। क्यूबा की क्रांति से घनिष्ठ रूप से जुड़े रहे। रचनाओं का अंग्रेजी, फ्रांसीसी, इतालवी, पुर्त्तगाली, जर्मन और अन्य अनेक भाषाओं में अनुवाद हुआ है। वे 1965 से हवाना विश्वविद्यालय में प्रोफेसर हैं। अमेरिका के येल विश्वविद्यालय में अतिथि प्रोफेसर के रूप में काम किया और साथ ही अमेरिका के अन्य विश्वविद्यालयों तथा यूरोप के विभिन्न विश्वविद्यालयों में व्याख्यान भी दिए। 'कासा दे लास अमेरिकास' नामक क्यूबाई सांस्कृतिक संस्था के अध्यक्ष हैं और 1965 से उसकी प्रमुख पत्रिका के संपादक भी।

फ्रांस के क्यूबाई दूतावास में सांस्कृतिक सलाहकार के अलावा क्यूबा के कलाकार और लेखक संघ के सचिव और क्यूबा में मार्ती अध्ययन केंद्र के निदेशक भी रहे।

निकारागुआ के कवि अर्नेस्तो कार्दिनाल और चिली के निकानोर पार्रा के साथ रेतामार दक्षिण अमेरिका में संवादधर्मी कविता के प्रवर्त्तक माने जाते हैं।

प्रमुख काव्य संग्रह

ाचीन आशा की वापसी (1959), समानांतर नोटबुक (1973), परिवेश और ना (1980), स्पेन में भी एक कविता चयन प्रकाशित।

छ महत्त्वपूर्ण निबंध संकलन

स्पेनी-अमेरिकी साहित्य-सिद्धांत (1975), मनुष्य की सुनिश्चित रूपरेखा (1988),

सभ्यता और बर्बरता के ढंग (1988) और कालिबन तथा अन्य निबंध (1989)।

डायना और बेवरली : *शीतयुद्ध के अंत, समाजवादी समूहों के विघटन और मार्क्सवाद के राजनीतिक-बौद्धिक-संकट का व्यक्तिगत रूप से आप पर और आपकी 'कासा दे लास अमेरिकास' योजना तथा क्यूबा की क्रांति पर क्या प्रभाव पड़ा है ?*

रेतामार : एक बार अपने एक पूर्वज के बारे में बात करते हुए बोर्खेज़ ने कहा था कि वह अन्य लोगों की तरह ही एक कठिन समय में जी रहा था। दक्षिण अमेरिका के विभिन्न देशों के लिए, क्यूबा की क्रांति के लिए और अमेरिकी संस्कृति की मेरी योजना के लिए आज का समय अत्यंत कठिन समय है। खासतौर से मेरे लिए तो यह और भी कठिन समय है क्योंकि मैं नैतिक रूप से अपनी जनता की नियति से खुद को अलग नहीं कर सकता। अभी कुछ समय पहले तक हम लोग विश्वव्यापी संघर्ष और आशा के अनुभव से गुजर रहे थे। उस अनुभव को ठीक ढंग से वही समझ सकता है जो 1959 के पहले या बाद के क्यूबा के बाहर और भीतर की घटनाओं से पूरी तरह जुड़ा हो। अब हमारे जीवन का लक्ष्य उस अनुभव की स्मृतियों और भविष्य में उन अनुभवों की वापसी की उम्मीदों के साथ जीना ही है।

कुछ समय पहले जो शीतयुद्ध का वातावरण था, उससे आणविक युद्ध का खतरा जुड़ा हुआ था, इसलिए कोई भी समझदार आदमी उसके अंत से दुःखी क्यों होगा ? लेकिन उस शीतयुद्ध के अंत के बाद जो कुछ हो रहा है, वह चिरस्थायी शांति का लक्षण तो एकदम नहीं है। इस बीच पनामा पर अमेरिका का आक्रमण हुआ है, बाद में इराक ने कुवैत पर आक्रमण किया और उसके परिणामस्वरूप भीषण खाड़ी युद्ध हुआ। ये सारी घटनाएँ तब घटीं, जब सोवियत संघ का विघटन हो गया था और अमेरिका का विरोध करनेवाली कोई शक्ति नहीं बची थी। क्या इन सब घटनाओं से यह साबित नहीं होता कि शीतयुद्ध का अंत स्थायी शांति की शुरुआत नहीं है, बल्कि शीतयुद्ध के अंत के बाद अब अमेरिकी साम्राज्यवाद को बेरोकटोक व्यवहार करने की छूट मिल गई है। मैं जानता हूँ कि अब 'साम्राज्यवाद' शब्द पुराना पड़ गया है, उसकी चर्चा कम लोग करते हैं; लेकिन मैं उस शब्द से अधिक उसके अर्थ के बारे में चिंतित हूँ, जो पहले से अधिक ख़तरनाक और ख़ूँखार हुआ है। मुझे नहीं लगता कि पनामा, इराक, सोमालिया और सारायेवो में मारे जानेवाले लोग यह जानकर सुखी और संतुष्ट होंगे कि वे शीतयुद्ध के बाद मारे गए हैं या आणविक विनाश से बच गए हैं। मुझे इस प्रसंग में मैक्सिको में लोकप्रिय एक गीत की कुछ पंक्तियाँ याद

आ रही हैं :

> 'जिस दिन वह मारी गई/रोशीता खुशनसीब थी/तीन गोलियों में से/केवल एक ही जान लेवा बनी।'

क्या आप समझते हैं कि एशिया, अफ्रीका और दक्षिण अमेरिका में जो करोड़ों लोग भूख से मर रहे हैं या तरह-तरह की बीमारियों से मर रहे हैं, वे इस बात से संतुष्ट होंगे कि शीतयुद्ध समाप्त हो गया है।

जहाँ तक महाशक्तियों की बात है तो उन्होंने जेफ्रे गॉर्टेन के शब्दों में शीतयुद्ध की जगह शीतशांति की स्थापना कर दी है। जेफ्रे गॉर्टेन ने समकालीन स्थितियों की व्याख्या करनेवाली एक महत्त्वपूर्ण पुस्तक लिखी है, जिसका नाम है *शीतशांति : अमेरिका, जापान, जर्मनी और वर्चस्व के लिए संघर्ष,* (अ कोल्ड पीस : अमेरिका, जापान, जर्मनी ऐंड द स्ट्रगल फॉर सुप्रिमेसी)। क्या यह शीतशांति 1914 से पहले उस समय की महाशक्तियों के बीच चलनेवाली आर्थिक प्रतिद्वंद्विता की याद नहीं दिलाती ? क्या हम एक अंतिम युद्ध की ओर नहीं बढ़ रहे हैं ? क्या इससे यह नहीं लगता कि हम एक शीतयुद्ध से निकल कर दूसरे शीतयुद्ध में जीने-मरने के लिए मजबूर हैं ? पहले दो शक्तियों के बीच संतुलन की जो खतरनाक स्थिति थी, उसकी जगह अब जो एक शक्ति का वर्चस्व स्थापित हुआ है वह व्यापक मनुष्यता के लिए पहले से अधिक चिंताजनक हो गया है। जिन्हें फ्रेंज फ़ैनन 'दुनिया के बदनसीब' कहते थे या मार्ती 'दुनिया के दरिद्र' कहते थे, उस मानव समुदाय के लिए आज की स्थिति पहले से अधिक भयावह हो गई है। इस समय मानव समाज का जो इतिहास बन रहा है, उसमें अकाल, महामारी, बच्चों की हत्या, मानवीय अंगों का व्यापार, मादक द्रव्यों का सेवन, शहरों में दंगे, बड़े पैमाने पर पूरब से पश्चिम की ओर मज़दूरों का पलायन और साथ ही तरह-तरह के जातिभेद, भेदभाव और पूर्वग्रहों की भरमार दिखाई देती है। इन सबके परिणामस्वरूप क्या भविष्य में मानवता को बाँटनेवाली ख़तरनाक़ स्थितियाँ पैदा नहीं होंगी ? मैंने यूरोप में स्वास्तिक चिन्हों के खतरनाक खेलों को देखा है, इसलिए आजकल जर्मनी में तुर्कों पर जो आक्रमण हो रहे हैं, उनको देख-सुनकर निश्चिंत नहीं हो सकता।

जहाँ तक समाजवादी व्यवस्थाओं के विघटन का सवाल है, तो 1917 में जारशाही के अंत के साथ जो महान् सामाजिक प्रयोग हुआ था, उसके बारे में बहुत कुछ कहा और लिखा जा चुका है। निश्चय ही यह समाजवाद की अब तक की सबसे बड़ी पराजय है। इसके पहले 1871 के पेरिस कम्यून, 1905 की रूसी क्रांति और जर्मनी, हंगरी तथा स्पेन की क्रांतियों की असफलताओं को देखिए तो पराजयों की एक सदी का इतिहास सामने आएगा। अब केवल यूरोप के बाहर

ही समाजवाद का अस्तित्व है, जैसे कि चीन, वियतनाम, कोरिया और क्यूबा में। लेकिन क्या पूँजीवाद की स्थापना में इससे अधिक लंबा समय नहीं लगा है ? अपने इतिहास में पूँजीवाद भी कई बार गतिरोध और पराजय का शिकार हुआ है। ऐसा कहकर मैं रूसी क्रांति के प्रयोग की विफलता को झुठला नहीं रहा हूँ। हम सब लोग जानते हैं कि रूस में समाजवादी प्रयोग लंबे समय से अनेक तरह की कठिनाइयों का सामना कर रहा था। मैं आत्मनिर्णय के सिद्धांत में विश्वास करता हूँ, इसलिए किसी देश के बारे में यह कहना ठीक नहीं समझता कि उसे अतीत में क्या करना चाहिए था या भविष्य में क्या करना चाहिए ? लेकिन हम यह सवाल तो कर ही सकते हैं कि क्या विभिन्न समाजवादी देशों की व्यवस्थाओं ने अपनी जनता को सचमुच आत्मनिर्णय का अधिकार दिया था ? यह ठीक है कि पुरानी समाजवादी व्यवस्थाओं में समाजवाद के नाम पर अनेक तरह के मूर्खतापूर्ण और आपराधिक क्रियाकलाप हुए थे, फिर भी उन्हीं समाजों में अब जो एक-दूसरे का गला काटनेवाली बर्बर घृणा फैल रही है, उसे क्या हम स्वीकार कर लें ? भूतपूर्व सोवियत संघ के विभिन्न देशों में आजकल समाज के हर स्तर पर जो माफिया राज कायम हो रहा है, उसे क्या हम स्वीकार कर लें ? या फिर पश्चिम के तथाकथित लोकतांत्रिक सरकारों की सहमति से रूस की संसद पर जो गोलाबारी हुई, उसे हम स्वीकार कर लें ? या कि भूतपूर्व सोवियत संघ के परमाणु हथियारों से संपन्न विभिन्न राष्ट्रों के बीच युद्ध की संभावनाओं को बेफ़िक्र होकर देखते रहें ?

समाजवादी व्यवस्थाओं के बिखराव के बाद पूँजीवादी व्यवस्था से विकासशील देशों के बचाव के सारे रास्ते बंद हो गए हैं। चे ग्वेरा ने 1965 में अल्जीरिया की घोषणा में कहा था कि अगर समाजवादी देश विकासशील देशों में उत्पादित वस्तुओं का वही मूल्य देंगे जो विश्व बाजार द्वारा तय होता है तो फिर वे पूँजीवाद के ही सहायक बनेंगे। क्यूबा ने ऐसा नहीं होने दिया। उसने सोवियत संघ और दूसरे समाजवादी देशों से ऐसा आर्थिक संबंध बनाया जो विकासशील देशों के बीच नई अर्थव्यवस्था की स्थापना की ज़रूरतों के अनुकूल था, न कि आर्थिक सहायता पर आधारित, जैसा कि प्रायः हमारे विरोधी कहते हैं। अब वह समता पर आधारित संबंध समाप्त हो गया है और क्यूबा कई तरह की आर्थिक कठिनाइयों का सामना कर रहा है। इन कठिनाइयों में कुछ तो अमेरिका द्वारा क्यूबा की आर्थिक नाकेबंदी से पैदा हुई हैं और कुछ भूतपूर्व समाजवादी व्यवस्थाओं के विघटन से। 1959 से ही संयुक्त राज्य अमेरिका ने हमारा जो घनघोर अनैतिक विरोध शुरू किया, उसके कारण भूतपूर्व समाजवादी व्यवस्थाओं से संबंध बनाने के अलावा क्यूबा के पास कोई विकल्प भी न था। हमने आरंभ

में स्वतंत्र नीति अपनाने की जो कोशिश की थी, उसे मजबूरी में बदलना पड़ा। भूतपूर्व समाजवादी व्यवस्थाओं के विघटन के बाद हमें पूरी तरह आत्मनिर्भर होना पड़ा है। अब हम, जैसी दुनिया की अर्थव्यवस्था है, उससे जुड़कर जीने के लिए कठिन संघर्ष कर रहे हैं। आज की दुनिया में पूँजीवाद नए उदारतावाद के सहारे अपने आंतरिक संकटों से छुटकारा पाने में लगा है।

जहाँ तक मार्क्सवाद के संकट का सवाल है तो उसका संबंध एक ओर यूरोप में समाजवादी योजना के समाप्त होने से है तो दूसरी ओर उस संकट का इतिहास उससे कुछ पुराना भी है। जैसा कि आप (जॉन बेवरली) जानते हैं कि दक्षिण अमेरिका में 1920 के आसपास मारियातेगुई ने मार्क्सवाद की इतिहास और राष्ट्रीय विकास से संबंधित यूरोप केंद्रित दृष्टि की आलोचना की थी। अन्तोनियो मेलिस ने मारियातेगुई को अमेरिका का पहला मार्क्सवादी कहा है। यद्यपि दक्षिण अमेरिका में मारियातेगुई से भी पहले मार्क्सवादी हो चुके हैं, लेकिन उसे हम पहला सच्चा दक्षिण अमेरिकी मार्क्सवादी कह सकते हैं जिसने हमारे इतिहास और परिस्थितियों के अनुकूल मार्क्सवाद को विकसित किया है। इस तरह अगर दक्षिण अमेरिका में मार्क्सवाद का संकट उसके पहले सच्चे प्रतिनिधि के साथ आज से साठ वर्ष पहले शुरू होता है तो हमें मानना होगा कि संकट मार्क्सवाद से स्वाभाविक रूप से जुड़ा हुआ है। क्या ऐसा नहीं लगता कि जब मार्क्स ने कहा था कि वे मार्क्सवादी नहीं हैं तब वे पहले गैर-मार्क्सवादी मार्क्सवादी बने और संभवतः पहले उत्तर-मार्क्सवादी भी; भले ही अब इस उत्तर-मार्क्सवादी धारणा का जो भी अर्थ बन गया हो।

लेकिन आखिर मार्क्सवाद है क्या ? अगर मार्क्सवाद वही है जो केवल मार्क्स की रचनाओं में मौजूद है तो केवल मार्क्स ही मार्क्सवादी होंगे, लेकिन उन्होंने तो कहा था वे मार्क्सवादी नहीं हैं। अगर मार्क्सवाद से हमारा तात्पर्य उन सब लोगों की रचनाओं, भावनाओं और व्यवहारों से हो जो अपने को मार्क्सवादी कहते हैं, तो फिर मार्क्सवाद बहुलतावादी, अंतर्विरोधों से भरा हुआ और स्थायी रूप से संकट में पड़ा हुआ माना जाएगा। समस्या तब और जटिल हो जाती है, जब हम यह जानते हैं कि एक पूरा अनुशासन जिसके मूल में द्वंद्वात्मक और ऐतिहासिक भौतिकवाद है, एक व्यक्ति की देन है। कल्पना कीजिए कि खगोल विज्ञान को अगर गैलीलियोवाद कहा जाता, तब उस विज्ञान के इतिहास के एक अध्याय में यह भी लिखा जाता कि किस तरह गैलीलियो ने चर्च के न्यायाधिकरण के सामने घुटने टेककर अपने उस विश्वास का खंडन किया जिसके अनुसार पृथ्वी सूर्य के चारों ओर घूमती है। सौभाग्य से खगोल विज्ञान के साथ ऐसा नहीं है, उसे गैलीलियोवाद नहीं कहा जाता, इसलिए गैलीलियो के अपमान की घटना

उसकी जीवनी का एक हिस्सा है, न कि खगोल विज्ञान के इतिहास का। एंगेल्स ने कहा था कि मार्क्स से भी पहले लेविस हेनरी मोर्गन ने स्वतंत्र रूप से ऐतिहासिक भौतिकवाद के सिद्धांतों की खोज की थी। यही नहीं, उससे भी पहले डैनियल डी लिओन ने अमेरिका में मार्क्सवाद को लागू करना शुरू किया था। लेकिन दूसरी ओर मार्क्स ने बोलीवार के बारे में जो कुछ लिखा है या मैक्सिको से अमेरिका के युद्ध के बाद मैक्सिको के एक बहुत बड़े हिस्से को अमेरिका द्वारा हड़प लिए जाने का समर्थन किया है– वह सब हमारे लिए अत्यंत दुःखद है। लेकिन हम उसे मार्क्स की जीवनी का हिस्सा मानते हैं, न कि ऐतिहासिक भौतिकवाद का वैज्ञानिक सच या और कुछ। इन बातों को मार्क्सवाद के संकट के रूप में समझना सही नहीं है, बल्कि इन्हें गलत व्यक्तिगत विचार या पूर्वग्रह कहना ठीक है।

मैंने अब तक जो कुछ कहा है, उससे यह स्पष्ट हो गया होगा कि मार्क्स और एंगेल्स ने ज्ञान के क्षेत्र में जो बुनियादी योगदान किया है, उसे मार्क्सवाद न भी कहा जाए तो कोई हर्ज नहीं है। उन्होंने अपने विचारों के विकास का दरवाजा बंद नहीं किया था और उनके यहाँ विचारों के सिद्ध अंत या बंद शास्त्र बनाने का प्रयास भी न था, बल्कि उन्होंने इतिहास से खुले संवाद के माध्यम से नई बौद्धिक खोजों और विचारों के विकास का रास्ता दिखाया था। मार्क्सवाद को बंद शास्त्र बनाने का काम जड़ स्तालिनवादियों ने किया और बाद के दिनों में तथाकथित पश्चिमी मार्क्सवाद के प्रतिनिधियों ने।

अब सवाल यह है कि क्या मार्क्स; एंगेल्स के विचारों का कोई भविष्य नहीं है ? क्या उनमें कोई संभावना मौजूद नहीं है ? क्या मार्क्सवाद अब इतिहास की वस्तु हो गया है ? इस प्रसंग में मैं सार्त्र की उस राय से सहमत हूँ जो उन्होंने *द्वंद्वात्मक विवेक की मीमांसा* (क्रिटीक ऑफ डायलेक्टिकल रीजन) नामक पुस्तक में व्यक्त की है। सार्त्र की राय है कि एक दर्शन के रूप में मार्क्सवाद का महत्त्व तब तक खत्म नहीं होगा, जब तक उन ऐतिहासिक परिस्थितियों पर विजय न प्राप्त कर ली जाए, जिनसे मार्क्सवाद पैदा हुआ था। मैं यह जानता हूँ कि आजकल बहुत से लोग ऐसे विचारों को स्वीकार नहीं करते, लेकिन मैं सार्त्र की राय को स्वीकार करता हूँ। मैं यह भी जानता हूँ कि मेरी इच्छा के विपरीत लोग मार्क्सवाद के पक्ष और विपक्ष में और साथ ही उसके संकट के बारे में आगे भी बात करते रहेंगे। ऐसे बाल की खाल निकालनेवाले अनंत शास्त्रार्थ में मेरी कोई दिलचस्पी नहीं है। अगर हम यह नहीं जानते कि एक विशेष स्थिति में मार्क्सवाद का ठोस अर्थ क्या है, तो फिर हम यह भी नहीं जान सकते कि मार्क्सवाद के नाम पर किस बात पर आक्रमण हो रहा है या किसकी रक्षा की

जा रही है या किसे संकटग्रस्त कहा जा रहा है ? आजकल उत्तर मार्क्सवाद की खूब चर्चा हो रही है, लेकिन वे उत्तर मार्क्सवादी असल में भूतपूर्व मार्क्सवादी हैं या अभूतपूर्व मार्क्सवादी या फिर पूरी तरह गैर-मार्क्सवादी।

डायना और बेवरली : *क्या क्यूबा एक समाजवादी देश के रूप में अपनी रक्षा कर सकता है ? क्या आप समझते हैं कि यहाँ समाजवाद का अब भी कोई भविष्य है ? क्या आप मार्ती के शब्दों में यह कहना चाहेंगे कि क्यूबा की स्थिति 'शैतान के पेट में जीने' जैसी है ?*

रेतामार : आजकल क्यूबा का लक्ष्य एक तो अपनी राष्ट्रीय प्रभुसत्ता की रक्षा है और दूसरे क्रांति की उपलब्धियों का बचाव। हमारे लिए यह समाजवाद का एक विशेष समय है। इसका तात्पर्य यह है कि हमारी समाजवादी योजना अब भी कायम है। हम न उसे छोड़ सकते हैं, न उसके बारे में कोई समझौता कर सकते हैं। लेकिन एक ओर सोवियत समूह के विघटन और दूसरी ओर अमेरिका की कठोर नाकेबंदी के कारण क्यूबा एक अत्यंत कठिन और संकटपूर्ण स्थिति का सामना कर रहा है। इस स्थिति को लाने में कुछ भूमिका हमारी गलतियों की भी है, क्योंकि हम अच्युत तो नहीं हैं। यह क्यूबा के लिए अनेक तरह की कमियों का समय है और इन कमियों को पूरा करने के लिए जो आपात्कालीन कदम उठाए जा रहे हैं, उन्हें समाजवादी कहना कठिन है, लेकिन क्यूबा में क्रांति की सामाजिक उपलब्धियाँ अब भी जीवित हैं और वे उपलब्धियाँ ऐसी हैं, जैसी दक्षिण अमेरिका के पाँच सौ वर्षों के इतिहास में पहले कहीं भी और कभी भी नहीं रही हैं। मैं उन उपलब्धियों को गिनाना अनावश्यक समझता हूँ, क्योंकि उन्हें हर आदमी जानता है, यहाँ तक कि हमारे दुश्मन भी। उन उपलब्धियों के साथ ही क्यूबा के समाज में समाजवादी लक्ष्य की निरंतर उपस्थिति विशेष रूप से उल्लेखनीय है। हमारे सामने सबसे बड़ा सवाल यह है कि जब तक हम समाजवाद के निर्माण के अगले कदम की ओर आगे बढ़ने की स्थिति में नहीं होते तब तक पहले की उपलब्धियों की हम रक्षा कैसे करें ? कवि डन का एक अत्यंत प्रसिद्ध कथन है कि "कोई भी मनुष्य नदी का द्वीप नहीं है।" इस कथन को ध्यान में रखकर हम यह भी कह सकते हैं कि कोई भी देश द्वीप नहीं है, भले ही वह क्यूबा की तरह भौगोलिक दृष्टि से एक द्वीप ही क्यों न हो। हमारे सामने कई सवाल हैं : क्या केवल एक देश में समाजवाद कायम रह सकता है ? क्या एक ऐसे देश मे समाजवाद कायम रह सकता है जिसकी आबादी लगभग सवा करोड़ हो ? इतनी आबादी तो दुनिया के कई बड़े शहरों की है। जो देश पूरी दुनिया से अलग-थलग नहीं रहना चाहता और एक खुली आर्थिक तथा सांस्कृतिक नीति पर चलना चाहता है, वह द्वीप की तरह कैसे जी

सकता है ? हम अंतर्राष्ट्रीयतावाद में पूरी तरह विश्वास करते हैं और पूरे मन से उसके अनुसार व्यवहार भी करते हैं। पिछले कुछ वर्षों में क्यूबा ने दुनिया के गरीब देशों में जितने डॉक्टर भेजे हैं उतने विश्व स्वास्थ्य संगठन भी नहीं भेज पाया है। यद्यपि हमारा पहला कर्तव्य और लक्ष्य अपने समाजवादी समाज को बचाना है, लेकिन हम बाकी दुनिया की ओर पीठ नहीं कर सकते और बाकी दुनिया भी हमारी ओर से मुँह नहीं फेर सकती, बल्कि वास्तविकता यह है कि दुनिया के बहुत सारे देश हमारे साथ हैं।

जहाँ तक समाजवाद के भविष्य का सवाल है, तो मैं यह कह सकता हूँ कि निश्चय ही समाजवाद का भविष्य है, बल्कि रेमण्ड विलियम्स के शब्दों में यह कहना ठीक होगा कि 'समाजवादों' का भविष्य है। कोई घनघोर निराशावादी ही यह कह सकता है कि हम जिस धूमिल और धुँधले वर्तमान से गुजर रहे हैं, वही इतिहास का अंत भी है। इसका यह तात्पर्य नहीं है कि मैं कोई अतिरंजित आशावादी हूँ। मार्क्स ने यह नहीं कहा था कि पूँजीवाद के बाद समाजवाद जरूर ही आएगा, उन्होंने तो यही कहा था कि मानव समाज के सामने समाजवाद और बर्बरता के बीच चुनाव का सवाल है। आज के समय में पूरी दुनिया में असमानताओं, मुश्किलों, अपराधों, अन्यायों और अंतर्विरोधों की जो भरमार है वह पूँजीवाद की देन है। इन सबको देखते हुए मुझे लगता है कि समाजवाद का भविष्य है। जाहिर है कि जब मैं समाजवाद के भविष्य की बात कर रहा हूँ, तब समाजवाद से मेरा आशय वैसे समाजवाद से नहीं है जैसा वह सोवियत संघ और पूर्वी यूरोप के देशों में था। संभवतः मैंडल ने कहा था कि "एक चूहा निश्चय ही वास्तविक चूहा ही है, लेकिन उसे वास्तविक सांड़ कहने का किसी को अधिकार नहीं है।" मेरी आकांक्षा का भावी समाजवाद पहले की समाजवादी व्यवस्थाओं से अलग और बेहतर होगा, वह समाजवाद के सच्चे आदर्शों और संभावनाओं के अनुकूल होगा और वही वर्तमान के भयावह संकट से मनुष्यता को बचाएगा। आज की दुनिया के कुछ अमीर देशों की संपन्नता को देखकर दिग्भ्रमित होना ठीक नहीं है; क्योंकि एक तो उन अमीर देशों के भीतर भी गरीब कम नहीं हैं और दूसरे बाकी दुनिया में गरीबी की स्थिति अत्यंत भीषण है। पूँजीवाद ने मनुष्यता का जिस तरह नाश किया है वह भयानक है। लगभग पाँच सदियों के अपने इतिहास में पूँजीवाद ने अनेक संस्कृतियों को पूरी तरह नष्ट कर दिया है, उसने अनेक देशों और समाजों के प्राकृतिक और आर्थिक साधनों का निर्मम शोषण करते हुए उन्हें अत्यंत अराजक और दयनीय स्थितियों में डाल दिया है, उसने अपने प्रभाव से दासता, रंगभेद ओर लिंगभेद का विस्तार किया है, उसने दो महायुद्धों के माध्यम से बड़े पैमाने पर नरसंहार का आयोजन किया है और

सबसे अधिक चिंता की बात यह है कि उसने हमारी धरती को इस तरह बर्बाद किया है कि भविष्य में इस पर रहना और जीना मुश्किल हो जाएगा। क्या हम ऐसी स्थिति से बाहर निकलना नहीं चाहेंगे ? क्या इस स्थिति से निकलने का सबसे अच्छा रास्ता समाजवाद नहीं है ?

जहाँ तक शैतान के पेट में रहकर मानवीय ढंग से जीने का सवाल है तो मैं कहूँगा कि इस कथन के पीछे एक तरह का गहरा ऐतिहासिक निराशावाद है। शायद आपका संकेत उस विचार प्रक्रिया की ओर है जो हर तरह की यूटोपिया और सामाजिक परिवर्तन के आंदोलनों से मोहभंग की घोषणा कर रही है। मैं इस प्रसंग में अमेरिका से क्यूबा के संबंध की चर्चा करना चाहूँगा। मैं यह नहीं मानता कि अमेरिका हमेशा एक राक्षस ही बना रहेगा। मार्ती के कथन में भी अमेरिका के इतिहास की एक विशेष अवस्था की ओर संकेत था। संयोगवश अभी उस अवस्था का अंत नहीं हुआ है। लेकिन अमेरिका जन्म से राक्षस नहीं था, बल्कि दुनिया के इस हिस्से में वह पहला देश था, जहाँ स्वाधीनता के लिए क्रांतिकारी युद्ध हुआ। वह क्रांतिकारी युद्ध अधूरा जरूर था; क्योंकि एक ओर उसने अपने यहाँ के मूल निवासियों का संहार किया तो दूसरी ओर दास प्रथा को एक सदी तक कायम रखा; फिर भी वह स्वाधीनता आंदोलनों के इतिहास की एक महत्त्वपूर्ण घटना थी। उस समय संयुक्त राज्य अमेरिका को राक्षस नहीं कहा जा सकता था। मुझे यह मानने में भी कठिनाई है कि वह भविष्य में भी राक्षस ही बना रहेगा। मैं अमेरिका की जनता का भला चाहता हूँ, इसलिए यह मानता हूँ कि भविष्य में वहाँ की जनता अपने देश के राक्षसी व्यवहार से मुक्त होगी। ऐसा करके अमेरिकी जनता अपना भला करेगी और बाकी दुनिया का भी। मुझे उम्मीद है कि अन्य महाशक्तियों की जनता भी अपने-अपने देशों के राक्षसी रंग-ढंग से किसी न किसी दिन मुक्त ज़रूर होगी।

ऐसा जब होगा, तब संयुक्त राज्य अमेरिका का अन्य देशों के साथ-साथ क्यूबा से भी मित्रतापूर्ण संबंध बनेगा। मुझे ऐसा लगता है कि मार्ती ने अमेरिका के जिस राक्षसी चरित्र की चर्चा की है वह उसके अस्तित्व और स्वभाव से नहीं जुड़ा है बल्कि एक ऐतिहासिक स्थिति है। अमेरिका न तो राक्षस पैदा हुआ था और न हमेशा राक्षस रहेगा। लेकिन मैं समझता हूँ कि अमेरिका में बुनियादी सामाजिक परिवर्तन आने के पहले भी क्यूबा से राजनयिक और दूसरे तरह के संबंध बन सकते हैं। इसके लिए दोनों देशों को कुछ-न-कुछ बदलना होगा। जिस तरह हम क्यूबा के लोग अमेरिका से संबंध बनाने के लिए यह शर्त नहीं रखते कि वह पूँजीवादी व्यवस्था को छोड़ दे उसी तरह अमेरिका को भी यह माँग नहीं करनी चाहिए कि हम अपनी समाजवादी व्यवस्था और प्रभुसत्ता छोड़

दें। अमेरिका की ऐसी माँग का मतलब होगा कि क्यूबा 1959 के पहले की तरह अमेरिकी प्रभुत्व के प्रभाव में रहे और उसका उपनिवेश बन जाए। ऐसी माँग राक्षसी माँग होगी। अब तक अमेरिका की ओर से ऐसा कोई संकेत नहीं मिला है कि वह क्यूबा से सहज संबंध बनाना चाहता है। अपने पूर्ववर्तियों की तरह क्लिंटन प्रशासन भी हमारी मौत का इंतजार कर रहा है। लेकिन एक ऐसे समय में जबकि दक्षिण अफ्रीका में रंगभेद का अंत हुआ है और इजरायल तथा पी.एल.ओ. के बीच समझौता संभव हुआ है, तब क्या यह संभव नहीं है कि देर-सबेर अमेरिका और क्यूबा बातचीत के माध्यम से अपने मतभेद दूर करेंगे ?

ऐसा होने से पहले हमारे लिए यह जरूरी है कि हम आत्मसम्मान के साथ जीवित रहें। सह-अस्तित्व की पहली शर्त है–अस्तित्व। इस प्रसंग में मैं इस बात का उल्लेख करना चाहता हूँ कि अमेरिकी नाकेबंदी और आर्थिक प्रतिबंध की संयुक्त राष्ट्र के साथ-साथ अन्य अंतर्राष्ट्रीय मंचों पर भी कई बार निंदा की गई है। अभी कुछ दिन पहले ब्राजील में दक्षिण अमेरिका के राज्याध्यक्षों की जो बैठक हुई थी, उसमें भी अमेरिकी नाकेबंदी और प्रतिबंध की निंदा की गई। इन सबके साथ ही दुनिया के कई देश क्यूबा से राजनयिक और व्यापार संबंधी रिश्ता बनाने के लिए आगे आ रहे हैं।

डायना और बेवरली : *आपने कहा है कि सोवियत संघ के साथ क्यूबा के संबंध के कारण उसे आगे बढ़ने में सुविधा हुई और अमेरिका ने क्यूबा को अस्थिर करने तथा क्रांति को नष्ट करने की जो कोशिश की थी उससे अपनी रक्षा करने में मदद भी मिली। लेकिन क्या सोवियत संघ से क्यूबा के संबंध का यह परिणाम नहीं हुआ कि क्यूबा के स्वतंत्र और आत्मनिर्भर समाजवादी विकास में बाधा पड़ी ? यदि हम पिछले तीस वर्षों के इतिहास के महत्त्वपूर्ण मोड़ों की ओर देखें तो क्या यह नहीं लगता कि अगर फिदेल कास्त्रो ने यह घोषणा न की होती कि क्यूबा की क्रांति समाजवादी क्रांति है तो बाद के दिनों की घटनाएँ और स्थितियाँ अलग तरह की होतीं, निर्णय और आदर्श भी अलग ढंग के होते और प्राथमिकताएँ भी भिन्न होतीं ?*

रेतामार : मुझे ऐसा नहीं लगता कि फिदेल ने कभी भी यह खुलेआम घोषणा की थी कि क्यूबा सोवियत समूह का हिस्सा होगा। 1961 में जब अमेरिका ने क्यूबा पर आक्रमण किया और बमबारी शुरू की तब कास्त्रो ने कहा था कि क्यूबा की क्रांति समाजवादी है। उसी साल के अंत में फिदेल ने क्यूबा की क्रांति को मार्क्सवाद-लेनिनवाद से जुड़े होने की बात की थी। आजकल मार्क्सवाद-लेनिनवाद के बारे में जो अनेक प्रकार के दुराग्रह फैले हुए हैं उनका

एक कारण मार्क्सवाद संबंधी अनेक भ्रम हैं और दूसरा कारण मार्क्सवाद-लेनिनवाद को सोवियत संघ से जोड़कर देखना है। लेकिन मुझे यह याद नहीं है कि फिदेल ने कभी भी क्यूबा को सोवियत समूह में शामिल करने की घोषणा की हो। सच बात तो यह है कि क्यूबा कभी भी वारसा संधि में शामिल नहीं हुआ। वह गुटनिरपेक्ष आंदोलन में शामिल रहा है और एक बार उसका अध्यक्ष भी। वह अमेरिकी नाकेबंदी के कारण सत्तर के दशक में सैनिक दृष्टि से सोवियत संघ के करीब हुआ था। वह समय हमारे इतिहास का सबसे बंजर समय है। क्यूबा अपनी इच्छा से नहीं बल्कि शीतयुद्ध के दबाव के कारण सोवियत संघ पर निर्भर हुआ। यह हमारी क्रांति का उद्देश्य नहीं था। यह बात हर व्यक्ति जानता है कि मिसाइल संकट के समय ख्रुश्चेव के व्यवहार के कारण सोवियत संघ से क्यूबा के संबंध में तनाव पैदा हो गया था। वह तनाव तो बहुत दिनों तक नहीं रहा, लेकिन उसके बाद अत्यंत कठिन स्थितियों का सामना करते हुए भी क्यूबा ने अपनी स्वतंत्रता बनाए रखने की कोशिश की।

जहाँ तक भिन्न स्थितियों की संभावना की बात है तो उस प्रसंग में मुझे चेस्टर्टन का एक कथन याद आ रहा है। उसने कहा था कि किसी घटना के घटने से यह साबित नहीं होता कि उसे घटित होना ही था। निश्चय ही हमारी क्रांति का स्वरूप जो है उससे भिन्न हो सकता था। यहाँ हम खोस लेज़ामा लिमा के शब्दों में 'संभव बिंबों' के क्षेत्र में प्रवेश कर रहे हैं। परंतु अब इस बात पर पछताने का कोई अर्थ नहीं है कि जो कुछ हुआ वह क्यों हुआ। मैं आपको यह याद दिलाना चाहता हूँ कि 1959 में जब हमारा सोवियत संघ से राजनयिक संबंध स्थापित नहीं हुआ था तब फिदेल ने पहले रूस की नहीं बल्कि अमेरिका की यात्रा की। उस यात्रा के दौरान आइजेन हावर ने ठीक से व्यवहार नहीं किया और रिचर्ड निक्सन से भी फिदेल की मुलाकात सुखद नहीं रही। अब हमें यह भी मालूम है कि 1959 में अमेरिका की सरकार ने क्यूबा की क्रांति को दबाने की पूरी योजना बनाई थी। अगर उस समय आइजेन हावर ने फिदेल के साथ अच्छा व्यवहार किया होता और अमेरिका तथा क्यूबा के बीच सम्मानजनक समझदारी का संबंध विकसित हुआ होता तो बाद में जो स्थितियाँ आईं वे नहीं आतीं। हम दक्षिण अमेरिका के लोग यह जानते हैं कि आइजेन हावर ने सी.आई. ए. के माध्यम से किस तरह गुआटेमाला में याकाबो आर्बेन्ज की सरकार का तख्ता पलटा था, क्योंकि उस देश में जो अमेरिकी पूँजी लगी हुई थी वह खतरे में थी। वास्तव में 1848 में मेक्सिको के आधे भाग को हड़पने से लेकर 1965 में डोमिनिकन रिपब्लिक और 1989 में पनामा पर आक्रमण की अमेरिकी कार्रवाइयों को हम भूल नहीं सकते। कहना न होगा कि ये सारी घटनाएँ वहाँ

घटीं जहाँ कोई साम्यवादी खतरा न था। जब क्यूबा की क्रांति के समाजवादी होने की घोषणा नहीं हुई थी तब 1959 में ही उसकी मौत का फतवा जारी किया जा चुका था। यह सब देखते हुए ऐसा सोचना निरर्थक है कि हमने यदि अपने समाज के निर्माण का अलग ढंग अपनाया होता तो अमेरिका से हमारे संबंध की स्थिति भिन्न होती। गुआटेमाला से क्यूबा का अंतर यह है कि गुआटेमाला की सरकार उलट दी गई, परंतु क्यूबा में वैसा नहीं हुआ। मुझे लगता है कि अमेरिकी सरकार की नज़र में क्यूबा का अक्षम्य अपराध यह है कि उसने 1959 में भूमि सुधार का कार्यक्रम लागू किया और अपने विकास की स्वतंत्र राजनीतिक-आर्थिक योजना बनाई। इन बातों का उद्देश्य अमेरिका या अन्य किसी देश की जनता को नाराज करना न था। क्यूबा में ही नहीं, दक्षिण अमेरिका के अनेक अन्य देशों में और वियतनाम में भी अगर अमेरिका ने गुंडागर्दी नहीं की होती तो हर चीज कितनी भिन्न होती। संभव है, मेरा यह कथन कुछ लोगों को कटु लगे, लेकिन ऐसा ही नॉम चोम्स्की भी कहते हैं, जिनका मैं प्रशंसक हूँ।

वास्तव में क्यूबा और अमेरिका के बीच अंतर को समझने के लिए आपको 1961 से पीछे जाना होगा, जब फिदेल ने क्यूबा की क्रांति को समाजवादी होने की घोषणा की थी। यही नहीं, आपको 1959 में क्यूबा की क्रांति की सफलता के पहले की स्थितियों को भी देखना होगा। उस स्थिति को और अधिक ठीक से जानने के लिए 19वीं सदी के उस इतिहास को भी देखना होगा जिसमें अमेरिका का विस्तारवादी शासक वर्ग क्यूबा को हड़पकर अपने अधिकार में करना चाहता था। अमेरिकी शासक वर्ग की वह आकांक्षा कभी मरी नहीं तो पूरी भी नहीं हुई। एक राष्ट्र के रूप में क्यूबा के जन्म से ही उस पर अमेरिका की आँख लगी रही है। 1960 में ही अमेरिका ने क्यूबा से चीनी के आयात पर प्रतिबध लगा दिया। उस वर्ष क्यूबा में चीनी का जितना उत्पादन हुआ उसे सोवियत संघ ने खरीदा और बदले में तेल दिया, जिसे क्यूबा स्थित अमेरिकी तेल-शोधक कारखाने ने साफ करने से मना कर दिया। उन कारखानों ने क्यूबा की अदालतों के निर्णयों को भी नहीं माना। उसके बाद क्यूबा में राष्ट्रीयकरण की प्रक्रिया तेज हुई। तब सोवियत संघ से क्यूबा का संबंध बढ़ने लगा और अमेरिका से बिगड़ने लगा। कोई पूरी तरह संशयवादी ही कहेगा कि आरंभ से ही क्यूबा की क्रांति का लक्ष्य शीतयुद्ध में सोवियत संघ की कठपुतली बनना था। ऐसा संशयवाद उस उत्तर-आधुनिकतावाद की उपज है जो यह मानता है कि अतीत का कोई अस्तित्व नहीं होता है, और यह भी कि वह वर्तमान ही सब कुछ है, जिसमें पराजय और इतिहास के काल्पनिक अंत की बातें सच हैं। यह ठीक है कि बीता हुआ वर्तमान ही अतीत है, परंतु अतीत को जाने बिना हम वर्तमान

की कठिनाइयों को कैसे समझ सकते हैं।

व्यक्तिगत रूप से मैं आरंभ से ही यह मानता रहा हूँ कि क्यूबाई क्रांति को समाजवादी ही होना है। मैं किशोरावस्था से ही समाजवादी रहा हूँ। उस समय बर्नाड शॉ के विचारों से प्रभावित होकर समाजवाद की ओर आकर्षित हुआ था। मैं पहले ही कह चुका हूँ कि समाजवाद ही मानव समाज का भविष्य है अन्यथा उसका कोई भविष्य नहीं है। अगर क्यूबा की क्रांति को अमेरिका के कारण अनेक प्रकार की कठिनाइयों का सामना नहीं करना पड़ा होता तो क्यूबा में समाजवाद का विकास अधिक सुगम, सहज और मौलिक होता। गलतियाँ हमसे भी हुई हैं, लेकिन हमारे पास कोई और विकल्प न था। शुरू से ही हमारी क्रांति को बदनाम और बर्बाद करने की हर संभव कोशिशें होती रही हैं। अब भी वह इरादा बदला नहीं है। अगर ऐसी कोशिशें नहीं होतीं तो हमारा इतिहास भिन्न और बेहतर होता। लेकिन हम अपनी क्रांति की उपलब्धियों पर गर्व करते हैं। मार्क्स ने कहा था कि हम अपना इतिहास खुद बनाते हैं, परंतु उस इतिहास की परिस्थितियाँ अतीत की देन होती हैं; हमारी बनाई हुई नहीं। हम आज जिस कठिन स्थिति में जी रहे हैं उसके लिए उत्तरदायी वे हैं जिन्होंने 1959 से ही हमारा जीना हराम कर रखा है।

डायना और बेवरली : *आइए, अब हम आपके लेखन के बारे में कुछ बातें करें। फ़ैनन के साथ आपको उत्तर औपनिवेशिक विमर्श का प्रवर्त्तक माना जाता है। क्या आप उत्तर औपनिवेशिक विमर्श के बारे में अपनी राय बताएँगे और उस विमर्श से जुड़े एडवर्ड सईद और गायित्री चक्रवर्ती स्पीवाक से अपने संबंधों की बात करना पसंद करेंगे ?*

रेतामार : फैनन के साथ मुझे रखकर आपने मेरा सम्मान बढ़ाया है। चेग्वेरा भी फैनन का प्रशंसक था। मैंने दक्षिण अमेरिका के लिए फैनन के विचारों की उपयोगिता के बारे में 60 के दशक में दूसरों से पहले लिखा था। यद्यपि 'उत्तर-औपनिवेशक' शब्द आजकल खूब फैशन में है और मार्तिनेज एस्त्रादा जैसे विचारक भी उसका प्रयोग करते रहे हैं, फिर भी मैं यह जरूर कहूँगा कि मैं इस शब्द और इसमें निहित धारणा से संतुष्ट नहीं हूँ। जो दुनिया पहले उपनिवेश हुआ करती थी वह अब भी पूरी तरह उपनिवेशवाद के प्रभाव से मुक्त नहीं है, बल्कि नव उपनिवेशवाद का शिकार है। यह केवल शब्दों का खेल नहीं है। उत्तर-औपनिवेशिक कहने से यह अर्थ निकलता है कि हम उपनिवेशवाद को बहुत पीछे छोड़ आए हैं। लेकिन यह सच नहीं है। नव उपनिवेशवाद अनेक रूपों में आज भी उपनिवेशवादी स्थितियाँ कायम किए हुए है। नव उपनिवेशवाद आज के साम्राज्यवाद का नया नाम है। लेकिन जो लोग यह मानते हैं कि अब

साम्राज्यवाद कहीं नहीं है वे ही उत्तर-औपनिवेशिकता की बात करते हैं। अभी कुछ दिन पहले मैंने एक समझदार समझे जानेवाले लेखक का लेख पढ़ा था जिसमें कहा गया था कि सोवियत साम्राज्य के नाश के बाद अब कहीं कोई साम्राज्य नहीं है, इसलिए कहीं कोई उपनिवेश भी नहीं है। लेकिन 'सोवियत साम्राज्य' केवल एक रूपक है, वैसा ही जैसे 1894 में मार्ती ने अमेरिका को अमेरिकी रोम कहा था। यह ठीक है कि अच्छे रूपक समझ बढ़ानेवाले होते हैं, लेकिन इतिहास से जुड़े रूपक यदि बहुत चमकदार हुए तो वे विशिष्ट परिस्थितियों के बोध को धुँधला भी बनाते हैं। वही स्थिति सोवियत साम्राज्य का रूपक बाँधने वाले लेखक ने पैदा की है। लेकिन साम्राज्यवाद कोई रूपक नहीं, एक वास्तविकता है, जब तक साम्राज्यवाद रहेगा तब तक साम्राज्य भी होंगे और उपनिवेश भी; उन्हें चाहे आप नया कहें या पुराना। असल में उत्तर-औपनिवेशिकता तो उपनिवेश की अवस्था के बाद की स्थिति है। उदाहरण के लिए अमेरिका को उत्तर-औपनिवेशिक कहा जा सकता है और क्यूबा को भी। लेकिन अनेक विकासशील देश नए किस्म के उपनिवेश हैं, जहाँ नाम मात्र की स्वाधीनता है।

मैं फैनन और दूसरों के प्रति पूरे सम्मान के बावजूद यह कहना चाहता हूँ कि उपनिवेशवाद–विरोधी विचारों का सच्चा अग्रदूत मार्ती है, जिसे दक्षिण अमेरिका में अब भी बहुत लोग ठीक से नहीं जानते। वह न्यूयार्क शहर में रहता था, उपनिवेशवाद को ठीक से समझता था और दुनिया के गरीबों के प्रति सच्ची सहानुभूति रखता था। मार्ती ने आधुनिकता को नए ढंग से पढ़ने और समझने की कोशिश की। वह उपनिवेशवाद के शिकार लोगों की दृष्टि से आधुनिकता को देखने की कोशिश कर रहा था। पूँजीवाद की राजधानियों में मार्ती की उपेक्षा से महानगरों की सतही मानसिकता का पता चलता है। फैनन को यूरोप में जरूर पढ़ा और सराहा गया है, लेकिन उसका कारण यह है कि वह 'फ्रेंच' में लिखता था और पेरिस में छपा था। आप ही कहिए कि अब केनिया का उपन्यासकार न्गुगी वा थ्योंगो जब अंग्रेजी छोड़कर अपने देश की जनभाषा में लिखने लगा है तब उसे यूरोप में कौन पढ़ेगा ? लेकिन स्पानी में लिखने के बावजूद मार्ती की स्पानीभाषी देशों में जो उपेक्षा हुई है उससे साबित होता है कि हमारे चिंतन पर उपनिवेशवाद का कितना गहरा प्रभाव है। क्या इस स्थिति को उत्तर–औपनिवेशिक कहा जा सकता है या उन लोगों का उपनिवेशवाद, जो 'उत्तर' का जाप करते नहीं थकते।

यद्यपि सईद और स्पीवाक को उत्तर–औपनिवेशिक लेखक कहा जाता है, फिर भी मैं उनसे आत्मीयता अनुभव करता हूँ। अभी कुछ साल पहले तक न तो मैं सईद के लेखन से परिचित था और न सईद मेरे लेखन से। कुछ मित्रों ने

हम दोनों को मिलाया और हमारे कामों की एकता की ओर संकेत भी किया। उसके बाद से मैं सईद के लेखन को पढ़ता रहा हूँ, खासतौर से शुरूआतें और दुनिया, पाठ तथा आलोचक। मैं उनकी हाल में छपी पुस्तक *संस्कृति और साम्राज्यवाद* का इंतजार कर रहा हूँ। मैं स्पीवाक की रचनाओं के बारे में और भी कम जानता हूँ। मैं उनकी रचना *दूसरी दुनियाओं में* को पढ़ चुका हूँ और *क्या अधीन भी बोल सकते हैं* को समकालीन आलोचना की अत्यंत महत्त्वपूर्ण कृति मानता हूँ। हेनरी लुई गेट्स द्वारा संपादित 'क्रिटिकल इनक्वेरी' के 1985 के विशेषांक में गायित्री ने मेरे 'कालिबन' नामक लेख पर बहस शुरू की थी जिसका जवाब मैंने कुछ साल पहले एक पत्रिका में दिया था। इस बीच एक बहुत अच्छी बात यह हुई कि पिछले वर्ष मेरी अमेरिका की यात्रा के समय गायित्री ने मुझे और अडेलैडा दी खुआन को अपने घर रात्रिभोज के लिए आमंत्रित किया था। उस भोज के समय सईद, उनकी पत्नी और जीन फ्रेंको भी मौजूद थे। वह शाम बहुत सुखद थी। वहाँ देरीदा का अंग्रेजी में अनुवाद करने वाली एक भारतीय, एक फिलिस्तीन में जन्मा अमेरिकी और एक दक्षिण अमेरिका में रची-बसी अंग्रेज स्त्री, सभी एक जगह मौजूद थे। उनके साथ मेरे जैसा एक क्यूबाई व्यक्ति भी था जिसने कोलंबिया में प्रोफेसर होने के बदले अपनी आत्मा की पुकार पर क्यूबा में रहना पसंद किया। यद्यपि कई बातों के बारे में मेरी जानकारी उतनी नहीं है जितनी उन लोगों की, जैसे कि नारीवाद के बारे में गायित्री की और फिलिस्तीन की त्रासदी के बारे में सईद की। फिर भी मैंने उनसे गहरी आत्मीयता अनुभव की। उस समय मुझे यह भी महसूस हुआ कि न्यूयार्क में दुनिया की विविधता किस तरह मौजूद है और मेरे भीतर न्यूयार्क की।

> ***डायना और बेवरली :*** *आपने 1971 के अपने 'कालिबन' नामक निबंध पर कई बार पुनर्विचार किया है और उसको नए सरोकारों तथा सवालों से जोड़ा है। अभी कुछ समय पहले आपने जो निबंध लिखा था उसका शीर्षक था 'कालिबन से विदाई' (फेयरवेल टु कालिबन)। क्या यह शीर्षक आपके चिंतन में किसी नए मोड़ का सूचक है ?*

रेतामार : वास्तव में 'कालिबन से विदाई' (फेयरवेल टु कालिबन) मेरे निबंधों के एक जापानी संस्करण के परिशिष्ट के रूप में लिखा गया था जिसमें मेरे मूल लेख के बारे में उठे सवालों के जवाब देने की कोशिश थी। उसमें कुछ आवश्यक सुझावों और संशोधनों का प्रयास भी था। लेकिन आपका सवाल बहुत अच्छा है क्योंकि वह मुझे एक गलतफहमी दूर करने का मौका देता है। 'कालिबन से विदाई' नामक लेख लिखने का आशय यह था कि अब मैं एक नए वैचारिक रूपक का विकास करना चाहता हूँ। लेकिन उस लेख का यह आशय

एकदम नहीं था कि मैं मूल लेख में मौजूद सरोकारों को छोड़ रहा हूँ, बल्कि मुझे तो ऐसा लगता है कि मूल लेख में जो सवाल और सरोकार हैं वे भविष्य में भी प्रासंगिक बने रहेंगे। आप एक ऐसे अभिनेता की कल्पना कीजिए जिसने टेम्पेस्ट के किसी चरित्र का अभिनय इतना अच्छा किया हो कि वह उसका साकार रूप लगे और बाद में लोग उस अभिनेता को हैमलेट मैकबेथ, ओथेलो, या किंग लियर के किसी पात्र का इसलिए अभिनय न करने दें कि लोगों के मन में उसकी बनी बनाई छवि टूट न जाय। लेकिन वह अभिनेता ऐसी स्थिति से संतुष्ट कैसे रह सकता है। वह दूसरे नाटकों में जरूर काम करना चाहेगा और आगे बढ़ना भी। उस निबंध के प्रसंग में मेरी स्थिति बहुत कुछ उस अभिनेता जैसी बन गई लगती है। मैंने 1971 के अपने निबंध में तीसरी दुनिया के देशों की संस्कृतियों की औपनिवेशिक अवस्था के बारे में कुछ लिखा था, वह आज भी प्रासंगिक है। उस समय दुनिया में मुख्य अंतर्विरोध पूँजीवाद और समाजवाद के बीच था, जिसे पश्चिम और पूरब का संघर्ष भी कहा जाता था। तीसरी दुनिया के देश उस अंतर्विरोध से जूझ रहे थे और वे अपने संघर्ष में समाजवादी देशों से मदद की उम्मीद भी कर रहे थे। अब दूसरी दुनिया के विघटन के बाद तीसरी दुनिया के देशों की दशा बहुत खराब हो गई है। मैंने अपने मूल निबंध में राष्ट्रीय स्वाधीनता तथा उपनिवेशवाद से मुक्ति के लिए संघर्ष की प्रक्रिया में बुद्धिजीवियों की भूमिका की विस्तार से चर्चा की थी। मुझे लगता है कि वे सभी बातें अभी प्रासंगिक बनी हुई हैं। मैंने विदाईवाले लेख में एक विषय से विदाई की बात की थी न कि सरोकारों से विदाई की। आज के समय में मुख्य अंतर्विरोध उत्तर और दक्षिण के बीच है, जिसके संकेत मेरे मूल लेख में मौजूद हैं। यह ठीक है कि अब कुछ नए सवाल पहले से अधिक उग्र रूप में सामने आ रहे हैं।

डायना और बेवरली : *आइए, अब हम कुछ नए विषयों के बारे में बात करें। आपने उत्तर-आधुनिकता पर फ्रेडरिक जेम्सन का प्रसिद्ध निबंध अंग्रेजी में छपने के तत्काल बाद अपनी पत्रिका 'कासा दे लास् अमेरिकास्' में छापा था। उससे दक्षिण अमेरिका में उत्तर-आधुनिकता पर बहस की शुरुआत हुई थी। आप यह जानते हैं कि दक्षिण अमेरिका में कुछ लोग उत्तर-आधुनिकता को सांस्कृतिक साम्राज्यवाद का एक नया रूप मानते हैं तो कुछ दूसरे उसे विचारों के आयात का एक और उदाहरण कहते हैं। आप उत्तर-आधुनिकता के बारे में क्या सोचते हैं ?*

रेतामार : इस प्रसंग में भी मेरे मार्गदर्शक मार्ती ही हैं। उनका एक प्रसिद्ध कथन मुझे याद आ रहा है, "अपने देश में विदेशी कलमें रोपना ठीक है, लेकिन

जमीन अपनी होनी चाहिए।'' मेरी पत्रिका में विचारों के अंतर्राष्ट्रीय संदर्भ को ध्यान में रखा जाता है इसलिए उसमें क्षेत्रीय और अंतर्राष्ट्रीय बहसें छपती हैं। हमने उत्तर-आधुनिकतावाद और उससे जुड़ी समस्याओं को समझने की कोशिश की है। उन सब बातों को जेम्सन ने अपने लेख में बहुत अच्छी तरह प्रस्तुत किया है। उनका यह कहना सही है कि हम इतिहास के नए दौर में जी रहे हैं। परंतु यह बात मेरी समझ में नहीं आती कि उस दौर को उत्तर-आधुनिकता या उत्तर-आधुनिकतावाद ही क्यों कहा जाए। मैं उत्तर-आधुनिकता का जो अर्थ समझता हूँ उसका इस दौर की विशेषताओं से कोई मेल नहीं है। मैं यह भी कहना चाहूँगा कि उत्तर-आधुनिकता का कोई सुनिश्चित अर्थ नहीं है। आधुनिकतावादी हाबरमास के लिए उत्तर-आधुनिकता का जो अर्थ है वही फ्रेडरिक जेम्सन और ल्योतार के लिए नहीं है। मैं उत्तर-आधुनिकता से संबंधित जेम्सन के विचारों से सहमत हूँ, लेकिन ल्योतार की मान्यताओं से बिल्कुल नहीं। उत्तर-आधुनिकता का अर्थ इस बात पर निर्भर है कि उसके बारे में कौन कहाँ विचार कर रहा है। अभी कुछ दिन पहले मैं अर्जेंतीना के दार्शनिक लेओन रोजीन्नेर की पुस्तक *राजनीतिक चेतना और ऐतिहासिक आत्मपरकता* पढ रहा था। उन्होंने लिखा है कि ''अर्जेंतीना में हम लोगों के लिए उत्तर-आधुनिकता का अर्थ है सैनिक तानाशाही की यातना से मुक्ति की अवस्था।'' उन्होंने यह भी लिखा है, ''वे (उत्तर-आधुनिकतावादी) हमसे कहते हैं कि जब आप सभी उम्मीदें छोड़ दें तब आप उत्तर-आधुनिक होंगे। वे विजेता की तरह सोचते हैं। उनके लिए उत्तर-आधुनिक का अर्थ है उत्तर-मार्क्सवादी होना।''

हम लंबे समय से तरह-तरह के उपसर्गों की छाया में जी रहे हैं। हमने पहले 'नव' या 'नयी' का सामना किया था। (जैसे नयी समीक्षा, नयी कहानी, नयी कविता)। फिर हम पर 'प्रति' या 'अ' का भूत सवार हुआ (जैसे प्रतिक्रांति, अकविता, अकहानी आदि)। अब हम 'उत्तर' के जादू के शिकार हैं (उत्तर-आधुनिकता, उत्तर-यथार्थवाद, उत्तर-मार्क्सवाद, उत्तर-औपनिवेशिक आदि)। लेकिन 'उत्तर' का संबंध कालक्रम से भी है, इसलिए उत्तर-आधुनिकता को समझने के लिए यह जानना जरूरी है कि वह कब और कहाँ से आ रही है। दक्षिण अमेरिका में प्रायः विचारों का आयात होता रहा है। यह एक मजबूरी है। पश्चिम के नवीनतम सिद्धांतों और विचारों को अपनाना और उन्हें तोते की तरह दोहराना एक बात है, लेकिन उनको अपने समाज की वास्तविकताओं के अनुकूल बनाना और विकसित करना दूसरी बात है। सारी दुनिया में उपनिवेशवाद के शिकार उत्तर-आधुनिकता के बारे में इसलिए लिख और बोल रहे हैं क्योंकि यह पश्चिम के विचारों की दुनिया का सबसे नया फैशन है। ऐसी बहसें मुझे बहुत लाभदायक

नहीं लगतीं। लेकिन इसके ठीक विपरीत मुझे यह भी उचित नहीं लगता कि उत्तर-आधुनिकता की तरह जो भी विचार पश्चिम से आएँ उन्हें हर कीमत पर खारिज़ ही किया जाए। इसलिए मैंने मार्ती के कथन का हवाला दिया था। मार्ती के समय में पश्चिम में विचार और रचना की दुनिया में जो कुछ हो रहा था उससे वह परिचित था, लेकिन अपने अद्यतन ज्ञान के बावजूद वह दक्षिण अमेरिका और विशेष रूप से क्यूबा के लेखकों से विचारों की वैसी ही मौलिकता की माँग करता था जैसी उसके विचारों में थी। वैसी मौलिकता अज्ञान से पैदा नहीं होती। अज्ञान से पैदा हुई मौलिकता प्रायः कूपमंडूकता का प्रदर्शन करती है। लेकिन मौलिकता नकल से भी पैदा नहीं होती। वह अपने समाज की विशेष स्थितियों से जुड़ी हुई दृष्टि और व्यापक ज्ञान से उपजती है। कहना न होगा कि दक्षिण अमेरिका में आधुनिक चिंतन की एक ऐसी धारा और परंपरा है जिसमें आधुनिकतावाद, उत्तर-आधुनिकतावाद, विखंडन, सांस्कृतिक अध्ययन और ऐसी अन्य विचारधाराओं के बीज मौजूद हैं। मुझे इस प्रसंग में चिली के फ्रांसिस्को बिल्बाओ, पुएर्तोरिको के एउस्वेनियों मारिया दे ओखोस, डोमिनिको के पेद्रो एनरीकेज उरेन्या, क्यूबाई फेर्नांदो ओर्तीज, मैक्सीको के आलफोंसे रेईयेस, अर्जेंतिनाई ऐसेकियेल मार्तिनेज एस्त्रादा, पेरू के खोसे कार्लोस मारियातेगुई और उरुगुये के आलेख रामा आदि के नाम याद आ रहे हैं। लेकिन हमारी सांस्कृतिक स्थिति ऐसी है कि ये नाम पश्चिम में कोई नहीं जानता और हम दक्षिण अमेरिका में यह मानने को मजबूर हैं कि सिद्धांत तो केवल वहीं से हमारे यहाँ आ सकता है।

डायना और बेवरली : *आपकी पत्रिका के जनवरी-मार्च 1993 के अंक में अल्थूसेर के 1967 में आपको लिखे दो पत्र छपे थे जिनमें दक्षिण अमेरिका में सशस्त्र संघर्ष की चर्चा थी। क्या आप अल्थूसेर से अपने संबंधों के बारे में कुछ बताएँगे ? आपकी दृष्टि में समकालीन मार्क्सवाद के लिए अल्थूसेर के विचारों का क्या महत्त्व है ?*

रेतामार : मैंने उन पत्रों के साथ जो टिप्पणी लिखी थी उसे पढ़ने पर आपको मालूम हो जाएगा कि उनसे मेरा अच्छा संबंध था, लेकिन बहुत गहरा नहीं। मैं एक कवि हूँ, कोई राजनीतिक या दार्शनिक नहीं। अल्थूसेर से मैं कई बार मिला था, हम दोनों के बीच पत्र-व्यवहार भी था। मैंने अपनी पत्रिका में 1966 में उनका एक लेख 'सैद्धांतिक व्यवहार और सैद्धांतिक निर्माण' छापा था। उसके बाद उसी वर्ष 16 अप्रैल को उन्होंने मुझे एक पत्र लिखा। उस पत्र की कुछ पंक्तियाँ इस प्रकार हैं : "मुझे आपकी पत्रिका मिली और आपका पत्र भी। आप कल्पना नहीं कर सकते कि मैं आपकी पत्रिका में अपने लेख के प्रकाशन

से और आपके पत्र में व्यक्त भावना से कितना प्रभावित, आंदोलित और उत्तेजित अनुभव कर रहा हूँ। आपके व्यवहार से मुझे अपार और अनन्य सुख मिला है।'' क्या अल्थूसेर के इस कथन से यह स्पष्ट नहीं है कि वे अत्यंत उदार व्यक्ति थे ?

मैंने अल्थूसेर की रचनाओं को पहली बार 1964 में पढ़ा था। वे एक गंभीर मार्क्सवादी विचारक थे, उन्होंने मार्क्सवाद की नई व्याख्या की थी। मैं अल्थूसेर से भी पहले ग्राम्शी को पढ़ चुका था। अल्थूसेर ने स्वयं यह लिखा है कि फ्रांस में अब तक कोई ग्राम्शी नहीं पैदा हुआ है। फ्रांसीसी चिंतन का दक्षिण अमेरिका पर बराबर प्रभाव पड़ता रहा है। वहाँ से कंगाल किस्म का मार्क्सवाद भी यहाँ आया है। परंतु ग्राम्शी की तरह अल्थूसेर के चिंतन से भी यह साबित होता है कि मार्क्सवाद विचारों की केवल एक जोड़ी पुरानी स्लीपर नहीं है, उसमें सैद्धांतिक साहस और मौलिकता के लिए भी पर्याप्त संभावनाएँ हैं।

बाद के दिनों में अल्थूसेर पर यह आरोप लगाया गया था कि उन्होंने नए ढंग का चलता मार्क्सवाद विकसित किया है। यह आरोप पूरी तरह निराधार नहीं है। ऐसा आरोप इंग्लैंड के ई. पी. थॉमसन और दक्षिण अमेरिका के अदोल्फो सांचेज वाजक्वेज़ तथा लेओन रोजीन्नेर ने उन पर लगाया है। स्वयं अल्थूसेर ने *आत्मालोचन के तत्त्व* में अपनी सैद्धांतिक भूलों को स्वीकार किया है। आजकल अल्थूसेर की चर्चा काफी कम हो गई है। दक्षिण अमेरिका में कुछ समय तक उनके विचारों का बहुत प्रभाव रहा है। भविष्य में हम उनके विचारों का अधिक संतुलित मूल्यांकन कर पाएँगे। पिछले वर्ष फ्रांस में उनकी आत्मकथा छपी थी और उनकी जीवनी का पहला भाग भी प्रकाशित हुआ था। उसी अवसर पर हमारी पत्रिका में उनके पत्र छपे थे। आज मैं उनकी आत्मकथा के एक प्रसंग का विशेष रूप से उल्लेख करना चाहता हूँ, जिसमें उन्होंने फ्रांस में रहनेवाले एक रूसी दार्शनिक कोजेव निकोव द्वारा हेगेल की दक्षिणपंथी व्याख्या की कड़ी आलोचना की है। कोजेव निकोव को फ्रांस में केवल कोजेव भी कहा जाता है। वह एक नौकरशाह था। उसके विचारों का उन फ्रांसीसी बुद्धिजीवियों पर गहरा असर है जो यह कहते हैं कि इतिहास का अंत हो गया है। अल्थूसेर ने उसके विचारों में मौजूद नौकरशाही प्रवृत्तियों की जो आलोचना की है वह कोजेव के पक्के शिष्य और कट्टर अनुयायी फुकुयामा के विचारों पर भी पूरी तरह लागू होती है।

> ***डायना और बेवरली :*** *आप जानते ही हैं कि आज का समय वामपंथ के लिए अच्छा समय नहीं है। आप आज के समय की माँग के मुताबिक वामपंथी राजनीति में सुधार की बात करते रहे हैं। हमें ऐसा लगता है कि*

आप पेरू के 'साइनिंग पाथ' जैसे आंदोलन की आलोचना करते रहे हैं। क्या आपको वामपंथी राजनीति के लिए कुछ आशा के संकेत दिखाई पड रहे हैं ? खासतौर से निकारागुआ के 'संदिनिस्ता' आंदोलन के अनुभवों के बारे में आपकी क्या राय है ?

रेतामार : अभी कुछ दिन पहले ब्राजील के साओ पाउलो फोरम का एक सम्मेलन हवाना में हुआ था। यह मंच सैकड़ों पार्टियों और आंदोलनों का संयुक्त मोर्चा है जिसमें बहुत विविधता और व्यापकता है। यह आज के दक्षिण अमेरिकी वामपंथ का प्रतिनिधि मंच है। यह एक राजनीतिक संगठन है। जैसा कि मैं पहले कह चुका हूँ कि मैं कोई राजनीतिज्ञ नहीं हूँ, फिर भी मैं राजनीति से अपरिचित भी नहीं हूँ, इसलिए जब मैं वामपंथ के बारे में बात करता हूँ तो मुख्य रूप से वामपंथी बुद्धिजीवियों के बारे में सोचता हूँ। बुद्धिजीवी समुदाय के बारे में मेरी धारणा ग्राम्शी से प्रभावित है, इसलिए वह बहुत व्यापक है। उसमें राजनीतिज्ञ भी शामिल हैं, लेकिन उनको कोई विशेष महत्त्व मैं नहीं देता। मैं यह मानता हूँ कि वामपंथी बुद्धिजीवी साओ पाउलो फोरम से पूरी तरह अलग नहीं रह सकते और ऐसे मंचों से जुड़ने के बाद उनकी दृष्टि और भूमिका में परिवर्तन आता है। लेकिन ऐसे मंचों से जुड़े या उनके करीब रहनेवाले वामपंथी बुद्धिजीवी नए विचारों के विकास में लगे हैं। आप जानते ही हैं कि आजकल वामपंथियों को जिस दुनिया में काम करना है उसमें दक्षिणपंथियों का वर्चस्व है। मैं कई बार यह कह चुका हूँ कि नए दक्षिणपंथ की बात करना गलत है क्योंकि नए और पुराने दक्षिणपंथ में कोई फर्क नहीं है। यह कोई आश्चर्य की बात नहीं है कि दक्षिणपंथ का सबसे उग्र और पुराना रूप फासीवाद है। वैसे मैं झूठी आशाओं के पीछे नहीं दौड़ता, फिर भी मैं यह कहना चाहता हूँ कि आजकल दक्षिण अमेरिका में और अन्यत्र भी कई जगह ऐसा सच्चा और नया वामपंथ विकसित हो रहा है जो विचार एवं व्यवहार में अतीत से बहुत कुछ सीखते हुए और वर्तमान को समझते हुए भविष्य की तैयारी में लगा है। इसका उदाहरण देने पर यह उत्तर बहुत लंबा हो जाएगा। (इस साक्षात्कार के पूरा होने के कुछ सप्ताह बाद ही मैक्सिको में जापातिस्ता राष्ट्रीय मुक्ति सेना के नेतृत्व में एक विशाल विद्रोह हुआ)।

आपने संदिनिस्ता आंदोलन के अनुभव के बारे में मेरी राय पूछी है तो मेरे लिए उस आंदोलन के अनुभवों का बहुत महत्त्व है। क्यूबा में हम लोग यह दावा करते हैं कि हमने सुअरों की खाड़ी (बे आफ पिग्स) के संकट के समय अमेरिकी साम्राज्यवाद को पराजित किया था, लेकिन संदिनिस्तावालों ने 1920 और तीस के दशक में ही अमेरिकी सेनाओं को निकारागुआ से खदेड़ा था। जिस तरह

फिदेल कास्त्रो ने क्यूबा में क्रांति को सफल बनाकर मार्ती के सपनों को पूरा किया उसी तरह साठ के दशक में कार्लोस फोंसेका अमादोर ने संदिनिस्ता मुक्ति मंच के निर्माण का काम किया था। इस तरह दोनों क्रांतियों के बीच एक गहरा रिश्ता बनता है, लेकिन इससे दोनों की विशेषताएँ समाप्त नहीं हो जातीं। वास्तव में मार्ती और सेंदिनौं के व्यक्तित्वों में पर्याप्त अंतर था, उन्होंने भिन्न परिस्थितियों में लेकिन एक ही ढंग से काम किया। संदिनिस्ता क्रांतिकारियों ने कभी अपनी क्रांति को समाजवादी नहीं कहा, फिर भी वे अमेरिका के अघोषित युद्ध और आक्रमण के उसी तरह शिकार हुए जैसे हम। निकारागुआ को वैसा अंतर्राष्ट्रीय समर्थन प्राप्त नहीं था जैसा हमें मिला, लेकिन उसे दक्षिण अमेरिका के अनेक देशों का समर्थन प्राप्त था। फिर भी उस समर्थन और क्रांति को समाजवादी बनाने की अनिच्छा के बावजूद अमेरिकी प्रशासन ने 1980 के दशक में निकारागुआ के विरुद्ध आर्थिक, राजनयिक, सैनिक और प्रचार संबंधी जो अभियान चलाया उसके परिणामस्वरूप 1990 के चुनाव में संदिनिस्तावादी सत्ता से बाहर हो गए। उस चुनाव में निकारागुआ की जनता ने संदिनिस्तावादियों के खिलाफ वोट नहीं दिया, बल्कि अमेरिका समर्थित कंट्रा के आक्रमण और अमेरिका के आर्थिक दबावों से पैदा हुई तबाही से बचने के लिए मतदान किया था। उस समय अमेरिका की घोषित नीति थी कि संदिनिस्ता शासन के अंत के बाद ही कोई आर्थिक मदद मिल सकती है। आजकल निकारागुआ में जो कुछ हम देख रहे हैं उससे एक बार और यह साबित होता है कि साम्राज्यवाद पर विश्वास करना गलत है। आजकल वहाँ हालात पहले से अधिक खराब हैं। चामोरो सरकार के सत्ता में आने के बाद अमेरिकी सरकार ने आर्थिक मदद के जो वादे किए थे वे अब कहाँ गए ?

यह बात समझना मुश्किल नहीं है कि क्यूबा की क्रांति अमेरिकी साम्राज्यवाद को क्यों स्वीकार नहीं है। लेकिन उसे तो लोकतांत्रिक ढंग से समाजवाद लाने की कोशिश में लगी चिली की अलेंदे सरकार भी स्वीकार न थी और अनेक पार्टियों से जुड़ी चुनाव-प्रक्रिया को माननेवाली निकारागुआ की संदिनिस्ता सरकार भी बर्दाश्त नहीं हुई। निकारागुआ में संदिनिस्ता आंदोलन एक राजनीतिक शक्ति के रूप में आज भी समाप्त नहीं हुआ। वहाँ' 80 के दशक में जो कुछ हुआ उससे स्पष्ट है कि दक्षिण अमेरिका में किसी भी देश की जनता यदि अमेरिकी शोषण और प्रभुत्व से निकलने की कोशिश करेगी तो साम्राज्यवाद उसे दबाने और नष्ट करने के लिए हर तरह के हथकंडे अपनाएगा।

डायना और बेवरली : *आपने अपनी हाल की अमेरिकी यात्रा के बारे में बताया था। आप अपने जीवन के आरंभ में लंबे समय तक अमेरिका में रहे*

हैं। हम यह भी जानते हैं कि मार्ती की तरह आपके मन में भी अमेरिका की संस्कृति के प्रति लगाव है। क्या आप अमेरिका और न्यूयार्क से अपने इस विशेष प्रकार के 'प्रेम' के बारे में कुछ बताएँगे ?

रेतामार : यह विषय मुझे अत्यंत प्रिय है। एक स्पेनी कवि अंतोनियो मकादो ने ठीक ही कहा था कि कोई भी व्यक्ति अपने प्रेम का चुनाव नहीं करता। मैं जब सत्रह वर्ष का था तभी न्यूयार्क में रहने चला गया। वहाँ मेरी मुलाकात स्तिएग्लीज और स्तेइबर्ग से हुई। उस समय मैं चित्रकार बनना चाहता था। दस वर्ष बाद, जब अमेरिका में मैकार्थीवाद का प्रभाव घट रहा था तब मैं येल विश्वविद्यालय में साहित्य का प्रोफेसर पद स्वीकार करने के लिए पहुँचा। वहाँ मुझे मेरे मित्र खोस खुआन ऐरोम ने बुलाया था। मैं अपनी पत्नी के साथ रहता था और सप्ताह के अंत में न्यूयार्क जाता था। अमेरिका से मेरे संबंध का इतिहास थोड़ा और पुराना है। जब मैं पैदा हुआ तब क्यूबा बत्तीस वर्षों से अमेरिकी साम्राज्य का हिस्सा था, इसलिए अमेरिका से मेरा संबंध मजबूरी में बना था। मेरे जन्म से दो वर्ष पहले प्रसिद्ध इतिहासकार लिलैंड हेमिल्टन जेंक्स ने एक किताब लिखी थी जिसका नाम था 'हमारा क्यूबाई उपनिवेश'। क्या इस शीर्षक से सब कुछ सामने नहीं आ जाता ? इस सदी के आरंभ में एक ऐसी किताब लिखी गई थी जिसका मेरी पीढ़ी के क्यूबाइयों पर बहुत असर पड़ा। किताब का नाम था *अमेरिकी साम्राज्य* उसके लेखक थे स्काट नियरिंग। 1921 में कार्लोस बालीन्य ने इस पुस्तक का स्पेनी में अनुवाद किया था। नियरिंग को लंबी आयु मिली थी। वे जॉन रीड के जीवन पर बनी फिल्म रेडस् से संबंधित मुकदमे में गवाह के रूप में पेश हुए थे। बालीन्य मार्क्स का अनुयायी था और मार्ती का मित्र। वह मार्ती के साथ क्यूबा से निष्कासन के बाद अमेरिका में रह रहा था। वहीं दोनों ने 1892 में क्यूबाई क्रांतिकारी पार्टी की स्थापना की थी। बाद के दिनों में 1925 में उसने खुलिओ अंतोनिओ मेल्ला के साथ मिलकर क्यूबा की पहली कम्युनिस्ट पार्टी बनाई। मैंने यह सब इसलिए कहा कि क्यूबा और अमेरिका के संबंध की कुछ ऐसी बातें सामने आ सकें जिन्हें कम लोग जानते हैं।

जब मैं सत्रह वर्ष का था तब मैंने हेमिंग्वे का उनके घर पर हवाना में साक्षात्कार लिया था, वह साक्षात्कार बहुत अच्छा नहीं था, लेकिन उसी के साथ मैंने साहित्य में प्रवेश किया। क्यूबा में हेमिंग्वे को स्थानीय संस्कृति का गौरव माना जाता है। जिस तरह अपनी स्वाधीनता के लिए स्पेन से संघर्ष करने के बावजूद हम स्पेनी संस्कृति को अपना शत्रु नहीं समझते उसी तरह अमेरिका से मतभेद के बावज़ूद हम अमेरिका की संस्कृति के दुश्मन नहीं हैं। मुझे सेर्वांतेज, गार्सिलासो, सांतातेरेसा अथवा क्वेवेदो को पढ़ने का उतना ही अधिकार है

जितना माद्रिद में पैदा हुए किसी व्यक्ति को। अमेरिका की संस्कृति से मेरा संबंध उतना गहरा नहीं है जितना स्पेन की संस्कृति से। मैं मुश्किल से अंग्रेजी लिख और बोल पाता हूँ। हमारा राष्ट्रीय खेल बेसबॉल है जो अमेरिका का भी लोकप्रिय खेल है। क्रांति के तीस वर्षों बाद भी हमारे यहाँ बच्चों की किताबें, फिल्में और संगीत के अनेक रूप अमेरिका से आते हैं, इनमें कुछ अच्छे हैं और कुछ खराब। लेकिन क्यूबा की संस्कृति में इन सबकी उपस्थिति एक सचाई है। क्यूबा के हर बच्चे की तरह मैं भी बचपन में बेसबॉल का खिलाड़ी बनना चाहता था। उसमें असफल होने के बाद ही जीवन दूसरी ओर मुड़ा। मैं प्रायः यह कहता हूँ कि अगर क्यूबा दक्षिण अमेरिका में स्पेन की संस्कृति का सर्वाधिक प्रतिनिधित्व करनेवाला देश है तो वह पुएर्तोरिको को छोड़कर अमेरिकी संस्कृति में सर्वाधिक रँगा हुआ देश भी है। मैं कभी पुएर्तोरिको गया नहीं हूँ, लेकिन वह जिस त्रासदी का शिकार है उस कारण उसके प्रति मेरे मन में अवसाद से भरा प्रेम भी है। जब मैं न्यूयार्क में था तब मैं पुएर्तोरिको का निवासी जैसा ही था।

न्यूयार्क से मेरा प्रेम 1947 से है जब क्लिंटन पैदा हुए होंगे। वहाँ मैं क्यूबा, पुएर्तोरिको, डोमिनिको, चीन, इटली और अंगोला के लोगों के साथ-साथ यहूदियों और काले अमेरिकियों के साथ रहता था। यद्यपि अमेरिका के दक्षिणी भाग में मौजूद जातिभेद को देखकर मेरे मन में घृणा पैदा होती थी, लेकिन न्यूयार्क में संस्कृतियों की अनेकता मुझे आकर्षित करती थी। मैं आज भी अमेरिका में संस्कृतियों के विविधतावाद की विजय की उम्मीद करता हूँ। मैं जानता हूँ कि बहुत से लोग न्यूयार्क से घृणा करते हैं मैं उस घृणा के कारणों को भी जानता हूँ। मुझे यह भी याद है कि न्यूयार्क के बारे में और उसके विरुद्ध कविता की दो महान् कृतियाँ स्पेनी भाषा में रची गई हैं; उनमें से एक है मार्ती की *मुक्त कविताएँ* ओर दूसरी लोर्का की *न्यूयार्क में कवि।* मुझे याद है, एक बार मैं न्यूयार्क में अपने कवि मित्र एउखेनिओ फ्लोरित के साथ टहल रहा था, उस समय वे नब्बे वर्ष के थे। हम लोगों के बीच मार्ती और लोर्का के बारे में बातें हो रही थीं। उन दोनों के बारे में हमारी राय समान नहीं थी। मेरी राय में *न्यूयार्क में कवि* लोर्का की सर्वोत्तम रचना है। मैं यह भी जानता हूँ कि अगर मार्ती पंद्रह वर्षों तक न्यूयार्क में नहीं रहे होते तो वे खुद को और अपने समय को ठीक से नहीं पहचान पाते। वाल्टर वेन्जामिन के अनुसार अगर पेरिस उन्नीसवीं सदी की राजधानी थी तो न्यूयार्क बीसवीं सदी की राजधानी है। मार्ती का चिंतन और लेखन हवाना, मेक्सिको सिटी, काराकास और यहाँ तक कि ब्यूएनोसएरेस में भी संभव न था। उसके लिए न्यूयार्क की प्रेरणा अथवा उत्तेजना आवश्यक थी। मैंने बहुत पहले लिखा था कि मार्ती अमेरिका की मूलगामी चिंतन

परंपरा के एक प्रतिनिधि हैं। मुझे यह जानकर खुशी हुई कि अभी हाल में प्रकाशित *अमेरिकी वामपंथ का विश्वकोश* में मार्ती को भी स्थान मिला है। वह पर्याप्त नहीं है, फिर भी इससे उम्मीद बनती है कि भविष्य में मार्ती के विचारों का बेहतर मूल्यांकन होगा। मार्ती केवल क्यूबा की क्रांति के बौद्धिक जनक ही नहीं थे, बल्कि उन्होंने अमेरिकी समाज का भी जितनी गहराई और लगन के साथ अध्ययन और विश्लेषण किया है वह अद्वितीय है। प्रसिद्ध आलोचक ख़ोसे देविद साल्दीवार ने अपनी पुस्तक *हमारे अमेरिका की द्वंद्वात्मकता* में लिखा है कि मार्ती के विचारों का विकास अमेरिका की संस्कृति और साहित्य की विकासशील प्रवृत्तियों से जुड़ा हुआ है। साल्दीवार ने मुझे भी उस परंपरा में रखा है। मैं स्वयं भी अपने को उस परंपरा का हिस्सा समझता हूँ।

डायना और बेवरली : *अमेरिका की संस्कृति और साहित्य की विकासशील प्रवृत्तियों से उस समुदाय का गहरा रिश्ता है जिसे अमेरिका में लातीनी समुदाय कहा जाता है, उसका एक बहुत बड़ा हिस्सा क्यूबाइयों का है। लेकिन वे क्यूबाई, क्यूबा की क्रांति और आपकी सांस्कृतिक साहित्यिक योजना के विरोधी हैं। 1959 के बाद जो क्यूबाई अमेरिका में जाकर बस गए हैं उनसे क्यूबा के संबंध के भविष्य के बारे में आप क्या सोचते हैं ? क्या आप अमेरिका में रहनेवाले क्यूबाइयों की रचनाओं और आलोचनाओं को पढ़ते रहे हैं ?*

रेतामार : अमेरिका में रहनेवाले क्यूबाई लोगों से क्यूबावालों के संबंध का भविष्य बहुत कुछ उस राजनीतिक वास्तविकता पर निर्भर है जिसे हम अपने मन के मुताबिक ढाल नहीं सकते। जहाँ तक मेरी बात है, मैं उस संबंध को अधिक से अधिक विकसित होते देखना चाहता हूँ और मेरा विश्वास है कि ऐसा होगा। अमेरिकी नाकेबंदी के कारण अमेरिका से क्यूबा में साहित्य का आना लगभग बंद सा हो गया, इसलिए मैं अमेरिका में रहनेवाले नई पीढ़ी के क्यूबाइयों के लेखन से उतना परिचित नहीं हूँ जितना होना चाहता हूँ। येल में पढ़ानेवाले गोंजालेज़ एचेवारिआ के साथ मेरे वर्षों से अच्छे संबंध हैं। मैंने उनका जितना आलोचनात्मक लेखन पढ़ा है वह मुझे पसंद है। उन्होंने मेरा एक साक्षात्कार लिया था और मेरे बारे में एक प्रशंसात्मक लेख भी लिखा था, वह सारी सामग्री 1978 में 'डाइक्रिटिक्स' नामक पत्रिका में छपी थी। उन्होंने कार्पेतियेर पर लिखी अपनी पुस्तक मुझे समर्पित की है। वे अपनी किताबें मेरे पास भेजते हैं। इधर मुझे मालूम हुआ है कि अब मेरे प्रति उनका उत्साह पहले जैसा नहीं है, यद्यपि मैं अब भी वही हूँ जो पहले था।

मैं बहुत पहले अना मेंदिएता से मिला था। मैं उनकी कला का बहुत

प्रशंसक हूँ। 1980 के दशक में कलाकारों की जो पीढ़ी क्यूबा में उभरकर सामने आई है उस पर उनका गहरा प्रभाव है। हमने कुछ दिन पहले ही 'कासा दे लास् अमेरिकास्' में अना की असामयिक और दुखद मृत्यु पर नांसी मोरखेन की एक बहुत अच्छी कविता छापी थी। मैं ओस्कर ईखएलोस अथवा उनके लोकप्रिय उपन्यास 'माम्बो राजा' के बारे में नहीं जानता हूँ, लेकिन मैंने क्रिस्तिना गार्सिया की रचना *क्यूबा में सपना* (ड्रीमिंग इन क्यूबन) पढ़ी है। वह मुझे बहुत पसंद आई। उसे पढ़ते हुए मेरे सामने बराबर यह सवाल रहा कि क्या वह अंग्रेजी में लिखा गया क्यूबाई उपन्यास है या क्यूबाइयों के बारे में लिखा अमेरिकी उपन्यास ?

नाकेबंदी के बावजूद मैं अमेरिका में रहनेवाले अपने क्यूबाई मित्रों और साथियों से बराबर संपर्क बनाए रखता हूँ। मैं पहले ही एउखेनिओ प्लोरित की चर्चा कर चुका हूँ। मैं उनसे कई सालों से नहीं मिला हूँ, लेकिन उनकी कविताओं का प्रशंसक जरूर हूँ। स्वर्गीय लाउर्देस कासाल की जीवंत और अविस्मरणीय उपस्थिति का जितना तीव्र अनुभव अमेरिका में था उतना ही क्यूबा में भी। मुझे नई पीढ़ी के उन लोगों के नाम याद आ रहे हैं जिनकी रचनाएँ हमारी पत्रिका में छपी हैं या जो हवाना आकर हमसे मिल चुके हैं। ऐसे लोगों में एमिलिओ बेखेल एलियान रिबेरो, खुलिओ रोद्रीगेज लुईस, ऐरिके सासेरीओ गारी, ओस्कार मोंतेरो, खेसुस बार्केत और रूथ बेहार विशेष रूप से उल्लेखनीय हैं। रूथ बेहार की अत्यंत महत्त्वपूर्ण और प्रभावशाली रचना 'अनूदित औरत' की समीक्षा हमारी पत्रिका में छपी है। मैं क्यूबा और अमेरिका के क्यूबाइयों के बीच संवाद बनाए रखने की हरसंभव कोशिश करता हूँ।

हमारे यहाँ आत्मालोचन और भविष्य के प्रति खुलेपन की जो प्रवृत्ति विकसित हो रही है उसकी प्रभावशाली अभिव्यक्ति सुप्रसिद्ध निर्देशक तोमास गुतिऐरेज आलेया की फिल्म 'स्ट्रावेरी एण्ड चॉकलेट' में हुई है जो सेनेल पॉज़ की कहानी पर आधारित है। इस फिल्म में अब तक साहित्य तथा कला के लिए निषिद्ध समलैंगिक संबंध की अभिव्यक्ति है और क्यूबाई समाज में सहनशीलता तथा भेदभाव की स्थितियों से जुड़े प्रश्नों का सामना करने की कोशिश भी है। आज से पचास वर्ष पहले जब गुतिऐरेज आलेया मेरे साथ छात्र था तब वह मेरी रचनाओं का पहला संपादक भी था।

कुछ समय पहले तक राजनीतिक भावनाएँ बहुत उग्र थीं, इसलिए क्यूबा के लोगों से अमेरिका में रहनेवाले प्रवासी क्यूबाइयों के संबंधों में तनाव अधिक था। अब उन दोनों के बीच संवाद की संभावना बढ़ रही है। आज खाड़ी के दोनों ओर से खुआन गेलमान के शब्दों में यह आवाज उठनेवाली है कि अंततः कोई

भी निर्दोष नहीं है।

डायना और बेवरली : *अब तक हम बहुत कुछ खो चुके हैं, हमारी महत्वाकांक्षाएँ और आशाएँ धूल में मिल चुकी हैं, हमारे संघर्ष और हमारे त्याग की या तो पराजय हो चुकी है या उनके सामने प्रश्नचिन्ह लग गए हैं। ऐसी स्थिति में क्या आपके मन में उनामुनो के शब्दों में जीवन के प्रति कोई त्रासद बोध पैदा हो रहा है ?*

रेतामार : इस प्रश्न से इस साक्षात्कार का अंत करना मुझे बहुत सार्थक लग रहा है। ऐसा इसलिए नहीं है कि मैं पराजय और निराशा से घिरा हूँ, बल्कि इसलिए कि उनामुनो के चिंतन से मेरा पुराना और गहरा संबंध रहा है। जब मैं किशोर था तब मैं मार्ती और खुलीयान देल कासाल के बाद उनामुनो के विचारों से ही सबसे अधिक प्रभावित था। खुलीयान देल कासाल ने 1943 में मेरे लिए कविता की दुनिया में प्रवेश का रास्ता दिखाया और उनामुनो की पुस्तक *मेरा धर्म तथा अन्य निबंध* के माध्यम से मैंने विचारों की दुनिया में प्रवेश किया। वास्तव में मैंने उनामुनो की पुस्तक *दोनक्वीहोते और सांको का जीवन* को समझने के लिए ही सेर्वांतेज का उपन्यास *दोनक्वीहोते* पढ़ा था।

उनामुनो की पुस्तक *जीवन के त्रासद बोध के बारे में* प्रथम विश्वयुद्ध के एक वर्ष पहले और अक्तूबर क्रांति के चार वर्ष पूर्व 1913 में छपी थी। उस पुस्तक का संबंध अपने समय के गंभीर ऐतिहासिक संदर्भों से उतना नहीं था जितना पास्कल और कीर्केगार्द के चिंतन से। मैं जीवन के त्रासद बोध का महत्त्व स्वीकार करता हूँ, लेकिन उन कारणों से नहीं जिनका आपके प्रश्न में उल्लेख है। यह ठीक है कि यदि समाजवादी मरणशील हैं तो पूँजीवादी भी नश्वर हैं। जब उनामुनो विवेक और अविवेक की बात करते हैं तब वे हाड़मांस के पुतले मनुष्य की चिंता करते हैं और जब वे मृत्यु से संवाद का प्रयत्न करते हैं–तब वे उन द्वैतों से परे जाने का प्रयास करते हैं जिन्हें वे बुनियादी नहीं मानते। मेरे लिए यह कहना मुश्किल है कि उनकी यह चिंता सही है या गलत। इस प्रसंग में एंगेल्स की बात मुझे याद आ रही है। समाज के ऐतिहासिक विकास की विभिन्न अवस्थाओं से संबंधित मार्क्स और एंगेल्स की मान्यताओं पर यांत्रिकता और भोलेपन का आरोप लगाते हुए जब कुछ लोगों ने कहा कि लगता है विकास की उन विभिन्न अवस्थाओं को पार करने के बाद मनुष्य दिव्य दर्शन से उपजा परमानंद पा लेगा, तब उन आलोचनाओं का जवाब देते हुए एंगेल्स ने कहा था कि मैंने या मार्क्स ने कहीं भी ऐसा नहीं लिखा है कि मनुष्य दुःखी प्राणी नहीं है। यूनानी तथा शेक्सपीयर के दुखांत नाटकों के परम प्रेमी मार्क्स और एंगेल्स ऐसा कैसे कह सकते थे। इस प्रसंग में यह भी याद रखना जरूरी है कि

उनामुनो जवानी में समाजवादी था और वह मार्ती के महत्त्व को समझनेवाला पहला स्पेनी बुद्धिजीवी था। उसने यह स्वीकार किया है कि उसे पीडा के महत्त्व का बोध मार्ती को पढ़कर हुआ। लातीनी अमेरिका के ओर्तीज, मारियाते गुई, बोर्खेज़ और मार्तीनेज एस्त्रादा जैसे बुद्धिजीवी उसके परम प्रशंसक रहे हैं।

यद्यपि उनामुनो के चिंतन में बहुत अंतर्विरोध है, लेकिन बुनियादी बातों के बारे में उनकी राय प्रायः सही रही है। वे ऐतिहासिक संकट के समय अत्यंत साहस के साथ व्यवहार करनेवाले व्यक्ति थे। उन्होंने 1920 के दशक में दे रिवेरा की तानाशाही का जमकर विरोध किया था, जिसके कारण उन्हें देश निकाले का दंड भोगना पड़ा। यही नहीं, उन्होंने 1936 के अपने प्रसिद्ध भाषण में स्पेन में फ्रेंको के विद्रोह का विरोध किया था। उस समय वे सालामांका विश्वविद्यालय के रेक्टर थे। उस व्याख्यान के एक महीने के बाद ही उनका देहांत हो गया।

आपने अपने सवाल में जिन दुखद परिस्थितियों का जिक्र किया है उन्हें अस्तित्ववादी शब्दावली में सीमांत स्थितियाँ कहा जा सकता है। लेकिन मुझे लगता है कि जीवन की दुखद स्थिति का बोध उससे आगे जाता है। मैं मानता हूँ कि मेरे मन में जीवन के दुखद होने का बोध है, लेकिन अब जबकि मैं जीवन के अंत की ओर बढ़ रहा हूँ तब मुझे इस बात का संतोष भी है कि जवानी के दिनों के मेरे बौद्धिक प्रेम के आलंबन संसार से गायब नहीं हो गए हैं। मार्ती के विचार आज भी मेरे साथ हैं, कविता के दरवाजे अब भी मेरे लिए खुले हैं, मेरी चिंताएँ उनामुनो की चिंताओं से जुड़ी हुई हैं और जिस जॉर्ज बर्नाड शॉ ने मुझे रोमांटिक समाजवादी बनाया था वे अब भी मुझे याद आते हैं। मैं जानता हूँ कि आजकल ऐसी बातें बौद्धिक फैशन से बाहर हैं। क्या यह अच्छी बात है या बुरी ? मैं जरूर कहूँगा कि फैशन से अधिक तुच्छ और जल्दी से जल्दी बदलने वाली कोई और चीज नहीं होती। मृत्यु ऐसी तुच्छता से बहुत अलग होती है। यही नहीं, वे सारी बातें इस दायरे से बाहर होती हैं जो उम्मीद और दुःख का सचमुच कारण बनती हैं।

1959 में मेरा एक काव्य संग्रह छपा था जिसका नाम है–*प्राचीन आशा की वापसी*। हम जिस कठिन समय का सामना कर रहे हैं उसमें निराशा के बहुत से कारण हैं, लेकिन मैं आशा को अलविदा नहीं कहने जा रहा हूँ। मैं यह नहीं सोचता कि जिसे रेण्ड विलियम्स आशा के स्रोत कहते हैं, वे कभी पूरी तरह सूख जाएँगे।

[क्रिटिकल इन्क्वारी, विंटर 1995]

[इस अनुवाद में अनुवादक ने जे. एन. यू. में स्पेनी के प्राध्यापक अपराजित भट्टाचार्य से सहायता ली है।]

खंड-2
आलेख

संस्कृति के मार्क्सीय सिद्धांत में आधार और ऊपरी ढाँचे की सार्थकता

रेमण्ड विलियम्स

संस्कृति के एक मार्क्सवादी सिद्धांत की आधुनिक परख की शुरुआत निर्धारक आधार और निर्धारित ऊपरी ढाँचे की स्थापना पर विचार करने से ही होनी चाहिए। सच पूछिए तो सैद्धांतिक दृष्टि से वास्तव में इस तरह की शुरुआत करने की सुविधा नहीं है। अगर हम अपने चिंतन की शुरुआत उस स्थापना से करें जिसके अनुसार चेतना अपने सामाजिक परिवेश से निर्धारित होती है तो वह एक बेहतर स्थिति होगी, क्योंकि यह स्थापना मूलतः आधार और ऊपरी ढाँचे की स्थापना के समान ही केंद्रीय और प्रमाणिक है। ऐसा नहीं है कि ये दोनों स्थापनाएँ एक-दूसरे को काटती हों या परस्पर विरोधी हों। लेकिन आधार और ऊपरी ढाँचेवाली स्थापना अपने आलंकारिक स्वरूप और निश्चित तथा निर्धारित संबंध के कारण कुछ हाथों में पड़कर एक विशिष्ट और कभी-कभी सामाजिक परिवेश और चेतनावली स्थापना का ही अस्वीकार्य रूप धारण कर लेती है। फिर भी मार्क्स से मार्क्सवाद की यात्रा में और स्वयं मार्क्सवाद के मुख्य स्वरूप के विकास में निर्धारक आधार और निर्धारित ऊपरी ढाँचे की स्थापना को संस्कृति के मार्क्सवादी विश्लेषण का सामान्यतः मूल सिद्धांत माना गया है।

अब जब हम इस स्थापना का विश्लेषण कर रहे हैं तो 'निर्धारित करता है' पद में निहित संबंध और उसकी वास्तविक तथा भाषिक जटिलता के प्रति सजग होना आवश्यक है। निर्धारण और उससे भी अधिक निर्धारणवाद की भाषा वास्तव में भाववादी दर्शन और विशेषतः जगत् और मनुष्य के संबंधों की धार्मिक व्याख्या की विरासत है। यह एक महत्त्वपूर्ण बात है कि मार्क्स अपने विख्यात विपर्यय की प्रणाली और उपलब्ध स्थापनाओं के अंतर्विरोध के अंतर्गत ही 'निर्धारित करता है'

जैसे पद का प्रयोग करते हैं। इस तरह मार्क्स एक ऐसी विचारधारा का विरोध कर रहे हैं जो अपने धार्मिक ढाँचे में मनुष्येतर शक्ति द्वारा मानव-चेतना के निर्धारण पर बल देती है और अपने धर्म-निरपेक्ष रूप में किसी अमूर्त्त सत्ता को मानव-चेतना का निर्धारक मानती है। मार्क्स की अपनी मान्यता स्पष्ट रूप से ऐसी विचारधारा का विरोध करती है और मानव की चेतना के निर्धारण के मूल कारणों की खोज मानव की अपनी क्रियाशीलताओं में ही निहित मानती है। इसके बावजूद इस विशेष पद (निर्धारित करता है) के इतिहास और निरंतरता से हमें यह ज्ञात होता है कि यूरोप की विभिन्न भाषाओं में साधारण प्रयोग में 'निर्धारित' शब्द के पर्याप्त भिन्न, संभाव्य अर्थ और अभिप्राय हैं। एक ओर, अगर यह अपनी धर्मशास्त्रीय विरासत के कारण परवर्ती क्रियाशीलता की पूर्णतः भविष्यवाणी करनेवाली या पूर्वनिर्देशन करनेवाली धारणा है तो दूसरी ओर सामाजिक व्यवहार के अनुभवों से उपलब्ध निर्धारण की ऐसी धारणा भी है जिसके अंतर्गत निर्धारण का अर्थ है–सीमाएँ निश्चित करना और दबाव डालना।

आचरण को सीमित करनेवाली और दिशा-निर्देशक दबाव डालनेवाली प्रक्रियाओं में भी स्पष्ट ही अंतर है, चाहे वह किसी बाहरी शक्ति के कारण हो या विशेष विकास के आंतरिक नियम के कारण। यह उस प्रक्रिया से भी भिन्न है जहाँ परवर्ती वस्तु (घटना) मूलतः किसी पूर्ववर्ती बाह्य-शक्ति द्वारा पूर्वकल्पित, पूर्वसूचित और नियंत्रित होता है। मार्क्सीय सांस्कृतिक विश्लेषण के व्यवहारों को देखते हुए यह कहना ठीक होगा कि प्रायः पूर्वकल्पित, पूर्वसूचित या नियंत्रित करनेवाली धारणा को ही व्यक्त या अव्यक्त रूप में काम में लाया जाता रहा है।

ऊपरी ढाँचा : विशेषताएँ और संशोधन

इस स्थापना के संदर्भ में सबसे पहले विचारणीय विषय है– संबंध का स्वरूप। लेकिन हम पारिभाषिक शब्दों पर विचार करते हुए ही संबंध के स्वरूप पर भी विचार कर सकते हैं। ऊपरी ढाँचे की धारणा पर ही सर्वाधिक ध्यान दिया गया है। सामान्यतः लोग 'ऊपरी ढाँचा' की ही बात करते हैं। लेकिन यह एक दिलचस्प बात है कि मार्क्स ने जर्मन में इसका बहुवचन रूप में एक महत्त्वपूर्ण प्रयोग किया है। कुछ लोग ऊपरी ढाँचा या ऊपरी ढाँचों के अंतर्गत विभिन्न गतिविधियों की चर्चा करते हैं। स्वयं मार्क्स द्वारा एंगेल्स के साथ पत्र-व्यवहार में और परवर्ती मार्क्सवादी परंपरा में भी ऊपरी ढाँचे से संबद्ध अनेक विशिष्ट क्रियाओं के निर्धारित चरित्र की शर्तों की चर्चा की गई है। प्रथम प्रकार की शर्त का संबंध समयगत अंतराल, जटिलताओं और कतिपय परोक्ष या सापेक्ष सुदूर संबंधों से है। अब तक प्रचलित ऊपरी ढाँचे की सरलतम धारणा का सारांश यह

है कि ऊपरी ढाँचे के रूप में कमोबेश प्रत्यक्ष तौर पर बुनियाद का प्रतिबिंबन, अनुकरण अथवा पुनरुत्पादन होता है। निस्संदेह प्रतिबिंबन या पुनरुत्पादन की विधेयवादी धारणा से इसको समर्थन मिला है। लेकिन चूँकि अनेक सांस्कृतिक क्रियाओं में इस प्रकार का संबंध अध्ययन की सामग्री को तोड़-मरोड़कर सायास ही स्थापित किया जा सकता है, इसलिए समय के अंतराल तथा विभिन्न तकनीकी जटिलताओं और अप्रत्यक्षता की धारणा का सहारा लिया गया और इसके सहारे प्राथमिक आर्थिक क्रियाओं से सुदूर स्थित दर्शन जैसी सांस्कृतिक क्रियाओं की व्याख्या की गई। ऊपरी ढाँचे की व्याख्या की यह पहली अवस्था थी जो वास्तव में एक कामचलाऊ व्याख्या थी। दूसरी अवस्था इससे संबद्ध होती हुई भी अधिक मूलभूत थी; क्योंकि संबंध की प्रक्रिया पर यहाँ अधिक गहराई से विचार किया गया। इस पुनर्विचार के परिणामस्वरूप ही 'मध्यस्थता' (Mediation) की आधुनिक धारणा पैदा हुई, जिसके अंतर्गत साधारण प्रतिबिंबन या पुनरुत्पादन से मूलतः भिन्न प्रकार की क्रियाशीलता है। परवर्ती बीसवीं शताब्दी में संरचनाओं की समानधर्मिता की धारणा सामने आई, जिसके अनुसार अप्रत्यक्ष या प्रतीयमान समानता अनिवार्य नहीं है और बुनियाद की वास्तविकता तथा ऊपरी ढाँचा संबंधी प्रक्रिया के बीच प्रतिबिंबन या पुनरुत्पादन का संबंध आवश्यक नहीं है, लेकिन जिसके अंतर्गत संरचनाओं की ऐसी परस्परसंबद्धता या तात्विक-समानधर्मिता होती है जिसको विश्लेषण से पहचाना जा सकता है। यह धारणा 'मध्यस्थता' की धारणा जैसी नहीं है। लेकिन यह उसी तरह का संशोधन है, जिसके अनुसार बुनियाद और ऊपरी ढाँचे का संबंध न तो प्रत्यक्ष माना जाता है और न जटिलताओं तथा परोक्षता के सहारे उसकी व्याख्या की जाती है, बल्कि यह उसके स्वभाव से संबद्ध है और प्रत्यक्ष पुनरुत्पादन नहीं है।

इस प्रकार के संशोधनों और व्याख्याओं की अपनी महत्ता है, लेकिन मुझे ऐसा लगता है कि बुनियाद की प्रचलित धारणा पर समान गंभीरता से विचार नहीं किया गया। और मैं यह कहना चाहूँगा कि अगर हमें सांस्कृतिक प्रक्रिया की वास्तविकताओं को समझना है तो बुनियाद की धारणा पर अधिक गंभीरता से विचार करना होगा। बुनियाद और ऊपरी ढाँचे की स्थापना के अन्तर्गत प्रचलित आदत के मुताबिक बुनियाद को प्रायः एक वस्तु या कुछ अपरिष्कृत रूप में तत्त्वतः एकरूप और प्रायः स्थिर स्वरूपवाला मान लिया जाता है। बुनियाद, मनुष्य के वास्तविक सामाजिक अस्तित्व का द्योतक है। बुनियाद भौतिक उत्पादक शक्तियों के विकास की अवस्था से संबद्ध उत्पादन के वास्तविक संबंधों का बोधक है। बुनियाद विकास की एक विशेष अवस्था की उत्पादन पद्धति है। हम इस प्रकार की स्थापनाएँ गढ़ते और दुहराते हैं, लेकिन इस प्रकार का प्रयोग

वास्तव में मार्क्स के उस अर्थ से काफी अलग है जिसमें वे एक विशेष संरचनात्मक संबंधों के अंतर्गत शेष सभी प्रकार की गतिविधियों के आधार के रूप में उत्पादन क्रियाओं पर बल देते हैं, क्योंकि विश्लेषण द्वारा उत्पादन के विकास की एक विशेष अवस्था की व्याख्या और पहचान संभव है, लेकिन व्यवहार में यह कभी भी एकरूप या स्थिर नहीं होती। वास्तव में मार्क्स के इतिहासबोध की स्थापनाओं में यह एक केंद्रीय स्थापना है कि उत्पादन और उससे उत्पन्न होनेवाले सामाजिक संबंधों में गहरे अंतर्विरोध होते हैं। इसलिए इन शक्तियों में गतिशील बदलाव की निरंतर संभावना बनी रहती है। उससे भी अधिक जब हम इन शक्तियों को वास्तविक मनुष्यों की निश्चित क्रियाओं और संबंधों के रूप में मार्क्स की तरह विचार करते हैं तो ये शक्तियाँ बुनियाद की प्रायः प्रयुक्त लाक्षणिक धारणा से कुछ अधिक सक्रिय, अधिक जटिल और अधिक अंतर्विरोधी प्रतीत होती हैं।

आधार और उत्पादक शक्तियाँ

हमारा विचार है कि जब हम आधार की चर्चा करते हैं तो उसे एक प्रक्रिया के रूप में समझते हैं न कि एक निश्चित अवस्था के रूप में। हम उस प्रक्रिया को ऊपरी ढाँचे की परिवर्तनशील प्रक्रियाओं के निश्चित आधार के रूप में कुछ निश्चित विशेषताओं तक सीमित नहीं कर सकते। ऐसे अधिकांश लोग जो साधारण मान्यता को अधिक तर्कसंगत बनाने का प्रयत्न करते हैं, उन्होंने ऊपरी ढाँचे की धारणा को परिष्कृत करने पर ही अधिक ध्यान दिया है। लेकिन हम कहना चाहेंगे कि इस मान्यता में आए हुए हर पद का एक खास दिशा के अनुरूप पुनर्मूल्यांकन करना होगा। हमें 'निर्धारण' को पूर्वकल्पित, पूर्वकथित और नियंत्रित अंतर्वस्तु से अलग सीमा-निर्धारक और दिशा-निर्धारक अर्थ में समझना होगा। हमें ऊपरी ढाँचे को एक प्रतिबिंबित, पुनरुत्पादित या विशिष्ट निहित अंतर्वस्तु से अलग सांस्कृतिक व्यवहारों से संबद्ध क्षेत्र के रूप में समझना होगा, और सर्वाधिक महत्त्वपूर्ण बात यह है कि आधार का मूल्यांकन एक निश्चित आर्थिक या तकनीकी अमूर्त्तन की धारणा से अलग करना होगा। उसे वास्तविक, सामाजिक तथा आर्थिक संबंधों में सक्रिय मनुष्यों की ऐसी विशिष्ट क्रियाशीलता के रूप में समझना होगा, जहाँ मूलभूत अंतर्विरोधों और परिवर्तनों के साथ-साथ एक गतिशील प्रक्रिया क्रियाशील होती है।

इन प्रचलित परिभाषाओं के एक अन्य निहित उलझाव को समझना आवश्यक है। मुख्य रूप से बीसवीं सदी की कुछ व्याख्याओं में आधार का अर्थ मूलभूत उद्योगों तक ही सीमित हो गया है। भारी उद्योग पर बल देने के कुछ सांस्कृतिक

परिणाम भी हुए हैं; किंतु इससे एक अधिक सामान्य समस्या उत्पन्न होती है: क्योंकि हम उत्पादक शक्तियों की धारणा पर पुनर्विचार करने के लिए मजबूर होते हैं। स्पष्टतः ही हम बुनियाद के अंतर्गत प्राथमिक उत्पादक शक्तियों पर ही विचार कर रहे हैं। फिर भी कुछ महत्त्वपूर्ण भेदों को स्वीकार करना होगा। यह सही है कि पूँजीवादी उत्पादन के विश्लेषण में मार्क्स ने उत्पादन की पद्धति से संबद्ध उत्पादन कार्य का अत्यंत विशिष्ट अर्थ में प्रयोग किया है। 'ग्रुंड्रिस' में एक कठिन अनुच्छेद है, जहाँ यह चर्चा है कि जो आदमी पियानो बनाता है वह एक उत्पादक कार्यकर्ता है। तब प्रश्न उठता है कि क्या पियानो वितरित करनेवाला व्यक्ति भी उत्पादक श्रमिक होगा ? संभवतः वह है, क्योंकि वह अतिरिक्त मूल्य पैदा करने में हिस्सा बँटाता है। लेकिन पियानोवादक उत्पादक श्रमिक नहीं होता है। इस तरह पियानो बनानेवाला आधार हुआ, किंतु पियानोवादक ऊपरी ढाँचा। सांस्कृतिक 'गतिविधि पर विचार करने, विशेषतः आधुनिक सांस्कृतिक गतिविधि के अर्थशास्त्र पर विचार करने के संदर्भ में, यह स्पष्टतः एक बंद गली है। इस उत्पादन-पद्धति के विश्लेषण के संदर्भ में ही मार्क्स ने उत्पादक श्रम और उत्पादक शक्तियों की अवधारणा का निर्माण किया, जिसके अंतर्गत तैयार माल को उत्पन्न करने के लिए कच्चे माल पर काम करने की विशिष्ट प्रक्रिया का विश्लेषण है। इसके परिणामस्वरूप मार्क्स की उत्पादक शक्तियों की केंद्रीय धारणा का अर्थ, जिसके अंतर्गत एक श्रमिक श्रम की प्रक्रिया में स्वयं को वस्तु के रूप में बदल डालता है या व्यापक ऐतिहासिक परिप्रेक्ष्य में मनुष्य अपना और अपने इतिहास का निर्माण करता है, अधिक संकुचित हुआ और सांस्कृतिक संदर्भ में इसके घातक प्रभाव हुए। आजकल जब हम आधार और मूलभूत उत्पादक शक्तियों की चर्चा करते हैं तो यह बात बहुत महत्त्वपूर्ण हो जाती है कि हमारा तात्पर्य पूँजीवादी आर्थिक संबंधों के अंतर्गत मूलभूत उत्पादन की प्रचलित विकृत मान्यता से है या समाज के मूलभूत उत्पादन, उत्पादन मे लगे मनुष्य, भौतिक उत्पादन और उससे उत्पन्न वास्तविक जीवन से है। अगर हम उत्पादक शक्तियों के व्यापक अर्थ को ग्रहण करें तो आधार का पूरा प्रश्न हमारे सामने दूसरे रूप में आता है और तब हम कुछ महत्त्वपूर्ण उत्पादक सामाजिक शक्तियों को केवल ऊपरी ढाँचे की चीज या गौण चीज मानकर खारिज करने का प्रारंभ से ही प्रयत्न नहीं करेंगे।

'समग्रता' की धारणा की उपयोगिता

आधार और ऊपरी ढाँचे की सामान्य अवधारणा की कठिनाइयों के कारण एक दूसरा विकल्प भी आया। वह विकल्प सामाजिक समग्रता का था, जिसका मुख्य

संबंध लुकाच से था। वह सामाजिक व्यवहारों की समग्रता की धारणा आधार की परत दर परतवादी धारणा और उसके परिणामस्वरूप निर्मित ऊपरी ढाँचे की धारणा से अलग थी। वह आचार-व्यवहारों की समग्रता की धारणा 'परिवेश चेतना को निर्धारित करता है' वाले अभिप्राय के अनुकूल तो थी, पर यह उस प्रक्रिया को आधार और ऊपरी ढाँचे की शब्दावली में नहीं देखती थी। आजकल समग्रता का प्रयोग सामान्य हो गया है और सचमुच बहुत कारणों से वह आधार और ऊपरी ढाँचे की अवधारणा से ज्यादा स्वीकार्य है। पर इसके साथ महत्त्वपूर्ण कठिनाई है। समग्रता की अवधारणा के साथ यह संभावना बनी हुई है कि इसके मूल मार्क्सवादी तात्पर्य से इसे अलग कर दिया जाय। अगर हम यह कहें कि समाज अनेक प्रकार के सामाजिक व्यवहारों से निर्मित एक ठोस सामाजिक इकाई है और हम हर व्यवहार को एक विशिष्ट रूप देते हुए व्यवहारों के परस्पर संयुक्त, क्रियाशील और जटिल रूप को स्वीकारें तो इसका तात्पर्य यह होगा कि हम एक अधिक स्पष्ट स्तर पर वास्तविकता की व्याख्या करेंगे, लेकिन एक दूसरे स्तर पर इसका तात्पर्य यह भी होगा कि हम निर्धारण की प्रक्रिया को त्याग रहे होंगे। ऐसा कम-से-कम मैं करने को तैयार नहीं हूँ। वास्तव में सांस्कृतिक सिद्धांत के संदर्भ में समग्रता की अवधारणा के संबंध में मूल प्रश्न यह है कि क्या समग्रता की अवधारणा में अभिप्राय की अवधारणा भी निहित है ? क्योंकि अगर समग्रता केवल मूर्त्त ही है और इसके अंतर्गत अनेक प्रकार के विविध तथा समसामयिक व्यवहारों की स्वीकृति ही होती है, तब वास्तव में इसकी अंतर्वस्तु से मार्क्सवाद का कोई संबंध नहीं। अभिप्राय या अभिप्राय की अवधारणा के माध्यम से हम उस मूल प्रश्न की ओर लौटते हैं। क्योंकि यह सच है कि प्रत्येक समाज ऐसे व्यवहारों की जटिल समग्रता का परिणाम होता है और यह भी सच है कि हर समाज का एक विशेष तरह का संगठन, एक विशेष तरह का ढाँचा होता है, और ऐसे संगठन और ढाँचे के निर्माण के सिद्धांतों का सीधा संबंध कुछ खास प्रकार के सामाजिक अभिप्रायों से होता है। इन अभिप्रायों के माध्यम से ही हम समाज का स्वरूप निर्धारित करते हैं। हमारे अनुभव से यह सिद्ध है कि समाज के हर वर्ग के अपने नियामक अभिप्राय हुआ करते हैं। आधार और ऊपरी ढाँचे की अवधारणा की अनगढ़ता के दुष्परिणामस्वरूप हमें एक-दूसरे कम अनगढ़ लगनेवाली समग्रता की अवधारणा को या जटिल संपूर्णता के आदर्श को स्वीकारना पड़ा है। लेकिन इस समग्रता की अवधारणा में सामाजिक अभिप्राय के तथ्यों तथा किसी समाज के वर्गगत चरित्र आदि की अवहेलना होती है। इससे यह संकेत मिल सकता है कि ऊपरी ढाँचे पर बल न देने के कारण हमें क्या कुछ खोना पड़ता है। यही कारण है कि कला और ज्ञान की प्रक्रियाओं

को केवल ऊपरी ढाँचे के सामान्य रूप से प्रचलित सूत्र के माध्यम से समझना मेरे लिए बहुत कठिन है। लेकिन सामाजिक और राजनीतिक विचार के अनेक क्षेत्रों में कुछ खास प्रकार के सिद्धांत और नियम संस्थाओं के ढाँचे के अंग हैं, और इस तरह से सामाजिक उपकरणों तथा राजनीतिक एवं विचारधारा संबंधी गतिविधियों और निर्मितियों को अगर हम ऊपरी ढाँचे की अवधारणा के माध्यम से न समझें तो वास्तविकता की सही पहचान कर ही नहीं सकते। ये सिद्धांत, नियम, संविधान और विचारधाराएँ, जिन्हें प्राकृतिक कहा जाता है, या सार्वभौम महत्त्व का माना जाता है, वास्तव में एक वर्ग-विशेष के आधिपत्य की ही अभिव्यक्ति और पुष्टि करती है। वास्तव में आधार और ऊपरी ढाँचे के सिद्धांत को संशोधित करने में सबसे बड़ी कठिनाई अनेक तरह के संघर्षों में लगे लोगों के अनुभव से जुड़ी हुई है। जो आर्थिक लड़ाई के साथ-साथ संस्थाओं और विचारधाराओं के खिलाफ संघर्ष करते हैं वे जानते हैं कि अगर संस्थाओं और उनसे संबद्ध विचारधाराओं के अन्योन्याश्रित संबंध को न स्वीकार किया जाय और उनकी सार्वभौम सचाई या वैधता को अस्वीकार न किया जाय तो समाज के वर्ग-स्वरूप को पहचानना ही संभव नहीं होगा। समग्रता की अवधारणा के माध्यम से सांस्कृतिक प्रक्रिया को समझने के कुछ प्रयत्नों के परिणाम ऐसे ही हुए। मेरा विचार यह है कि समग्रता की अवधारणा का सार्थक प्रयोग तभी संभव है जब हम इसे एक दूसरी महत्त्वपूर्ण मार्क्सवादी अवधारणा वर्चस्व से जोड़ कर देखें।

वर्चस्व की अवधारणा की जटिलताएँ

मेरा विचार है, ग्राम्शी ने वर्चस्व की अवधारणा पर बल देकर और उसकी असाधारण गंभीर विवेचना करके मार्क्सवादी चिंतन के विकास में महान् योगदान किया है। वर्चस्व की अवधारणा के अनुसार एक ऐसी वास्तविक समग्रता के अस्तित्व को स्वीकार किया जाता है जो केवल गौण या ऊपरी ढाँचे की चीज नहीं है, जैसा कि विचारधारा की अवधारणा की मान्यता है, बल्कि वह सामाजिक जीवन में पूरी तरह व्याप्त अनुभव है, और जैसा कि ग्राम्शी ने कहा है, वह अधिकांश जनता को पूर्णतः प्रभावित करनेवाले जीवनानुभव का निर्णायक तत्त्व बन जाता है। वह आधार और ऊपरी ढाँचे की किसी भी अवधारणा से अधिक स्पष्टता के साथ सामाजिक अनुभव की वास्तविकता की पहचान कराने में सक्षम है। अगर विचारधारा केवल एक आरोपित अमूर्त धारणा मात्र होती और हमारे सामाजिक, राजनैतिक और सांस्कृतिक विचार, मान्यताएँ और आदतें एक खास किस्म की चालबाजी का परिणाम होतीं या फिर एक ऐसे अभ्यास से उत्पन्न

होतीं जिसे सहज ही समाप्त करना या मुक्त होना संभव होता तो समाज का संचालन या परिवर्तन करना काफी सहज काम होता। लेकिन अब तक के व्यावहारिक जीवन से यह साबित है कि सामाजिक परिवर्तन न तो सहज काम रहा है और न है। समाज की चेतना को गहरे स्तर तक प्रभावित करनेवाली वर्चस्व की अवधारणा एक मूलभूत अवधारणा है। वर्चस्व की अवधारणा समग्रता की अवधारणा से इसलिए भी बेहतर है कि इसमें आधिपत्य के तथ्य को ध्यान में रखा जाता है।

लेकिन वर्चस्व की अवधारणा की भी प्रचलित ऊपरी ढाँचे की अवधारणा के समान सरल और स्थिर धारणा के रूप में चर्चा की जाती है। अगर हमें वास्तविक सामाजिक संगठन को समझना है तो निश्चय ही वर्चस्व की अवधारणा की जटिलताओं से गुजरना होगा। हमें वास्तविक और निरंतर परिवर्तनशील तत्त्वों की गतिशीलता को ध्यान में रखना होगा। हमें इस बात पर बल देना होगा कि वर्चस्व का एक निश्चित रूप नहीं होता, बल्कि उसकी अपनी आतरिक संरचनात्मक जटिलताएँ हैं, जिसका निरंतर पुनर्नवीनीकरण, पुनर्रचना और व्याख्या होती है। इसका अर्थ यह भी है कि उनमें परिवर्तन और संशोधन की संभावनाएँ भी बराबर बनी रहती हैं। यही कारण है कि वर्चस्व को एक सीमित और निश्चित अर्थ में न ग्रहण करके मैं उसको एक सामान्य अर्थ में उपस्थित करना चाहता हूँ, जिससे उसके आंतरिक विरोध को पहचाना जा सके तथा उसके विकल्पों और परिवर्तन की प्रक्रियाओं की खोज की जा सके।

संस्कृति के कुछ श्रेष्ठ मार्क्सवादी विश्लेषण भी युग-प्रवर्त्तक प्रश्नों के विश्लेषण में जितने सफल हैं उतने ऐतिहासिक प्रश्नों के विश्लेषण में नहीं। कहने का आशय यह है कि इस प्रकार के विश्लेषण समाज के एक ही युग (बुर्जुवा काल) के विभिन्न पक्षों के आपसी अंतर या एक ही पक्ष की विभिन्न दशाओं के आपसी अंतर को स्पष्ट करने में उतने सफल नहीं होते जितने दो युगों (सामंतवादी और बुर्जुवा) के अंतर स्पष्ट करने में; क्योंकि वास्तविक ऐतिहासिक प्रक्रियाओं के विश्लेषण में अत्यधिक स्पष्टता और बारीकी की जरूरत होती है, जबकि युगीन-विश्लेषण में प्रमुख विशेषताओं की ओर संकेत करना ही पर्याप्त होता है।

मैं जो सैद्धांतिक प्रतिमान स्थापित करना चाहता हूँ उसका रूप कुछ इस प्रकार है। पहली बात यह है कि किसी भी समाज के एक काल-विशेष में व्यवहारों, मूल्यों और अभिप्रायों की एक केंद्रीय पद्धति होती है, जिसे प्रभुत्वशाली और प्रभावकारी कहा जा सकता है। इसका तात्पर्य उसके मूल्य के बारे में कोई धारणा बनाना नहीं है। मेरा कहना यह है कि वह केंद्रीय होती है। इसे मैं

सामूहिक पद्धति कहना चाहूँगा, किंतु इससे भ्रम की संभावना है। ग्राम्शी वर्चस्व के सामान्य और प्रमुख तत्त्वों के विरोधी गौण तत्त्वों को ही सामूहिक कहना चाहता है। मेरा आशय मूल्यों और अर्थों की ऐसी केंद्रीय, प्रभावकारी और प्रमुख पद्धति से है जो केवल अमूर्त नहीं है; बल्कि संगठित और सामाजिक जीवन का हिस्सा है। यही कारण है कि वर्चस्व की धारणा को केवल विचार या चालाकी मात्र नहीं कहा जा सकता। वह व्यवहारों और आशाओं की एक संपूर्ण व्यवस्था है, हमारी क्षमता का निर्धारित रूप है और मनुष्य और उसकी दुनिया की वास्तविकता की हमारी सामान्य समझ का मुख्य अंग है। वह मूल्यों और अर्थों का व्यवहार में अनुभूत परस्पर पूरक समूह है। उससे समाज के अधिकांश लोगों में वास्तविकता का एक बोध पैदा होता है और अनुभूत वास्तविकता निरपेक्ष प्रतीत होने लगती है, जिसके बिना समाज के अधिकांश लोग अपने जीवन के अधिकांश क्षेत्रों में क्रियाशील हो ही नहीं सकते। लेकिन यह विश्लेषण की प्रक्रिया के अतिरिक्त कभी भी एक स्थिर व्यवस्था नहीं है। हम एक प्रभावकारी और प्रधान संस्कृति के स्वरूप को तभी समझ सकते हैं जब उसकी आधारभूत वास्तविक सामाजिक प्रक्रिया को समझ लें। वास्तविक सामाजिक प्रक्रिया से मेरा आशय समावेशन की प्रक्रिया से है। समावेशन की पद्धति का महान् सामाजिक महत्त्व है और संयोगवश हमारे समाज में इसकी पर्याप्त आर्थिक महत्ता भी है। शिक्षण संस्थाएँ प्रायः प्रभावकारी प्रधान संस्कृति के प्रसारण की प्रमुख एजेंसियाँ हैं; और वह आजकल के जमाने में आर्थिक तथा सामाजिक गतिविधि का एक प्रमुख हिस्सा है, बल्कि एक ही साथ दोनों हैं। तो भी एक दार्शनिक स्तर पर, सिद्धांत के सच्चे स्तर पर और विभिन्न व्यवहारों के ऐतिहासिक स्तर पर, एक ऐसी भी प्रक्रिया है जिसे मैं विशिष्ट (चुनी हुई) परंपरा कहना चाहूँगा, जो प्रभावकारी प्रधान संस्कृति के अंतर्गत परंपरा या महत्त्वपूर्ण अतीत के रूप में स्वीकृति प्राप्त कर लेती है। लेकिन इस प्रक्रिया में चयन की प्रक्रिया का विशेष महत्त्व है; क्योंकि अतीत और वर्तमान के विशाल क्षेत्र में कुछ अर्थों और व्यवहारों को अपनाकर उन पर बल दिया जाता है और कुछ दूसरे अर्थों और व्यवहारों को अनदेखा करके उन्हें परंपरा से बहिष्कृत कर दिया जाता है। इससे भी अधिक महत्त्वपूर्ण बात यह है कि उन अर्थों और व्यवहारों की पुनर्व्याख्या की जाती है, उन्हें विकृत किया जाता है या फिर उन्हें ऐसा रूप दे दिया जाता है जो प्रभावकारी प्रधान संस्कृति का समर्थन करते हैं या कम-से-कम विरोध तो नहीं ही करते। शिक्षा की प्रक्रियाओं और परिवार जैसी संस्थाओं के भीतर व्यापक सामाजिक प्रशिक्षण की प्रकियाएँ, कार्य की व्यावहारिक परिभाषा, उसका संगठन तथा सैद्धांतिक और बौद्धिक स्तर पर एक कृत्रिम परंपरा की स्थापना—ये सारी

शक्तियाँ एक प्रभावकारी प्रधान संस्कृति के निरंतर निर्माण और पुनर्निर्माण में योगदान करती हैं। इन्हीं शक्तियों पर जैसा कि हम जीवनानुभव से जानते हैं, ऐसी संस्कृति की वास्तविकता निर्भर करती है। इस संस्कृति से हम जो कुछ सीखते हैं; अगर वह केवल एक आरोपित विचारधारा होती या पूरे शासक वर्ग अथवा शासक वर्ग के एक हिस्से के व्यवहार और अर्थों की ऐसी व्यवस्था होती जि.से दूर करना संभव होता या वह मूल्यव्यवस्था अगर केवल दूसरों के मानस पर छाई हुई आरोपित चीज होती तो उसे उतार फेंकना बहुत सहज होता, और वह बहुत प्रसन्नता की बात होती।

हमारे अनुभवों के संगठन, व्याख्या और चुनाव की प्रक्रिया न केवल गहरे स्तर तक पहुँचती है, बल्कि वह निरंतर क्रियाशील और समन्वित होती रहती है। वह मात्र अतीत नहीं है और न विचारधारा का निरर्थक अंश है, जिससे हम आसानी से मुक्त हो सकते हैं। अगर वह एक आरोपित अमूर्त्त विचारधारा से अधिक सारयुक्त और लचीली है तो ऐसा एक जटिल समाजव्यवस्था में ही संभव है। तब हमें अर्थों और मूल्यों के एक विकल्प को, विचारों और प्रवृत्तियों के विकल्प को, यहाँ तक कि जगत्-बोध के ऐसे विकल्प को स्वीकार करना होगा जो एक खास प्रभावकारी और प्रधान संस्कृति के अंतर्गत समायोजित हो सके और खप सके। ऊपरी ढाँचे की धारणा और यहाँ तक कि वर्चस्व की धारणा में भी इस पर बहुत कम बल दिया गया है। इस कम बल देने की प्रक्रिया के परिणामस्वरूप एक तटस्थतापरक जटिलता की संभावना उत्पन्न होती है। उदाहरण के लिए व्यावहारिक राजनीति में कुछ स्थापित ऐसी पद्धतियाँ हैं जिनके अंतर्गत वास्तविक विरोध होता है, उन विरोधों का अनुभव किया जाता है और उनके खिलाफ संघर्ष भी किया जाता है। इस तरह के समावेशन के अंतर्गत वास्तविक विरोध का अस्तित्व इस तथ्य से पहचाना जाता है कि आंतरिक द्वंद्व या बदलाव की जो भी स्थिति हो वह केंद्रीय, प्रभावकारी और प्रधान निर्धारित स्वरूप के बाहर क्रियाशील नहीं होती। उदाहरण के लिए संसदीय राजनीति के व्यवहार में यह सच साबित होता है, जबकि संसदीय राजनीति के आंतरिक विरोध वास्तविक होते हैं। किसी भी वास्तविक समाज के संपूर्ण व्यवहार-क्षेत्र और विचार-प्रक्रिया के संबंध में यह सच है और इसे केवल विचारधारा कहकर टाला नहीं जा सकता। अगर आंतरिक विरोध और बदलाव के बावजूद केंद्रीय समष्टिगत निर्धारित सीमा के बाहर उनकी अभिव्यक्ति नहीं होती तो मेरी समष्टि की धारणा के मुताबिक उनका विश्लेषण हो सकता है।

लेकिन ऐसा कहने के साथ ही उन व्यवहारों, अनुभवों, अर्थों और मूल्यों के स्रोतों पर भी विचार करना आवश्यक है जो समष्टिगत न हों और न प्रभावकारी

प्रधान संस्कृति के अंग ही हों। इसकी अभिव्यक्ति हम दो तरह से कर सकते हैं: एक तो प्रभावकारी प्रधान संस्कृति का एक स्पष्ट विकल्प होता है और दूसरे कुछ ऐसा भी होता है जो सच्चे अर्थों में वर्चस्व की संस्कृति का विरोधी होता है। इन वैकल्पिक और विरोधमूलक रूपों के अस्तित्व में भी वास्तविक परिस्थितियों में निरंतर ऐतिहासिक परिवर्तन होता रहता है। यह संभव है कि कुछ समाजों के जीवन के कुछ क्षेत्रों में वास्तविक विकल्पों को करीब-करीब अनदेखा कर दिया जाता है। अगर वे उपलब्ध होते हैं तो निश्चय ही वे समष्टिगत संगठन के अंग ही होते हैं। विरोध के अस्तित्व की संभावना और उसका स्वरूप और उसका खुलापन भी निश्चित सामाजिक और राजनीतिक शक्तियों पर निर्भर करता है। प्रभावकारी और प्रधान संस्कृति के संदर्भ में सामाजिक जीवन और संस्कृति के वैकल्पिक और विरोधी रूपों के तथ्यों को ऐतिहासिक परिवर्तन की वस्तु के रूप में स्वीकार करना आवश्यक है।

अवशिष्ट और उदीयमान संस्कृतियाँ

अब मैं वैकल्पिक और विरोधी दोनों प्रकार की संस्कृतियों से संबद्ध संस्कृति के अवशिष्ट और उदीयमान रूपों में अंतर स्थापित करना चाहूँगा। अवशिष्ट से मेरा तात्पर्य यह है कि कुछ अनुभव, अर्थ और मूल्य ऐसे भी होते हैं जिनका न तो प्रमाणीकरण संभव है और न ही प्रधान संस्कृति की भाषा में उनकी अभिव्यक्ति ही संभव है; लेकिन वे पूर्ववर्ती सामाजिक संगठन के अवशेष के रूप में सामाजिक और सांस्कृतिक स्तर पर क्रियाशील होते हैं। इस बात की सचाई प्रधान संस्कृति के निहित धार्मिक अभिप्रायों और मूल्यों से साबित होती है। यह बात ब्रिटेन की-सी संस्कृतियों के बारे में सच है, जहाँ ग्रामीण अतीत से उत्पन्न कुछ धारणाएँ अत्यंत लोकप्रिय हैं। अवशिष्ट संस्कृति निश्चय ही प्रभावकारी प्रधान संस्कृति से कुछ अलग होती है, लेकिन यह भी स्वीकार करना होगा कि वास्तविक सांस्कृतिक गतिविधियों में अवशिष्ट संस्कृति प्रधान संस्कृति में समाहित हो जाती है। ऐसा इसलिए होता है कि अवशिष्ट संस्कृति के कुछ हिस्से या कुछ रूपों को, खास तौर से अगर उनका संबंध अतीत के किसी महत्त्वपूर्ण क्षेत्र से है, तो प्रभावकारी प्रधान संस्कृति अपने को उन क्षेत्रों में अधिक सार्थक बनाने के लिए अपने अंतर्गत समाहित कर लेती है। ऐसा इसलिए भी होता है कि एक सीमा के बाद प्रधान संस्कृति ऐसे अनुभव और व्यवहारों को अपनी सीमा के बाहर क्रियाशील होने की छूट नहीं दे सकती, क्योंकि यह उसके लिए खतरनाक साबित हो सकता है। इस तरह के वास्तविक दबावों के बावजूद कुछ जायज अवशिष्ट अभिप्राय और व्यवहार जीवित रह ही जाते हैं।

उदीयमान से मेरा एक तात्पर्य यह है कि नए अर्थ और मूल्य, नए व्यवहार, नए अनुभव और नई सार्थकताएँ निरंतर निर्मित होती रहती हैं, लेकिन उनको अपने अंतर्गत समाहित करने का प्रयत्न भी होता है; क्योंकि प्रभावकारी समकालीन व्यवहार का अंग होकर भी उससे अलग उनका अस्तित्व बना रहता है। हमारे जमाने का यह एक बहुत महत्त्वपूर्ण तथ्य है कि प्रधान संस्कृति उदीयमान तत्त्व के प्रति अत्यंत सावधान होती है और उसे अपने में मिला लेने की शुरु से ही कोशिश करती है। सबसे पहले हमें यह भी देखना चाहिए कि प्रधान संस्कृति का अस्थायी संबंध एक ओर अवशिष्ट संस्कृति से है और दूसरी ओर उदीयमान संस्कृति से। इस प्रक्रिया को हम ठीक से तभी समझ सकते हैं जब हम समाहित अवशिष्ट और असमाहित अवशिष्ट से समाहित उदीयमान और असमाहित उदीयमान का पार्थक्य स्थापित कर सकें, जिसके लिए अत्यंत सूक्ष्म और सटीक विश्लेषण की जरूरत होती है। अपने में समाहित करने की प्रक्रिया में क्रियाशील किसी भी समाज के बारे में यह बहुत महत्त्वपूर्ण तथ्य है कि वह संपूर्ण मानव-व्यवहार और अनुभव के क्षेत्र में इस काम में किस सीमा तक सफल है। यह बात बुर्जुवा समाज की किसी प्रारंभिक अवस्था के बारे में सच हो सकती है, जबकि अनुभव के कुछ क्षेत्र को निजी जीवन या कलात्मक जीवन के लिए छोड दिया जाता था और उससे समाज का कुछ खास लेना-देना नहीं होता था। यह स्थिति एक तरह की राजनीतिक सहनशीलता से संभव होती थी। यद्यपि उस राजनीतिक सहनशीलता के मूल में हानिकर उपेक्षा का भाव निहित था। द्वितीय महायुद्ध के बाद अस्तित्व में आए हुए समाज की सच्ची स्थिति यह है कि श्रम के सामाजिक चरित्र, संचार के साधनों के सामाजिक चरित्र और निर्णयों के सामाजिक चरित्र के लगातार विकास के कारण आज का पूँजीवादी समाज पूर्ववर्ती पूँजीवादी समाज की तुलना में व्यवहार, अनुभव और अर्थ के अब तक के परित्यक्त क्षेत्रों में भी लगातार घुसने का प्रयत्न कर रहा है। इसलिए अब किसी भी व्यवहार के वैकल्पिक या विरोधी स्वरूप के बारे में प्रभावकारी निर्णय का क्षेत्र काफी संकुचित हो गया है। अब विकल्प और विरोध की स्थितियों के बारे में एक सरल-सा सैद्धांतिक अंतर स्थापित कर लिया जाता है, जिसका रूप यह है कि कुछ लोग ऐसे होते हैं जो जीने की अपनी राह निकाल लेते हैं और उस पर बिना किसी व्यवधान के चलना चाहते हैं और कुछ दूसरे ऐसे लोग होते हैं जिनकी जिंदगी की राह अलग किस्म की होती है और समाज को उसके अनुरूप बदलना चाहते हैं।

यह अंतर वास्तव में सामाजिक संकट के वैयक्तिक तथा छोटे समूहों के हल और राजनीतिक क्रांतिकारी व्यवहारों से निकलनेवाले हल के बीच का अंतर

है। लेकिन वास्तव में वैकल्पिक और विरोधी के बीच प्रायः बहुत कम अंतर होता है। किसी एक अभिप्राय या व्यवहार को एक विचलन मानकर बर्दाश्त किया जा सकता है और उसे एक प्रकार की जीवन-पद्धति कहकर टाला भी जा सकता है। लेकिन जैसे-जैसे प्रभावकारी प्रभुत्व की सीमा का विस्तार होता जाता है, पधान संस्कृति उन्हीं अभिप्रायों और व्यवहारों को न केवल अपने प्रति अवहेलना या उपेक्षा की अभिव्यक्ति मानती है बल्कि उन्हें चुनौती के रूप में देखती है।

संस्कृति के किसी मार्क्सवादी सिद्धांत के लिए यह सर्वाधिक महत्त्वपूर्ण है कि वह उन अभिप्रायों और व्यवहारों और स्रोतों की पर्याप्त व्याख्या करे। एक साधारण ऐतिहासिक परिदृश्य के सहारे हम अवशिष्ट अभिप्राय और व्यवहारों के कुछ स्रोतों को समझ सकते हैं। उन अभिप्रायों और मूल्यों के मूलस्रोत पूर्ववर्ती सामाजिक संरचनाओं में होते हैं। संस्कृति के किसी परवर्ती काल में अतीत के वास्तविक समाज में निर्मित उन मूल्यों और अभिप्रायों की ओर पुनः लौटने का प्रयत्न होता है जो अब भी महत्त्वपूर्ण लगते हैं; क्योंकि वे मानवीय अनुभव, आकांक्षा और उपलब्धियों के ऐसे क्षेत्र का प्रतिनिधित्व करते हैं जिनका प्रधान संस्कृति या तो विरोध करती है, या कम मूल्य आँकती है या जिन्हें वह पहचान ही नहीं पाती। लेकिन सिद्धांत के स्तर पर हमारा सबसे कठिन काम है उदीयमान सांस्कृतिक व्यवहारों की गैर-आध्यात्मिक और गैर-आत्मनिष्ठ व्याख्या प्रस्तुत करना। इसके अतिरिक्त अवशिष्ट व्यवहारों के स्थायित्व की प्रक्रिया को समझना भी हमारा दायित्व है।

वर्ग और मानवीय व्यवहार

मार्क्सवादी सिद्धांत से उपलब्ध एक स्रोत हमारे पास है। हम एक वर्ग के निर्माण और नए वर्ग में चेतना के जागरण से परिचित हैं। यह निश्चय ही महत्त्वपूर्ण तत्त्व है, लेकिन यह भी सच है कि वर्ग और वर्ग-चेतना के निर्माण की प्रक्रिया की जटिलता, केवल आधार और ऊपरी ढाँचे की पद्धति से समझना सरल नहीं है। वर्चस्व की अवधारणा का सरलीकृत रूप भी इस जटिलता का शिकार हो सकता है, यद्यपि ग्राम्शी के चिंतन का उद्देश्य ही था सर्वहारा के वर्चस्व का इस रूप में निर्माण करना जो बूर्ज्वा वर्चस्व को चुनौती देने में सक्षम हो। नए वर्ग के उदय के साथ ही नए व्यवहार के मूल स्रोत को हम पहचान सकते हैं। लेकिन हमें कुछ दूसरे प्रकार के स्रोतों को भी पहचानना होगा और संस्कृति के संदर्भ में ऐसे स्रोत बहुत महत्त्वपूर्ण होते हैं। मेरा कहना यह है कि हम उन स्रोतों को इस तरह पहचान सकते हैं कि उत्पादन की कोई भी पद्धति और उससे निर्मित कोई भी प्रधान समाज या समाज-व्यवस्था और प्रधान संस्कृति वास्तव में मानवीय

व्यवहार, मानवीय शक्ति और मानवीय आकांक्षाओं को पूर्णतः निःशेष करने में सक्षम नहीं होती। मुझे ऐसा लगता है कि इस पर इस तरह बल देने का तात्पर्य केवल नकारात्मक नहीं है, जिससे हम प्रधान संस्कृति से परे स्थित कुछ चीजों का लेखा-जोखा ले सकते हैं। इसके ठीक विपरीत वर्चस्व की पद्धतियों की यह एक सचाई है कि वह संपूर्ण मानवीय व्यवहार में से कुछ को चुन लेती है और शेष को त्याग देती है। प्रभुत्वशाली पद्धति के बाहर या विरुद्ध क्रियाशील मानवीय व्यवहारों की कठिनाइयाँ निश्चय ही वास्तविक हैं। अधिकांशतः यह इस बात पर निर्भर करता है कि इस प्रकार की स्थिति जिस क्षेत्र में है उस क्षेत्र में प्रधान वर्ग और प्रधान संस्कृति के हित दाँव पर लगे हैं या नहीं। अगर हित और दाँव की स्थिति स्पष्ट है तो अनेक नए व्यवहारों को हथियाने, या संभव हो तो अपनाने या उससे भी अधिक पूरी शक्ति के साथ उनको विनष्ट करने का प्रयत्न किया जाता है। लेकिन कुछ क्षेत्रों में कुछ खास कालों में ऐसे भी व्यवहार और अभिप्राय हो सकते हैं जिनको हथियाने का प्रयत्न नहीं होता। व्यवहार और अभिप्राय के कुछ ऐसे भी क्षेत्र होते हैं जो अपने सीमित स्वरूप और चरित्र या विकृत रूप के कारण प्रधान संस्कृति की पहचान में ही नहीं आते। उदाहरण के लिए लेखकों के साथ पूँजीवादी राज्यों के व्यवहार और वर्तमान काल में सोवियत संघ का अपने लेखकों के साथ व्यवहार का अंतर देखने से यह बात स्पष्ट हो जाती है। चूँकि संपूर्ण मार्क्सवादी परंपरा में साहित्य को एक बहुत ही महत्त्वपूर्ण गतिविधि के रूप में समझा जाता रहा है, इसलिए सोवियत राज्य उन क्षेत्रों में अत्यंत शक्ति से जाँच-पड़ताल का काम करता है जहाँ व्यवहारों के भिन्न स्वरूप, भिन्न किस्म के अभिप्राय और मूल्य रचने या व्यक्त करने के प्रयत्न हो रहे हैं। पूँजीवादी समाज में जब तक कोई चीज लाभ न कमाने लगे या व्यापक स्तर पर लोकप्रिय न हो जाय या केवल एक विकल्प के रूप में बनी रहे तब तक उसकी उपेक्षा की जा सकती है, लेकिन जब वह स्पष्टतः विरोधी बन जाय तब निश्चय ही उसके प्रति सतर्कता बरती जाती व उस पर आक्रमण भी किया जाता है।

इस तरह मेरा कहना यह है कि किसी एक समय में मानवीय व्यवहारों के संपूर्ण क्षेत्र के संदर्भ में प्रभुत्वशाली पद्धति सजग चयन और संगठन की देन होती है। कम-से-कम अपनी पूर्ण विकसित अवस्था में वह सचेतन होती है। लेकिन ऐसे वास्तविक मानवीय व्यवहार के स्रोत सदा मौजूद रहते हैं जिनकी उपेक्षा की जाती है या जिन्हें बहिष्कृत कर दिया जाता है। उनका स्वरूप एक उदीयमान वर्ग के विकासशील और व्यक्त हितों से गुणात्मक रूप में भिन्न किस्म का होता है। उदाहरण के लिए वे तात्कालिक वैयक्तिक संबंधों में दूसरों के

वैकल्पिक बोध को अपना सकते हैं अथवा कला और विज्ञान के क्षेत्र में वस्तु और माध्यम संबंधी दूसरों के बोध को शामिल कर सकते है; और एक सीमा के भीतर इन बोधों के अनुरूप आचरण भी किया जा सकता है। वर्ग और बहिष्कृत मानवीय क्षेत्र के दोनों स्रोतों का आपसी संबंध अनिवार्यतः अंतर्विरोधी ही नहीं होता। कई बार वे बहुत करीब होते हैं और उनके आपसी संबंधों पर ही राजनीतिक व्यवहारों का काफी हिस्सा निर्भर करता है। लेकिन सांस्कृतिक स्तर पर और सिद्धांत के स्तर पर उनके क्षेत्रों में पार्थक्य देखा जा सकता है।

अब अगर हम अपने अब तक के चिंतन के प्रकाश में संस्कृति के सर्वाधिक प्रचलित रूपों से संबंधित प्रश्न पर विचार करें तो हमें यह देखना होगा कि कला और समाज या साहित्य और समाज के आपसी संबंध क्या हैं। इस संदर्भ में हमें सबसे पहले तो यह कहना है कि साहित्य और समाज में वैसे अमूर्त्त ढंग से कोई संबंध नहीं है। समाज में साहित्य प्रारंभ से ही एक व्यवहार के रूप में विद्यमान है। वास्तव में जब तक ऐसे और ऐसे ही दूसरे व्यवहार समाज में पूरी तरह प्रकट न हों तब तक समाज पूर्णतः संगठित नहीं कहा जा सकता। जब तक किसी समाज के सारे व्यवहार व्यक्त न हो गए हों तब तक समाज का संपूर्ण विश्लेषण संभव नहीं है। लेकिन अगर हम इस बात पर बल देते हैं तो इसके साथ ही एक दूसरी बात पर भी बल देना होगा कि हम दूसरे तरह के सामाजिक व्यवहारों से साहित्य और कला को इस तरह अलग नहीं कर सकते कि उन्हें किसी विशिष्ट प्रकार के नियम के अंतर्गत संचालित माना जाय। हो सकता है कि अपने व्यक्त रूप में उनकी निजी विशेषताएँ हों, लेकिन उन्हें सामान्य-सामाजिक प्रक्रिया से अलग नहीं किया जा सकता। इस बात पर बल देने का एक अर्थ यह भी हो सकता है कि यह मान लिया जाय कि अपनी विचार-पद्धति में मैं जिन क्षेत्रों की चर्चा कर रहा हूँ, उनमें से किसी एक ही में साहित्य की गतिविधि सीमित नहीं होती। यह कहना सरल होगा और यह एक प्रचलित कथन-भंगिमा है कि साहित्य उदीयमान संस्कृति के क्षेत्र में गतिशील होता है और वह नई अनुभूतियों, नए अर्थों और नए मूल्यों की अभिव्यक्ति करता है। अमूर्त्त दलील के सहारे हम सिद्धांततः ऐसा स्वीकार करने के लिए अपने को तैयार कर सकते हैं, लेकिन जब हम कतिपय अर्थों और मूल्यों की गंभीरता से अभिव्यक्ति करनेवाले वास्तविक साहित्य के अधिकांश हिस्से को पढ़ते हैं तो हम यह स्वीकार करने के लिए मजबूर हो जाते हैं कि लेखन में चिंतन की पद्धति और भाषा के साथ कविताओं, उपन्यासों, नाटकों और सिद्धांतों की रचना के कार्य-कलाप संस्कृति के संपूर्ण क्षेत्र में ही घटित होते हैं।

साहित्य किसी भी तरह केवल विरल उदीयमान क्षेत्र में ही उत्पन्न नहीं होता। अधिकांश लेखन अवशिष्ट प्रकार का होता है और यह आधी शताब्दी के अधिकांश अंग्रेजी साहित्य के बारे में काफी-कुछ सच है। इसके कुछ मूलभूत अर्थ और मूल्य समाज के सुदूर अतीत की सांस्कृतिक गतिविधियों से जुड़े हुए होते हैं। यह तथ्य और इसका समर्थन करनेवाले मानस का अभ्यास इस कदर व्यापक हो गया है कि बहुत लोगों के मन में साहित्य और अतीत में एक प्रकार का तादात्म्य प्रतीत होता है और तब यह कहा जाता है कि अब साहित्य है ही नहीं क्योंकि इसकी गौरवशाली परंपरा मिट चुकी है। इसके बावजूद हर काल का और हमारे काल का भी अधिकांश लेखन प्रभुत्वशाली प्रधान संस्कृति का ही पोषण करता है। वास्तव में साहित्य अपनी अधिकांश विशेषताओं, जैसे कि मूल्यों और अर्थों को व्यक्त करने, चरितार्थ करने और निर्मित करने की अपनी शक्ति या सामान्य सत्यों को एक विशेष रूप में सृजित करने की क्षमता के माध्यम से ही अपने प्रभावकारी कार्य को शक्ति के साथ पूरा करता है।

साहित्य के साथ निश्चय ही हमें चाक्षुष कलाओं, संगीत और आज के समाज की शक्तिशाली कला फिल्म तथा प्रसारण को भी जोड़कर देखना होगा। लेकिन सामान्य सैद्धातिक दृष्टि स्पष्ट होनी चाहिए। अगर हम साहित्य और समाज के संबंधों की खोज कर रहे हैं तो हम न तो इस एक व्यवहार को दूसरे व्यवहारों से अलग कर सकते हैं और न उस व्यवहार की पहचान के बाद उसका कुछ अमूर्त्त सामाजिक संरचनाओं के साथ अविकारी, स्थिर और अनैतिहासिक संबंध स्थापित कर सकते हैं। लेखन की कलाओं और सर्जन तथा प्रस्तुतीकरण की कलाओं का संपूर्ण क्षेत्र उस सांस्कृतिक प्रक्रिया के विभिन्न रूपों और क्षेत्रों का अंग ही है जिसकी व्याख्या का अब तक मैं प्रयत्न करता रहा हूँ। इनसे प्रभावकारी प्रधान संस्कृति को समर्थन प्राप्त होता है और इनके रूप में ही उसकी मुख्य अभिव्यक्ति भी होती है। इनमें अवशिष्ट अर्थों और मूल्यों के अगर संपूर्ण समाहित रूपों का नहीं तो अधिकांश की व्यंजना होती है। उनमें कुछ महत्त्वपूर्ण उदीयमान व्यवहारों और अर्थों की भी अभिव्यक्ति होती है, फिर भी उनमें से कुछ प्रधान संस्कृति में समाहित होकर जनता तक पहुँचते हैं और उसे प्रभावित करते हैं। 1960 ई. के लगभग कुछ प्रस्तुतीकरणवाली कलाओं में यह बात बहुत स्पष्ट थी कि प्रधान संस्कृति ने उन्हें अपनाने या रूपांतरित करने का प्रयत्न किया। इस प्रक्रिया में निश्चय ही प्रधान संस्कृति भी परिवर्तित होती है। यद्यपि उसका केंद्रीय स्वरूप नहीं बदलता, लेकिन उसकी अनेक बाहरी विशेषताओं में परिवर्तन होता है। आधुनिक समाज में अगर उसे प्रभावकारी और प्रधान बना

रहना है तथा हमारी गतिविधियों और हितों के केंद्रीय तत्त्व के रूप में वास्तविक अनुभव की चीज होना है तो उसे इस तरह निरंतर बदलते रहना होगा।

उपभोगवादी आलोचना-सिद्धांत

इस सामान्य विश्लेषण का किसी कलाकृति के विश्लेषण से क्या संबंध है ? सांस्कृतिक सिद्धांत संबंधी अधिकांश बहसों का केंद्रीय प्रश्न यही है जिसके अंतर्गत एक ऐसी विधि या विधितंत्र की खोज आवश्यक है जिसके माध्यम से कलाकृतियों की व्याख्या और समझ प्राप्त की जा सके। मैं इस बात से सहमत नहीं हूँ कि सांस्कृतिक सिद्धांत का केंद्रीय प्रयोजन यही है, लेकिन आइये हम इस पर थोड़ी देर तक विचार करें। मुझे सर्वाधिक ध्यान देने योग्य बात यह लगती है कि लगभग सभी समकालीन आलोचनात्मक सिद्धांत उपभोग के सिद्धांत हैं। कहने का तात्पर्य यह है कि इन सिद्धांतों का उद्देश्य है किसी कलावस्तु को इस रूप में समझना कि उसका लाभप्रद या सही उपभोग हो सके। उपभोग-सिद्धांत का प्रारंभिक रूप अभिरुचि का सिद्धांत था जहाँ रूपक के अंतर्गत सिद्धांत और व्यवहार का प्रत्यक्ष संबंध था। अभिरुचि से ही संवेदनशीलता की कुछ विशेष उन्नत धारणा पैदा हुई है, जिसके अंतर्गत उन्नत अथवा अंतर्दृष्टि-संपन्न कृतियों का संवेदनशीलता के माध्यम से उपभोग ही साहित्यानुशीलन का मुख्य लक्ष्य था और आलोचना संवेदनशीलता की ही क्रियाशीलता मान ली गई। इसके बाद कुछ और विकसित सिद्धांत सामने आए। 1920 के लगभग रिचर्ड्स के सिद्धांतों और उसके बाद नई समीक्षा के परिणामस्वरूप उपभोग के प्रभाव का अनुशीलन ही आलोचना समझा गया। वस्तु के रूप में स्वीकृत कलाकृति की भाषा की महत्ता बढ़ गई। आलोचना इन प्रश्नों से जुड़ गयी कि इस कृति (जिसका मतलब प्रायः किसी कविता से होता था) का मेरे मानस पर क्या प्रभाव पड़ता है ? या जैसा कि बाद में संप्रेषणीयता के व्यापक क्षेत्रों के अनुशीलन से संबद्ध प्रश्न कि यह 'कृति' मेरी चेतना को कितना अभिभूत करती है ? इन परवर्ती उपभोग सिद्धांतों में कलाकृति विशेष का अर्थ, वस्तु के रूप में, पाठ के रूप में और एकाकी शिल्प-तथ्य के रूप में केंद्रीय हो उठा। यह स्वीकार करने के बावजूद कि सर्वाधिक महत्त्वपूर्ण साहित्य प्रायः अतीत की देन होता है, साहित्य संबंधी उत्पादन के व्यवहारों की उपेक्षा की गई। उत्पादन के वास्तविक सामाजिक हालातों की हर मामले में उपेक्षा हुई क्योंकि उन्हें गौण माना गया। कलात्मक अभिरुचि, संवेदनशीलता अथवा पाठक की प्रबुद्धता और अकेली कृति या सामान्यतः प्रचलित मुहावरे में "वस्तु जैसी कि वह स्वयं है" के बीच ही सच्चा संबंध माना गया। कलाकृति को एक वस्तु मानने की धारणा का एक व्यापक

सैद्धांतिक प्रभाव भी हुआ। अगर आप कलाकृति को एक वस्तु मानकर कुछ प्रश्न पूछते हैं तो उन प्रश्नों में वस्तु के उत्पादन के सहायक तत्त्वों से जुड़े प्रश्न भी होंगे। इसके बाद हुआ यह कि इस पद्धति के अनुरूप ही आधार और ऊपरी ढाँचे के फार्मूले का उपयोग होने लगा। यह मान लिया गया कि कलाकृति के घटकों का संबंध आधार की वास्तविक क्रियाओं से है और हम वस्तु का अध्ययन करके उन संघटकों की खोज कर सकते हैं। कभी-कभी घटकों के अध्ययन के बाद वस्तु का स्वरूप अनिवार्य परिणति के रूप में मान लिया गया। लेकिन हर प्रकार के प्रयत्न का मुख्य लक्ष्य वस्तु और उसके घटकों की खोज थी। लेकिन यह केवल आधार और ऊपरी ढाँचे की मार्क्सवादी मान्यता के बारे में ही सच नहीं है, बल्कि उन तरह-तरह के मनोवैज्ञानिक सिद्धांतों के बारे में भी सच है, जिनके अनुसार कलाकृति बिंबों से या सामूहिक अचेतन मानस के बिंबों से अथवा मिथकों और प्रतीकों के विशिष्ट संयोग से निर्मित मानी गई। इसके अतिरिक्त जीवन-चरित या चेतना के इतिहास जैसे सिद्धांत भी इसी तरह के थे, जिनके अनुसार कलाकृति के निर्माण के तत्त्व व्यक्ति के जीवन में खोजे जाते थे। कलाकृति एक ऐसी वस्तु थी जिसमें इस तरह के संघटक तत्त्वों की खोज की जाती थी। नई समीक्षा और संरचनावादी समीक्षा में भी उनकी कठोर नियम-निष्ठा के बावजूद आलोचना की प्रक्रिया के अंतर्गत कलाकृति को एक वस्तु माना गया; उसके संघटकों का विश्लेषण किया गया, भले ही उन्हें जोड़कर फिर नया रूप दिया गया हो।

वस्तु और व्यवहार

मैं समझता हूँ कि हमारे अपने समय में सांस्कृतिक सिद्धांत का वास्तविक टकराव, कला को वस्तु के रूप में तथा व्यवहार के रूप में माननेवाली धारणाओं के बीच है। निश्चय ही तुरंत यह एतराज किया जाता है कि कलाकृति एक वस्तु ही है; क्योंकि अतीत से आज तक जीवित विभिन्न कलाकृतियों, विशिष्ट मूर्तियों, विशिष्ट चित्रों और विशिष्ट भवनों के रूप में ही वह हमारे सामने आती है और ये वस्तुएँ ही हैं। यह सच है, लेकिन दिक्कत यह है कि यही चिंतन-प्रणाली उन कृतियों के संदर्भ में भी लागू की जाती हैं, जिनका कोई ऐसा विशिष्ट भौतिक अस्तित्व नहीं होता। जिस अर्थ में एक महान् चित्र का अस्तित्व होता है, उसी तरह 'हैमलेट' या 'ब्रदर्स करमजोव' या 'बुदरिंग हाईट्स' का अस्तित्व नहीं होता। अब तक जीवंत बने हुए चाक्षुष कलाओं के नमूनों की तरह ही 'फिफ्थ सिंफनी' या संगीत, नृत्य और अभिनय के संपूर्ण क्षेत्र में वस्तु के रूप में कृतियों का कोई अस्तित्व नहीं होता। लेकिन इसके बावजूद ऐसी सभी कलाकृतियों को

वस्तु के रूप में मानने की आदत अब तक चली आ रही है; क्योंकि यह एक मूलभूत सैद्धांतिक और व्यावहारिक मान्यता बन गई है। लेकिन साहित्य, विशेषतः नाटक और संगीत–जैसी रंगमंचीय कलाओं में वस्तु नहीं बल्कि प्रतीक-पद्धति महत्त्वपूर्ण होती हैं, इन प्रतीक-पद्धतियों की विशेष परंपराओं के अनुरूप व्याख्या करने की जरूरत होती है। लेकिन यह बात इससे भी अधिक व्यापक क्षेत्र के लिए सही है। किसी कलाकृति के सर्जन और उसके आस्वादन का पारस्परिक संबंध सदैव सक्रिय और परंपराबद्ध होता है। ये परंपराएँ सामाजिक संगठनों और संबंधों की देन होती हैं और सर्जन-आस्वादन की यह प्रक्रिया किसी वस्तु के उत्पादन और उपभोग की प्रक्रिया से मूलतः भिन्न किस्म की होती है। यह वास्तव में एक क्रिया और व्यवहार है। अपने व्यक्त रूप में कुछ कलाओं में इसका स्वरूप भौतिक वस्तुओं-जैसा हो सकता है, लेकिन फिर भी इसकी उपलब्धि सक्रिय बोध और व्याख्या से ही संभव है। यही कारण है कि नाटक, साहित्य और संगीत-जैसी कलाओं में प्रतीक-पद्धति का संबंध अधिक व्यापक सत्य से होता है।

इससे हमें विश्लेषण की प्रक्रिया के बारे में यह ज्ञान होता है कि हमें वस्तु को विलग करके देखने और तब उसके अवयवों की खोज करने की धारणा से मुक्त होना होगा। इसके विपरीत हमें किसी व्यवहार के स्वरूप का अनुसंधान करना होगा और तब उसकी शर्तों की खोज करनी होगी। बहुधा ये दोनों ही प्रक्रियाएँ अंशतः परस्पर समान लग सकती हैं। लेकिन कई बार वे मूलतः भिन्न किस्म की भी होती हैं। मार्क्सवादी परंपरा के अंतर्गत मूलभूत आर्थिक और सामाजिक व्यवहारों तथा सांस्कृतिक व्यवहारों के आपसी संबंधों पर इस अंतर के प्रभाव को दिखाकर मैं अपनी बात समाप्त करूँगा। अगर हम यह मानेंगे कि सांस्कृतिक व्यवहारों में वस्तुओं की एक श्रृंखला उत्पन्न की जाती है तो हम अधिकांश प्रचलित समाजशास्त्रीय आलोचनात्मक प्रक्रियाओं के संघटक तत्त्वों की खोज में लग जाते हैं। मार्क्सवादी परंपरा की अपनी आदत के अनुसार इन संघटकों को आधार से उत्पन्न ही कहेंगे। हम कुछ ऐसी विशेषताओं को विलगाने का प्रयत्न करेंगे जिन्हें हम संघटक रूप के अंतर्गत पहचान सकते हैं या हम रूपांतरण अथवा परिवर्तन की उन प्रक्रियाओं की खोज करने लगेंगे जिनसे गुजरकर ये संघटक अपनी वर्तमान अवस्था में आए हैं। लेकिन मेरा कहना यह है कि हमें उत्पादित वस्तु के संघटकों की नहीं, बल्कि किसी व्यवहार की दशाओं की खोज करनी चाहिए। जब हम एक विशेष कलाकृति या कलाकृतियों के समूह को देखते हैं तो हम प्रायः उनकी तात्विक सामाजिकता के साथ-साथ उनके अविभाज्य निजीपन का भी बोध प्राप्त करते हैं। ऐसी स्थिति में हमें सबसे पहले उनके रचना-व्यवहार की वास्तविकता और उनकी रचनाकालीन

व्यवहार की दशाओं पर ध्यान देना चाहिए। मैं समझता हूँ कि इस तरह हम एक मूलतः अलग किस्म के प्रश्न से जुड़ते हैं। उदाहरण के लिए प्रचलित पुरानी आलोचना-पद्धति के अंतर्गत एक वस्तु का एक रूप-विधान से कैसे संबंध स्थापित किया जाता है, इसे देख सकते हैं। हम उसे कुछ प्रमुख विशेषताओं के माध्यम से पहचानते हैं, फिर उसे एक रचना-विधा का नाम दे देते हैं और तब उस रचना-विधा के अवयवों की खोज एक विशेष सामाजिक इतिहास में करते हैं। मार्क्सवादी आलोचना की कुछ पद्धतियों में यह भी नहीं किया जाता और रूप-विधान को मानस का एक स्थायी वैचारिक रूप मान लिया जाता है। आलोचना की यह वांछित पद्धति नहीं है। सामूहिक पद्धति और वैयक्तिक प्रयत्न के संबंधों को पहचानकर ही हम उनसे संबद्ध व्यवहारों की पहचान कर सकते हैं। कहने का तात्पर्य यह है कि वैयक्तिक प्रयत्नों के फलस्वरूप निर्मित विशेष कलाकृतियों के बोध और विश्लेषण के समय उनमें परस्पर समानता लक्षित हो सकती है, जिससे उन्हें हम एक सामूहिक पद्धति-विशेष के अंतर्गत रख सकते हैं। ऐसी सामूहिकता सदैव रूप-विधान से ही जुड़ी नहीं होती। समानता रूप के भीतर और बाहर दोनों ओर संभव है। ऐसी रचनाशीलता एक काल-विशेष में किसी एक समूह के प्रयत्नों का परिणाम हो सकती है, न कि एक कला-रूप की एक विशेष अवस्था से जुड़े प्रयत्नों का परिणाम ही। लेकिन जब हम एक विशेष व्यवहार के स्वभाव की खोज करते हैं और सामूहिक पद्धति तथा वैयक्तिक प्रयत्न के संबंध की खोज करते हैं तो हमें यह ज्ञात होता है कि हम एक ही प्रक्रिया के दो रूपों का विश्लेषण कर रहे हैं, दोनों ही रूप उस प्रक्रिया की संरचना और संरचना की दशाओं में सक्रिय होते हैं और दोनों ही दशाओं में सक्रिय सम्बंधों के सम्मिलित विस्तार की स्थिति होती है। तात्पर्य यह है कि हमारे पास इस तरह की कोई निश्चित अविभाज्य क्रियाविधि नहीं है जो वस्तु के निश्चित स्वरूप से लक्षित हो सके। हमारे पास क्रियाशील व्यवहारों के संबंधों के सिद्धांत हैं तथा प्रधान, अवशिष्ट और उदीयमान संस्कृतियों की परिकल्पनाएँ हैं। लेकिन हम जिस चीज की सक्रिय खोज कर रहे हैं वह ऐसा वास्तविक व्यवहार है जो विच्छिन्न होकर वस्तु का रूप धारण कर चुका है और व्यवहारों की वे वास्तविक अवस्थाएँ हैं, चाहे वे साहित्यिक परंपराएँ हों या सामाजिक संबंध, जो विच्छिन्न होकर संघटक बन चुकी हैं या पृष्ठभूमि में छुप गई हैं। सामान्य मान्यता के रूप में तो यह केवल एक ध्यान आकर्षित करनेवाली बात है, लेकिन मुझे ऐसा लगता है कि एक संस्कृति संबंधी जीवंत मार्क्सवादी चिंतन-परंपरा के सैद्धांतिक और व्यावहारिक गतिविधि के अंतर्गत इससे पुरानी चिंतन-पद्धति से छुटकारा और नए चिंतन के प्रस्थान का सुझाव मिलता है।

[न्यू लेफ्ट रिव्यू 82, नवंबर-दिसंबर 1973]

लेखक : प्रतिबद्धता और संबद्धता

रेमण्ड विलियम्स

कुछ लोगों की आदत होती है कि वे कोई नया विचार देखते ही उस पर बहस करने लगते हैं। यह समय काटने और उत्साह बनाए रखने के लिए भले ही उपयोगी हो, लेकिन इससे कोई बात नहीं बनती । अगर हमें मार्क्सवादी परंपरा से कुछ सीखना है तो उसकी एक महत्त्वपूर्ण सीख यही है कि विचार हमेशा जन-जीवन के वास्तविक कर्मों या आकांक्षाओं के प्रतिनिधि होते हैं। इस तरह प्रतिबद्धता की धारणा पर बेहतर ढंग से विचार करने का तरीका यह नहीं है कि हम यहाँ या वहाँ से एक दो ऐतिहासिक उदाहरण देते हुए उस पर अमूर्त्त ढंग से बहस करें; बल्कि हमें यह देखना चाहिए कि प्रतिबद्धता की धारणा का विकास क्यों, कैसे और किन विचारों के विरुद्ध हुआ ?

इस धारणा पर अब तक बहुत बहस हो चुकी है। हमारे समय में प्रतिबद्धता की धारणा द्वितीय महायुद्ध के अंत के दिनों में ज्याँ पाल सार्त्र के प्रयत्न से चर्चा का विषय बनी। सार्त्र ने प्रतिबद्धता पर बहस आरंभ करते हुए लिखा : "अगर साहित्य सब कुछ नहीं है तो वह कुछ भी नहीं है। मेरे लिए प्रतिबद्धता का यही अर्थ है। अगर इसे हम गीत या भोलेपन तक ले जाएँगे, तो इसकी धार कुंद हो जाएगी। जो साहित्य समाज और मनुष्य के हर हिस्से में अनुगूंजन पैदा नहीं करता, वह निरर्थक है। एक युग का साहित्य, साहित्य द्वारा अपने युग को आत्मसात करने के अतिरिक्त और क्या है ?"

'प्रतिबद्धता' पर बहस के केंद्र में सार्त्र की यही मान्यता मौजूद रही है। लेकिन इसके साथ कुछ कठिनाइयाँ भी हैं। मेरे खयाल से सार्त्र की मान्यता में एक कमजोरी यही है कि उसने केवल गद्य को प्रतिबद्धता का आधार बनाया और

कविता को छोड़ दिया। इस धारणा पर बहस करते हुए यह बताना बहुत मुश्किल है कि क्यों एक प्रकार के लेखन से प्रतिबद्धता की माँग की जाय और दूसरे प्रकार के लेखन से नहीं ? इस प्रसंग में सार्त्र ने गद्य और कविता में जो भेद करने का प्रयास किया, उससे प्रतिबद्धता पर बहस आरंभ में ही उलझन का शिकार हो गई। सार्त्र द्वारा इस बहस के आरंभ का एक निश्चित ऐतिहासिक और राजनीतिक संदर्भ था। वह फ्रांस में नाजियों के विरुद्ध प्रतिरोध-आंदोलन का काल था। इससे भी अधिक वह फ्रांस और दूसरे पश्चिमी यूरोप के देशों में नए तरह के लोकतंत्र की संभावनाओं के सार्थक आंदोलनों का काल था। उस दौर में फासिज्म विरोधी युद्ध और प्रतिरोध से पैदा हुए व्यापक सामूहिक आंदोलनों में आमतौर पर सभी तरह के बुद्धिजीवियों और खासतौर से लेखकों के शामिल होने के तात्कालिक और अनिवार्य सामाजिक अभिप्राय थे। दूसरी ओर प्रतिबद्धता की धारणा जब बहुत दिनों बाद इंग्लैंड में पहुँची तो काफी देर हो चुकी थी और वह अनेक कठिनाइयों में फँस गई। लगता है, फ्रांस और इंग्लैंड के बीच की नहर को पार करने में कई बार विचार आदमी से अधिक समय ले लेते हैं।

शीतयुद्ध

जब प्रतिबद्धता की धारणा इंग्लैंड पहुँची तो वहाँ के लेखकों को वह चौथे दशक की पुरानी परिचित स्थिति की पुनरावृत्ति ही लगी। चौथे दशक में ब्रिटेन के वामपंथी लेखक 'प्रतिबद्धता' से परिचित न थे, लेकिन उनकी रचनाशीलता की मुख्य दिशा वही थी। पाँचवें दशक के अंत और छठे दशक के आरंभ में स्थिति बदल गई। यह शीतयुद्ध की शुरुआत का काल था। इस समय प्रतिबद्धता की धारणा के साथ तीन तरह की कठिनाइयाँ थीं।

पहली कठिनाई प्रतिबद्धता के उद्देश्य को लेकर थी। इस प्रसंग में लोगों का ध्यान चौथे दशक की पीढ़ी के दूसरे पक्ष की ओर जाना स्वाभाविक था। यह सच है कि उस काल के अनेक महत्त्वपूर्ण लेखक स्पेन के गृहयुद्ध या द्वितीय महायुद्ध में शहीद हुए थे। लेकिन उसी काल में एक विचित्र या भयानक स्थिति यह भी सामने आई कि एक के बाद एक लेखक अपनी पुरानी आस्थाओं को तिलांजलि देकर वामपंथी लेखन के रास्ते से अलग हटने लगे। ऐसे लेखकों ने इस रास्ते से अपने अलग होने के अनेक खूबसूरत और कारुणिक लगनेवाले कारण गढ़े। उन्होंने प्रायः क्षमायाचना के स्वर में यह बताने की कोशिश की कि वे कैसे भ्रम या धोखे में पड़कर उस रास्ते पर चल पड़े थे। कुछ दूसरे लेखक भी चुपचाप

वामपंथी लेखन के रास्ते से अलग हट गए। छठे दशक के आरंभ होते-होते ऐसे लेखकों की एक पूरी जमात बन गई, जो कहते थे कि हम जवानी के मूर्खतापूर्ण जोश में उस रास्ते पर चले थे, लेकिन अब हम स्थिति को बेहतर ढंग से समझते हैं, इसलिए उससे अलग हैं। ऐसी स्थिति में यह कहना बहुत आसान था कि लेखकों को राजनीति से और खासतौर से वामपंथी राजनीति से अलग रहना चाहिए। यह लेखकीय परिवेश प्रतिबद्धता की धारणा के अनुकूल न था।

प्रतिबद्धता की धारणा के सामने एक दूसरी समस्या भी थी जो पहली से अधिक जटिल थी। इस दूसरी समस्या को पहली समस्या से बौद्धिक स्तर पर अलगाने की जरूरत थी, लेकिन ऐसा न होने पाया। खासतौर से सोवियत संघ में स्तालिन के काल में प्रतिबद्धता की धारणा का व्यवहार में मतलब था लेखक के ऊपर एक ऐसे तंत्र को बिठाना जो उसे यह बताए कि क्या और कैसे लिखना है ? इस स्थिति के कारण आमतौर पर लेखक यह कहते थे "हम जानते हैं कि आपका प्रतिबद्धता से क्या मतलब है। आप एक वास्तविक लेखक होना नहीं चाहते। आप खुद को और दूसरों को पार्टी का पिछलग्गू बनाना चाहते हैं।" इस तर्क के समर्थन में अनेक वास्तविक उदाहरण भी मौजूद थे, इसलिए इसका जवाब मुश्किल था।

समाजवादी आंदोलन के भीतर भी इस मुद्दे पर बहस चल रही थी। इस पूरे प्रसंग पर प्रसिद्ध कम्युनिस्ट लेखक ब्रेख्त ने चौथे दशक में मास्को में रहनेवाले हंगरी के मार्क्सवादी आलोचक जॉर्ज लूकाच के जवाब में जो कुछ कहा था वह अब भी प्रासंगिक है। ब्रेख्त ने उस पूरी प्रवृत्ति को ध्यान में रखकर लिखा कि "साफ कहा जाए तो वे उत्पादन (रचना) के दुश्मन हैं। उत्पादन से वे असुविधा महसूस करते हैं। आप उत्पादन के साथ पहले से कोई संबंध तय नहीं कर सकते, क्योंकि उत्पादन के बारे में कोई भविष्यवाणी नहीं की जा सकती। आप यह नहीं कह सकते हैं कि क्या पैदा होनेवाला है। वे खुद कुछ पैदा नहीं करना चाहते। वे एजेंट की भूमिका निभाकर दूसरों पर नियंत्रण रखना चाहते हैं।"[1]

समाजवादी आंदोलन के भीतर यह एक ऐसा सैद्धांतिक दृष्टिकोण था, जिसकी मदद से ब्रेख्त जैसा पूर्णतः प्रतिबद्ध लेखक एक उद्देश्य से जुड़ी रचनाशीलता के प्रति प्रतिबद्धता और किसी पार्टी या उसके सिद्धांतकारों द्वारा मनमानी ढंग से निर्धारित लेखन पद्धति की गुलामी के बीच अंतर कर सका। यह विवेक बहुत महत्त्वपूर्ण है, लेकिन शीतयुद्ध के काल में और उससे भी अधिक एक ऐसे काल में, जबकि भारी संख्या में लेखकों के अपराध स्वीकार की मनोदशा में जीने के कारण एक पूरी पीढ़ी का आत्मविश्वास हिल रहा हो, तब ऐसा विवेक

बनाए रखना बहुत मुश्किल था। व्यवहार में दो परस्पर विरोधी विचारों को, प्रतिबद्धता और गुलामी को, एक साथ रखा जा रहा था—और ऐसा लगता था कि दोनों एक दूसरे का समर्थन कर रहे हैं।

अच्छा लेखन

इस कठिन समय में जिन वामपंथी लेखकों ने अपना संतुलन बनाए रखा, उनके साथ भी कुछ कठिनाइयाँ थीं। वह एक बहुत कठिन समय था; क्योंकि वह बहुत जटिल समय था। इस समय चिंता का एक कारण अवसरवाद भी था। आज की तरह तब भी प्रतिबद्धता के नाम पर प्रतिबद्धता का अवसरवादी उपयोग हो रहा था। प्रतिबद्धता का वास्तविक अर्थ है सामाजिक यथार्थ, ऐतिहासिक यथार्थ और सामाजिक तथा ऐतिहासिक यथार्थ के विकास को अनुभव का केंद्र बनाकर उन प्रक्रियाओं की अभिव्यक्ति के असंख्य तरीकों की खोज करना। दूसरी ओर इसके नाम पर एक ऐसा सतही लेखन भी हो सकता है जिसमें समसामयिक घटनाओं में मौजूद राजनीति के संदर्भों का उपयोग हो। ऐसे लेखन के चरित्र को समझने के लिए अगर किसी प्रमाण की जरूरत हो तो हम एंगेल्स के इस कथन को देख सकते हैं। एंगेल्स ने लिखा है कि ''खासतौर से घटिया किस्म के लेखकों की धीरे-धीरे यह आदत बन गई थी कि साहित्यिक उत्पादन की अपनी अकुशलता को ऐसे राजनीतिक संदर्भों से ढका जाय, जो निश्चित रूप से पाठकों का ध्यान आकर्षित कर सके। कविता, उपन्यास, समीक्षा, नाटक आदि सभी तरह के साहित्यिक उत्पादन तथाकथित प्रवृत्ति से भरे हुए थे।''[2] एंगेल्स के इस कथन से कुछ ही वर्ष पहले मार्क्स ने 'पेरिस रहस्य' जैसे उपन्यासों को समाजवादी साहित्य का सबसे घटिया उदाहरण कहा था।[3] लगभग तीस वर्ष बाद एंगेल्स ने कुछ चिढ़कर एक घटिया लेखक के प्रसंग में कहा था कि प्रतिभा के अभाव के कारण वह अपनी आस्था प्रदर्शित करने के लिए बढ़-चढ़कर घटिया पक्षधरता का सहारा लेता है, लेकिन वास्तव में उसकी यह कोशिश लोगों का ध्यान आकर्षित करने के लिए होती है।[4] मैं इन कथनों का हवाला इसलिए नहीं दे रहा हूँ कि मार्क्स और एंगेल्स के हर कथन में हमें विश्वास करना चाहिए। सच तो यह है कि एंगेल्स का खीझ से भरा ऊपरवाला आखिरी कथन मार्क्सवादी दृष्टिकोण की तुलना में बुर्जुआ रुख के ज्यादा करीब है। लेकिन ईमानदार वामपंथी लेखकों के लिए यह जानना बहुत महत्त्वपूर्ण है कि कैसे अवसरवाद प्रतिबद्धता के मूल अर्थ और उद्देश्य को नष्ट कर देता है। ऐसे अवसरवाद का एक रूप उस लेखन में दिखाई पड़ता है, जिसमें समसामयिक राजनीति को रचनात्मक अनुभव के अंग के रूप में स्वीकार करने के बदले लोगों का ध्यान

अपनी ओर खींचने के लिए उसका उपयोग किया जाता है। यह सतही राजनीतिक संदर्भ से उत्पन्न झूठी प्रतिबद्धता है। प्रतिबद्धता का ऐसा अर्थ न तो सार्त्र ने समझा और न प्रतिबद्धता को गंभीरता से लेनेवाला कोई व्यक्ति समझना चाहेगा।

कैसी प्रतिबद्धता

प्रतिबद्धता की धारणा से जुड़ी एक अन्य कठिनाई की ओर जर्मन मार्क्सवादी एडोर्नो ने संकेत किया था। उसने कहा था कि जब आप प्रतिबद्धता की बात करते हैं तो आपको स्वीकार करना होगा कि वह राजनीतिक रूप से बहुरूपी हो सकती है।[5] कहने का तात्पर्य यह है कि जब लेखकों से प्रतिबद्धता की माँग की जाएगी तब यह जरूरी नहीं कि सभी लेखक एक ही उद्देश्य के प्रति प्रतिबद्ध हों। अगर यह बात सच होती कि महत्त्वपूर्ण लेखक कभी भी फासिज्म या घनघोर रूढ़िवादी या केंचुआधर्मी उदारतावाद के प्रति प्रतिबद्ध न हुए होते, तो प्रतिबद्धता की धारणा को समझना सरल होता। वास्तव में अगर प्रतिबद्धता का विचार मौजूद हो, लेकिन उसका निश्चित स्वरूप न हो, जैसा कि आमतौर पर होता है, तो तरह-तरह के लेखक आगे बढ़कर अपने-अपने दृष्टिकोण के अनुसार सामाजिक वास्तविकता को समझने और राजनीतिक संघर्षों में शामिल होने का प्रयत्न करेंगे। दक्षिणपंथी लेखक ऐसा बहुत पहले से करते आ रहे हैं। चाहे लेखन में या किसी और क्षेत्र में यदि ऐसा है तो यह प्रचलित मान्यता सही नहीं है कि प्रतिबद्धता अनिवार्यतः प्रगतिशील होती है। इस तरह प्रतिबद्धता बहुरूपी होती है। हम लोग चौथे दशक के अंत में इस बात पर बहस किया करते थे कि क्या एक अच्छा लेखक फासिस्ट हो सकता है ? उस समय हम लोगों को लगता था कि अगर ऐसा है तो कहीं कुछ-न-कुछ गड़बड़ है। इस सवाल का उस समय कुछ लोग विचित्र उत्तर दिया करते थे। वे कहते थे कि "वह फासिस्ट है, लेकिन कोई बड़ा लेखक नहीं है।" या कभी यह कहते कि "वह एक अच्छा लेखक है लेकिन राजनीतिक दृष्टि से नासमझ है।" यह बेहतर होता कि हम उस सामाजिक यथार्थ को पहचानते, जिससे अतीत और वर्तमान में बड़े प्रतिक्रियावादी लेखक भी पैदा हुए हैं और महान् प्रगतिशील लेखक भी।

वह उलझनों से भरा बुरा समय था। हम अच्छे समय से जितना सीख सकते हैं, उससे कम बुरे समय से नहीं। जब चारों ओर बौद्धिक उलझनों और बड़े पैमाने पर राजनीतिक लफ्फाजी की भरमार हो, जब समाजवादी आंदोलन के भीतर कटुता और विभाजन मौजूद हो तब भी इन स्थितियों से कुछ-न-कुछ सीखने की संभावना बनी रहती है। किसी भी सामान्य धारणा के बारे में यह

जानना जरूरी है कि उसमें क्या सार्थक है और क्या निरर्थक। मैं समझता हूँ कि आज भी कुछ लोग इस प्रक्रिया से गुजरने में घबराते हैं। लेकिन कुछ दूसरे इस दिशा में प्रयत्नशील हैं।

कलाकार की स्वतंत्रता

उस डरावने और उलझन भरे समय के समाप्त होने पर सातवें दशक के आरंभ से कई तरह के परिवर्तन हुए हैं। आज प्रतिबद्धता की अधिक चर्चा नहीं होती, क्योंकि इसके पिछले इतिहास का प्रभाव लोगों के मन पर अब भी है। अब लोग यह समझने लगे हैं कि प्रतिबद्धता पूरी तरह सकारात्मक मान्यता न थी। यह एक विशेष तरह की मान्यता के विरोध में सामने लाई गई थी। इसका विरोध उस मान्यता से था जिसके अनुसार कलाकार परम स्वतंत्र होता है या कि कलाकार होने का अर्थ है परम स्वतंत्र व्यक्ति होना। निश्चय ही प्रतिबद्धता का एक पक्ष ऐसा है, जो कलाकार की स्वतंत्रता का समर्थन करता है, क्योंकि कलाकार की स्वतंत्रता के स्वीकार के बिना उसके किसी विशेष उद्देश्य के प्रति प्रतिबद्ध होने की संभावना नहीं बनती। सार्त्र का भी प्रतिबद्धता से यही आशय था। लेकिन कुछ दूसरे लोग प्रतिबद्धता को स्वतंत्रता का विरोधी मानते थे। वे कहते थे कि कोई व्यक्ति अपनी भावनाओं के अतिरिक्त किसी चीज के प्रति प्रतिबद्ध कैसे हो सकता है ? क्या इस मान्यता के अनुसार लेखक परम स्वतंत्र नहीं हो जाता ?

इस मान्यता पर विचार करना जरूरी है। मार्क्सवाद की मदद से हम यह देख सकते हैं कि इतिहास में कब और कैसे स्वतंत्र व्यक्ति के रूप में कलाकार की धारणा सामने आई। इस तरह हम लेखन के इतिहास और उसकी बदलती सामाजिक स्थितियों को भी समझ सकते हैं। स्वतंत्र व्यक्ति के रूप में कलाकार की धारणा अठारहवीं शताब्दी के अंत और उन्नीसवीं शताब्दी के आरंभ में सामने आई। इस काल में दो बड़े परिवर्तन हुए। एक ओर साहित्य के क्षेत्र में स्वच्छंदतावादी आंदोलन के साथ व्यक्ति स्वातंत्र्य की भावना का विकास हुआ और दूसरी ओर लेखन और प्रकाशन की परिस्थितियों में अभूतपूर्व परिवर्तन। लेखन और प्रकाशन के क्षेत्र में इस परिवर्तन के कारण सफल लेखकों को पेशा संबंधी स्वतंत्रता मिली। दूसरी ओर कुछ लेखक पूरी तरह या अंशतः समाज से कटकर हाशिए पर जा पड़े।

इस नए विकास को हमें इन्हीं बातों तक सीमित नहीं करना चाहिए। स्वतंत्र कलाकार की धारणा के विकास में इन परिवर्तनों की महत्त्वपूर्ण भूमिका थी। स्वच्छंदतावादी आंदोलन का स्वतंत्र कलाकार जिस स्वतंत्रता की माँग कर रहा था, उसमें सामान्य मानवीय मुक्ति की प्रतिध्वनि थी। वह विशेष रूप से चर्च और

राज्य के आतंक के खिलाफ खड़ा हो रहा था। बल्कि यह भी कहा जा सकता है कि वह लेखन पर नियंत्रण बनाए रखनेवाली हर तरह की सत्ता के खिलाफ खड़ा हो रहा था। वह कला और साहित्य के क्षेत्र में नियमों के आतंक के खिलाफ अर्थात् रीतिवाद के खिलाफ भी खड़ा हो रहा था। स्वच्छंदतावादी आंदोलन के कलाकार आमतौर पर शास्त्रीयतावाद का विरोध कर रहे थे। वे इस बात के विरोधी थे कि कोई अच्छे लेखन, विशेष ढंग, शिल्प-श्रेष्ठता और कुशलता के नियम उन पर थोपे। स्वच्छंदतावादी आंदोलन के लेखकों की यह माँग थी कि लेखक को बने-बनाए नियम तोड़ने, नए आविष्कार करने और अनुभव के अनुरूप रूप की रचना करने की स्वतंत्रता होनी चाहिए। इस माँग के साथ-साथ स्वच्छंदतावादी लेखक नए लेखन पर हर तरह के दबाव और नियंत्रण के विरुद्ध सचेत विद्रोह भी कर रहे थे।

साहित्य के बाजार का विकास

इसी दौर में साहित्य का बाजार दिनोंदिन अधिक संगठित हो रहा था और उसका लेखन पर दोहरा प्रभाव पड़ रहा था। 1830 ई. के बाद कुछ खास तरह के उपन्यासकारों को लेखन से जीवन में जैसी सफलता मिल रही थी, वैसी पहले बहुत कम लेखकों को मिली थी। इसके साथ ही पत्रिकाओं और अखबारों के प्रकाशन के असाधारण विस्तार और पुस्तकों की कीमत घटने के कारण पहले की तुलना में अब बहुत अधिक लेखकों के सामने बड़े पैमाने पर काम और सफलता के अवसर मौजूद थे। लेकिन निश्चय ही यह बाजार में जाकर मुकाबला करने और अपनी किस्मत आजमाने की स्वतंत्रता थी। इसी स्थिति में स्वतंत्र कलाकार की व्यावसायिक विचारधारा पैदा हुई, जिसके अनुसार कलाकार की स्वतंत्रता का अर्थ था बाजार में प्रतिद्वंद्विता की स्वतंत्रता। फलतः बाजार लेखक के समाज और सामाजिक संबंधों का आधार बनने लगा। जब बाजार ही समाज बनने लगा, तब किसी दूसरे तरह की सामाजिक प्रतिबद्धता का कोई सवाल नहीं था। यही स्वतंत्रता की आदर्श बुर्जुआ परिभाषा थी।

दूसरी ओर कवियों की आर्थिक दशा एकदम भिन्न थी। संरक्षण की व्यवस्था की जगह बाजार आ गया था और कविता या तो सीमांत वस्तु बन गई या अवांछित वस्तु । इस तरह एक ओर बाजार में व्यावसायिक सफलता प्राप्त करनेवाले और बाजार के माध्यम से समाज की इच्छा जगाने का दावा करनेवाले लेखक थे, तो दूसरी ओर बाजार की उपेक्षा के शिकार ऐसे लेखक थे, जिनकी गरीबी और संघर्ष के बारे में तरह-तरह के मिथक गढ़े जाने लगे। निश्चय ही कवियों में कुछ ऐसे थे, जो प्रतिभाशाली थे और गरीबी के शिकार भी। लेकिन

इस स्थिति का एक विचित्र परिणाम यह भी हुआ कि लोग गरीबी और उपेक्षा को लेखक की महानता समझने लगे। आज भी ऐसे लोग हैं, जो इन्हीं बातों को किसी लेखक की महानता की कसौटी समझते हैं।

यह मिथक उस बाजारू समाज में बहुत आकर्षक लगता था, जिसमें कुछ लेखक व्यावसायिक दृष्टि से सफल और स्थापित होकर महत्त्वपूर्ण नागरिक बन रहे थे।

कलाकार की अनिवार्य स्वतंत्रता की माँग को अब हम समझ सकते हैं। एक अर्थ में इस माँग से कौन असहमत होना चाहेगा। कौन यह मानने को तैयार होगा कि अगर लेखक के बगल में एक ऐसा अधिकारी खड़ा रहे, जो बताए कि उसे क्या लिखना चाहिए तो बेहतर लेखन होगा। ऐसा नहीं है कि सलाह से लेखक को लाभ नहीं होता, लेकिन कठिन समस्या यह है कि सही लेखकों को सही सलाह नहीं मिलती। इसके ठीक विपरीत होता यह है कि हमेशा गलत लेखकों को गलत सलाह मिलती है। अगर वास्तव में हमें समझना यह है कि लेखक की परम स्वतंत्रता की धारणा में कैसी-कैसी बातें मिली-जुली हैं, तो उन बातों को अलग-अलग करके पहचानना होगा। निश्चय ही बाजार को स्वतंत्रता की गारंटी मानना एक भ्रम है। यह सच है कि एक सफल व्यवसायी लेखक विक्रेता के रूप में बाजार में कुछ सीमा तक स्वतंत्र होता है, लेकिन भारी संख्या में सामान्य लेखकों की बाजार में कभी-कभी जैसी बुरी हालत होती है, वैसी संरक्षण में रहनेवाले लेखकों की भी नहीं होती थी।

संरक्षण

संरक्षण की अनेक अवस्थाएँ गुजरी हैं, उनमें से कुछ अत्यंत कठोर रही हैं। बहुत आरंभ में संरक्षण एक तरह का दायित्व था। उदाहरण के लिए सामंती समाज में कलाकारों, कवियों, चित्रकारों, संगीतकारों आदि को आश्रय देना और उनकी देखभाल करना एक दायित्व समझा जाता था। बाद में कुछ दूसरी तरह के आश्रयदाता सामने आए। दरबारों, सामंती घरानों आदि की ओर से कलाकार और लेखकों को कला-रचना के लिए नियुक्त किया जाता था। इस स्थिति में कलाकारों-लेखकों को उन परेशानियों का सामना करना पड़ता था जिनसे वे आज बाजार में भी बच नहीं पाते हैं। संरक्षण की पुरानी व्यवस्था जहाँ बेहतर होती थी, वहाँ एक संरक्षक से परेशान कलाकार दूसरे के पास भी जा सकता था। यह पूँजीवाद के आरंभिक काल के बाजार से मिलती-जुलती स्थिति थी। यह कोई सुविधाजनक स्थिति नहीं थी, अच्छी स्थिति भी नहीं थी, लेकिन वह बाजार की तुलना में बहुत खराब स्थिति भी न थी। संरक्षण की एक ऐसी अवस्था

भी रही है, जिसमें आर्थिक लेन-देन की बात महत्त्वपूर्ण न थी, उनमें लेखकों-कलाकारों को सामाजिक समर्थन, सामाजिक सुरक्षा और कभी-कभी प्रोत्साहन भी मिलता था। उस काल में प्रायः आश्रयदाता जिस साहित्य को श्रेष्ठ समझते थे उसी को समर्थन और सुरक्षा देते थे। उस समय साहित्य की श्रेष्ठता की कसौटी भले ही बहुत अच्छी न हो, लेकिन वह बाजार की कसौटी से भिन्न जरूर थी। बाजार में श्रेष्ठता की कसौटी है—बिकाऊपन। बाजार के विकास के साथ-साथ इस कसौटी का महत्त्व बढ़ने लगा और आज यही एकमात्र कसौटी बन गई है। उन्नीसवीं सदी के बाद आज हम लेखन और प्रकाशन के बाजार के सबसे अधिक परिवर्तन के दौर से गुजर रहे हैं। आज बिकने की संभावना पर साहित्य की वांछनीयता टिकी है। अब तो बाजार में जो जितना ज्यादा और जल्दी बिकेगा वह उतना ही अधिक प्रिय होगा। जो बाजार कभी सफल लेखकों को स्वतंत्रता की गारंटी देता लगता था, वही आज की स्थिति में, लेखकों की स्वतंत्रता के लिए खतरा बन रहा है। लेकिन इस बाजार में अपनी किस्मत आजमानेवाले लेखक इस खतरे को पहचान नहीं पाते। एक बुर्जुआ लेखक यह नहीं कहेगा कि बाजार उसकी स्वतंत्रता को सीमित कर रहा है, क्योंकि बाजार ही उसकी स्वतंत्रता की क्रीड़ा-भूमि है। लेकिन यह बात कभी छिपी नहीं रही है कि बाजार लेखकों को प्रभावित करता है, उनकी स्वतंत्रता सीमित करता है और उन्हें अपने अनुकूल दिशा में हाँकता है। यह प्रक्रिया कभी बहुत सरल होती है और कभी बहुत जटिल। बाजार के प्रभाव के बारे में लेखकों का ईमानदार होना बहुत मुश्किल है।

नए ढंग का जन समर्थन

आज अत्यंत संगठित बाजार के कारण लेखन की दशा बहुत बदल गई है। आज स्थिति यह है कि अगर आप किसी अत्यंत महत्त्वपूर्ण विषय पर कोई सामान्य से बड़ी पुस्तक लिखना चाहते हों और किसी प्रकाशक से बात करें, तो वह कहेगा कि "इतनी बड़ी पुस्तक छापना मुश्किल है। लेकिन हम ने एक पुस्तकमाला की योजना बनाई है। पहले आप उस पुस्तकमाला के लिए एक पुस्तक क्यों नहीं लिखते।" संभव है, प्रकाशक जिस विषय पर पुस्तक लिखवाना चाहता है उस पर बाद में कभी कोई पुस्तक लिखने के बारे में आपने खुद भी पहले सोचा हो, लेकिन तत्काल न लिखना चाहते हों। फिर भी अगर आप प्रकाशक का प्रस्ताव स्वीकार कर लेते हैं, तो प्रकाशक की इच्छा आपकी इच्छा बन जाती है। अगर आप लेखन और प्रकाशन के बारे में अपनी लालसा के प्रति निर्मम होकर ऐसे दबावों के आगे झुकने से इनकार नहीं करते, तो धीरे-धीरे ऐसे दबाव आपके

लेखन के स्वतंत्र विकास पर हावी हो जाएँगे। ऐसे दबावों के आगे झुकने से इनकार करने पर कभी-कभी लेखक को यह भी सुनने को मिलता है कि "आप क्यों संत बनना चाहते हैं, लोग जो चाहते हैं वह आप क्यों नहीं लिखते।" कभी-कभी चतुर व्यवसायी प्रकाशक यह भी कहता है कि "क्या जनता जो चाहती है, वह आप लिखना नहीं चाहते ? केवल स्वांतः सुखाय या अपने कुछ मित्रों के लिए लिखने का क्या अर्थ है ?" इस तरह बाजार लेखक का सामाजिक कर्तव्य निर्धारित करने लगता है। आमतौर पर प्रकाशक से अधिक लेखक यह जानता है कि लोग क्या पढ़ना पसंद करते रहे हैं और क्या पढ़ना चाहेंगे। इस प्रसंग में लेखक का अनुमान सही हो सकता है और गलत भी। लेकिन बाजार से जानी गई जनता की इच्छा एक विचित्र तरह की स्वतंत्रता बनकर सामने आती है। फिर भी बहुत सारे लेखक यह कहने से डरते हैं कि बाजार वास्तव में स्वतंत्र नहीं है, क्योंकि वे समझते हैं कि यह कहने का अर्थ है अपनी स्वतंत्रता की क्रीडा-भूमि तक पहुँचने का रास्ता बंद करना। इसीलिए वे अपनी स्वतंत्रता के प्रसंग में वहाँ की बात नहीं करते, जहाँ वे हैं। वे वहाँ की बात करते हैं, जहाँ लेखकों को राज्य का संरक्षण प्राप्त है। लेकिन वहाँ राज्य सभी तरह के साहित्य को संरक्षण नहीं देता, वह कुछ प्रकार के साहित्य के प्रकाशन पर रोक भी लगाता है और इस तरह तानाशाही रवैया अपनाता है। वास्तव में ऐसा प्रायः होता है। हमें ऐसी व्यवस्था की गलतियों, विकृतियों और अपराधों को पहचानना चाहिए। ऐसी व्यवस्थाओं की सीमा यह है कि वहाँ राज्य के समर्थन के माध्यम से ही जन-समर्थन काम करता है। इसे बदल कर इसकी जगह नई और अधिक खुली कार्यप्रणाली लागू करने की जरूरत है। असल में स्वतंत्रता और उसके दुश्मनों पर विचार करते समय हम ज़हाँ हैं; वहाँ की स्थितियों को भी देखना चाहिए।

संबद्धता

मैंने आरंभ में ही कहा था कि किसी विचार को देखते ही सीधे उस पर बहस करने की आदत गलत है। प्रतिबद्धता पर अधिकांश बहसों की कमजोरी यह है कि उनमें दो बातों को उलझा दिया जाता है। बहस करनेवाले या तो अपनी स्वायत्तता बनाए रखकर लेखक के प्रतिबद्ध होने और किसी केंद्रीय सत्ता के आदेश पर चलने में फर्क नहीं करते या इन दोनों स्थितियों को पूँजीवादी समाज और ऐतिहासिक प्रक्रिया से पैदा हुए सफल लेखकों की व्यावसायिक स्वतंत्रता से उलझा देते हैं। यहाँ हमें कुछ और बातों पर विचार करना चाहिए। हमने इस

भाषण के विषय के रूप में केवल प्रतिबद्धता को ही नहीं संबद्धता को भी रखा है। निश्चित ही सामान्यतः प्रतिबद्धता और संबद्धता में कोई विशेष अंतर नहीं है। लेकिन संबद्धता का एक अर्थ ऐसा है, जो प्रतिबद्धता से कुछ भिन्न है और आज प्रतिबद्धता पर बात करते समय संबद्धता के उस अर्थ पर ध्यान देना जरूरी है।

मार्क्सवाद हमें यह बताता है कि हम अनेक चीजों से अपनी सम्बद्धता के बारे में अनभिज्ञ होते हुए भी उनसे संबद्ध होते हैं। हम एक विशेष सामाजिक परिस्थिति में, विशेष सामाजिक संबंधों के बीच और एक परिवार में पैदा होते हैं। ये सभी मिलकर हमारे व्यक्तित्व का निर्माण करते हैं। जब हम अपनी वैयक्तिकता के बारे में सजग होते हैं, तब तक उसके बनने की अधिकांश प्रक्रिया पूरी हो गई होती है। वास्तव में वैयक्तिकता की चेतना प्रायः उसके निर्माण में सहायक सभी तत्त्वों की जानकारी ही है, जो कभी पूरी नहीं होती। इतनी गहरी होती है संबद्धता। दुनिया में सहज भाव से जीने और दुनिया को सहज भाव से देखने का नाम है संबद्धता। निश्चय ही हम जान सकते हैं कि संबद्धता की सहजता सार्वभौम नहीं होती। हम यह भी जानते हैं कि सभी लोग समान परिस्थितियों में पैदा नहीं होते, समान जीवन नहीं जीते और एक ही नजरिए से दुनिया को नहीं देखते । फिर भी, हमारी वैयक्तिकता की संरचना से हमारी वास्तविक संबद्धता अनेक गहरे स्तरों पर इस तरह जुड़ी होती है कि उसे अलग करना बहुत मुश्किल और बनावटी हो जाता है। एक लेखक के प्रसंग में कुछ और बातों पर ध्यान देना जरूरी है। लेखक एक भाषा में जन्म लेता है, दूसरी एकदम भिन्न भाषाएँ मौजूद हैं, फिर भी उसे जिस भाषा में लिखना है उसको इस तरह सीखता है कि वह उसके स्वभाव का अंग बन जाए। वह भाषा उसकी रचना का माध्यम है, वह उसके अपने लोगों के साथ उसके जीवन जीने का माध्यम है; और वह उसके लेखक बनने से पहले से उसके व्यक्तित्व के गठन में मौजूद भी है। उसके लेखक होने के लिए यह जरूरी है कि वह उस भाषा से और उसकी बुनियादी विशेषताओं से संबद्ध हो। लेखक एक विशेष सामाजिक परिस्थिति में पैदा होता है, उस परिस्थिति की विशिष्टताओं को ग्रहण करता है, वह एक भाषा में पैदा होता है और उसकी बुनियादी विशेषताओं को ग्रहण करता है। इस तरह वह इन दोनों से संबद्ध होकर ही लेखन आरंभ करता है। इससे भी आगे संबद्धता लेखन में मौजूद और उपलब्ध रूपों तक जाती है। जब मैं साहित्य के बारे में बात करनेवालों से यह सुनता हूँ कि इस या उस लेखक ने मौजूद साहित्य-रूपों को कैसे बनाया या बिगाड़ा, तो मैं सोचता हूँ कि हमें सवाल इस तरह पूछना चाहिए कि किसी साहित्य-रूप ने लेखक को कैसे बनाया या बिगाड़ा।

लेखक और मजदूर वर्ग की चेतना

अगर कोई लेखक अपने लेखन की प्रक्रिया पर ध्यान दे तो उसे मालूम होगा कि वह जो कुछ लिख रहा है, वह उसका होते हुए भी पूरी तरह उसी का नहीं है। इस काम में उसे एक दूसरी शक्ति से मदद मिलती है और वह दूसरी शक्ति है—साहित्य-रूप। अगर साहित्य-रूप न होते तो हममें से बहुत कम लोग कुछ लिख पाते। तब हमें सौभाग्य से ही अपने अनुभवों के अनुरूप रूप मिलते। आप उन्नीसवीं सदी के मजदूर वर्ग के लेखकों पर ध्यान दीजिए। वे अपने जीवन की स्थितियों के बारे में लिखना चाहते थे। उस समय लोकप्रिय साहित्य-रूप उपन्यास था। उनके पास ऐसी महत्त्वपूर्ण सामग्री थी, जिससे बहुत अच्छे उपन्यास लिखे जा सकते थे। लेकिन बहुत कम लोगों ने अच्छे उपन्यास लिखे। उन्होंने उपन्यास के बदले बहुत अच्छी आत्मकथाएँ लिखीं। ऐसा क्यों हुआ ? उनको विरासत में जो रूप मिला था वह या तो धार्मिक परंपरा में पाप-स्वीकार के रूप में अपनी जीवन कथा कहने या मुकदमों में अपनी रक्षा में लंबे बयान देते हुए अपने बारे में बताने या दूसरी तरह के भाषणों का था। मौखिक परंपरा से सुलभ इन रूपों के केंद्र में 'मैं' होता था या कोई एक व्यक्ति। तीन-चार पीढ़ियों तक मजूदर वर्ग के लेखक उपन्यास को उसकी विशिष्ट कथात्मक संरचना के कारण सहजता से अपना न सके। आज भी एकदम भिन्न तरह की सामग्री के लिए बने-बनाए साहित्य-रूपों को अपनाना कठिन होता है। वास्तव में दूसरे वर्गों के साहित्य-रूप और मजदूर वर्ग की चेतना के बीच अंतर होना अनिवार्य है। मजदूर वर्ग की चेतना के अनुरूप रूप का विकास करने के लिए लंबे संघर्ष की जरूरत है।

प्रतिबद्धता की अंतर्वस्तु

ये अधिक गंभीर प्रकार की संबद्धताएँ हैं। मैं मानता हूँ कि हमें इस तरह की सामाजिकता के प्रति सचेत होने के लिए सामाजिक यथार्थ से गहरे स्तर पर प्रतिबद्ध होना चाहिए। इसका तात्पर्य है—अपनी वास्तविक संबद्धताओं के प्रति सजग होना। संभव है, कुछ स्थितियों में हमें उन्हें और अधिक सुदृढ बनाना पडे या कुछ दूसरी स्थितियों में उन्हें बदलने और सुधारने की कष्टकर प्रक्रिया से गुजरना पड़े। प्रतिबद्धता के कई बहुप्रचारित उदाहरणों से यही साबित होता है क़ि लोग एक तरह की आस्थाओं और मान्यताओं को छोड़कर दूसरी तरह की आस्थाओं और मान्यताओं को अपना लेते हैं। ऐसे परिवर्तन व्यवहार पर मूलगामी प्रभाव डालते हैं। जब हम अपनी गहरी संबद्धताओं को सजग और सचेत होकर

सुदृढ़ बनाने की कोशिश करते हैं, तब हमारे भीतर गहरे स्तर पर कुछ घटित होता है और हम नई तरह की प्रतिबद्धता का अनुभव करते हैं। असल में अपने सोच-विचार को प्रभावित करनेवाले सामाजिक दबावों को सचमुच जानना या यह समझ लेना कि हम जैसा सोच रहे हैं या यह कि हम जो देख रहे हैं वैसा अनेक दूसरे लोग भी देखते आ रहे हैं–एक असाधारण अनुभव है। इन सब बातों से अपनी शर्तों पर कलाकार की व्यक्तिगत स्वतंत्रता का दावा करनेवालों का खोखलापन जाहिर हो जाता है। वे कलाकार की व्यक्तिगत स्वतंत्रता के दावे के बारे में कहते हैं कि वे स्वतंत्र व्यक्ति के रूप में वही लिखते हैं, जो वे लिखना चाहते हैं। असल में अधिकांशतः वे जो लिखते हैं, वह पहले से लिखा हुआ है और उसे हर आदमी जानता है। वे स्वतंत्रता के भ्रम के शिकार हैं। इससे भिन्न एक अत्यंत उच्च कोटि की स्वतंत्रता होती है। वह स्वतंत्रता वहाँ होती है जहाँ चुनाव करने की स्वतंत्रता होती है; आपके व्यक्तित्व के निर्माण और लेखन की संभावनाओं को समझने पर जो वास्तविक दबाव होते हैं, उनको बदलने के प्रयत्न के चुनाव की स्वतंत्रता में वास्तविक स्वतंत्रता निहित होती है।

ऐसी स्वतंत्रता से प्रतिबद्धता का किसी तरह की गुलामी से कोई संबंध नहीं होता। यह वास्तविक सामाजिक संबंधों की खोज और पहचान करना है। मैं समझता हूँ कि सार्त्र का अनुगूँज से तात्पर्य था हमारे व्यक्तित्व और कर्म से जुड़े सभी सामाजिक संबंधों की सक्रिय चेतना जगाना। हम जिस तरह की दुनिया में जी रहे हैं उनमें ऐसी खोज और पहचान का काम कभी सरल नहीं होगा। इसमें बाजार में सफल होने या किसी दूसरे की नीति पर चलने की छूट नहीं मिल सकती। लेकिन जब किसी भी तरह सचमुच ऐसा होता है, तब उसकी आवाज अनसुनी नहीं रहती। ऐसी आवाज निजी होती हुई भी नितांत व्यक्तिगत नहीं होती। हमें ऐसी आवाज मिले या न मिले, लेकिन उसकी खोज की कोशिश से मुँह नहीं मोड़ना चाहिए।

[मार्क्सिज्म टुडे, जून 1980]

संदर्भ

1. ज्याँ पॉल सार्त्र, "एग्जिस्टेशॅलिज्म एण्ड मार्क्सिज्म एन.एल.बी. पृ. 13-14, 1974
2. न्यू लेफ्ट रिव्यू, 1977, पृ. 55
3. मार्क्स एंगेल्स, ऑन लिटरेचर एण्ड आर्ट, पृ. 119
4. वही, पृ. 123
5. न्यू लेफ्ट रिव्यू, 1974, पृ. 87-88

साहित्यिक कल्पना और समाजशास्त्रीय कल्पना

रिचर्ड हॉगर्ट

हम प्रायः यह कहते हैं कि एक अच्छा लेखक कल्पना, प्रतिभा और अंतर्दृष्टि से संपन्न होता है। उसकी कृतियों में हम इन गुणों के दर्शन की आशा भी करते हैं। इस निबंध के विषय पर सीधे आएँ तो यह कह सकते हैं कि हम उसकी कृतियों में समाज की 'महत्त्वपूर्ण तफसील' संबंधी उसकी दृष्टि की खोज करते हैं, जिसमें यह मान्यता निहित होती है कि समाज की कुछ आदतें और अदाएँ कुछ दूसरी आदतों और अदाओं से अधिक मुखर होती हैं। या फिर हम उसकी कृतियों में समाज में सक्रिय लोकनिष्ठ प्रवृत्तियों की दिशा की पहचान या उनमें अचेतन रूप से व्यक्त होनेवाली गूढ़ बातों की उसकी समझ में भी इन गुणों की खोज करते हैं।

लेकिन यह साहित्य से एक बड़ी माँग है और यह ऐसी माँग है जिसका साहित्य के आलोचक हमेशा अनुभव नहीं करते हैं। यह माँग उस साहित्येतर सत्य की ओर संकेत करती है जो हमारे विशुद्ध साहित्यिक मूल्यों में निहित नहीं होता। यह सहित्य के बाहर उस जीवन की ओर संकेत करती है जिसकी साहित्य में छानबीन की जाती है और जिसकी सचाई के उद्‌घाटन का दावा किया जाता है। इसका दावा है कि साहित्यिक कल्पना समाज के स्वभाव के बारे में एक ऐसी अंतर्दृष्टि प्रदान कर सकती है जो आत्मनिष्ठ सौंदर्यवादी लोक में नहीं मिल सकती और यह भी माना जाता है कि इससे पाठक की संवेदनशीलता भी प्रभावित होती है। इसके अतिरिक्त यह भी माना जाता है कि यह अंतर्दृष्टि किसी लेखक की साहित्यिक कृतियों में ही अभिव्यंजित नहीं होती है, बल्कि इसकी अभिव्यंजना समाज के संबंध में लेखक की कृतियों में भी होती है। उन्नीसवीं शताब्दी में संस्कृति और समाज के बारे में जो व्यापक बहस हुई उसमें

साहित्य के आलोचकों ने भी भाग लिया था।

फिर भी यह दावा व्यापक तो है ही, और तब तो और भी, जब यह शुद्ध साहित्यिक रचनाओं के बारे में किया जाता है। दावा यह किया जाता है कि साहित्यिक रचनाएँ समाज को दर्पण की भाँति प्रतिबिंबित ही नहीं करती हैं और वे लाक्षणिक साक्ष्य मात्र भी नहीं हैं। चूँकि साहित्य व्यक्ति-मानव की रचना है, इसीलिए किसी भी साहित्यिक रचना की व्याख्या केवल लक्षण के रूप में नहीं की जा सकती है। लेकिन कुछ साधारण रचनाएँ निश्चय ही महत्त्वपूर्ण साहित्यिक कृतियों की तुलना में अधिक दस्तावेजी होती हैं। अठारहवीं शताब्दी के धड़ल्ले से निकलनेवाले रोमांटिक उपन्यासों या आजकल के सेक्स और हिंसा से भरपूर लोकप्रिय उपन्यासों को अपने समय के समाज के विभिन्न पक्षों का 'निष्पक्ष पर्यवेक्षण' मानने के बदले उन्हें समाज की विशेष गतिविधि का दर्पण मानना अधिक सही है। अगर ऐसी रचनाओं को भी सरलता के खयाल से सतही ढंग से ही हम समाज का दर्पण मात्र मान लें तो वे जिस महत्त्वपूर्ण तत्त्व के माध्यम से समाज को प्रतिबिंबित करती हैं उसे पकड़ नहीं पाएँगे और जिसे वे प्रतिबिंबित करती हैं उसके लिए उनका अध्ययन कठिन हो जाएगा। इसीलिए ऐसी स्थिति में साहित्य के आलोचकों तथा समाज वैज्ञानिकों के सामान्य सोच-विचार से अधिक गहरी आलोचनात्मक सावधानी की जरूरत होगी।

लेकिन जैसा कि मैंने कहा है, हम इससे भी बड़ा दावा करते हैं। हम दावा करते हैं कि साहित्यिक कल्पना एक खास ढंग से किसी समाज की छानबीन करके उसके विभिन्न पहलुओं के बारे में नवीन जानकारी प्रदान कर सकती है, सुबोध परिकल्पनाएँ दे सकती है और उस समाज का रहस्य खोलनेवाली व्यवस्थाओं या पद्धतियों की ओर संकेत कर सकती है। हम यह भी दावा करते हैं कि साहित्यिक कल्पना स्वयं और अपनी अंतर्दृष्टि के कारण–लाक्षणिक साक्ष्य के रूप में प्रयुक्त होकर नहीं–समाज संबंधी समझदारी में सहायक होती है।

इस व्यापक दावे का तात्पर्य क्या है ? एक लेखक के वैयक्तिक संवेदनात्मक ज्ञान को वस्तुगत सत्य के स्वरूप की अभिव्यक्ति का जो श्रेय दिया जाता है, क्या उससे इस दावे का कुछ अधिक अर्थ है ? अगर इसका कुछ अधिक अर्थ है तो हम इन अंतर्दृष्टियों की प्राप्ति कैसे करते हैं ? क्या यह प्रक्रिया किसी भी प्रकार समाजविज्ञानों में प्रयुक्त पद्धति से जुड़ी हुई है ? क्या इन अंतर्दृष्टियों की परख संभव है ? इन्हें किस अर्थ में और कहाँ तक सही कहा जा सकता है ? मैं भी इन प्रश्नों का निर्विवाद उत्तर नहीं दे सकता, लेकिन प्रश्नों के उत्तर की शुरुआत में सहायक विचारों को प्रस्तुत करने का प्रयास करूँगा।

मैं कुछ देर तक साहित्य से हटकर एक समाजविज्ञानी की पद्धति पर विचार

करूँगा। मान लीजिए कि जिस क्षेत्र में वह काम करना चाहता है उससे संबंधित विपुल विषय-सामग्री उसके पास है। प्रश्न यह है कि वह किस प्रकार विपुल विषय-सामग्री को आकृति और अर्थ प्रदान करता है। लेकिन उसके पास अनत संभव परिकल्पनाएँ हैं, जिनके सहारे वह विषय-सामग्री को अर्थवत्ता प्रदान करता है। निश्चय ही उनमें से कुछ को वह विषय के प्रति सामान्य भावना के नाम पर खारिज कर देता है–यद्यपि इस 'विषय के प्रति सामान्य भावना' से अनेक प्रश्न पैदा होते हैं। कुछ के बारे में वह सोचता ही नहीं है, इसलिए वे उसके विचार में आते ही नहीं। वह विषय-सामग्री से जोड़कर सबकी परीक्षा करता है और उनकी कार्य-क्षमता की पहचान करता है। वह पुनरावर्तक प्रयोग, पुनरावर्तक रूपांतरण और पुनरावर्तक त्याग के सहारे अपनी परिकल्पनाओं की परख और उनमें आवश्यक परिवर्तन करता है। कुछ लोग यह कहेंगे कि इससे प्रारंभिक परिकल्पना की निर्माण प्रक्रिया को सर्वाधिक महत्त्व मिल जाता है। वे यह भी कहेंगे कि अगर हमारे पास विपुल सामग्री तथा तथ्य हों और अगर हम उन्हें सुव्यवस्थित करनेवाले सक्षम कंप्यूटर की सहायता लें तो वह कंप्यूटर ही सामग्री में निष्पक्षतः पुनरावर्तक प्रयोगों, रूपों और त्यागों की खोज कर लेगा। लेकिन यह तरीका प्रश्न को एक कदम और पीछे ले जानेवाला है। लेकिन संपूर्ण चित्र क्या है ? और 'तथ्य' का क्या तात्पर्य है ? हम कह सकते हैं कि कुछ वस्तुगत तथ्य होते हैं और कुछ केवल वस्तुनिष्ठ। पुस्तकालय से गत वर्ष एक करोड पुस्तकें पाठकों को दी गईं, यह एक वस्तुगत तथ्य है। अगर प्रारंभ में सावधानी से परिभाषाएँ बनाई जाएँ तो यह एक कारगर तथ्य है और इसकी जाँच संभव है। अगर कोई चाहे तो इसे वैज्ञानिक कह सकता है और यह समाजविज्ञानी के वस्तुगत आँकडे का एक हिस्सा हो सकता है। मैं ऐसा इसीलिए कह रहा हूँ कि एक समाजविज्ञानी ने मुझसे कहा था कि उसका उद्देश्य 'तथ्यों' को जहाँ तक संभव हो सके इस प्रकार के 'आँकडों' में बदलना होता है और मैं उसके तात्पर्य को समझता हूँ। वह इस बात से सहमत था कि वह शीघ्र ही इस स्तर को छोड़कर ऐसे प्रश्नों की ओर मुड़ जाता है कि क्यों इतनी ही किताबें ली गईं या विभिन्न प्रकार की पुस्तकों का अनुपात क्या है ? किस प्रकार ये पुस्तकें पढी गईं ? उनसे किन आवश्यकताओं की पूर्ति हुई ? इस प्रकार के प्रश्नों के उत्तर से उसे जरूरी ज्ञान का सबसे महत्त्वपूर्ण रूप प्राप्त हो सकता है। अगर समाजविज्ञानी अपनी पद्धति को इस प्रकार सुधारने का प्रयत्न करे कि अधिक-से-अधिक तथ्य 'आँकड़े' बन सकें तो उसे ज्ञान प्राप्ति में काफी मदद मिल सकती है। लेकिन इनमें से सर्वाधिक महत्त्वपूर्ण तथ्य भी कभी पूर्णतः आँकड़े नहीं बन सकते, वे अपने सर्वोत्तम रूप में भी केवल 'वस्तुनिष्ठ' ही हो सकते हैं।

बर्मिंघम की पुस्तकालय सेवा के संबंध में सचाई को प्राप्त करने के लिए हमें कितने तथ्यों की जरूरत होगी ? मान लीजिए कि हमारे पास 20 हजार या 2 मिलियन या 20 मिलियन तथ्य हैं, तब भी हम एक तो संभव तथ्यों का केवल सतही रूप ही प्राप्त कर सकेंगे और दूसरे, जो ज्यादा महत्त्वपूर्ण हैं वह यह कि हम कुछ चीजों को केवल पकड़ने का प्रयत्न करेंगे। किसी वस्तु पर हम जितने विभिन्न कोणों से देखने का प्रयत्न करेंगे, नवीन तथ्यों और संबंधों के उतने ही रूप प्रकाश में आएँगे। प्रत्येक अनुसंधान में तथ्यों को समझकर संगृहीत करने के पहले मान्यताओं और धारणाओं की आवश्यकता होती है। इस प्रसंग में कोई भी इंग्लैंड के जीवन के स्वतःसिद्ध संकुचित आत्मनिष्ठ घटिया वर्ग-विश्लेषण को याद कर सकता है। कोई गैर-अंग्रेज या गैर-यूरोपीय व्यक्ति भी इसका वस्तुनिष्ठ विश्लेषण नहीं कर सकता है। इस प्रकार हम क्रमशः अधिकाधिक वस्तुनिष्ठता की ओर बढ़ सकते हैं और हमें बढ़ना भी चाहिए। लेकिन इससे पूर्णता प्राप्त करना संभव नहीं है। मैं यह सब समाजविज्ञानियों की आलोचना के इरादे से नहीं कह रहा हूँ। मैं मानता हूँ कि मेरे कथन से ऐसा ध्वनित भी नहीं हो रहा है। यह विवाद समाजविज्ञानियों में भी एक लंबे अर्से से तथा जीवंत रूप में चल रहा है। मैं अपने विचार की पुष्टि में मिर्डाल को उद्धृत कर रहा हूँ–"अनुसंधान के लिए संभव आँकड़ों की अव्यवस्था केवल निरीक्षण से ही सुव्यवस्थित ज्ञान के रूप में संगठित नहीं हो जाती है। परिकल्पनाएँ आवश्यक हैं। तथ्यों से उत्तर की आशा करने के पहले महत्त्वपूर्ण प्रश्न करना हमारे लिए आवश्यक है। तथ्यों तक पहुँचने के लिए हमारे प्रश्नों का जटिल होना अनिवार्य है। यहाँ तक कि ऊपरी तौर पर सरल प्रतीत होनेवाली धारणाओं के निर्माण में भी स्पष्टतः प्रतिपादित सिद्धांतों का योगदान होता है। इन सिद्धांतों या परिकल्पनाओं में, चाहे जितनी सावधानी से इनका बयान किया जाए, पूर्ववर्ती अनुमान के तत्त्व निश्चय ही होते हैं।"

मैं एक ऐसे तथ्य की ओर संकेत कर रहा हूँ जो हमारे जीवन का है और जिससे बचाव संभव नहीं है। मैं 'हमारा जीवन' इसीलिए कह रहा हूँ कि प्रकारांतर से यह लेखकों के जीवन का भी तथ्य है। हम लोगों में से किसी भी व्यक्ति को किसी चीज की जानकारी लिखित रूप में बनी-बनाई नहीं मिल जाती बल्कि हम हर वस्तु को अपने मानस के वैचारिक और कल्पनात्मक रूप के अनुरूप ही जान पाते हैं।

अब विचार यह करना है कि क्या साहित्यकार की सत्य-साधना की पद्धति से ऊपर चर्चित समाजविज्ञानी की पद्धति का कोई साम्य है ? मैंने एक ऐसे समाजविज्ञानी की चर्चा की है जिसके पास विपुल विषय-सामग्री है और जो

अपनी परिकल्पनाओं के माध्यम से उसमें सार्थकता की खोज करता है, यद्यपि वास्तविक प्रक्रिया अपने 'प्रत्यक्ष' रूप से अधिक सूक्ष्म रूप में क्रियाशील होती है। साहित्य को समाज का साक्ष्य मानने के विरुद्ध एक सरल-सा तर्क यह है कि साहित्य कोई साक्ष्य प्रस्तुत नहीं करता है, लेखक अपनी वाग्मिता के सहारे जो कुछ उपस्थित करता है उसे ही साक्ष्य कहा जाता है। मैं समझता हूँ कि यह गलत विचार है। इस प्रसंग में किसी साहित्यकार की स्थिति एक समाजविज्ञानी की स्थिति के समान ही होती है। मेरा खयाल है कि आलोचक जिसे 'सामाजिक अंतर्दृष्टि' कहते हैं वह लेखक द्वारा अपनी कल्पना में समाज संबंधी विपुल विषय-सामग्री और तथ्यों की धारणा का परिणाम ही होती है। मेरा विश्वास है कि वह इसी विषय-सामग्री को अपने मानस में किसी विशिष्ट मुद्रा या व्यापक विषयवस्तु के रूप में एक एकान्वितिकारी बिंब की खोज के क्षणों में धारण करता है और हम यह कहते हैं कि वह एक महत्त्वपूर्ण अंतर्दृष्टि से संपन्न है। यहाँ प्रेरणा के क्षणों में कॉनराड को देखिए :

"उस संपूर्ण घटना से निश्चय ही एक विशेष वातावरण बना होगा; क्योंकि एकाएक मैंने अपने को उत्तेजित अनुभव किया और इसके बाद जो कुछ मेरे मानस में घटित हुआ उसे रसायनशास्त्र का कोई विद्यार्थी थोड़े-से रंगहीन घोल से भरी परखनली में सही प्रकार के द्रव की छोटी-सी एक बूँद डालने पर रवाकरण की प्रक्रिया के अवक्षेपण के सादृश्य से अच्छी तरह समझ सकता है।"

मुझे विश्वास है कि अगर हम हिसाब लगाएँ तो इस प्रकार की सामग्री समाजविज्ञान की अधिकांश विस्तृत योजनाओं में लगी सामग्री के बराबर होगी। किसी महान् लेखक के कृतित्व की पृष्ठभूमि में स्थित गंभीर विषय-सामग्री को अगर तर्कसंगत ढंग से प्रस्तुत करें तो उसकी जटिलता बड़े-बड़े कर्मठ और साधन-संपन्न समाजविज्ञानियों को भी निरुत्साहित करनेवाली होगी। शेक्सपियर के नाटकों में अभिव्यक्त समाज या व्यक्ति से संबंधित विषय-सामग्री के स्वरूप की व्याख्या की शुरुआत कोई भी व्यक्ति किस प्रकार करेगा ? यहाँ मैं केवल विषय-सामग्री की चर्चा कर रहा हूँ न कि उसको व्यवस्थित करने की प्रक्रिया की। मैं निरीक्षण की विलक्षण जटिलता की ओर संकेत कर रहा हूँ और यह ऐसी जटिलता है जिसका अनुभव शेक्सपियर को भी न हुआ होगा और न हो सकता था। एक प्रतिभाशाली लेखक सृजनावेग के क्षणों में जिन क्षमताओं का प्रयोग करता है वे किसी भी व्यक्ति के सचेतन संचालन से परे होती हैं, लेकिन फिर भी समन्वित होती हैं। अगर कोई व्यक्ति किसी अत्यंत कुशल टेनिस के खिलाडी द्वारा खेल में तत्काल प्रयुक्त सभी योग्यताओं का आकलन करे और उसे कई बार गुणा करके बढ़ाए तो शायद वह किसी महान् लेखक के मानस में रचना-

काल की स्थिति में स्थिर विषय-सामग्री की जटिलता का अंदाजा लगा सकता है। इस संदर्भ में विशेष ब्योरों और कुशलताओं के अंबार के बारे में ही नहीं बल्कि उनके भीतर संरचना और गतिविधि की खोज में समर्थ क्षमता के विषय में भी सोचना चाहिए और यह करने का अर्थ है आशातीत शीघ्रता के साथ समन्वित रूप से क्रियाशील होना।

इस प्रकार मेरा कहना यह है कि किसी लेखक के पास भी उतने उपयोगी तथ्य हो सकते हैं जितने किसी समाजविज्ञानी के पास और वह 'महत्त्वपूर्ण पर्यवेक्षण' के लिए सचेतन तथा नियंत्रित समुच्चय से ही नहीं बल्कि कल्पनात्मक शक्ति से उन्हें सुव्यवस्थित करता है। उसकी कल्पनात्मक शक्ति समाजविज्ञानी की परिकल्पना निर्माण की शक्ति के समान है या दूसरे शब्दों में समाजविज्ञानी की परिकल्पना की खोज की क्षमता उसकी कल्पनात्मक शक्ति से निर्धारित होती है।

वास्तव में क्या समाज के संबंध में क्रियाशील साहित्यिक कल्पना और अपनी विषय-सामग्री को सार्थक बनाने की प्रक्रिया में क्रियाशील समाजविज्ञानी की मानसिक शक्ति में कोई अंतर होता है ? क्या दोनों की कल्पनाएँ अपने सर्वोत्तम रूप में एक-दूसरे के समान नहीं हैं ? मैं 'सर्वोत्तम रूप' का प्रयोग इसलिए कर रहा हूँ कि हम सभी विषय-सामग्री को सुव्यवस्थित करने और 'महत्त्वपूर्ण ब्योरे' की प्राप्ति में समान रूप से कुशल नहीं हैं।

एक प्रकार से यह दावा करना आकर्षक होगा कि कलाकार की 'महत्वपूर्ण तफसील' समाजविज्ञानी का 'आदर्श नमूना' ही है और दोनों संभवतः परस्पर संबंद्ध भी हैं। लेकिन उन दोनों में महत्त्वपूर्ण अंतर है और यह अंतर दोनों अनुशासनों के स्वभाव में अंतर्निहित है। 'आदर्श नमूना' विश्लेषण के दौरान समाज के ब्योरे से उपयोगी सैद्धांतिक प्रारूप खोज निकालता है, लेकिन सर्जनात्मक लेखन 'महत्त्वपूर्ण तफसील' की पहचान के साथ-ही-साथ अलक्षित जीवन-प्रवाह की पहचान और पुनर्रचना का भी प्रयत्न करता है। क्रमबद्धता और क्रमहीनता का एक ही साथ यह संयुक्त बोध साहित्यानुभव का आवश्यक अंग है।

एक बार पुनः हम अपने विषय की ओर लौटें। हममें से सभी व्यवस्था की रूपात्मक स्थापना और महत्त्वपूर्ण तफसील की प्राप्ति में समान रूप से कुशल नहीं हैं। कुछ लोग इतने कुशल होते हैं कि बहुत थोड़ी-सी सामग्री में से भी प्रातिभज्ञान की-सी सहजता से बोधगम्य दृष्टांत खोज लेते हैं। मेरे विचार से संभवतः अरस्तू ने यह कहा था कि एक लेखक की महान् प्रतिभा रूपक-निर्माण की शक्ति में प्रकट होती है। मैं समझता हूँ कि प्रत्येक रूपक एक महत्त्वपूर्ण

परिकल्पना या संबंध-सृष्टि की शक्ति की देन है और वह शक्ति प्रत्येक व्यक्ति में नहीं होती है। समाजविज्ञानियों के लिए भी ऐसा कोई नुस्खा खोज लेना सरल होगा। परिकल्पना और विषय-सामग्री के संबंधों की चर्चा करते हुए एडोर्नो कहता है कि "मैं किसी समाधान का सुझाव देते समय मौलिकता और साहसिकता को सर्वाधिक महत्त्व देना चाहूँगा।" यहाँ 'मौलिकता' का वही तात्पर्य है जो बेरेलसन के इस कथन में है कि "अंततः किसी अच्छे विचार का कोई विकल्प संभव नहीं है।" ये दोनों बातें साहित्यिक कल्पना में समाविष्ट हैं। संयोग से एडोर्नो आगे कहता है कि "इस समाधान की निरंतर समीक्षा होनी चाहिए।" पॉपर का कहना है कि "यद्यपि हम अपने सिद्धांतों का औचित्य तर्क-संगत ढंग से नहीं सिद्ध कर सकते और न उन्हें संभाव्य ही सिद्ध कर सकते हैं, लेकिन हम उनकी तर्कसंगत समालोचना तो कर ही सकते हैं।" इन दोनों वक्तव्यों के पीछे एक ऐसे बौद्धिक अनुशासन का विवेक है जिससे साहित्य के समालोचक कुछ सीख सकते हैं।

अब भी मेरा विचार है कि प्रतिभा या अंतर्दृष्टि को ही, बिना उसके पोषक तत्त्वों की चर्चा के, समाज की गहरी छानबीन में समर्थ कहना गलत है। हम सभी यह जानते हैं कि अत्यंत नए लेखक भी स्मरणीय रचनाएँ प्रस्तुत कर सकते हैं, लेकिन अधिक संभावना यही है कि वे वैयक्तिक अनुभूतियों के चमत्कारी प्रगीत लिख सकते हैं या समाज के किसी पहलू से संबंधित चमत्कारपूर्ण-विशिष्ट अंतर्दृष्टि की अभिव्यक्ति कर सकते हैं न कि संपूर्ण समाज के व्यापक जीवन की गंभीर छानबीन करने और उसमें मौजूद व्यवस्था के बोध को जाग्रत करने में सफल हो सकते हैं। कभी-कभी यह कहा जाता है कि गणितज्ञ अपनी किशोरावस्था में सर्वाधिक प्रबुद्ध होते हैं, लेकिन मेरे लिए यह समझना कठिन है कि किस प्रकार एक लेखक अपनी किशोरावस्था में अपनी सर्वोत्तम सामाजिक अतर्दृष्टि प्राप्त कर सकता है। इस अवस्था में तो उसके पास अचेतन या सचेतन जीवनानुभवों का भी अभाव ही होगा। वह रचना-सामग्री के अभाव में सृजनशील नहीं हो सकता, इसीलिए उसे विषय-सामग्री की खोज के लिए प्रयत्नशील होना चाहिए। यह सही है कि इस विषय में हेनरी जेम्स के विचार बहुत आकर्षक नहीं हैं :

"एक प्रतिभाशाली अंग्रेजी उपन्यास-लेखिका का कथन मुझे याद है कि उसे अपनी एक प्रकृति संबंधी कहानी में व्यक्त संवेदनों और फ्रांसिसी प्रोटेस्टेंट युवा-वर्ग की जीवन पद्धति के लिए अत्यधिक प्रशंसा मिली। उससे यह भी पूछा गया कि उसने इस दुर्बोध जीवन के बारे में कहाँ जानकारी प्राप्त की। ऐसे अवसर को खोज लेने के लिए उसे बधाई भी मिली। इनमें एक अवसर यह भी

था जबकि पेरिस में एक पादरी के मकान की सीढ़ियों से उतरते समय वह एक खुले दरवाजे के सामने से गुजरी जिसके भीतर भोजन के बाद मेज के चारों ओर प्रोटेस्टेंट युवक बैठे थे। उस एक झलक का चित्र उसके मानस में अंकित हुआ, जो क्षणस्थायी ही था, लेकिन वह क्षण अनुभूति का क्षण था। उसे प्रत्यक्ष व्यक्तिगत संवेदना उपलब्ध हुई और उसने उस संवेदना के सहारे ही अपने उपन्यास के आदर्श चरित्र की रचना की। उसे यह पहले से ही ज्ञात था कि युवक क्या होता है, और प्रोटेस्टेंटवाद क्या है और उसे यह भी देखने-समझने का अवसर मिल चुका था कि एक फ्रांसीसी होने का क्या अर्थ है। उसने इन विचारों से एक मूर्त्त बिंब रचकर एक यथार्थ का सृजन किया। सबसे खास बात तो यह है कि उसमें वह मानसिक शक्ति थी जो अनुभव को व्यापकता प्रदान करती है। वह शक्ति किसी भी लेखक के लिए किसी सामाजिक परिवेश में केवल रहने-जीने से अधिक महत्त्वपूर्ण है। दृश्य से अदृश्य के संबंध में अनुमान की शक्ति, वस्तुओं के निहितार्थ की पहचान, ढाँचे के माध्यम से संपूर्ण रूप के बारे में निर्णय की शक्ति और सामान्यतः जीवन की ऐसी व्यापक और गहरी अनुभूति कि जिससे जीवन के प्रत्येक अंश का बोध संभव हो सके; किसी भी लेखक में इन क्षमताओं का होना अनिवार्य है और इनके संयोग से ही अनुभव का स्वरूप निर्मित होता है। इन गुणों का प्रादुर्भाव व्यक्ति-मानस में गाँवों, नगरों तथा शिक्षा की विभिन्न अवस्थाओं में होता है।''

लेकिन हेनरी जेम्स का यथातथ्यवाद को पेश करने का यह अपना तरीका था। हेनरी जेम्स और उनकी उपन्यास-लेखिका निश्चय ही हमसे अधिक प्रतिभाशाली थे। तब भी वे केवल एक दृश्य के स्नैपशाट को पढ़ने की प्रक्रिया ही जान सके। जेम्स के अनुसार ही वे केवल 'बीज' की पहचान कर सके; क्योंकि वे अनजाने ही सही दूसरे समय में और दूसरे स्थानों पर दूसरे समाजों का भी निरीक्षण करते रहे । आगे हेनरी जेम्स ने यह भी कहा है कि मेरा इरादा यथार्थता या ब्योरे की सचाई के महत्त्व को नकारना एकदम नहीं है। वहीं नौसिखिया लेखकों के लिए एक प्रसिद्ध आदेश है : ''उन समझदार लोगों के समान बनने का प्रयत्न कीजिए जो किसी भी अनुभव को व्यर्थ नहीं होने देते।'' इससे लेवी स्ट्रास द्वारा स्थापित 'सहभागिता' के महत्त्व का स्मरण हो आता है। किसी समाज के संबंध में दीर्घकालीन गहरा कल्पनात्मक बोध ही आकस्मिक वरदान प्रतीत होता है, जबकि वह अनुभव की परिपक्वता की देन है।

इस प्रकार हमारी अंतर्दृष्टियाँ चयन और व्यवस्थापन की देन हैं। लेकिन अंतर्दृष्टियों की यह उपलब्धि और सुव्यवस्थापन किसी समाज के जीवन के रहस्योद्‌घाटन में सक्षम साक्ष्यों के मूल्यांकन की प्रक्रिया है। इसका तात्पर्य यह

है कि इन अंतर्दृष्टियों और इन पद्धतियों का दूसरों से अधिक वास्तविक और दीर्घकालीन महत्त्व है। लेकिन मान लीजिए कि एक व्यक्ति सचेतन या अचेतन रूप से एक अच्छे कल्पनाशील लेखक या समाजविज्ञानी के समान ही समाज के निरीक्षण का दावा करता है और उसका यह भी दावा है कि समाज का उसका चित्र भी उतना ही वास्तविक और सच है जितना लेखक या समाजविज्ञानी का। उसका निर्मित चित्र हमारे चित्र से पूर्णतः भिन्न और हमारे विचार से गलत भी हो सकता है। लेकिन हम उस पर साक्ष्य के अभाव का दोषारोपण नहीं कर सकते। ऐसे व्यक्ति अपने साक्ष्यों से प्रेम करते हैं और उनके पास पर्याप्त मात्रा में साक्ष्य होते हैं। आजकल ब्रिटिश समाज में व्याप्त भ्रष्टाचार के स्वरूप के संबंध में अनेक साक्ष्यों और निरीक्षण पर आधारित दावे जननेताओं से सुनने को मिल जाते हैं। लेकिन ऐसे नेताओं या घटिया उपन्यासकारों का निरीक्षण एक अच्छे उपन्यासकार या एडोर्नो की 'मौलिकता' से संपन्न समाजविज्ञानी के निरीक्षण से कम महत्त्वपूर्ण क्यों होता है ? इस प्रकार अब हमारे सामने अपने पूर्ववर्ती चिंतन से अधिक व्यापक प्रश्न उपस्थित है। अब हमें यही विचार नहीं करना है कि सामाजिक अंतर्दृष्टि क्या है और इसकी उपलब्धि कैसे होती है, बल्कि यह भी विचारणीय है कि विभिन्न प्रकार तथा विभिन्न व्यक्तियों की अंतर्दृष्टियों के मूल्य-निर्णय का ढंग क्या हो ? हमें कट्टरवादी धर्मोपदेशक या घटिया उपन्यासकार या मौलिकताविहीन समाजविज्ञानी के चयन और व्यवस्थापन को क्यों नहीं स्वीकार करना चाहिए ? मुझे यह विश्वास नहीं है कि हम इसका कोई अंतिम उत्तर दे सकते हैं। मैं कुछ ऐसे मानदंडों का सुझाव देने का प्रयत्न करूँगा जिनके सहारे विभिन्न अंतर्दृष्टियों और व्याख्याओं के चयन की शुरुआत हो सकती है। अगर आप कहें कि ऊपर उठाए गए प्रश्नों के संदर्भ में प्रयुक्त पर्याप्तता, प्रासंगिकता, अनुरूपता और अनुकूलता आदि शब्दों के कारण ये मानदंड मूलतः वर्तुल और स्वतः सिद्धकारी बन गए हैं तो मैं इससे सहमत हो सकता हूँ।

पहला उपयोगी मानदंड यह है कि समाज में क्रियाशील मानव के अध्ययन के लिए लेखक में जटिलता की पहचान तथा उस पर नियंत्रण की शक्ति होनी चाहिए। जटिलता की पहचान और समझदारी वस्तुतः जटिलता तथा व्यापकता के प्रति प्रेम ही नहीं है। दूसरा मानदंड है, एक प्रकार की मितव्ययिता, चारुता, विवेच्य विषय तथा विवेचन में सुसंगति और उन्माद का अभाव। लेखन में उन्माद की स्थिति दुराग्रहपूर्वक बार-बार कुछ खास बिंबों और प्रसंगों के प्रयोग में प्रकट होती है। और अंत में अतिरेक से मुक्ति। अंतिम मानदंड है—दूसरे अनुशासनों की उपलब्धियों से विवेकशील संगति, जिसका तात्पर्य है विभिन्न

अनुशासनों से समान व्यापकता, जटिलता और लालित्य के सहारे प्राप्त 'सत्य' के साथ ऐसी सुसंगति जिससे वे परस्पर एक-दूसरे के अर्थ को स्पष्टतर और सुनिश्चित करें।

ऐसे नियम दो प्रकार की वस्तुओं के बीच पार्थक्य स्थापित करने में कामचलाऊ तरीके से ही उपयोगी हो सकते हैं, लेकिन इनसे वास्तविक प्रगति संभव नहीं है। विलक्षण कला, अतियथार्थवादी कला या ऐसी कला जिसमें आयोजित विकृति, अतिरेक तथा मोहाविष्टता होती है तथा जिसमें यथार्थ का औंधा रूप प्रकट होता है या जिसमें समाज के क्षुद्र और भ्रष्ट पहलुओं के बारे में ही दिलचस्पी दिखाई पड़ती है, उसके बारे में क्या कहा जाय। विलियम बरो के उपन्यास 'द नेकेड लंच' के बारे में क्या कहा जाय। क्या उस उपन्यास से समकालीन अमेरिकी समाज की किसी सचाई का ज्ञान होता है ? क्या उसे अमेरिकी समाज में व्याप्त तनावों का सूचक कहा जा सकता है ? निश्चय ही उसमें जटिलता है और वह मेरे प्रथम निकष पर खरा उतरता है। उसमें अतिरेक और विकृति हैं। उसमें जो मर्म-भेदन और स्पष्टीकरण है वह संभवतः ऐसे अनुभवों की छानबीन के लिए अतिरेक और विकृति के प्रति विश्वास और विवशता से उत्पन्न है। फिर भी मैं यह नहीं मानता कि यह सबसे अधिक कठिन समस्या है। ऐसी कृतियों को मेरे तीसरे मानदंड के आधार पर परखा जा सकता है। अगर हम उसका सम्यक् अध्ययन करें तो हम यह जान सकते हैं कि दूसरे अनुशासनों से प्राप्त सचाई से इन रचनाओं में व्यक्त वास्तविकता का कितना मेल बैठता है। कोई भी विच्छिन्नता और नियमविहीनता के सिद्धांतों में परस्पर क्रिया-प्रतिक्रिया की पहचान कर सकता है और काफ्का, विलियम बरो आदि अनेक साहित्यकारों की रचनाओं में जिस तत्त्व का पुनःसृजन, नाटकीकरण तथा निरूपण होता है उसकी भी पहचान संभव हो सकती है। ध्यान देने की बात यह है कि ऐसे साक्ष्यों से मुख्य नियग खंडित नहीं होता, बल्कि उसको अधिक ठीक ढंग से प्रतिपादित करने में मदद मिलती है। अगर हम कला के रूप में उनका अध्ययन करें तो हमें यह ज्ञात हो सकता है कि ऐसी कलाकृतियाँ समाज के बारे में क्या कहती हैं।

अगर हम ऐसी कला को इस प्रकार समझने का प्रयत्न नहीं करेंगे तो भटकाव की संभावना हो सकती है। एक समाज-मनोवैज्ञानिक कलाकृतियों को लक्षण-सूचक साक्ष्य मानकर असामान्यता संबंधी विचारों के समर्थन में उनका उपयोग कर सकता है। वह अपने सिद्धांतों से लैस होकर उनको समझने का प्रयत्न करेगा। लेकिन अगर वह कलाकृतियों को सविनय समझने का प्रयत्न करे तो उनसे न केवल उसकी असामान्यता की समझदारी बढ़ेगी, बल्कि वह

संशोधित और परिवर्तित भी होगी। ऐसी दशा में परस्पर क्रिया-प्रतिक्रिया लाभदायक होगी, जिसमें प्रत्येक पक्ष एक-दूसरे की अपने सर्वोत्तम तरीके से सहायता करते हैं।

साहित्यिक साक्ष्य साधारणतः यह सिद्ध करने का प्रयत्न नहीं करता कि किसी समाज के विश्वास, उसकी मान्यताएँ और अनुभूतियाँ ऐसी या वैसी ही होती हैं। साहित्य में साहित्यकार अपनी भावना के अनुरूप ऐसे मानव या समाज की पुनर्रचना का प्रयत्न करता है जिसमें विश्वास, कल्पना और अनुभूतिशीलता होती है। इस प्रकार साहित्य में मानवीय अनुभव का निरूपण होता है।

अगर एक समाजविज्ञानी का यह कथन सच है कि समाजविज्ञान में 'स्पष्टता और सचाई के प्रति प्रेम' के कारण खोज की जानेवाली वस्तु के ही खो जाने का खतरा होता है तो हम कह सकते हैं कि साहित्य प्रत्येक शब्द और भंगिमा में निहित अक्षय अर्थ के सहारे मानवीय अनुभव की संपन्नता की हमारी चेतना को उदार बनाने में मदद करता है, बशर्ते कि उन शब्दों और भंगिमाओं को उनके सही संदर्भों में समझा जाय। लेकिन इसको इस रूप में प्रस्तुत करने से विशिष्ट परिवेशगत ब्योरे पर अधिक बल पड़ जाता है। एक महान् साहित्यिक रचना के आस्वादन के समय हम जिस संपूर्ण अनुभव से गुजरते हैं उसके निरूपण के लिए एक विशेष पद्धति की आवश्यकता महसूस होती है, वैसी पद्धति मुझे भी प्राप्त नहीं हो सकी है। ऐसी पद्धति के सहारे हम आसानी से समझ सकते हैं कि वैसी रचनाएँ सामाजिक मनुष्य के संबंध में हमारी चेतना को कितना और किस प्रकार परिवर्तित करती हैं और मानव जीवन के हमारे बोध को समृद्ध कर सकती हैं।

इस प्रकार समाजविज्ञान के लिए सार्थक ढंग से और साधन के रूप में कला के अध्ययन का महत्त्व स्थापित होता है। यह जनकला और अभिजात्य कला दोनों के बारे में सच है। साहित्य साक्ष्य है, लेकिन ऐसा साक्ष्य जिसको अत्यंत कुशाग्र बुद्धि से समझने की जरूरत होती है; वह ऐसा साक्ष्य है जिसे कल्पनाओं या मिथकों तथा रूढ़ियों में खोजना पड़ता है, जिनमें परोक्ष रूप से अत्यंत गहरे स्तर पर तनावों और संघर्षों का रूपायन होता है। यही कारण है कि अंतर्वस्तु का विश्लेषण दोनों अनुशासनों के बीच संपर्क-क्षेत्र के रूप में विशेष महत्त्वपूर्ण प्रतीत होता है। किसी श्रेष्ठ समाजविज्ञानी के अंतर्वस्तु विश्लेषण से साहित्यिक रचनाओं की पाठ-प्रक्रिया के संदर्भ में बहुत कुछ सीखा जा सकता है। जहाँ तक साहित्यालोचन का संबंध है तो उससे रचना में निहित अभिव्यंजक अर्थों के सम्यक् अध्ययन में मदद मिल सकती है। इस प्रकार इससे आधुनिक समाज के विभिन्न पक्षों की छानबीन करने में व्यस्त समाजविज्ञानी को अपनी

प्रारंभिक परिकल्पनाओं के बारे में सूचना प्राप्त करने में मदद मिल सकती है। इससे यह भी ज्ञात होता है कि अनेक अर्थपूर्ण घटनाएँ अपने युग की चेतना की केवल सूचना ही नहीं देती हैं, बल्कि वे अपने युग की चेतना को परिवर्तित करने में भी सहायक होती हैं।

मैं समाजविज्ञान की कृतियों में वस्तुनिष्ठता की खोज में लगे प्रयत्न और विवेक का महत्त्व कम आँकना नहीं चाहता और न उससे उपलब्ध परिणामों का ही अवमूल्यन करना चाहता हूँ। तो भी मैं ऐसा नहीं समझता हूँ कि हम लोगों में से कोई भी, चाहे साहित्य का आलोचक या समाजविज्ञानी, यह दावा कर सकता है कि वही सत्य को उपस्थित कर रहा है। हम अधिक से अधिक यही कह सकते हैं कि हमने किसी समाज के बारे में कुछ सच्चाइयों की ओर संकेत किया है, जो विशेष दृष्टिकोण की देन है। यह परिवर्तित शब्दावली केवल शाब्दिक चमत्कार नहीं है। यह एक ऐसी सचाई है जिसकी व्यंजना के लिए एकदम ठीक-ठीक शब्दावली की कल्पना मैं नहीं कर सकता हूँ।

निश्चय ही भूलों और भ्रामक आत्मपरकता के अनेक स्तर हैं, जिनको पार करना किसी भी समाज के किसी पक्ष की सचाई की खोज के लिए जरूरी है। आजकल किशोर-व्यवहार या वर्ग-चेतना में परिवर्तनों की प्रचलित चर्चा में यह अच्छी तरह देखा जा सकता है। लेकिन एक विशेष विवेकशील स्तर पर कठिनाई उपस्थित होती है। कल्पना कीजिए कि 'चेंबरलेन की 1938 की म्यूनिख यात्रा की राजनीतिक महत्ता का एक संक्षिप्त वस्तुनिष्ठ विवरण' तैयार करने छः समकालीन इतिहासकार बैठते हैं। उनमें सहमति बहुत थोड़े मुद्दों पर होगी । अधिक मुद्दों पर सहमति कैसे हो ? ऐसे प्रश्न कल्पनाओं और निर्णयों के अत्यंत नाजुक और गहरे ढाँचे की ओर संकेत करते हैं। हम उन्हें दूर करने का गंभीर प्रयत्न कर सकते हैं और कभी-कभी सफल भी हो जाते हैं। इस प्रणाली के अंत में हम उस आधारशिला के निकट पहुँचते हैं, जहाँ यह स्पष्ट हो जाता है कि साहित्य या समाजविज्ञान की सारी उपलब्धियाँ अनिवार्यतः सहमत परिकल्पनाओं पर आधारित होती हैं, सभी कुछ प्रमाण पर नहीं बल्कि सहमति पर स्थिर होता है, सभी कुछ एक ऐसे वैचारिक ढाँचे पर टिका होता है जिसके सहारे हम समाज में सार्थकता की खोज की शुरुआत करते हैं। जिसे हम प्रमाण या सत्य कहते हैं उससे यही सिद्ध होता है कि हम सभी पहचानी जानेवाली आत्मपरकताओं को पीछे छोड़कर आगे बढ़े हैं और इस प्रकार आगे बढ़ने का तात्पर्य अपने ही मानसिक बंधनों से मुक्त होकर ऊपर उठना भी है।

यह कहना न तो आवश्यक है और न पुनरुक्ति ही कि यह समस्या महत्त्वपूर्ण है और सरल या सीमित नहीं है। हम वस्तुनिष्ठ सत्य की उपलब्धि के

विश्वास के साथ क्रियाशील होकर ही वैचारिक आधारशिला को प्राप्त कर सकते हैं। लेकिन अगर हम यह समझने की भूल करें कि इस आधारशिला की सरलता से उपेक्षा कर सकते हैं या सरलता से उसका भेदन कर सकते हैं तो निश्चय ही हम अपने कार्य के महत्त्वपूर्ण चरण में अपने को धोखा देंगे और परिणामतः वास्तविक आधारशिला तक पहुँच ही नहीं पाएँगे।

यहीं भाषा-विज्ञान के विकासशील अध्ययन में मैं खास दिलचस्पी रखता हूँ। अपनी जाति और अपने समाज के इतिहास से निर्धारित होनेवाले अपने मानसिक स्वरूप या चिंतन-पद्धति की अवस्था के बारे में मैं नहीं सोच रहा हूँ बल्कि व्यवहार की भाषाओं में संवेदनशीलता के परिवर्तनों के अनुकूल होनेवाली प्रतिक्रिया की प्रक्रिया के बारे में सोच रहा हूँ। मैं लट्ठमार ढंग से यह नहीं कहता कि भाषा संस्कृति से ही निर्मित होती है। मैं समझता हूँ कि कला केवल संस्कृति द्वारा प्रदत्त भाषा का उपयोग ही नहीं करती है बल्कि नवीन अनुभव और भाषा के नए रूप से संस्कृति को परिपुष्ट भी करती है। मेरा कहना यह है कि पुराने शब्द परिवर्तनशील संवेदनशीलता के साथ परिवर्तित हो जाते हैं। सच्चे भाव-जगत् में सदा वास्तविक भावात्मक गहराई होनी चाहिए अन्यथा उसके अनेक खतरे हो सकते हैं। हमें निश्चय ही प्रेम, सुकुमारता, दयालुता, क्रूरता, मूढ़ता तथा गलत या सही की चर्चा में समर्थ होना चाहिए, भले ही इन शब्दों से व्यक्त होनेवाली भावात्मक और कल्पनात्मक सचाई के रूपों में समय के साथ भारी परिवर्तन हो चुका हो।

सभी प्रकार के सामाजिक परिवर्तनों से, समय के अंतराल में, समाज की चेतना या संवेदनशीलता में होनेवाले भावात्मक परिवर्तनों को पहचानना अत्यंत कठिन होता है। न्यूयार्ककर के एक प्रसिद्ध व्यंग्य-चित्र में एक दंपति देहात के सजे-सजाए कमरे में बैठकर टेलीविजन देख रहे हैं। उनमें से एक दूसरे की ओर मुड़कर प्रसन्नता से कहता है, "जो आलोचक कहते हैं कि टेलीविजन हमें बुद्धिहीन बना रहा है, वे निश्चय ही पागल हैं।" आप अगर व्यंग्य-चित्र को ध्यान से देखें तो पाएँगे कि पति और पत्नी दोनों के सिर बंदर के हैं। ऐसे में यह प्रश्न सहज ही उठता है कि क्या आज तक किसी ने अपनी विच्छिन्नता की स्थिति को स्वीकार किया है। इसका एक उत्तर तो यही है कि कला के प्रभाव से कभी-कभी हम ऐसा करते हैं। हम विच्छिन्नता के भावात्मक प्रभाव को पहचान सकते हैं और तब संभवतः उसको अपने भीतर भी महसूस कर सकते हैं।

मैंने आधारशिला का जो जिक्र किया है उसका तात्पर्य किसी को निरुत्साहित करना नहीं है बल्कि इसके ठीक विपरीत है। निश्चय ही शुरुआत के लिए एक सामूहिक ढाँचा अनिवार्य और उपयोगी है, अन्यथा न तो हम संवाद की स्थिति

में होंगे और न विषय-सामग्री को सार्थक ही बना पाएँगे। अगर हमारे समक्ष विषय-सामग्री हो, लेकिन संबंध के संभव ढाँचे का प्रारंभिक रूप न हो तो निश्चय ही विषय-सामग्री अव्यवस्थित, उद्वेगजनक और अपार प्रतीत होगी। लेकिन यह मान लेने के बाद कि हमारी चेतनाएँ कुछ विशेष प्रकार के ढाँचों का ही सुझाव देती हैं, दूसरे प्रकार के वैचारिक ढाँचों का नहीं; हम उन चेतनाओं के साथ एक ऐसी लड़ाई में उलझ जाते हैं जिसके अंत में हार हमारी ही होती है। लेकिन उस हार से भी हम लाभ उठा सकते हैं। यह समाजविज्ञानों के बारे में जितना सच है उतना ही साहित्य के बारे में भी सच है, यद्यपि दोनों की कार्य-विधि में पर्याप्त अंतर है। यह स्वीकार किया जा सकता है कि साहित्य-सर्जक वस्तुनिष्ठ नहीं हो सकते तो यह भी स्वीकार करना होगा कि समाजविज्ञानी भी सीमित अर्थ में ही वस्तुनिष्ठ होते हैं। हम कहते हैं कि साहित्य जब अपनी सीमाओं से मुक्त होकर अपनी सीमा के बाहर देखने का प्रयत्न करता है तो अपने युग पर गंभीर प्रकाश डालता है। मैं समझता हूँ कि मौलिकता की शक्ति से संचालित श्रेष्ठ समाजविज्ञानी के बारे में भी यही कहा जा सकता है।

मैं नहीं समझता हूँ कि समाज की हमारी समझदारी के प्रसंग में एक सर्जनात्मक लेखक किसी समाजविज्ञानी से अधिक भ्रमोत्पादक साबित हो सकता है। निश्चय ही साहित्यिक कृतियों से संबंधित नियम बहुसंख्य और अधिक पेचीदे हैं, न कि समाजविज्ञान के समान सुबोध। अगर हम साहित्यकार को ठीक से पढ़ना और सुनना सीख लें, उसके उपन्यासों को सही ढंग से पढ़ सकें तथा उनके बाँकपन को समझें तो उनसे हम बहुत कुछ सीख सकते हैं। इसका यह अर्थ नहीं कि साहित्य के आलोचक सदा ऐसा ही करते हैं। साहित्यालोचन की दुनिया में भी अन्य व्यावसायिक दुनिया की भाँति उसके अपने छल होते हैं तथा उसमें भी आत्म-औचित्य प्रतिपादन के प्रयत्न दिखाई देते हैं। हम लोग बिना किसी ऐतिहासिक और समाजशास्त्रीय संचय तथा सामंजस्य के कृतियों से अत्यंत शीघ्र मूल्यनिर्धारक सामान्यीकरणों की खोज कर लेते हैं और अनेक सांस्कृतिक निष्कर्षों पर छलाँग मार देते हैं। हमारी सांस्कृतिक भावनाएँ अत्यत सुविधापरक, सीमित और संकुचित होती हैं।

जब हम साहित्यिक कृतियों के संबंध में सांस्कृतिक सामान्यीकरण गढ़ने का प्रयत्न करते हैं तो यह स्थिति अत्यंत दयनीय साबित होती है। लेकिन जब साहित्य के आलोचक समाज के निरीक्षण और उसकी प्रत्यक्ष चर्चा के लिए तत्पर होते हैं तो स्थिति और भी दयनीय हो जाती है। मैं समझता हूँ कि उनको वैसा करना चाहिए जैसा कि 19 वीं शताब्दी के उनके पूर्ववर्तियों ने किया था। लेकिन वे अत्यंत सरलता से अनुशासनहीन प्रभाववाद के शिकार हो जाते हैं। जैसा कि

एलेन सट्लवर्थ का कहना है कि "अपनी सीमाओं के प्रति जागरूक होकर मानवीय स्तर पर सहानुभूतिशील, विशद, वास्तविक, विशिष्ट और जीवनीपरक ढंग से लिखने की एक पद्धति साहित्यालोचन में है।" इस प्रसंग में वह इस बात से दुखी है कि साहित्यिक परंपरा की रूढ़िवादिता के कारण या तो सांस्कृतिक विवेक शंकास्पद हो जाता है या जहाँ उसका प्रयोग होता है वहाँ अपनी सीमाओं से अनभिज्ञ होने के कारण उससे एक प्रकार के सामान्यीकृत प्रभाववाद को प्रोत्साहन मिलता है। इसके समानांतर ही एक दोष समाजविज्ञानों में उनकी मूल्य-मुक्तता की प्रवृत्ति के कारण उत्पन्न होता है, वैसे इस मूल्य-मुक्तता के वांछनीय रूप की व्याख्या मैंने कर दी है। लेकिन यह प्रवृत्ति वास्तव में एक प्रकार की जड़ अकल्पनाशीलता ही है और अंततः यह प्रवृत्ति समाजविज्ञान के लिए जितनी हानिकार है उतनी ही साहित्यिक आलोचना के लिए भी। हमारी विवेकशीलता तब अधिक क्रियाशील होती है जब हम मूल्यांकन के लिए तत्पर होते हैं, न कि जब हम मूल्यांकन से बचने का प्रयत्न करते हैं।

साहित्यानुशीलन में विचारधारा की स्थिति

फ्रेडरिक क्रूज़

मेरा इरादा केवल इस संभावना पर विचार करने का है कि हमारा साहित्यानुशीलन विचारधारात्मक आग्रह से महत्त्वपूर्ण ढंग से प्रभावित हुआ है। मेरा विश्वास है कि हमारे साहित्यानुशीलन का एक विचारधारात्मक रूप है और वह हमारे विचारों में उतना प्रकट नहीं होता जितना विचार करने से इनकार करने की मुद्रा में। हम साहित्यानुशीलन में ऐसी अनुसंधान-प्रक्रिया को छोड़ देते हैं जिससे बेचैन करनेवाले निष्कर्ष निकलें या जिसमें राजनीतिक दृष्टि से विरोधी वैचारिक रूपों के प्रयोग की जरूरत हो और बदले में अनिश्चित लेकिन राजनीतिक दृष्टि से अपने पक्ष को मजबूत करनेवाली मान्यताओं को आस्था की चीज मान लेते हैं। यह पूर्णतया सिद्ध करना संभव नहीं है कि इन अबौद्धिकताओं के निर्माण में अचेतन विचारधारात्मक सहमति किस प्रकार काम करती है, लेकिन यह कहा जा सकता है कि वर्तमान राजनीतिक व्यवस्था के प्रति उत्तरदायी समाज-विज्ञानों में इन पूर्वाग्रहों का प्रभाव है।

मुझे इस तथ्य पर जोर देने की जरूरत नहीं है कि हम लोग पूँजीवादी व्यवस्था में जी रहे हैं और ऐसे में शासकीय विचारधारा अनिवार्य रूप से पूँजीवादी ही होगी। पूँजीवाद एक ऐसी समाज-व्यवस्था है जिसका संचालन बड़े-बड़े पूँजीपतियों के लिए और उन्हीं के द्वारा होता है। जब यह व्यवस्था संकट में होती है तो राज्य, जो उन्हीं पूँजीपतियों के प्रति उत्तरदायी होता है, व्यापक सामाजिक हितों की कीमत पर भी पूँजीपतियों के लाभ की सुरक्षा के लिए स्वयं हस्तक्षेप करता है। मैं इस कारण को सिद्ध करने के लिए कुछ भी कहना अनावश्यक समझता हूँ, क्योंकि अब तक के ज्ञात इतिहास में इसके प्रमाण मौजूद हैं और यह वर्तमान समय में विशेष रूप से सही है, जबकि सरकार

ने बड़े पूँजीपतियों की जरूरत पूरी करने के लिए राष्ट्रीय सुरक्षा के बहाने आंतरिक कमखर्ची पर जोर दिया है। इस झूठे जनहित के आस-पास पनपनेवाली विचारधारा बैंथम के मुक्त व्यापार के विश्वास से कम पूँजीवादी नहीं है। जब पूँजीवाद अल्पविकसित दशा से अतिविकसित स्थिति की ओर गतिशील होता है, जब कोई देश मूलभूत उद्योगों के विकास के बाद एक अंतर्राष्ट्रीय अर्थ-व्यवस्था की स्थापना की ओर बढ़ता है जिसमें विदेशी कच्चे माल की लूट और विदेशों में अपने तैयार माल की बिक्री को सैन्यशक्ति की सहायता से बढ़ावा दिया जाता है तो उस समय विचारधारा का एक ऐसा रूप विकसित होता है जो राजनीतिक नियमन, विदेशी सहायता, बेरोजगारों की संतुष्टि और ऐसे ही दूसरे उपायों की वकालत करता है जिससे पूँजीवादी व्यवस्था को सुचारु रूप से चलाने में मदद मिले। उदाहरण के लिए नेलसन राकफेलर पूँजीवादी विचारधारा के उतने ही प्रचारक हैं जितने बेरी गोल्डवाटर, बल्कि राकफेलर स्वयं एक बड़े पूँजीपति होने के नाते पूँजीवादी व्यवस्था की जरूरतों की व्यापक जानकारी रखते हैं।

यद्यपि ऐसा कहना बहुतों को अरुचिकर लग सकता है, लेकिन यह सही है कि पूँजीवाद का आधार शोषण और सामाजिक विषमता है। ये उसके आकस्मिक परिणाम नहीं हैं, बल्कि उसके मूल कारण हैं। पूँजीवादी विचारधारा का मुख्य काम इस तथ्य को छिपाना है और यह काम निरंतर सामाजिक विकास, समान अवसर की सुविधा या दुनिया को गरीबी तथा साम्यवाद की तथाकथित अधार्मिकता आदि बुराइयों से बचाने के नाम पर होता है। यह धोखेबाजी प्रायः मेकियावेली के तौर-तरीकों से नहीं बल्कि भावुकता के सहारे होती है और इस व्यवस्था के समर्थक इसके काल्पनिक मानवीय रूप में विश्वास ही नहीं करते बल्कि इसे मानवीय बताने के प्रचार में एक सीमा तक सफल भी होते हैं। यह खासतौर से अकादमिकों के संदर्भ में सच है; क्योंकि वे अधिकांशतः संभ्रांत, सहनशील और सामाजिक तौर पर सचेतन लोग हैं जो अपने शब्दों और कार्यों की विशुद्धता के प्रति अत्यधिक धर्मभीरु होते हैं। पूँजीवादी व्यवस्था के संकटहीन काल में प्रायः बौद्धिक स्वतंत्रता के आनंद-लाभ के लिए ये लोग व्यवस्था के कृतज्ञ होते हैं और उनका खयाल है कि यह बौद्धिक स्वतंत्रता संवैधानिक आदर्शों के प्रति सामान्य निष्ठा से उत्पन्न हुई है। इनमें से कुछ विद्वान् अपने को मूर्ख राजनीतिज्ञों को रास्ता बतानेवाले जन-सलाहकार समझकर एक विशेष प्रकार की देशभक्ति में डूबे रहते हैं, लेकिन कुछ दूसरे विद्वान् इस जानकारी के बाद शांत और प्रश्न-शून्य हैं कि वे आर्थिक दृष्टि से अनुत्पादक तथा अनावश्यक परोपजीवी हैं, जिन्हें आसानी से विश्वविद्यालयों की सुखद दुनिया से बाहर निकाल फेंका जा सकता है और तब उन्हें महाजनी सभ्यता की दुनिया में जीना पड़ेगा। कारण जो भी हो,

ऐसे में निश्चय ही मौलिक आलोचनात्मक चिंतन या तो कुंठित हो जाता है या सुधारवादी मनोवृत्ति में बदल जाता है। ऐसे विद्वान् विदेशी, घरेलू या अपनी आत्मिक दुनिया में किसी भी प्रकार के संकट उत्पन्न होने पर सही और गलत का विचार किए बगैर ही व्यवस्था के शीघ्र पुनः संस्थापन का स्वागत करने के लिए सदा तैयार रहते हैं।

कहा जा सकता है कि ये अधिकांश विद्वान् उदारवादी हैं, लेकिन यह भी सही है कि उदारवाद अपने सभी नेक इरादों और अच्छे कार्यों के बावजूद राजनीतिक समझदारी में कमजोर सिद्ध हुआ है। यह उदारवाद पूँजीवाद के सभी रहस्यमय उलझनों से भरे आधुनिक रूप को ही संपूर्ण सचाई समझ लेता है और तब जो भी सामाजिक बुराई सामने आती है उसकी कामचलाऊ व्याख्या करने लगता है। दक्षिणपंथ, जब तक लाभ प्राप्त होता रहता है तब तक न तो सामाजिक बुराइयों पर ध्यान देता है और न मानसिक व्यायाम का कष्ट उठाता है, बल्कि उसका एक सरल और कठोर दृष्टिकोण कायम रहता है। मेरा विश्वास है कि अधिकांश उदारवादी चिंतन में जो नैतिक उत्तेजना दिखाई देती है वह केवल क्रोध से उत्पन्न नहीं है बल्कि पूँजीवाद की तार्किक प्रकृति को अनदेखा करने से उत्पन्न मानसिक तनाव की देन है। पूँजीवाद की तार्किक प्रकृति विषमता कायम रखने, साधनों को समाप्त करने, तत्त्वों को विकृत करने, एक वर्ग को बेरोजगार रखने तथा दूसरे राष्ट्रों की अर्थव्यवस्था को अपने कब्जे में करने की है। संपत्ति से जुड़े संबंधों को ध्यान में रखे बिना इन समस्याओं पर विचार करने से एक उलझनपूर्ण, प्रतीकात्मक और उपदेशात्मक चिंतन पैदा होता है जो संरचनात्मक तत्त्वों को छोड़कर हिंसा या सहानुभूति के तात्कालिक कारणों की तलाश करता है। ऐसे लोगों के लिए शीघ्रता और सफलता से समाप्त न होने वाला प्रत्येक नया असफल सैनिक हस्तक्षेप एक दुःखद भयानक भूल बन जाता है, जिससे वे सबक सीखने का बहाना बनाते हैं और भविष्य में उसे न दुहराने की इस प्रकार कसमें खाते हैं, मानों पहली बार का सैनिक हस्तक्षेप उन विद्वानों के निर्णय से ही हुआ हो। वे प्रत्येक नवीन जनहितकारी कार्यक्रम को अन्याय के विरूद्ध एक पूर्ण युद्ध घोषित करते हैं, जिससे यह सिद्ध हो कि वे समाज के हित का खयाल रखते हैं। निश्चय ही एक समाज-वैज्ञानिक जो अपने व्यक्तिगत जीवन में इन झूठी आशाओं को पालता है वह अकादमीय अध्ययनों में भी इनका उपयोग करेगा। अमेरिकी समाज-विज्ञान में सर्वत्र अमेरिकी सत्ता की शक्ति के प्रति गंभीर चिंता का अभाव ही है। अमेरिकी समाज-विज्ञान मार्टिन निकोलस के इस मत का जान-बूझकर पालन करता है कि अत्याचारी केवल दलितों की खोज करता है। अमेरिका के समुद्र पार तीन हजार से अधिक सैनिक अड्डे हैं

पिछलग्गू राष्ट्रों की एक लंबी कतार है और 60 बिलियन डालर से ज्यादा की पूँजी विदेशों में लगी हुई है, जो दुनिया में तीसरी सबसे बड़ी अर्थव्यवस्था के बराबर है। तब भी आधुनिक दुनिया की इस महान् खतरनाक शक्ति को अकादमीय अध्ययन के लायक उचित विषय नहीं समझा जाता है और इसके संबंध में अनुसंधान करनेवाली कोई साधन-संपन्न संस्था अमरीका में नहीं है। अमेरिका दुनिया के कुछ सर्वाधिक घृणित और बदनाम सरकारों से शासित देशों के आर्थिक विकास का प्रचार करके उन देशों के खनिज पदार्थों का शोषण करता है, वहाँ के सामंतशाही अल्पतंत्रों या सैनिक तानाशाहों को घूस देता और उनका समर्थन करता है और साथ ही उन देशों के आर्थिक विकास को इसलिए अवरुद्ध करता है ताकि वे अमेरिका से स्वतंत्र न हो जाएँ। इस तथ्य से वाल्ट रोस्टोव जैसे विकास-विशेषज्ञ ही अनभिज्ञ नहीं हैं बल्कि गालब्रेथ जैसे अधिकारी उदारवादी भी हैं, जिनके एकाधिकार की क्षमायाचना के रूप में वृहत् भद्र ग्रंथ *नया औद्योगिक राज्य* में भी इस बात की कहीं कोई चर्चा नहीं है कि अमेरिकी आर्थिक निगम विदेशों में क्या करते हैं ? स्वभावतः तब इस बात का भी कोई अध्ययन नहीं हो सकता कि किस प्रकार अमरीकी सरकार विदेशों में लगी पूँजी की सुरक्षा और उसके फैलाव के लिए सैनिक कार्रवाई करती है। इसके ठीक विपरीत, विदेशों में शोषण और लूट में लगी हुई पूँजीवादी व्यवस्था के मूल रूप की उपेक्षा करके केवल उसके एकाधिकारी रूप की चर्चा के माध्यम से गालब्रेथ ने अमेरिका के बड़े आर्थिक निगमों के स्तुति-गान का जो प्रयत्न किया है उससे यही शिक्षा मिलती है कि 'हमें' बराबर अपने सांस्कृतिक स्तर को ऊँचा करने का प्रयत्न करना चाहिए।

जब अर्थशास्त्र जैसा अकादमीय विषय भी कींस की विचारधारा के बाहर अध्ययन के किसी नए परिप्रेक्ष्य की स्थापना से इनकार करता है और अपनी अधिकांश शक्ति अर्थव्यवस्था के इतिहास तथा परिणामों को समझने के बदले अर्थसंकटों को दूर करने के लिए शाश्वत व्यापारिक चक्रों की मरम्मत करने में ही लगाता है तब उससे मूल्यनिरपेक्ष एवं वस्तुनिष्ठता से प्राप्त होनेवाले ज्ञान की आशा करना व्यर्थ है। प्रचलित आर्थिक चिंतन के वैचारिक रूप–कुल राष्ट्रीय उत्पादन, कुल माँग एवं संरचनात्मक बेरोजगारी आदि में पूँजीवाद के लाभ-मूल्यों की वस्तुगत अभिव्यक्ति होती है और हम बिना किसी आलोचना के सामाजिक रूप से अनुपयोगी खर्च के ऊपर सामाजिक रूप से उपयोगी खर्च की सरकारी पसंद तथा भारी संख्या में बेरोजगार लोगों की मजबूरी की स्थिति को भी स्वीकार कर लेते हैं। राजनीतिशास्त्र अनालोच्य नवीन शक्ति केंद्रों पर विचार न करके सहज भाव से मतदान और चुनावों की चर्चा करता है।

समाजशास्त्र ऐतिहासिक प्रक्रिया से विच्छिन्न केवल विश्वास-पद्धति और प्रवृत्तियों के विन्यास का अध्ययन करता है। मानवशास्त्र उपनिवेशवादी विजयों के परिणामस्वरूप आदिवासियों का तो अध्ययन करता है, लेकिन उपनिवेशवाद या विख्यात शोषकों की संस्कृति में कोई दिलचस्पी नहीं लेता। मनोविज्ञान अपने अध्ययन के विषय (मनुष्य) को सीमाबद्ध और भ्रष्ट करता है और साथ ही व्यापारियों तथा विज्ञापन करनेवालों को उपभोक्ताओं को फुसलाने एवं फँसाने के लिए अधिक कारगर तरीकों की सलाह देता है। इन सभी विषयों के अध्ययन का स्वरूप एक ही विचारधारा से निर्मित हुआ है। इन विषयों के अध्ययन में शासकीय व्यवस्था की जरूरतों और अभिरुचियों की परीक्षा करने के बदले उन्हें ही प्रायः योजना पद्धति और मान्यताओं के चुनाव के लिए दिशानिर्देशक तत्त्व के रूप में स्वीकार कर लिया जाता है।

समकालीन विश्व पर विचार करनेवाले पूँजीवादी पांडित्य की विशेषता यह है कि वह विचारधारात्मक सहमति को तटस्थता मानने की भूल करता है, पूँजीवाद के स्वरूप पर कोई प्रश्न करने के लिए तैयार नहीं है, गतिशील ऐतिहासिक समझदारी के बदले विचार-सूत्रों, मंत्रों के गढ़ने और अमूर्त सांख्यिकी में लीन रहता है, शक्ति को पहचानने में घबराहट अनुभव करता है और एक घटना को उसके संरचनात्मक कारणों से अलग करके देखने की ओर उसका अधिक झुकाव है। इस अंतिम विशेषता के संदर्भ में मार्क्स और एंगेल्स द्वारा की गई हेगेल की उस विचारधारा की आलोचना का स्मरण हो आता है जिसमें हेगेल ने विचारों की स्वायत्तता की स्थापना की, एक विशेष संपत्ति-व्यवस्था की सुरक्षा के लिए विचारों की उत्पत्ति को रहस्यमय बना दिया तथा उन्हें इतिहास का मुख्य कर्त्ता या कारण-तत्त्व का दर्जा दे दिया। अमेरिकी समाज-विज्ञान विचारों के मामले में कुछ ज्यादा अधीर है। इसीलिए मत के नमूने, मतदान-पद्धति तथा उपभोक्ता की पसंद जैसे सरलता से निपटाने लायक तथ्यों में अधिक रुचि लेता है, लेकिन इन क्षुद्र बातों को इस प्रकार प्रस्तुत करता है जैसे इनसे किसी महान् सत्य की व्यंजना हो रही हो। ध्यान देने की बात यह है कि ऐसा करके पूँजीवादी समाज-विज्ञान वर्ग-आधिपत्य को अँधेरे में डालकर आम जनता को धोखा देने का प्रयत्न करता है।

जब हम साहित्यालोचन और साहित्य की समझदारी की ओर ध्यान देते हैं तो समाज-विज्ञानों के अध्ययन में विचारधारा के गहरे प्रभाव का सापेक्षतः सुस्पष्ट चित्र अनेक कारणों से धुँधला होता दिखाई देता है। साहित्यालोचन का एकमात्र लक्ष्य विवेकशील समझदारी ही नहीं है और हम लोगों में से बहुतों के लिए तो अभिरुचि का परिष्कार विशेष महत्त्वपूर्ण है। साहित्यानुशीलन में विवेकशीलता

से पलायन की घोर लज्जाजनक प्रवृत्ति विशेष प्रबल है और इस प्रकार के पलायन के किसी एक उदाहरण के पीछे राजनीतिक पूर्वग्रह, भावात्मक आवेग या केवल नाजुक मिजाजी में से किसका अधिक हाथ है, यह निश्चित रूप से कहना कठिन है। यद्यपि हमारे अधिकांश साहित्य में पूँजीवाद की झलक मिलती है, लेकिन प्रायः हम उसकी चर्चा करने से कतराते हैं। बहाना यह है कि हमारे अध्ययन का लक्ष्य तैयार माल के रूप में प्रस्तुत रचनाएँ हैं, न कि कच्चे माल के रूप में स्थित सामाजिक शक्तियाँ। परंपरागत विचार-पद्धति में दीक्षित इतिहासकार भी इस संदर्भ में अत्यंत गए-गुजरे नजर आते हैं; क्योंकि उनसे विषय के व्याख्यात्मक प्रतिपादन की आशा की जाती है। हम प्रायः तुलना के जरिए कुछ वस्तुओं को केवल वस्तु मानकर उनसे घनिष्ठता स्थापित करने का प्रयत्न करते हैं और हमारे अनेक महत्त्वपूर्ण सिद्धांतों का आग्रह है कि व्याख्या से हमारा कोई मतलब नहीं है क्योंकि व्याख्या से कला के प्रति हमारा सम्मान घटता है। यद्यपि इस मनोदशा और इसी क्षेत्र में नवागत व्यक्तियों के क्वाँरे बुद्धिवाद-विरोध में बहुत कम अंतर है। ये नए आए हुए लोग किसी प्रकार की चर्चा को अपने व्यक्तित्व का हल्कापन समझते हैं। हम अपनी जिज्ञासाहीनता को नवागतों से अधिक परिष्कृत और सैद्धांतिक समझते हैं। जब हम स्वतः अर्थ प्रकट करने के उपदेश की गंभीरता से छानबीन करते हैं तो हमें वहाँ भी विचारधारा की छद्म सक्रियता दिखाई देती है। यह आकस्मिक नहीं है कि समाजवादी देशों में इसके विपरीत मनोवृत्ति व्याप्त है। एक क्रांतिकारी समाज या वर्ग शत्रुओं के कारण अपने अस्तित्व पर खतरा महसूस करनेवाले समाज में सामाजिक परिवर्तन की गति को अभिव्यक्त करने या आगे बढ़ाने में ही साहित्यिक कृतियों की सार्थकता की खोज होती है। हमारी अमेरिकी आलोचना इसलिए बेहतर लगती है कि नजदीक से उसकी परख नहीं होती। फिर भी यह मान्यता कि साहित्य वर्ग-अभिप्राय को व्यक्त करता है, सही और महत्त्वपूर्ण है। जो आलोचना कलाओं की उत्पत्ति के पीछे सक्रिय ऐतिहासिक संघर्ष की अवहेलना करके केवल कलाओं की रूपात्मक सुसंगति, विरोधों के समाधान और इसी प्रकार के आडंबरी विवेक पर बल देती है वह एक समृद्ध और संस्थापित समाज के लिए विशेष उपयुक्त है। इस प्रकार की आलोचना निश्चय ही उस आलोचना से कम विचारधारात्मक है जिसमें राजनीतिक विशुद्धता ही सौंदर्यबोधी-मूल्य की कसौटी है। लेकिन ऐसी आलोचना में सामाजिक शक्तियों की अवहेलना का भी एक विचारधारात्मक पहलू है। वह वर्तमान वर्गविहीनता के भ्रम पर आधृत और उसी के पोषण में सहायक भी है। यह एक ऐसा भ्रम है जिसके कारण ही छद्मवेशी वर्ग शासन टिका हुआ है।

पूँजीवाद में सामान्यतः मानवतावादी प्रवचन की एक ऐसी शैली विकसित होती है जिसमें सैद्धांतिक सरलता के बदले झूठी अलौकिकता और अस्पष्टता होती है। जब कोई व्यक्ति साम्राज्यवादी व्यवस्था के लाभों को दोनों हाथों से बटोर रहा हो तो जुझारू नैतिकता की कोई जरूरत नहीं होती। लेकिन पूँजीवाद स्वभावतः अस्थिर होता है और समय-समय पर जब इसके अंतर्विरोध प्रकट होकर विभिन्न प्रकार के संकट उत्पन्न करते हैं तो बुद्धिमानों की भी उसमें निहित आस्था हिल जाती है। आज भी अमेरिकी जनता पूँजीवादी व्यवस्था के सबसे बड़े संकट के परिणामों को भुगत रही है। यह संकट 'न्यूडील' के मामूली प्रयत्नों से खतम नहीं हुआ बल्कि द्वितीय विश्वयुद्ध के उस औद्योगिक तेजी के ज्वार से कम हुआ, जिसको शांतिकाल अर्थव्यवस्था के सैन्यीकरण के सहारे नकली तौर पर अब भी जारी रखा गया है। इस सैनिकवाद को रोका जा सकता है या नहीं, यह विवादास्पद है, लेकिन इस बीच में इस तथाकथित 'प्रतिरक्षा' ने अनेक तरह से हमारे जीवन को जहरीला बना दिया है और पूँजीवादी व्यवस्था में सामान्यतः आत्मसम्मान के लिए जिस विघटित मानसिकता की जरूरत होती है उसको बढ़ावा दिया है। जबकि अधिकांश बुद्धिजीवी शीतयुद्ध के मोहक भ्रम का विरोध कर रहे हैं तो अपनी 'सुरक्षा' को हानि पहुँचाने और जोखिम में डालनेवाले कारणों को दूर करने के अनेक समयोचित तरीके भी खोज लिए गए हैं।

अमेरिकी आलोचना की अनेक परस्पर-विरोधी धाराएँ हैं लेकिन पिछले कई दशकों में उनकी प्रवृत्तियों में मुख्य परिवर्तन आर्थिक उतार-चढ़ाव के अनुरूप ही हुआ है। यह निर्विवाद है कि सन् 30 से 40 ई. के बीच आलोचकों में गंभीर विचारधारात्मक बहस हुई, जबकि सन् 40 से अब तक की बहस निराली और उलझानेवाली है। अनेक साहित्यालोचक समाज-विज्ञान के अपने समानधर्मा मित्रों की भाँति यह मान लेने को तैयार हैं कि पुराना वामपंथी विवाद निरर्थक तथा कच्चा था और अब विचारधारा का अंत आ गया है। वास्तव में वे विवाद कर्कश थे और बहिष्कृत करने के उद्देश्य से बाल की खाल निकालनेवाली उनकी पद्धति के पुनरुत्थान को देखकर लगता है कि उन्होंने इतिहास से कुछ भी नहीं सीखा है। लेकिन यह कहा जा सकता है कि सर्वोत्तम अमेरिकी साहित्य-चर्चा द्वितीय महायुद्ध के पूर्व की राजनीतिक चेतना की देन है। विल्सन, ट्रिलिंग, बर्क, केजिन और होव आदि आलोचकों ने विचारधारा और कला के संबंधों को खोजने तथा समझने का प्रयत्न किया। उन्होंने अपने व्यक्तिगत प्रयास से सौंदर्यबोधी जटिलताओं के अपने बोध को अपनी राजनीति के अनुकूल बनाने का प्रयत्न किया, जिससे सुलझी भावनाओं से भरे साहित्यबोध का विकास हुआ।

उनके प्रयत्नों के महत्त्व और उनसे उत्पन्न जागृति को स्वीकार करने के लिए इन आलोचकों द्वारा स्थापित कला तथा राजनीति के संबंधों को स्वीकार करना किसी के लिए आवश्यक नहीं है। इस प्रकार की आलोचना से जब हम उनके बाद की रूपवादी और जड़ उपदेशवादी आलोचना की तुलना करते हैं तो पाते हैं कि अच्छी आलोचना के लिए एक विशेष राजनीतिक चेतना आवश्यक होती है। संभवतः हमारी सर्वाधिक विचारोत्तेजक आलोचना आर्थिक मंदी और स्तालिनवाद के आघात की देन है न कि रिचर्ड्स और इलियट के सैद्धांतिक प्रयत्नों की।

हमारी आधुनिक आलोचना में अंदाजेबयाँ की प्रमुखता, लकीर के फकीर बनने की नीरस प्रवृत्ति, और दुर्बोध रीतिबद्ध प्रतिमानों की खोज में खोए रहने की आदत से सभी परिचित हैं। 'नए आलोचक' अपने राजनीतिक दर्द और आडंबरी पवित्रता के कारण इस बंजरता के आविर्भाव के लिए दोषी माने जाते हैं, लेकिन यह दोषारोपण गलत है; क्योंकि अधिकांश 'नए आलोचक' अपनी प्रतिबद्धता के प्रति स्पष्ट बोधवाले चिंतक और कलाकार रहे हैं। समकालीन आलोचना में प्रतिबद्धता का अभाव है और विषय क्षेत्र का संकुचन भी। साख पर चलनेवाली इस सभ्यता के विश्वविद्यालयों के शीश-महलों में सुखी प्राध्यापक और इस सभ्यता के ताज को सुशोभित करनेवाले दमकते हीरों के स्वरूप का विश्लेषण स्पष्ट विवेक के बिना असंभव है। तीस वर्ष पहले के उत्साही और जीवंत आलोचकों से हमारा अंतर यह है कि हम हाथीदाँत की मीनारों में सुखी हैं। आज की आलोचना में आलोचक के कर्तव्य और निष्ठा की चिंता का नितांत अभाव है। इसका कारण यह प्रतीत होता है कि सभी आलोचकों को आलोचक के कर्तव्य और निष्ठा का इलहाम हो चुका है। इलहाम इस बात का हुआ प्रतीत होता है कि आलोचकों को विश्वविद्यालयों में घुस जाना चाहिए और संस्था की इच्छा के मुताबिक काम करना चाहिए। युद्ध के बाद की अमरीकी आलोचना के इतिहास का प्रारंभ विभिन्न विरोधी गुटों को अलग रखकर केवल विश्वविद्यालयों की अपनी स्वतंत्र दुनिया की जाँच-पड़ताल से किया जा सकता है। विश्वविद्यालयों की स्वतंत्र दुनिया में आराम की नौकरी, विभिन्न प्रकार के लाभ-लोभ की संभावना के साथ अल्पकालिक संकट, दूसरों को धक्का देकर स्वयं ऊपर चढ़ने की प्रवृत्ति और दंभ की प्रधानता है। विश्वविद्यालय के विभिन्न पदों की प्राप्ति के लिए परंपरागत और आज्ञाकारी विचारों से भरी पुस्तकों का प्रकाशन ही पर्याप्त है। आजकल की आलोचना की एक महत्त्वपूर्ण विशेषता यह है कि आलोचना की विभिन्न शाखाओं में आश्चर्यजनक समानता है। अधिकांश में, यहाँ तक कि बड़े-बडे शक्ति-सामंतों में भी, एक खास प्रकार की भद्रता और शालीनता दिखाई देती है, जैसे सभी कुछ किसी पूर्व-निर्धारित इशारे पर चल रहा हो। यहाँ तक

कि विशेष मौलिक प्रतिभाएँ भी समय की चाल के अनुकूल ही चलने का प्रयत्न करती हैं। आजकल के आलोचक आलोचना की भाषा के नए मुहावरे गढ़ने में व्यस्त हैं और जब उनकी प्रत्येक पुस्तकें उन्हीं मुहावरों से बोझिल दिखाई देती हैं तो प्रतिभा के इस अपव्यय पर आश्चर्य होता है। वर्तमान में ब्रिटिश और अमेरिकी साहित्यालोचन के घिसे-पिटे रूढ़िबद्ध तरीकों को देखकर नवीनता की जरूरत महसूस होती है। प्रगति के साधनों में निरंतर क्रांति ही आज के युग का प्रासंगिक नियम है।

कभी-कभी पाखंड से भी कुछ मूल्यों की व्यंजना हो जाती है और आधुनिक आलोचना में प्रायः पूँजीवादी व्यवस्था के एकाधिकारी रूपगत मूल्यों की अभिव्यक्ति हो रही है। आजकल न्याय और सहृदयता की नहीं, आदेश और चालाकी की कद्र होती है। आलोचक कृतियों में पैठने का प्रयत्न नहीं करते बल्कि चालाकी से उसका उपयोग करते हैं। आलोचक जिस भावात्मक लगाव के कारण किसी लेखक या रचना की ओर आकृष्ट होता है उसको स्वीकार करने और उसकी विवेचना करने के बदले रचना की अधिकृत व्याख्या के नाम पर उसकी कुशल चीर-फाड़ करने की अपनी क्षमता का प्रदर्शन करते हैं। जो लेखक अपनी वासनाओं या आदिम क्रोध को अपनी रचनाओं में मुश्किल से रोक पाते हैं वे धूर्त्तता के गुरु के रूप में हमारी अवचेतन संवेदनाओं के शिल्पी सिद्ध किए जाते हैं। लेखक और आलोचक के ऊपरी मतभेद में भी आंतरिक सहमति होती है और यह ऊपरी मतभेद आम जनता को फाँसने का एक तरीका होता है। लेखक का ऐसा चित्रण अगर हमारे लिए स्वीकार करना मुश्किल होता है तो आलोचक लेखक के दोषपूर्ण भावों को अपने भावहीन तथा सूक्ष्म तर्कों से ग्राह्य बनाने का प्रयत्न करता है।

पिछले चार दशकों में तथाकथित विद्वत्ता के क्षेत्र में जो परिवर्तन हुए हैं उनका अंदाजा लगाना केवल आलोचकों के चिंतन के अनुसरण से संभव नहीं हैं। अधिकांश साहित्य-शास्त्रियों के लिए विचारधारा का कोई महत्त्व नहीं है क्योंकि एक तो उनके लिए कभी कोई विचारधारा थी ही नहीं और दूसरे समाज-विज्ञानियों की भाँति तथ्यों के समक्ष तटस्थता की मुद्रा के कारण राजनीतिक मूल्यों से जुड़े प्रश्न उनके लिए अनावश्यक हो गए हैं। लेकिन इस उदासीनता के कारण ही हमारी पूँजीवादी व्यवस्था में निहित मान्यताओं को पनपने का मौका मिला है और कुछ साहित्य-चिंतकों के चिंतन में खोखलापन भी इन मान्यताओं के कारण ही है। उदाहरणार्थ, ऐतिहासिक परिवर्तन की गति के बोध के अभाव के कारण ही कुछ विद्वान् एक लेखक की रचनाओं का मूल्यांकन जब दूसरे लेखक के प्रभाव की खोज के रूप में करते हैं तब यह खोजने-विचारने का

एकदम प्रयत्न नहीं करते कि उस लेखक के जीवन की परिस्थितियों में कौन-सी ऐसी विशेषताएँ थीं जिनके कारण वह एक विशेष प्रकार के मार्ग-दर्शन को स्वीकार करने के लिए तत्पर हुआ। विचारों के इतिहास के अधिकांश विद्वान् भी ऐसी गलती करते हैं। यही गलती हेगेल ने भौतिक परिस्थितियों को नगण्य बनाने के लिए शक्ति-संबंधों के शाब्दिक रूप को ही शक्ति-संबंध मानकर की। फिर उन भाष्यों की राजनीतिक चेतना की आधुनिकता का अंदाज कीजिए जिनमें एक युग की मुख्य मूल्य प्रवृत्ति को ही उस युग की सामाजिक शक्तियों की संपूर्ण क्रियाशीलता मानने की गलती की जाती है। ऐसे चिंतन में भी विशेषता यह है कि अगर पुनर्जागरण काल में राजसत्ता के दैवी स्वरूप या 'आत्मा के महान बंधन' का विश्वास व्याप्त था तो प्रत्येक समस्या का समाधान इन विश्वासों के आधार पर ही खोजा जाता है। अपनी विचारधारा की आलोचनात्मक निष्ठा की शपथ के बावजूद ऐसे विद्वान् यह सोचने में असमर्थ हैं कि एक लेखक उन मिथकों की छानबीन कर सकता है, जिनकी सहायता से शासक-वर्ग सत्ता हथियाए रहता है।

आज अगर हम पूँजीवादी पांडित्य को पहचानने और उसके काले कारनामों को जानने में समर्थ हैं तो इसका यही कारण है कि पूँजीवाद स्वयं पुनः संकटग्रस्त है। वर्तमान समाजवाद में संवादहीनता के कारण कुछ लोगों को ऐसा लग सकता है कि पूँजीवाद की क्रूर और खतरनाक अंधी व्यवस्था ही बौद्धिक विकास के लिए विशेष उपयुक्त है, लेकिन ऐसा सोचनेवाले यह भूल जाते हैं कि पूँजीवाद वहीं तक लोकतांत्रिक व्यवस्था को बर्दाश्त करता है जब तक उससे व्यापार में वृद्धि हो। इतिहास में इसका कोई प्रमाण मौजूद नहीं है कि जब लाभ-लोभ का तानाशाही से गठबंधन हुआ हो तो मुक्त चिंतन के मूल्य की लाभ की प्रवृत्ति पर विजय हुई हो। अमेरिकी शक्ति-नीति, संचारव्यवस्था, केंद्रीयकरण, राजनीतिक विरोधियों पर कानूनी-गैरकानूनी अत्याचार और शक्ति की सहायता से साम्राज्यवादी हितों की रक्षा के प्रयत्नों को देखकर वर्तमान पूँजीवाद की स्वतंत्रता संबंधी प्रतिज्ञाओं में आस्था रखनेवालों के मन में विवेकशील सावधानी उत्पन्न होनी चाहिए।

सन् 1960 ई. के आस-पास जो तनाव उत्पन्न हुए उनके कारण वैचारिक मूल्यों और पद्धतियों के संबंध में एक मूलभूत बहस की शुरुआत हुई है। कभी-कभी दकियानूसी विद्वत्ता का विरोध अज्ञान और बुद्धिहीनता के साथ होता है, लेकिन साहित्य और दूसरे अनेक क्षेत्रों में यह महसूस किया जाने लगा है कि वस्तुनिष्ठता, तटस्थता, मानवीय मूल्य और संस्कृति का अब वही रूप और अर्थ नहीं रह गया है जो कभी था। आज से तीस वर्ष पहले के अनेक आलोचक अपने

राजनीतिक मोहभंग के कारण कला में एक सच्ची व्यवस्था की खोज करने को उत्सुक हुए थे। मुझे आशंका है कि निकट भविष्य के आलोचक इस प्रकार के पलायनवाद को अस्वीकार करके यह माँग करेंगे कि कलाकृति को ज्ञानातीत प्रतिभा और दुनिया से भागने की जगह के रूप में न समझा जाए बल्कि उसे सामाजिक और मानसिक शक्तियों की प्रासंगिक तथा अपूर्ण व्यंजना के रूप में समझने का प्रयत्न किया जाए। आवश्यक रूप से राजनीतिक उद्देश्य से प्रेरित न होने पर भी इस प्रकार की समझदारी राजनीतिक तत्त्व और प्रभाववाली होगी और इससे शीतयुद्ध की रहस्यमयता से मुक्ति में सहायता मिलेगी। मैं समझता हूँ कि इस प्रकार के बौद्धिक जागरण का स्वागत ऐसा प्रत्येक व्यक्ति करेगा जो दुनिया को विवेकगम्य बनाने में सहायक सिद्धांतों की खोज करनेवाली दुराग्रहमुक्त विद्वत्ता का सम्मान करता है।

[पी.एम.एल.ए., वर्ष 85, संख्या 3, मई 1970]

एक सांस्कृतिक नीति के आयाम

ज्योतिस्वरूप सक्सेना

मीमांसा की आवश्यकता

लॉर्ड मेलबोर्न के बारे में यह प्रसिद्ध है कि जब उनके मंत्रिमंडल का कोई सदस्य कहता था कि "हमें कुछ-न-कुछ जरूर करना चाहिए" तो वे समझ जाते थे कि उनका सहयोगी कोई-न-कोई मूर्खतापूर्ण गलत काम करना चाहता है। लेकिन मेलबोर्न की इस धारणा के बावजूद हर दोषपूर्ण काम, नीति या सिद्धांत पूर्णतः गलत नहीं होता बल्कि उसमें एक प्रकार की मूल्यवान सचाई होती है, क्योंकि कुल मिलाकर उसके माध्यम से एक पूर्व-निश्चित स्थिति के मुकाबले की कोशिश की जाती है। ऐसा सिद्धांत अपनी निरर्थकता के कारण गलत नहीं होता बल्कि सचाई को रहस्यमय बनाने के कारण गलत होता है। अपने निकृष्टतम रूप में उसके तर्क का आधार पाखंडपूर्ण होता है और सर्वोत्तम रूप में वह यथार्थ का सामना करने से बचने के लिए चेतना द्वारा निर्मित बहानेबाजी, उदात्तीकरण और मिथक के बाड़ों का एक हिस्सा होता है। ऐसा करने का वास्तविक प्रयोजन समाज की शर्तों पर ही सामाजिक जीवन में अवसरवादी साझेदारी से लाभ कमाने का भी हो सकता है। या फिर उसका गुप्त और गहरा प्रयोजन समाज के शासक वर्ग के विचारों की विवेकहीन स्वीकृति का भी हो सकता है। किसी नीति के निर्माताओं और उसको कार्यान्वित करनेवालों या सिद्धांत के निर्माताओं की सामाजिक स्थिति से भी उनकी वास्तविक, संभावित और वांछित समझदारी सीमित हो जाती है। कभी-कभी परिवर्तन की शक्ति एक ऐसे वर्ग के हाथों में होती है जो परिवर्तन की बात तो करता है, लेकिन वास्तव में परिवर्तन नहीं चाहता। परिणामस्वरूप पांडित्य, विचारधारा, आर्थिक रणनीति और राजनीतिक

दाँवपेंच के बीच खुली संधि या गुप्त समझौते होते हैं या कभी-कभी इनका आपसी विलयन हो जाता है। हितों और सहमतियों के मेल से बनी एक विशेष 'सर्वसम्मति' के सहारे शासक-व्यवस्था के पूर्वग्रहों को बुनियादी मूल्य का नाम दे दिया जाता है। जहाँ परिवर्तन की गति जितनी तेज होगी वहाँ विवादास्पद स्थितियों की संभावना उतनी ही अधिक होगी। ऐसे समाज में इस बात पर शासक वर्ग में मतैक्य हो सकता है कि "कुल राष्ट्रीय आय की वृद्धि हो" लेकिन ऐसे प्रश्न अप्रासंगिक माने जाएँगे कि कुल राष्ट्रीय आय की वृद्धि कैसे, किसकी कीमत पर और किसके लाभ के लिए हो।

सांस्कृतिक नीति के नाम पर नैतिक और सांस्कृतिक जासूसी के नए तरीके भी आजमाये जा सकते हैं या ऐसे नए ढंग से मानसिक शोषण का प्रयत्न हो सकता है जिससे व्यक्ति भीतर से खोखला हो जाता है। जनता के दिल और दिमाग में गुलामी की भावना नए सिरे से भरकर उसे मूल्य का रूप भी दिया जा सकता है। दूसरे शब्दों में एक सांस्कृतिक नीति गुलामी को सांस्कृतिक और सम्माननीय बनाने में भी सफल हो सकती है। अपने अंतर्विरोधों को नियंत्रित करने, ढकने या छिपाने की किसी समाज की क्षमता का यह भी तात्पर्य होता है कि वह अंतर्विरोधों के स्वरूप में ऐसा आंतरिक परिवर्तन कर सके ताकि वे अपने उद्‌गम स्थान से किसी नितांत नए क्षेत्र में स्थानांतरित किए जा सकें। एक सांस्कृतिक नीति स्थिति-विपर्यय की प्रक्रिया को लागू करके ग्राम्शीवाले वर्चस्व का मूलाधार भी बन सकती है। ऐसी मान्यताएँ जो पाखंडपूर्ण न हों लेकिन विवादास्पद हों, शाश्वत सत्य का रूप धारण करके इतनी मूक और धुँधली हो सकती हैं कि वे सामान्य ज्ञान के धारदार हथियार के रूप में काम कर सकें। लेकिन इस प्रकार की रहस्यवादिता में भी रहस्योद्‌घाटन की प्रक्रिया के सहारे एक बेहतर सिद्धांत या नीति के निर्माण की संभावना होती है। किसी सांस्कृतिक नीति के निर्माण के साथ-साथ अपनी आवश्यकताओं और उनकी संतुष्टि की आशा के बोध पर आधारित मीमांसा भी होनी चाहिए।

परिदृश्य : राष्ट्र-वर्ग, पुराणपंथी-परिवर्तनवादी, सत्तावादी-पैतृकवादी

इस प्रकार की मीमांसा के लिए वास्तविकता की स्वीकृति आवश्यक है। राष्ट्र और वर्ग, पुराणपंथी और परिवर्तनवादी तथा सत्तावादी और पैतृकवादी जैसे वैचारिक प्रारूपों के सहारे परिदृश्य की जो रूपरेखा बनती है उसमें यद्यपि एक प्रकार की जटिलता और अनगढ़ता है, फिर भी इसके माध्यम से किसी नीति की या उसमें निहित मान्यताओं की मीमांसा हो सकती है। इनमें से एक परिदृश्य के

केंद्र में 'राष्ट्र' होगा, वह सर्वोच्च मूल्य भी होगा जिससे शेष सभी प्रकार के मूल्य उपलब्ध किए जाएँगे। दूसरे परिदृश्य के केंद्र में 'वर्ग' होगा। पहले परिदृश्य के अनुसार राष्ट्र की अवधारणा से ही वर्ग के गुण संयुक्त, संबद्ध और प्राप्त किए जाएँगे। इस प्रकार विभिन्न वर्गों में आपसी तनावों के बावजूद, संगठित समुदाय के निर्माण का दावा किया जाएगा और वर्गों में विभक्त समाज के ऊपर एकता लाद दी जाएगी। इसके अतिरिक्त खंडशः सामाजिक निर्माण के माध्यम से समाज में नए स्तर-विन्यास का प्रयत्न होगा और समाज के पचाने लायक विज्ञान और टेकनालॉजी की उचित खुराक देकर संस्कृति के आधुनिकीकरण का प्रयत्न होगा। इस दृष्टिकोण का औचित्य स्वाधीनता आंदोलन और भारत-पाक युद्ध के आधार पर सिद्ध किया जाता है, जबकि व्यक्ति के जीवन और अनुभव में व्याप्त वर्ग-भेद की भावना काफी घट गई थी और एक नए किस्म की एकता—खतरे की संभावना से उत्पन्न एकता को राष्ट्र की वास्तविक एकता कहा जाता है।

संघर्षरत समुदाय की एकता की इस अमूर्त धारणा को सामने रखते समय इस तथ्य से आँख मूँद ली जाती है कि संकट के समाप्त होते ही वर्ग-संबंधों का वैमनस्य अपने पुराने रूप में फिर ज्यों-का-त्यों कायम हो गया । ऐसी स्थिति में देशभक्ति बाहरी दबाव के प्रति आंतरिक आपसी संबंधों का विशिष्ट रूपांतरण मात्र होती है, इसलिए बाहरी दबाव के अभाव में राष्ट्र की संस्कृति की पूर्ण श्रेष्ठता में आस्था और अतीतजीवी परंपराबद्ध राष्ट्रवाद के सहारे उसे जीवित रखा जाता है। चूँकि वर्तमान समाज के नव-निर्माण का राजनीतिक लक्ष्य बाहरी प्रभुत्व के प्रभाव का मुकाबला करने के लिए समाज को सक्षम बनाना होता है इसलिए वर्तमान की भाषा में अतीत को पुनः जीने के प्रयास को इस रूप में ढालना होगा कि राष्ट्र की संस्कृति में प्रकृति पर विजय प्राप्त करनेवाली अदम्य इच्छा-शक्ति आ जाय। यहीं नई कठिनाइयाँ खड़ी हो जाती हैं।

दूसरी ओर वर्ग-दृष्टि राष्ट्र की अवधारणा की महत्ता को कम से कम महत्व देती है। समाज या राष्ट्र वर्ग-अंतर्विरोधों और वर्ग-संघर्षों की द्वंद्वात्मक एकता का परिणाम है। राष्ट्र के जिस रूप का अनुभव भूमिहीन मजदूर करते हैं (भाषा और संस्कृति की क्षेत्रीय भिन्नताओं के बावजूद) उसी रूप में मध्यवर्ग के व्यक्ति प्रेरणा प्राप्त नहीं करते। वर्ग-दृष्टि के अनुसार राष्ट्र के अंतर्गत सदैव एक प्रकार का अंतराल होता है और समाज की जीवन-पद्धति तथा जनता के भाव जगत में जो विच्छिन्नता होती है उसे विषमता, आर्थिक और राजनीतिक असमानता, श्रम-विभाजन एवं उत्पादन के साधन तथा संबंध की भाषा में समझा जा सकता है। वर्ग-दृष्टि के अनुसार राष्ट्र के भीतर एक प्रतिराष्ट्र भी होता है जिससे राष्ट्र

या संगठित समुदाय की भावना का निषेध होता है।

वर्ग का संबंध वास्तव में आयसीमा, अवसर, स्थिति और विशेषाधिकार से होता है, लेकिन इसके मूल में शक्ति की असमानता ही होती है।

वर्ग की अवधारणा में उत्पादन-संबंधों की विशिष्टता ही प्रकट नहीं होती बल्कि एक सांस्कृतिक दुनिया और विशिष्ट नैतिक चरित्र की भी व्यंजना होती है। ऐसा इस अर्थ में होता है कि कुछ विशेष मानव-मूल्य कुछ विशेष वर्गों की निजी संपत्ति समझे जाते हैं और अगर दूसरे वर्गों में वे दिखाई देने लगें तो वहाँ उनकी स्थिति अवांछित करार दी जाती है। वर्ग मूल्यों के अलगाव और अस्तित्व तथा आर्थिक दृष्टि से अन्योन्याश्रित समूहों का ऐसा मानवीय विभाजन है जिससे कोई भी अछूता या अप्रभावित नहीं रहता। हर वर्ग में मूल्यों के होने या न होने का संतुलन, जैसा कि ग्राम्शी ने कहा है, इस बात पर निर्भर करता है कि सार्वभौमिकता और स्वाधीनता तथा एक नए समाज-निर्माण की आशा को कई प्रकार पराजित, भ्रष्ट और विकृत करके उसे वस्तु-पूजा, रैकरण, सैद्धांतिक अस्थिरता, रूढ़ि और कल्पनावाद का रूप दे दिया जाता है। वर्ग-दृष्टि के अनुसार राष्ट्रवादी दृष्टिकोण इतिहास और संस्कृति के वास्तविक और अवास्तविक रूप की सही व्याख्या करने में असमर्थ है।

राष्ट्रवादी दृष्टि के अनुसार सामाजिक स्थिरता सामाजिक न्याय से अधिक महत्त्वपूर्ण है। यही कारण है कि बदलती हुई वास्तविकता के प्रति राष्ट्रवादी दृष्टिकोण का स्वीकार का भाव होता है, भले ही वर्ग-दृष्टि के अनुसार वास्तविकता में कोई परिवर्तन न हो रहा हो या स्थिति बदतर होती जा रही हो। वर्ग-दृष्टि के भी दो छोर हैं–एक ओर मूल मार्क्सवाद-लेनिनवाद है और दूसरी ओर समाजवाद के विभिन्न संशोधित संस्करणों से संपन्न उदारवाद है। जब वर्ग-संघर्ष धीमा और धुँधला हो जाता है और सिद्धांत की पकड़ के परे हो जाता है तो वर्ग की धारणा भी आस्था की चीज बन जाती है। हिंदुस्तान में वर्ग-संघर्ष के सिद्धांत और स्वरूप की ऐसी व्याख्या और पहचान की जरूरत है ताकि वर्ग-संघर्ष में लगे लोगों को इसका वास्तविक परिचय और अनुभव हो सके और यही इसका लक्ष्य भी है।

कलाओं और बौद्धिक अनुशासनों अर्थात् संस्कृति से जुड़े मूल्यों का क्षेत्र उच्चवर्ग या मध्यवर्ग के विचरण के लिए छोड़ दिया गया है, जबकि इन वर्गों के अधिकांश व्यक्ति व्यवहार में उन मूल्यों की उपेक्षा करते हैं या उन्हें नकारते हैं। वर्ग के संदर्भ में सांस्कृतिक वातावरण जितना अज्ञेय होता है उतना ही अदृश्य भी होता है। आजकल इस देश में संस्कृति के नाम पर कट्टर लोलुपता, कैंसर-जैसी विनाशकारी सक्रियता और लक्ष्यहीन इरादों का जो जंगल फैल रहा है

उसके चित्रण के लिए किसी गोया या ब्रूगेल की जरूरत है। कला और चिंतन के नाम पर जो कुछ लोगों के गले मढ़ा जा रहा है उसमें भारतीय मध्यवर्ग के मोहभंग का अतिरेक और उसका गँवारपन ही अधिक व्यक्त हो रहा है। ऐसी कला और साहित्य का प्रभाव केवल गुदगुदी पैदा करना ही है। कोई एक नारा या नुस्खा इस मानसिक जड़ता की सफाई के लिए पर्याप्त नहीं है और सबसे मुख्य बात तो यह है कि झूठी और जूठी आधुनिकता ओढ़ लेनेवाले वर्ग को यथार्थवादी जीवनवर्द्धक साहित्य देशद्रोहात्मक लगता है। सांस्कृतिक वातावरण जहरीला और उबाऊ हो गया है, चीत्कार और थकान की मनोदशा का मेलजोल है। दुनिया की आधुनिक कुशलताओं और खुले भ्रष्टाचारों से विरक्त और अशांत मध्यवर्ग के चालाक और बुद्धिमान बुद्धिजीवियों को जब तक विश्वविद्यालय नाम की जर्जर डावाँडोल संस्था में शरण मिली रहती है तब तक वे अपनी चेतना को अक्षत बनाए हुए सामाजिक जीवन की बहती गंगा में डूबते, तैरते या किनारे बैठकर काम चलाते रहते हैं। महाजनी सभ्यता के जिन ठेकेदारों के लिए संस्कृति का अर्थ विशेषज्ञों की कुशलता की खरीद-बिक्री और बुद्धि का बाजारूपन होता है उनके लिए ज्ञान नहीं, ज्ञानी व्यक्ति महत्त्वपूर्ण होता है। सामाजिक प्रदर्शन और ऐतिहासिक' पतन को प्रकट करनेवाली ऐयाशी की अपराध-भावना और गरीबी के दर्द को संस्कृति के क्षेत्र से जबरदस्ती बाहर निकाल दिया जाता है। पाल निजान ने घोषणा की थी कि "चालीस वर्ष की उम्र में बुर्जुवा एक मृतप्राय व्यक्ति होता है।" बीटल्स का कहना है कि "वह व्यक्ति बेवकूफ है जो अपनी दुनिया को भावशून्य बनाकर अपने को शांत रखने का प्रयत्न करता है।"

जैसे विच्छिन्नता की एक तार्किक संगति होती है वैसे ही सहमति की भी एक तार्किक संगति होती है, भले ही वह सहमति कटुता, संकीर्णता या फैशन से पैदा हुई हो। व्यवस्था की आँखों के काँटे बने व्यक्तियों को देखकर व्यवस्था की नाक के बाल बने लोगों के चरित्र को समझा जा सकता है।

जैसा कि फ्रायड ने कहा है, असामान्यता से सामान्यता की विशेषताओं की व्यंजना होती है। एक पुराणपंथी या परिवर्तनवादी का चरित्र इस तथ्य से निर्धारित होगा कि वह कैसे समाज में जी रहा है। एक महाजनी संस्कृति में, जहाँ सभी प्रकार के सांस्कृतिक मूल्य बिकाऊ होते हैं, जो लाभ नहीं कमा सकता वह नष्ट हो जाता है। वर्तमान भारतीय संदर्भ में 'ईमानदार' पुराणपंथी और 'क्रांतिकारी' परिवर्तनवादी की बात करना गलत है। यहाँ पुराणपंथी चुनौती देनेवाले नहीं बल्कि हिचकिचाहट से भरे हुए हैं, उत्साही नहीं बल्कि संदिग्ध मनोदशा में हैं। वे अपने जीवन और अपने निकट या दूरवर्ती अतीत की जीवन-पद्धति में कोई ऐतिहासिक अलगाव नहीं महसूस करते हैं। उनके लिए राजनीतिक

और आर्थिक गतिविधियाँ इस अर्थ में बाहरी क्रियाएँ हैं कि उनसे इनकी व्यक्तिगत समस्याएँ प्रभावित नहीं होती हैं। यहाँ पुराणपंथी अपने लिए समाज के मनोवैज्ञानिक और नैतिक आयामों की छानबीन नहीं करता बल्कि वह कभी-कभी ऐसा केवल दूसरों के लिए करता है। इसलिए वह मान लेता है कि ढीले-ढाले ढंग से निर्मित संस्थाओं का जाल ही सांस्कृतिक परिवर्तन का आदर्श और माध्यम है। पुराणपंथी के लिए 'संस्कृति' का अर्थ है संपत्ति, सुरक्षा, सुविधा, शक्ति और यहाँ तक कि एवजी आत्मा भी। पुराणपंथी को जब दुनिया का सामना करना पड़ता है तो वह बर्बादी का जोखिम उठाता है। परिवर्तन के लिए उत्तरदायी शक्तियों पर उँगली उठाने के बदले वह बलि के लिए उन बकरों की तलाश करता है जो उसके जीवन को समस्यापूर्ण और इस दुनिया को अनैतिक बना देते हैं।

लोक-हित और सामाजिक जिम्मेवारी का पक्षधर परिवर्तनवादी अधिक दुर्बोध है क्योंकि समस्याओं के हल और संघर्षों के उलझाने का उसका तरीका योग्यता और संस्कृति से बना हुआ है। परिवर्तनवादी कहेगा कि वह प्राथमिकताओं, संस्थाओं और संबंधों के स्वरूप में मूलभूत परिवर्तन चाहता है, लेकिन वह यह भी मान लेता है कि वर्तमान समाज के लाभों का सुख भोगते हुए भी वह समाज से लड़ सकता है। पुराणपंथी परिवर्तनों को ऐसा रूप देना चाहेगा जिससे स्थापित ढाँचे को स्थिरता मिल सके, लेकिन परिवर्तनवादी परिवर्तन-विरोधी को ही बदलना चाहेगा। पुराणपंथी की मीमांसा की कोई निश्चित शब्दावली नहीं है, जिसके सहारे नौकरशाही के रूपों या वर्गों में विभक्त समाज की व्याख्या हो सके, लेकिन परिवर्तनवादी मीमांसा अपने उपनिवेश-विरोधी क्रांतिकारी अतीत का आग्रह करती हुई मूल्यों के पुनर्मूल्यांकन और साधनों की पुनर्व्यवस्था की तकनीक के सहारे अपनी वर्ग-निर्धारित स्थितियों और परिस्थितियों से काम चलाने का प्रयत्न करती है। जब विचारधारा और वास्तविकता का संघर्ष विस्फोटक स्थिति में पहुँच जाता है, जब प्रचलित व्यवस्था की सेवा, व्याख्या और औचित्य सिद्ध करने में लगी विश्वविद्यालय जैसी संस्थाओं में विशेषकर ऐसी विस्फोटक स्थिति आ जाती है तो परिवर्तनवादी ऐसी संस्थाओं के ढाँचे और मूल्यों को बुद्धिसंगत बनाकर उन्हें ठीक-ठाक करने का प्रयत्न करता है; क्योंकि परिवर्तनवादी का विश्वास है कि उचित नियमन के फलस्वरूप हर चीज ठीक ढंग से काम कर सकती है। रोग के उपचार की यह अचूक औषधि, हमारे सामाजिक जीवन की गहराइयों में पैठने की यह नई विधि, इस मान्यता से संचालित है कि पुराने ढाँचे को नियंत्रित और परिष्कृत करने की परिवर्तनवादी की क्षमता से हर चीज गतिशील और उपयोगी बनाई जा सकती है। परिवर्तन

पुराणपंथी के लिए भयानक सपने के समान है तो क्रांति परिवर्तनवादी के लिए दुःस्वप्न है।

पुराणपंथी के अनुसार संकट का कारण प्राकृतिक या प्रामाणिक समुदाय का ध्वस्त हो जाना तथा व्यक्तियों के मानवीय गुणों का ह्रास है और इसका इलाज एक नैतिक क्रांति है, 'हृदय-परिवर्तन' है। परिवर्तनवादी के अनुसार लोगों की इच्छाओं को ध्यान में रखकर कुछ बनावटी मुद्राओं और दिखावे के कामों के माध्यम से व्यापक प्रतिद्वंद्वी स्वार्थों और श्रेणियों को नियंत्रित करके संतुलन स्थापित करने से समस्या सुलझ सकती है। परिवर्तनवादी के अनुसार पुराणपंथी अपनी ही तकनीकी अयोग्यता और क्रियात्मक असामर्थ्य का शिकार होता है।

परिवर्तनवादी अपनी तथाकथित समतावादी नीतियों की सहायता से, सांस्कृतिक और प्रशासकीय चालों से चुनौतियों और विवादों को जबरदस्ती मिटाकर सामाजिक गतिशीलता को कुशल और कारगर संस्थाओं का रूप देने का प्रयास करता है। इसलिए परिवर्तनवादी के अनुसार कृत्रिम उत्साह और आंतरिक दीप्ति से युक्त एक "सांस्कृतिक काव्य-धारा होती है जो प्रायः सीमित, अमूर्त और चयनात्मक होती है और वह क्रियात्मक, तटस्थ और मूल्य-मुक्त भी होती है जहाँ 'माध्यम' ही संदेश होता है।"

अमेरिकी और ब्रिटिश उग्रवादियों की मुद्राओं ('नये' कपड़े, 'नया' संगीत, लोककला, मादक द्रव्य, 'पॉप', 'ऑप' आदि) की नकल करनेवाले भारत में अभी तक न तो एक भी ऐसा पोस्टर लटकाया जा सका जिस पर लिखा हो कि "तटस्थ रहनेवाले भी मरते हैं" (बर्कले) और न सोबोन विश्वविद्यालय की दीवारों पर लिखे नारे ही भारत में दिखाई पड़े कि "कला मर गई है, हमें अपने दैनिक जीवन को मुक्त करना है, कविता गलियों में आ गई है।" पुराणपंथी के लिए परिवर्तनवादी एक साधारण असफल प्रतिभाशाली व्यक्ति है, जो कुछ बेहतर कर पाने की स्थिति में न होने के कारण चारों ओर घूम-घूमकर हर चीजों के बारे में अपना निर्णय देता रहता है या एक धाराप्रवाह बकवास करनेवाला व्यक्ति है, जिसने अपनी सामाजिक और राजनीतिक जरूरतों को ही कला और संस्था का रूप दे दिया है। परिवर्तनवादी के लिए पुराणपंथी एक पुराना लेकिन खतरनाक जीवावशेष है। इन दोनों की वास्तविकता जॉन मिचेल के गीत की इन पंक्तियों में व्यक्त है– "जीवन के भ्रम ही मुझे याद आते हैं। जीवन को, सचमुच, मैं नहीं जानता।"

चूँकि ये दोनों अपने भ्रमों के सतही रूप को ही पहचानते हैं, राष्ट्र के शासक-वर्ग में अपनी अनिवार्यता के बोध से उत्पन्न आत्मविश्वास और संघर्षशीलता का अभाव है, इसीलिए पुराणपंथी और परिवर्तनवादी की पहचान उनकी सामाजिक

स्थिति से ही हो सकती है। फलतः यहाँ माया का विशाल महल खड़ा हो गया है। सत्तावादी और पैतृकवादी से संपूर्ण समाज के आवयविक स्वरूप के प्रति भावात्मक लगाव में निहित अनुभूति की गहराई की व्यंजना होती है। सत्तावादी एक रहस्यमय वस्तु है और पैतृकवादी वास्तव में माधुर्य और आलोक से भरा हुआ ऐसा सत्तावादी है जो निष्क्रिय बालक-सा लगता है। दोनों ही मूल्यों, अभिरुचियों, आदतों, आस्थाओं और आसक्तियों की पद्धति के विकल्पों का निषेध करते हैं; सत्तावादी ऐसा दमनकारी असहिष्णुता के सहारे करते हैं और पैतृकवादी 'दमनकारी सहिष्णुता' के सहारे। एक ओर इन दोनों का विरोध अज्ञान या दुराग्रह पर टिका हुआ निष्कपट और संभ्रमजन्य विरोध होता है तो दूसरी ओर इसका बदतरीन पहलू यह है कि यह एक प्रकार की देशद्रोहात्मक द्विविधा है, नैतिक और बौद्धिक विश्वासघात है। तात्पर्य यह है कि एक प्रकार का देशद्रोह है। सत्तावादी अपने को ऐसा पवित्र शासक, उद्धारकर्ता और सबका स्वामी समझता है जो आदेश देने और शासन करने के अपने अधिकार से ही विवेक के अपने एकाधिकार को साबित करता है। पैतृकवादी अपने को हर व्यक्ति का ऐसा दयालु पिता समझता है जो अपने बच्चों को प्यार करता है। सत्तावादी आज्ञा देने या आदेश देने में विश्वास करता है, जबकि पैतृकवादी अनुनय-विनय और प्रचार में; इन्हें वह लोगों को शिक्षित और प्रबुद्ध बनाने के अपने अधिकार का अनिवार्य हिस्सा मानता है। सत्तावादी की पवित्रता मानस को निष्क्रिय बना देती है और पैतृकवादी का अस्वास्थ्यकर एकांत मानस को आकारहीन बिंबों का बाड़ा बना देता है। पैतृकवादी इस आपाधापी से भरी दुनिया में अकेला सज्जन व्यक्ति है। सत्तावादी राजर्षि है, जिस पर जनरक्षा का बोझ आ पड़ा है। दोनों की यह मान्यता है कि सामाजिक व्यक्ति आत्मबोध तभी प्राप्त कर सकता है जब वह एक आदर्श समाज के लिए अपने स्वार्थों और अपनी आवश्यकताओं का त्याग कर दे, लेकिन वह आदर्श समाज व्यक्तियों के जीवन से अलग केवल एक अमूर्त्त आदर्श होता है। सत्तावादी मनोवैज्ञानिक और सांस्कृतिक तकनीकों से व्यक्ति को पूरी तरह बदल देने पर उतारू होता है जबकि पैतृकवादी व्यक्ति को आत्मानुशासन के नाम पर शिक्षित और प्रबुद्ध करने के बहाने भीतर से खोखला करने का प्रयास करता है। सत्तावादी लोगों पर अपनी परिभाषाएँ लादता है, लेकिन पैतृकवादी लोगों के जीवन के अनुभवों की ही ऐसी व्याख्या करता है कि जनता उस व्याख्या को ही स्वीकार करके उसमें फँस जाय।

राष्ट्र और वर्ग, पुराणपंथी और परिवर्तनवादी, सत्तावादी और पैतृकवादी जैसी धारणाओं के अस्तित्वपरक उलझावों को सुलझाने में असफल होकर संपूर्ण

वास्तविकता की छानबीन करने की कोशिश के परिणामस्वरूप एक ऐसी प्रक्रिया पैदा होगी जिससे हर सिद्धांत की क्रियाशीलता भ्रम का शिकार हो जाएगी और यह एक ऐसी स्थिति है जिसे मिटाया नहीं जा सकता, केवल टाला जा सकता है।

हम इन वैचारिक रूपों की अवधारणाओं को नवीन क्रम-परिवर्तन और संयोजन के सहारे इस नए रूप में भी रख सकते हैं–राष्ट्र-पुराणपंथी-पैतृकवादी, राष्ट्र-परिवर्तनवादी-सत्तावादी, वर्ग-पुराणपंथी-सत्तावादी। लेकिन इससे एक कृत्रिम और अस्पष्ट संघर्ष और सहमतियों की स्थिति सामने आती है। चूँकि इन परिदृश्यों के प्रयोक्ता इनके प्रयोजन से अधिक इनकी स्थिति और स्थान को महत्त्व देते हैं और वे लोग इन वैचारिक रूपों में इसलिए दिलचस्पी लेते हैं कि इनके सहारे सर्वाधिक गरीब वर्ग की माँगों को नियंत्रित और कमजोर किया जा सके, इसलिए सीमाओं को धुँधला करने और एक प्रकार की अस्थिरता की संभावना बराबर बनी रहती है। किसी प्रयोगशाला के चूहों के बारे में यह प्रसिद्ध है कि उन्होंने मनोविज्ञान के प्रोफेसर को इस तरह प्रशिक्षित कर दिया था कि चूहों को जब भूख लगे तो प्रोफेसर घंटी बजाए। वर्ग की कठिनाइयों को धूमिल कर देना ही वर्ग की समाप्ति नहीं है।

"जानबूझकर असंतोषों को उभाड़ने, उत्कृष्ट उपभोगों के माध्यम से प्रतिष्ठा बनाने की भावना को जगाने, आधुनिक मनोवैज्ञानिक तरीकों से मतभेदों को बढ़ाने के लिए उत्तेजित करने, लोगों में असुरक्षा की भावना पैदा करके उन्हें ऐसे समुदायों से जुड़ने के लिए मजबूर करना जो ऊपरी तौर पर सद्‌भावनापूर्ण दिखाई देते हुए भी आंतरिक प्रतिद्वंद्विता से बुरी तरह आक्रांत हों और जब जनता की मानवीय कमजोरियों को शिक्षा तथा मानसिक उपचार द्वारा दूर करने की सर्वाधिक जरूरत हो तब उसकी मानवीय कमजोरियों का अपने लाभ के लिए उपयोग करने" से, जैसा कि रिशमन ने कहा है, एक सर्वसत्तात्मक राज्य के न होने पर भी निरंकुश समाज का आविर्भाव हो जाएगा। ऐसे समाज में संस्कृति और सांस्कृतिक संस्थाएँ विशाल वस्त्र-भंडारों में लगे शीशों के समान हो जाती हैं, जहाँ वास्तविक चेतना और उसकी आवश्यकताएँ प्रतिबिंबित होने की प्रक्रिया में ही विकृत हो जाती हैं। ऐसा नहीं है कि इस तरह के प्रयत्न असफल होंगे या असफल हो सकते हैं। 'रोलिंग स्टोन्स' ने कहा है कि "मेरी कल्पना को खरीदनेवाली निरर्थक रचनाओं से मैं कोई संतोष नहीं प्राप्त कर सकता।" खतरा यह है कि इस सहमतिवादी युग में, जो प्रत्येक वैकल्पिक सांस्कृतिक आदर्श को हास्यास्पद ही नहीं बनाता बल्कि उसे ऐसा रूप दे देता है जिसकी हम कल्पना तक नहीं कर सकते या जिसे हम सोच भी नहीं सकते,

बहुत संभव है कि हम मध्यवर्गीय सुधारवाद और कल्पनावाद की अपनी सफलता के भ्रम में ही फँसे रहें।

भारतीय होने या बनने की प्रक्रिया

इसी परिप्रेक्ष्य में 'भारतीयकरण' की समस्या पर विचार होना चाहिए। इसको वास्तविक एकीकरण की समस्या के रूप में देखना होगा, न कि परस्पर विरोधी, लेकिन आपसी संघर्ष में अक्षम वास्तविकताओं के समानांतर अस्तित्व को स्वीकार करते हुए भी सतही एकीकरण (राष्ट्रीय एकता) की समस्या के रूप में। किसी प्रामाणिक 'भारतीयकरण' का सम्यक् विवेचन मुश्किल है; क्योंकि इस विवेचन के लायक आलोचनात्मक भाषा का ही अभाव है। विविधताओं की बात करके काम चलाने का अर्थ है चिथड़ों को जोड़कर मोहक पोशाक बनाने की आशा करना। इस संदर्भ में भारतीय संस्कृति के तत्त्वों को परम स्वाधीन तत्त्व न मानकर व्यक्ति के सामाजिक जीवन में सहायक साधन मानना चाहिए। लेकिन ये तत्त्व अब अपने मूल संदर्भ से इतने अलग हो गए हैं और उनका स्वरूप इतना बदल गया है कि उनकी प्राचीन महत्ता का केवल काल्पनिक स्मरण ही हो सकता है।

भारत के पुराने साहित्य में कभी एक विकासशील वर्ग के ओजपूर्ण, जीवंत, प्रभावशाली और गंभीर विचारों की अभिव्यक्ति हुई थी। उस साहित्य में प्रकृति और मानवीय कमजोरियों के विरुद्ध क्रांतिकारी संघर्ष में जुटे हुए मानव की कथा व्यक्त हुई थी और उसके जीवन की वस्तुगत स्थितियों को अपने अनुकूल बनाने के संकल्प की सांस्कृतिक अभिव्यक्ति का सर्जनात्मक प्रयास था। उस साहित्य में व्यक्त मूल्यों के माध्यम से उस विकासशील वर्ग ने 'बाह्य का आभ्यंतरीकरण' और 'आभ्यंतर का बाह्यीकरण' किया और सामाजिक जीवन की आवश्यकताओं और मानवीय व्यवस्था के बीच सामंजस्य स्थापित किया। वर्ण व्यवस्था की एक ऐतिहासिक सार्थकता थी, उसकी एक सामयिक जरूरत थी। उस व्यवस्था के माध्यम से काम करने में सुविधा हुई और काम करने की एक खास पद्धति से भारतीय मनुष्य अपने प्राकृतिक जीवन को सुव्यवस्थित और परिवर्तित कर सका तथा उसे सामाजिक बना सका। उस समय विचार भौतिक परिवर्तनों के आगे चलकर मार्गदर्शन कर रहे थे न कि पिछड़ गए थे। जीवन की सर्जनात्मक क्रियाशीलता के कारण विचारधारा के प्रतिक्रियावादी आयामों पर सामाजिक तनावों के दौरान काबू पा लिया गया था।

इस सर्जनात्मक क्रियाशीलता की, वास्तविकता की, लौकिकता और अलौकिकता की एक निजी द्वंद्वात्मक प्रक्रिया थी। "हिन्दुस्तान की प्राचीन

धार्मिक परंपरा में आनंद लोक और वेदना लोक का, इटली और आयरलैंड का विचित्र मेल दिखाई देता है। इस धर्म में उद्दाम वासना और कठोर तपस्या का संयोग है।'' (कार्ल मार्क्स, 25 जून 1853 ई.) ''संचित उदात्तीकरण का रास्ता वास्तव में संचित आक्रमण और अपराध-भावना का भी रास्ता है। ऐसा आक्रमण अकाममय और अभावग्रस्त जगत् के विरुद्ध अवरुद्ध प्रवृत्तियों के विद्रोह का परिणाम होता है जबकि ऐसी अपराध-भावना अकाममय और अभावग्रस्त आत्मबोध से उत्पन्न होती है।'' (नार्मन ब्राउन) तब भी प्राचीनकाल के भारतवासी के लिए भारतीयकरण का अर्थ हृदय के धर्म को जगत् का धर्म समझकर अपने को धोखे में डालना नहीं था। उसने जीवन के आकस्मिक विस्फोटों को परंपरा का नाम नहीं दिया। इस जगत् को माया समझनेवाली धारणा उसकी वास्तविक जीवन-दृष्टि नहीं थी बल्कि यह एक प्रकार का विचार, कार्य या आचरण मात्र था या दूसरे विचारों, कार्यों और आचरणों का चेतना में प्रक्षेपण मात्र था। वह समझता था कि विविधताओं की भीड़ से समाज का निर्माण नहीं होता बल्कि सिद्धांत और आचरण की एकता से उसकी रचना होती है।

अतीत का एक हिस्सा ऐसा है जिसका हम परित्याग नहीं कर सकते और उसका कुछ हिस्सा ऐसा भी होता है जिसे हम अपना नहीं सकते। भारतीयकरण की पौराणिक पद्धति में अतीत की काल्पनिक गौरव-गाथा का गान होता है, उसकी अनिवार्य विकृतियों की बौद्धिक व्याख्या की जाती है, लेकिन अतीत के 'उपयोगी' और 'अनुपयोगी' स्वरूप में अंतर नहीं किया जाता है; क्योंकि इसमें पुरानी कमजोरियों को दूर करने के बदले काल्पनिक गौरव के पीछे दौडने की प्रवृत्ति होती है। भारतीय समाज में वर्गों और वर्णों के प्राचीन कठोर स्तर-विन्यास तथा ऐतिहासिक संघर्षों के खंडहरों में से भी, ग्राम्शी जैसा कुशाग्र बुद्धि का व्यक्ति स्वतंत्रता और विश्वजनीनता के ऐसे सपनों के अवशेषों की खोज कर सकता है जो पराजित, भ्रष्ट और विकृत होकर रूढिवाद, जड़पूजा और अवसरवाद में बदल गए; क्योंकि वे सपने वर्ग-समाज और अभाव की स्थिति में उत्पन्न हुए थे।

भारतीय समाज-व्यवस्था के शोषण के सर्वाधिक शिकार अत्यंत गरीब वर्ग और जाति के लोगों ने उत्पादन के साधन और संबंधों में निहित करुणा और भय की द्वंद्वात्मक गति को स्वीकार किया; क्योंकि शोषक वर्ग से लड़कर फैसला करने में असमर्थ होने के कारण जादू-टोना और लोकगीतों से ही इन्हें संतोष करना पड़ा। अपने प्राचीन रूप में जाति-व्यवस्था निर्मम शोषण से संयुक्त सामाजिक-सांस्कृतिक आचरण की धुरी बन गई थी। यह भी सच है कि जाति व्यवस्था का विकास नहीं हुआ था बल्कि उसका निर्माण किया गया था। उसका

निर्माण ऐसे निर्णयों से हुआ जो कभी वास्तव में किए ही नहीं गए। इन्हें निर्णय नहीं भवितव्यताएँ कहना चाहिए। इन भवितव्यताओं का पूर्वाभास नहीं हो सकता क्योंकि ऐसी चीजें हर व्यक्ति के मानसलोक से परे होती हैं। ऐसी चीजें अपने व्यापक विस्तार, अलक्ष्य रूप और हर आदमी के दैनिक जीवन में व्याप्ति के कारण अजेय और पकड़ के बाहर होती हैं, क्योंकि जीवन में जो वास्तविक विकल्प प्रतीत होते हैं वे दूसरे संदर्भों में निर्मित विकल्पों की छाया-मात्र होते हैं। इस प्रकार प्रतीति ही वास्तविकता बन जाती है, चारों ओर एक प्रकार का अभेद्य धुँधलापन छा जाता है। प्राचीन भारत के गौरवमय अतीत का एक अंधकारमय पक्ष भी है, जिसमें घनघोर काल्पनिकता है, भाग्यवाद है और ऐसे अंधविश्वास हैं जो कभी 'भूतों के बंधन' और 'बंधनों के भूत' भगाने के काम आते थे और अब लोकसाहित्य में घुसकर लोगों की जादुई जीवन-दृष्टि के हिस्से बन गए हैं। इतिहास में ऐसे अंतर्विरोध होते हैं जहाँ उपयोगी अनुपयोगी बन जाता है और अनुपयोगी उपयोगी हो जाता है।

'उपयोगी' और 'अनुपयोगी' तत्त्वों का योग अरविंद घोष के दो हिस्से में स्पष्टतः विभाजित जीवन में प्रभावशाली न्याय बन गया है। क्या अंग्रेजों के खिलाफ विद्रोह करनेवाला (अरविंद) सच्चा भारतीय था या क्रांतिकारी जीवन से मुँह मोड़कर धार्मिक-दार्शनिक रहस्यवादी बना हुआ (अरविंद) अधिक सच्चा भारतीय था ? क्या भारतीयता की धारणा एक ऐसी विचारधारात्मक धारणा है जिसके अंतर्गत कुछ तथ्यों को उनके तत्त्वों से अलग करके भारतीयता का नाम दे दिया जाता है ताकि दूसरे तत्त्वों की ओर लोगों का ध्यान न जा सके ?

मेरा विचार है कि व्यावहारिक अधिग्रहण की राजनीति का साधन होने या बनाए जाने के कारण भारतीयता को क्रांति की मनोदशा और संघर्ष से पलायन करने की निराशावादी मनोदशा के बीच में घड़ी के पेंडुलम की तरह निश्चय ही डोलना होगा। इस दुविधाग्रस्त भारतीयता की अनेक दुर्गतिपूर्ण परिणतियाँ होती हैं। जाति प्रथा का विरोध करना तो भारतीयता का एक लक्षण है ही, लेकिन बुद्धिजीवियों की आपसी प्रतिद्वंद्विता में मोहरे बनाने के लिए या विकासशील जनचेतना को तोड़ने के लिए बुद्धिजीवियों की कुटिल बुद्धि की मदद से जाति को एक शक्ति का रूप दे देना भी भारतीयता की एक पहचान है। एक ओर जाति-व्यवस्था की निंदा की जाती है और दूसरी ओर वर्गगत विशेष अधिकारों को छुपाने या बचाने के लिए इसे पुनरुज्जीवित किया जाता है। व्यावहारिक अधिग्रहण की राजनीति के लिए भारतीयता के तथ्यों और तत्त्वों को मनमाने ढंग से तोड़-मरोड़ देने के लिए एक भारतीय स्वतंत्र है ही, वह उन्हें पूरी तरह अपनी इच्छा के मुताबिक बदल डालने के लिए भी स्वतंत्र है। यहाँ सहमति है, लेकिन

वह अनुमानित तात्कालिकता के प्रति सहमात ह।

कुछ सचाइयाँ इतनी भयानक हैं कि उनको प्रकट करना खतरनाक माना जाता है और यह भी कहा जाता है कि ऐसी सचाइयों के प्रकट होने से निराशा फैलेगी और आशा का महल ढह जाएगा। इन सचाइयों को छुपाने के लिए मोहक मिथों और मसीही पंथों का निर्माण किया जाता है। सदा और सर्वत्र फैली हुई यह तात्कालिकता वास्तव में एक ऐसा मानसिक दुष्चक्र है जो यथार्थ अनुभवों की उपेक्षा करके स्पष्ट स्थितियों को रहस्यमय बनाने का षड्यंत्र बन जाता है। मारकूस की भाषा में कहा जा सकता है कि यह एक ऐसी स्थिति है जिसमें सांस्कृतिक वैचारिक रूप निरपेक्ष और विशिष्ट राजनीतिक-वैचारिक रूप धारण कर लेते हैं। सांस्कृतिक गतिविधि राजनीति का अनिवार्य हिस्सा बन जाती है और राजनीति तथा संस्कृति की विभाजक रेखा मिट जाती है। यहाँ शांति और क्रांति का एक गतिशील संतुलन स्थापित होता प्रतीत होता है। इस प्रकार का संतुलन अरविंद के जीवन के दो हिस्सों और स्वाधीनता आंदोलन की दो भाषाओं में प्रतिबिंबित हुआ है। एक ओर सलाह और सहमति की पुरानी पद्धति पर टिकी भारतीयता है तो दूसरी ओर अवसरवादी, भविष्योन्मुख मध्यवर्ग की जरूरतों को पूरा करनेवाली विश्लेषणपरक तटस्थ किस्म की भारतीयता है। स्वाधीनता आंदोलन के दौरान जिन्ना की नेतागिरी स्वीकार करनेवाले मुसलमानों को छोड़कर बाकी अधिकांश जनता भारतीयता के लोकवादी आयाम के अंतर्गत आ गई थी, क्योंकि उसका घोषित लक्ष्य जन-भावना के प्रतीक 'लघु मानव' का कल्याण करना था।

जवाहरलाल नेहरू दो भाषाओं के पंडित थे। एक आधुनिक मुहावरों से भरी ऐसी लचीली सर्वग्राही भाषा, जिसमें मार्क्सवाद से लेकर 'विचारधारा का अंत' वाले उदारवाद का समावेश हो जाता था और वह पनपते हुए मध्यवर्ग को पसंद आती थी; क्योंकि वह उनकी जरूरतों के अनुकूल थी। दूसरी हिंदू धर्मग्रंथों के बिंबों से अलंकृत तथा हिंदू धर्म-दर्शन से संपन्न भाषा थी जो परंपरावादी और गाँव की जनता को प्रभावित करती थी। नेहरू की 'विविधता में एकता' की धारणा वर्ग-संघर्ष की द्वंद्वात्मक या अंतर्विरोधी एकता की धारणा नहीं थी। वैसे मैं यह समझता हूँ कि नेहरू उस बौद्धिक आचरण से परिचित थे जिसके अनुसार एक व्यक्ति अपने वर्ग की चेतना के बोध के बाद विरोधी वर्ग की चेतना का बोध प्राप्त करता है और वर्ग-संघर्ष के बोध से सजग होकर वर्ग मैत्री की ओर बढ़ता है। नेहरू की एकता की धारणा में क्षेत्रों, भाषाओं, संप्रदायों और धर्मों के सांस्कृतिक उपादानों की लोकवादी संघीय रूपरेखा थी और मिश्रित संस्कृति की रूपरेखा थी। हिंसा का भय वास्तव में सांस्कृतिक भय है; क्योंकि संस्कृति समाज

के जिन तत्त्वों को अपने स्वरूप में समाहित करके अनुशासित नहीं कर पाती है उन्हें बहिष्कृत करने का प्रयत्न करती है। यद्यपि स्वाधीनता-आंदोलन के दौरान प्रचलित उक्त दो भाषाओं ने आकांक्षाओं को फंतासी में बदल दिया, फिर भी वहाँ एक प्रकार की आंतरिक व्यापकता और नैतिक तर्क-संगति थी; क्योंकि उन भाषाओं के मूल में करुणा, चिंता, विदग्धता के साथ-साथ सहानुभूतिपूर्ण प्रतिश्रुति का भाव भी था। देश में बढ़ती हुई गरीबी के बीच में थोड़े-से लोगों की अमीरी जनता को क्रूरता का द्योतक लगने लगी। उस समय कोई भी एक समूह दूसरे जन-समूहों से इतना अलग नहीं हो गया था कि मानव-समाज के रूप में अपनी स्थिति बनाए रखने के लिए दूसरों को धक्का देकर गिराने के लिए प्रयत्नशील हो। स्वाधीनता-आंदोलन की ये दोनों ही भाषाएँ परिवर्तन की प्रक्रिया से अनभिज्ञ होने के कारण उस काल की कमजोरियों के लिए जिम्मेवार थीं।

स्वाधीनता आंदोलन के सामाजिक पहलू पर अगर एक नजर डाली जाए तो यह मालूम हो जाएगा कि एक सीमित सांस्कृतिक समूह का समर्थन कुछ थोड़े-से महत्त्वपूर्ण लोगों को मिला, फिर भी उस समय तक नैतिक धुंध वैचारिक औचित्य का आधार नहीं हो पाया था। उस समय भी कुछ ऐसे लोग थे जो अविश्वास और हिंसा के इतने शिकार हो चुके थे कि अपनी स्थिति बचाए रखने के लिए दूसरों से घृणा करने लगे। स्वाधीनता-आंदोलन की उक्त दो भाषाओं के कारण ऐसी स्थिति नहीं आ पाई थी कि धनी या गरीब कोई भी वर्ग एक-दूसरे के विवेक को ही नहीं बल्कि इंसानियत को भी अविश्वसनीय मान ले। प्रतीकात्मक कार्यों की संभावनाएँ पूरी तरह समाप्त नहीं हुई थीं। "एक ऐसे संगठन को देखकर आश्चर्य होता है जो जहर और दवा दोनों देने के काबिल हो।" अंग्रेजों की दानवता से असुरक्षित धनी और गरीब दोनों वर्गों को स्वाधीनता आंदोलन की इन दो भाषाओं में मानवता का स्वर सुनाई पड़ता था। फिर भी अपनी भीरुता को छुपाने के लिए कामचलाऊ और अस्पष्ट तरीकों का आविष्कार किया गया और नए वर्ग के प्रभुत्व को औचित्य प्रदान करने के लिए नए मिथक गढ़े गए।

परिस्थितियों के गुलाम लोगों के लिए, चाहे अपनी आवश्यकताओं की कैद में पड़े गरीब हों या भय की कारा में बंद धनी, स्वाधीनता का कोई अर्थ नहीं होता। भारत में किसी व्यक्ति या वर्ग की भारतीयता उसकी भौगोलिक मनोवैज्ञानिक या सांस्कृतिक स्थिति से नहीं बल्कि आर्थिक अवस्था से निश्चित और निर्धारित होती है। स्वाधीनता के बाद भारत के इतिहास में पहली बार संगठित एकाधिकारी पूँजीवाद का जमाना आया जो पुरानी भारतीय व्यवस्था के ऊपर एक नई व्यवस्था थी और साथ ही अंतर्राष्ट्रीय पूँजीवाद का एक हिस्सा भी था। पूँजीवाद

के अंतर्गत आर्थिक व्यवस्था और स्थापित सामाजिक व्यवस्था की जरूरतों के मुताबिक संस्कृति की पुनर्व्यवस्था और उसका विस्तार होने लगा। विकासशील एकाधिकारी पूँजीवाद की मुख्य विशेषता यह है कि अगर उसे आवश्यक लगे और उसके पास क्षमता हो तो वह अपने देश या किसी दूसरे देश की संस्कृति को पूरी तरह बदल डालने के लिए सदैव प्रयत्नशील होता है। वह अपने पैदा किए हुए सत्यों और अर्थों के अतिरिक्त शेष सभी प्रकार के सत्यों और अर्थों से लोगों को वंचित करता है। स्वाधीनता-आंदोलन के दौरान भारतीय होने या बनने की प्रक्रिया नीतिपरक थी, जिसमें लोगों का ध्यान कारणों पर नहीं, वर्तमान तथ्यों पर अधिक जाता था। उस काल में जो मिथ गढ़े गए (जैसे मनुष्य स्वभावतः आक्रामक, प्रतिस्पर्धी और शक्तिकामी होता है) वे राजनीतिक-धार्मिक उदात्तीकरण के परिणाम थे। परवर्ती पूँजीवादी जमाने में भारतीय बनने का यह सहज तरीका हो गया।

भारतीयकरण का परंपरागत तरीका यह मानता है कि पुराना ढाँचा अब भी उपयोगी है, वर्तमान काल में भी सार्थक है; इसलिए हर व्यक्ति को अपने जीवन की महत्वाकांक्षाओं को स्थापित आदर्शों के अनुकूल ढालना चाहिए। जब परंपरावादी व्यक्ति स्वयं को समाज के स्थापित आदर्शों की कसौटी पर खरा नहीं पाता है तो वह अपनी असफलताओं के लिए अपनी ही कमजोरियों को कोसता है। परंपरावादी व्यक्ति नैतिकता की खोज या तो अपने आचरण में करता है या दूसरे व्यक्तियों के आचरण में, लेकिन वह जिस समाज में रहता है उस पूरे समाज के आचरण में नैतिकता की खोज नहीं करता। वह यह नहीं देखता कि उसकी नैतिकता को तोड़-मरोड़कर ऐसा बना दिया गया है कि वह यह जानने में असमर्थ हो गया है कि कुचक्र, भय और लोभ से उसकी चेतना भर गई है या पूरी तरह बदल गई है।

इस बदली हुई चेतना में विषमता, असंगति और संघर्षों का सहअस्तित्व कायम रहता है, इनका सुलझा हुआ रूप नहीं होता। इन परस्पर विरोधी तत्त्वों को ऐसा रंगीन बना दिया जाता है कि व्यवस्था से उत्पन्न जीवन की कठिनाइयों की तुलना में उन्हें अधिक आकर्षक समझा जाय। यह बेहोशी के माध्यम से भारतीयकरण की प्रक्रिया है। भारतीयकरण का परंपरावादी तरीका अर्थहीन मूल्यों की खींचतान से बनी हुई व्यवस्था है जिसका समाज की वास्तविकता से कोई संबंध नहीं है। ये मूल्य उन आकांक्षाओं का गला घोंट देते हैं जिन्हें व्यवस्था अपने अस्तित्व की रक्षा के लिए पैदा तो करती है, लेकिन उन्हें पूरा नहीं कर सकती। कुंठित आकांक्षाओं के कारणों की माँग की चुनौती को, बढ़ती हुई आकांक्षाओं को क्रांति की धारणा का नाम देकर, और जिन लोगों की मानवीय

जरूरतें पहले से ही बहुत कम हैं उनकी जरूरतों को घटाकर, टाला जाता है। परंपरावादी व्यवस्था के ठेकेदारों, राजनीतिज्ञों और प्रशासकों की नाक का बाल बन जाता है; क्योंकि उसके माध्यम से नैतिक धंध को एक वैचारिक औचित्य मिल जाता है।

परंपरावादी की परेशानी का कारण यह है कि समाज से व्यक्ति का संघर्ष एक परिवर्तनशील संघर्ष है। समाज परिस्थितियों को निरंतर अपने अनुकूल बनाए रखना चाहता है, लेकिन परिस्थितियों पर उसका हमेशा नियंत्रण नहीं रहता है; क्योंकि पूँजीवाद में ऐसी क्षमता ही नहीं होती। पूँजीवादी तर्कसंगति वास्तव में उसकी अपनी ही विच्छिन्नता और रैभूत आवश्यकताओं की तर्कसंगति है। यहाँ सामाजिक अलगाव, सांस्कृतिक और वैयक्तिक अलगाव बन जाता है। फलतः 'सिनिको' का भारतीयकरण सामने आता है। समाज में ऐसे लोगों की संख्या बढ़ती है जिनकी निष्ठा नष्ट हो चुकी है और जिनके मोह और मूल्य टूट चुके हैं। ऐसे लोगों से ही उस 'मूक बहुमत' का निर्माण होता है जो स्थितियों का विश्लेषण करने के बदले स्वयं तटस्थ रहकर उनकी हँसी उड़ाते रहते हैं। ऐसे समाज में उदासीन, कामुक, सफल और निर्मम हो जाना ही लाभदायक होता है न कि स्पष्ट, चिंतित, प्रतिबद्ध, गंभीर और निष्ठावान होना। ऐसे में दुनियादार होना अच्छा माना जाता है और दुनियादार का मतलब है लापरवाह होना और कभी भी अपना धैर्य न खोना। अपने जमाने के एक सफल राजनीतिज्ञ के बारे में कैटुलुस ने कहा था, ''कुछ भी हो जाय वह हँस देता है और बराबर हँसता रहता है, उसे हँसने का रोग लग गया है।''

परंपरावादी भारतीयता का एक सन्निपाती आयाम है। 'सिनिक' एक भावहीन, सांस्कृतिक दुनिया में रहता है जहाँ 'कामसूत्र' उतना भारतीय नहीं लगता जितना उपनिषद् या तंत्र। यहाँ ठिठुरती हुई नैतिकता से एक प्रकार की गुदगुदी तो मिलती है, लेकिन उसका घातक प्रभाव भी होता है। राजनीतिक विच्छिन्नता एक सांस्कृतिक और व्यक्तिगत विच्छिन्नता बन जाती है तो उसका औचित्य सिद्ध करने के लिए 'सिनिक' वैराग्य की, हिंदू धारणा की दुहाई देता है। यहाँ सामाजिक और व्यक्तिगत जीवन के अलगाव का सुलझाव हर चीज को व्यक्तिगत बनाकर किया जाता है। 'सिनिक' व्यक्ति की भारतीयता का एक रूप उसके 'वसुधैव कुटुंबकम' के नारे के सहारे भी बनता है। चूँकि हम परंपरागत समाज में नहीं जी रहे हैं, इसलिए परंपरागत आदर्श हमारे किसी भी निर्णय का आधार नहीं बन सकते। ऐसी स्थिति में हमारी भारतीयता की परिभाषा विज्ञान और टेकनालॉजी की तरह विदेशी प्रतिमानों के आधार पर ही निश्चित होगी। जैसे अमेरिकी और ब्रिटिश बैंकर दुनिया-भर के बैंकर बन गए हैं वैसे ही अमेरिकी

और ब्रिटिश समाजशास्त्री भारतीयता के सिद्धांतकार गुरु बनते जा रहे हैं। लेकिन 'सिनिक' व्यक्ति की विश्वबंधुत्ववादी औंधी भारतीयता वात्स्यायन के युग के कदरदानों के लिए 'कामसूत्र' को 'प्ले बॉय' के बृहद् सचित्र संस्करण के रूप में पेश करके अपनी आधुनिकता और 'कामसूत्र' की प्रासंगिकता दोनों का दावा करता है। ऐसा व्यक्ति अपने बचकाने स्वार्थों से बेचैन रहता है और हर चीज से हर कीमत पर जुड़े रहने की असफल कोशिश भी करता है। सांस्कृतिक तड़क-भड़क के सहारे आधुनिकता की इस नकल के पीछे यह पुराना सिद्धांत काम करता है कि संस्कृति के क्षेत्र में कम से कम बौद्धिक और भावात्मक पूँजी लगाकर अधिक से अधिक लाभ कमाना चाहिए।

जैसे-जैसे विकास की गति तेज होती है, ये भोले और कृत्रिम बौद्धिक प्रयास असफल हो जाते हैं और बनावटी सुरक्षा-कवच जवाब देता है तो जनता का एक बड़ा हिस्सा मुख्य धारा से कटकर अलग हो जाता है। ऐसी जनता को मुख्य धारा से जोड़ने के लिए सांस्कृतिक साधनों का प्रयोग किया जाता है। किसी भी परंपरागत समाज में, जिसका लक्ष्य मूलभूत सामाजिक तनावों के उभार को सीमित करना या टालना हो, संस्कृति सामाजिक जीवन के संदर्भों और प्राथमिकताओं को नियंत्रित करने का काम करती है।

सांस्कृतिक एकता एक निरंतर गतिशील प्रक्रिया है न कि सामाजिक जीवन-यात्रा की एक निश्चित मंजिल। यह कोई देशकाल-निरपेक्ष दशा नहीं है बल्कि व्यक्ति की चेतना और समाज से उसके संबंध की निश्चित मनोदशा है। समाज एक विशेष वर्ग पर एकता के सभी प्रकारों को लादने का प्रयत्न करता है। इन सभी प्रकारों की कोई निश्चित रूपरेखा नहीं है, फिर भी कहा जा सकता है कि एकता के निरंतर प्रयास में सामाजिक प्रयत्न के तीन प्रकार होते हैं : पूर्ण संचालन फलतः अपूर्ण एकता, प्रसरणशील संचालन फलतः एकता की साम्यावस्था और तीव्र संचालन फलतः दुर्बल एकता। एकता के लिए यह जरूरी है कि समाज के शासन वर्ग को अपनी अनिवार्यता का विश्वास हो। उसमें वास्तविक आत्मविश्वास और जुझारूपन, वास्तविक ऐतिहासिक और सांस्कृतिक सामजस्य तथा वास्तविक मनोबल और चेतना होनी चाहिए। आत्मरति में लीन, अपने ही बनाए दमघोंटू वातावरण में छटपटाता हुआ और रोगजनक सामाजिक-आर्थिक नाकेबंदी से उत्पन्न भारत का मध्यवर्ग इतना डरपोक, दुविधाग्रस्त और समझौतावादी है कि राष्ट्रीय एकता का कठिन काम वह पूरा कर ही नहीं सकता। वह नारों और नुस्खों से मूर्ख बना सकता है या बनाया जा सकता है। अधिक से अधिक वह सर्वहारा वर्ग, समाज के दूसरे कमजोर वर्गों और अल्पसंख्यकों की चेतना में फूट पैदा कर सकता है।

संयोगवश जनता के प्रति भारतीय दृष्टि कुछ अधिक भोंडे किस्म की रही है जिसमें सुविधावादी और अवसरवादी प्रवृत्तियों का मेल दिखाई देता है। अब यह मार्क्सवादोत्तर व्यवहारवादोत्तर और समाजशास्त्रोन्मुख चालबाजियों की सहायता से नई सचाई के रूप में पेश की जा रही है। गरीबी के खिलाफ लड़ाई का जो नारा संपन्न वर्ग की ओर से आ रहा है वह लड़ाई जाहिर है, अमीरी के खिलाफ नहीं होगी। विषमता गरीबी का दूसरा नाम है और वर्तमान समाज अवसर की असमानता पर ही टिका हुआ है। एकता के लिए सब लोगों के सामने समान लक्ष्य और समान आदर्श रखे जाते हैं। समाज के ठेकेदार समझते हैं कि अगर एक बार वास्तविकता को सांस्कृतिक विभेदों, सामाजिक बुराइयों, प्रवृत्तिगत और सांस्कृतिक कमजोरियों के नाम पर छुपाने, ढँकने और टालने का प्रयत्न सफल हो जाता है और अमीरों की बेचारगी साबित कर दी जाती है तो गरीबों से उत्पन्न होनेवाले खतरों से बच निकलना आसान हो जाएगा।

यहाँ गरीबों की गरीबी कम करने के बदले शासक वर्ग को अधिक सुरक्षित बनाने का प्रयत्न होता है। अल्पसंख्यकों की तरह ये 'बेचारे' और 'विनम्र' गरीब लोग भी सामाजिक संघर्षों को टालने और शोषण को बनाए रखने का साधन मात्र समझे जाते हैं। अल्पसंख्यक वर्ग की तरह ही गरीबों की सामाजिक स्थिति ऐसी बना दी गई है कि वे समाज के आंतरिक अंश माने जाने के बावजूद समाज के हाशिये पर खड़े हैं। कोई भी सामंजस्यहीन कमजोर समाज अपनी जीर्ण-शीर्ण हालत को बनाए रखने और लोगों के आक्रमण से बचने के लिए बलि के बकरों और लड़ाई के झूठे मुद्दों की तलाश करता है। वह ऐसे समूहों की खोज करता रहता है जिन्हें संकट के समय अपराधी कहकर आगे कर दिया जाए। राष्ट्रीय एकता और सांस्कृतिक श्रेष्ठता के भ्रमों को बनाए रखने के लिए अल्पसंख्यकों की तरह गरीबों का अस्तित्व भी आवश्यक लगता है। गरीब वर्ग एक ऐसा समुदाय है जिसमें से कभी भी अल्पसंख्यक समुदाय का निर्माण किया जा सकता है।

निश्चय ही टूटने और कमजोर होने की दशाओं और मात्राओं में अंतर होता है। अगर वर्तमान भारतीय समाज के संगीन स्तरविन्यास से गरीबों का ध्यान हटाया जा सके, तो 'गरीबी हटाओ' कार्यक्रम भी, अल्पसंख्यकों को मुख्य सांस्कृतिक धारा से जोड़ने के कार्यक्रम की तरह, बड़े आराम से लंबे समय तक चलाया जा सकता है। हम सब यह जानते हैं कि गरीबों के जीवन-मूल्यों में सारे समाज के मूल्य प्रतिबिंबित होते हैं; हाँ उनमें परिस्थितिजन्य दबाव और सीमाओं के कारण कुछ बदलाव और विकृतियाँ आ सकती हैं। यद्यपि अल्पसंख्यकों की स्थिति कुछ भिन्न किस्म की है, लेकिन उनके मूल सांस्कृतिक ढाँचे के ऊपर भी

शासक वर्ग के मूल्य लादे जा सकते हैं और वे मूल्य कारगर भी साबित होते हैं।

यह कहा जाता है कि गरीबों में कुछ कानून को माननेवाले और कुछ कानून-विरोधी या प्रचलित प्रशासकीय भाषा में 'असामाजिक तत्त्व' होते हैं, कुछ में पुरुषोचित पौरुष होता है और कुछ में नारी सुलभ दुर्बलता, कुछ चालाक-चालू होते हैं और कुछ सुस्त किस्म के, लेकिन घोर परिश्रमी, कुछ उत्तेजक गुदगुदी को पसंद करते हैं और कुछ ऊबाऊ सुरक्षा को, और कुछ का जीवन भाग्य-सौभाग्य और प्रारब्ध से नियंत्रित होता है। लेकिन गरीबों के चरित्र के इस विश्लेषण में मध्यवर्ग की चारित्रिक विशेषताएँ, जैसे मूल्यहीनता और दुविधाग्रस्त कानूनीयत, भ्रष्टाचार, कामुकता, प्रदर्शनप्रियता, चालाकी, ऊब, वासना, स्वच्छंदता, अस्मिता आदि का विखंडित प्रतिनिधित्व ही होता है। अल्पसंख्यकों की तरह गरीब वर्ग की विशेषताओं को केवल संख्या की दृष्टि से ही नहीं बल्कि गुण की दृष्टि से भी देखना-समझना चाहिए और उपसांस्कृतिक तत्त्वों पर ऊपरी ढाँचे के प्रभाव को भी देखना चाहिए। गरीब वर्ग संख्या की दृष्टि से बहुमत की स्थिति में होते हुए भी, गुणात्मक दृष्टि से अल्पमत की स्थिति में पड़ा हुआ है। उदाहरण के लिए गरीब वर्ग के बेरोजगार हिस्से की, उत्पादन के संबंधों की दृष्टि से शोषित न होते हुए भी सामाजिक जीवन से बहिष्कृत न होने के कारण, न तो सामाजिक व्यवस्था में कोई जगह होती है और कोई साझेदारी ही, बल्कि समाज की व्यवस्था और मूल्य संबंधी क्रियाशीलता से उनका कोई वैचारिक या सामाजिक संबंध ही नहीं होता।

भारत में मार्क्सवादोत्तर और समाजशास्त्रीय दृष्टिकोण तथा व्यावहारिक राजनीति की एक बड़ी उपलब्धि यह रही है कि अल्पसंख्यकों के स्वरूप का निर्धारण उनके जातीय उद्‌गम, रंग, कर्म, भाषा, पेशा-संबंधी विशेषता और सामाजिक रीति-रिवाज के आधार पर किया गया और अल्पसंख्यक की धारणा को सीमित करके उनकी सामाजिक महत्ता को कम कर दिया गया। अगर शासक वर्ग को अपनी स्थिति मजबूत करने के लिए अल्पसंख्यकों और गरीबों की जरूरत न हो तो शायद दोनों का अस्तित्व ही मिट जाय। अपने विभेदों और अलगावों के बावजूद अल्पसंख्यक और गरीब जन-समाज के अंग हैं और उससे संबंधित हैं, यद्यपि उनका अस्तित्व बराबर खतरे में है। अलगाव और विच्छिन्नता की उनकी स्थिति से ही 'विविधता में एकता', स्वतंत्रता और सहिष्णुता के भ्रमों की गुंजाइश बनी रहती है। शासक वर्ग की नजरों में गरीबों की तरह ही अल्पसंख्यक भी कभी कोई भला काम नहीं करते। उनकी आलोचना मूल समाज से मेल-जोल बढ़ाने के लिए भी की जाती है और साथ में मूल समाज से अलग रहने की कोशिश के लिए भी। शासक वर्ग की नजरों में उनकी सामाजिक

भूमिका केवल यही है कि वे यथास्थिति को बनाए रखें और यथास्थिति से लाभ उठानेवालों की सेवा करते रहें। गरीबों और अल्पसंख्यकों की वास्तविक स्थिति और समाज में उनकी निर्धारित भूमिका में असंगति के कारण उनके समूहों के भीतर और उनकी व्यक्तिगत चेतना में दरार पैदा होती है, लेकिन जब उनकी जीवन-दृष्टि परंपरावादी और परंपरा-विरोधी खेमों में बँट जाती है तो मूल समाज के मौलिक प्रभुत्ववादी ढाँचे में उनके मिलकर मिट जाने की गति तेज हो जाती है। उदाहरण के लिए मुसलमानों का सामाजिक जीवन जैसे आय-व्यय, उपभोग का ढंग, लोक जीवन की आकांक्षाओं से उत्पन्न पारस्परिक सवाद और उप-सांस्कृतिक संबंध (जो जाति, प्रजाति, वर्ग और राजनीतिक सकट से आक्रांत स्थितियों के ऊपर आरोपित होते हैं) आदि एक व्यापक भारतीय ढाँचे के अंतर्गत ही संचालित होता है। अल्पसंख्यकों में तेजी से बिखराव तब आता है जब उनमें कछुआधर्मी प्रवृत्तियाँ बढ़ती हैं, क्योंकि इन प्रवृत्तियों से संस्कृति का वस्तुगत स्वरूप बनता है। गरीबों और अल्पसंख्यकों के प्रति शासक वर्ग का दृष्टिकोण अस्पष्ट, अनिश्चित और दुविधाग्रस्त है। क्या वर्गहीन समाजवादी समाज के अतिरिक्त ऐसी कोई दूसरी समाज-व्यवस्था है या हो सकती है जिसमें अल्पसंख्यकों का अस्तित्व नहीं रहेगा ? गरीबों की तरह अल्पसख्यकों के भारतीयकरण का काम गरीबी घटाने या हटाने, नाममात्र के राष्ट्रीयकरण करने, प्रशासकीय और राजनीतिक कौशल दिखाने और सामाजिक सुधार के झूठे प्रयत्न करने से नहीं होगा। गरीबों और अल्पसंख्यकों को भारतीय बनाने और पूरे समाज में एकता लाने का काम केवल सही समाजवाद के जरिए ही हो सकता है, जिसका मुख्य लक्ष्य गरीबों की दशा सुधारना नहीं बल्कि समाज से वर्ग-भेद को पूरी तरह मिटा देना है।

गरीबों की गरीबी हटाने और अल्पसंख्यकों को राष्ट्रीय जीवन की मुख्य धारा से जोड़ने का काम कछुओं की चाल से चलता रहेगा, बशर्ते कि वर्तमान समाज-व्यवस्था अपनी वर्ग-व्यवस्था को बनाए रखने के लिए गरीबों और अल्पसंख्यकों की निर्धारित भूमिका की ओर से उनका ध्यान हटाने में सफल होती रहे। साथ ही शासक वर्ग गरीबों को 'दरिद्रनारायण' की उपाधि से विभूषित करके उन्हें 'धर्मनिरपेक्ष' सदाशय संतों की चिंता की चीज मान ले और ये गरीब लोग अपने को नेक, शांत, सदाचारी, स्वतंत्र, ईमानदार, दयालु और सुखी मानकर संतुष्ट होते रहें। या फिर उन्हें थोड़ी-सी सुविधाओं की रिश्वत देकर इस बात के लिए फुसला सके कि समाज द्वारा प्रचारित अपनी गलत तस्वीर को ही अपना सही रूप मान लें, अपने को एक गुमराह संस्कृति की देन समझ लें और बुराई, नीचता, स्वार्थ, अक्षमता, हिंसा तथा अपराधवृत्ति को ही अपनी

चारित्रिक विशेषताएँ मान लें। यह भी हो सकता है कि शासक वर्ग गरीबों और अल्पसंख्यकों के बारे में अपनी पूर्व निश्चित गलत मान्यताओं के आधार पर उनकी जीवन-पद्धति की परिभाषा बना ले तथा अपनी जीवन-पद्धति की पवित्रता सिद्ध कर दे और एकता के नाम पर गरीबों को सुधारने और अल्पसंख्यकों की संस्कृति को बदल डालने के प्रयत्नों में जुट जाए। संस्कृति के नाम पर धन और शक्ति के भयानक दुरुपयोग के सहारे गरीबों और अल्पसंख्यकों को जबर्दस्ती वर्तमान व्यवस्था को स्वीकार करने के लिए मजबूर भी किया जा सकता है। उनको ऐसा बनाकर समाज में खपा दिया जा सकता है कि वे समाज के राजनीतिक जीवन में अधिक सक्रिय होकर वर्तमान समाजव्यवस्था के लिए कभी गंभीर चुनौती न बन सकें। उनके लिए 'एकता' का कार्य यह होगा कि वे समाज की वर्तमान राजनीतिक-सामाजिक व्यवस्था में अपनी पूर्व-निश्चित भूमिका को स्वीकार करते हुए मिल जाएँ और ऐसी आशा करते रहें कि अच्छे दिन जल्दी ही आएँगे। 'भारतीय' होने की प्रक्रिया वास्तव में पूँजीवाद के आर्थिक नियमों और कल्पित आशावादी संस्कृति को चुपचाप स्वीकार कर लेना है। व्यावहारिक और क्रियाशील राजनीतिशास्त्र का अब बार-बार जपा जाने वाला एक मंत्र यह है कि राजनीतिज्ञ जब अपनी तस्वीर बदलना चाहते हैं तो अपने नारे बदल देते हैं। "एक सफल राजनीतिज्ञ की सबसे बड़ी विशेषता ठीक मौके की कायरता है" (रिचर्ड हैरिस)। यह मान लेना बेवकूफी है कि नेता स्वभावतः बेईमान और झूठे वादे करनेवाला होता है। वास्तव में नेताओं ने जान-बूझकर जनता के सामने अपनी ऐसी तस्वीर पेश करने की कोशिश की है ताकि जनता न उनसे कोई उम्मीद करे और न निराश होकर नाराज हो जाए। पूँजीवादी समाज में जब लाभ घटने लगता है तो पूँजी के विस्तार को राष्ट्रीय हित के रूप में जनता द्वारा स्वीकार कराने के लिए शासक वर्ग परंपरागत राजनीतिक कार्रवाइयों के बदले पूँजी के विस्तार में बाधक तत्त्वों को मिटाने के लिए नए हथकंडे अपनाता है। इस संदर्भ में पूँजी का विस्तार उतना विचारणीय नहीं है जितना यह कि इस पूँजी-विस्तार से किसको लाभ होता है और किसकी तबाही बढ़ती है। पूँजीवाद के आर्थिक नियमों से स्वतंत्रता और विवेक के बुर्के में छिपी कल्पित आशावादवाली संस्कृति पैदा होती है; क्योंकि इस प्रकार की संस्कृति में ही मध्यवर्ग की वास्तविक सामाजिक स्थिति प्रकट होती है।

वाल्टर बेंजामिन के शब्दों में ही इस संस्कृति के साहित्य का प्रामाणिक विवेचन हो सकता है, जिसने लिखा है कि ऐसी संस्कृति से उत्पन्न साहित्य के लेखकों का राजनीतिक काम संगठित पार्टी बनाना नहीं बल्कि गुटबंदी करना है; उनके साहित्य का लक्ष्य व्यवस्थित रचनात्मक वादों की स्थापना करना नहीं

बल्कि फैशनपरस्ती जगाना है और उनका आर्थिक कार्य उत्पादकों के हाथ मजबूत करना नहीं बल्कि एजेंटों की मदद करना है। ऐसे एजेंट या चालबाज लोग अपनी कगाली यानी गरीबी के मन में पली हुई ऐय्याशी की हवस का जश्न मनाना जानते हैं। इन एजेंटों के माध्यम से पूँजीवाद अपने आर्थिक नियमों को अत्याधुनिक फैशन और सांस्कृतिक प्रदर्शन का साधन बना कर लोगों के दिमाग में भरता है। अंग्रेजी साहित्य में विक्टोरियाकालीन उपन्यासों ने चेतना और कल्पना कें स्तर पर लोगों को नए मानवीय संबंधों और नवीन जीवन-परिस्थितियों का सामना करने के लायक बनाया और व्यक्ति को संभावित रागात्मक संबंधों के स्वरूप के बोध के लिए तैयार किया। प्राचीन समाज-व्यवस्था (जिसमें लोक-संस्कृति का प्रभाव होता है) में जीनेवालों के लिए जीवन-चक्रों का महत्त्व था—वे जीवन में 'भविष्य' (जीवनवृत्ति की चिंता के अर्थ में) की चिंता से बेचैन नहीं थे। व्यक्तिवादी मनोवैज्ञानिक उपन्यासों के मूल में निहित भविष्य की अवधारणा ने आज के दिशाहीन और महानगरों के युग में पाठक को एक खास दिशा में मोड दिया है। "विक्टोरियाकालीन उपन्यासों का अंत अनेक समाधानों, प्रतिश्रुतियों और मानवीय संबंधों की स्पष्टता के साथ होता था जब कि वर्तमान शताब्दी के उपन्यासों के अंत में एक इंसान अपनी जटिल दुनिया से दूर भागता हुआ निरुद्देश्य अपनी राहं पर चलता दिखाई देता है" (रेमण्ड विलियम्स)। आजकल भारत के मध्यवर्गीय व्यक्ति का, चेतना के स्तर पर 'शेष सृष्टि के साथ रागात्मक संबंध' तोड़ लेने के अतिरिक्त, न कोई भविष्य है और न होगा। समकालीन हिंदी उपन्यासों में व्याप्त दिशाहीनता और निराशाजनक दुविधा का यह भी एक कारण है।

जब परिस्थितियों का दबाव विस्फोटक स्थिति में पहुँच जाता है तो परम उदारवादी मुक्त समाज भी 'दमनकारी सहिष्णुता को छोड़कर दमनकारी असहिष्णुता' को अपना लेता है। "उदार विश्वविद्यालय पर परिस्थितियों का दबाव जितना अधिक बढ़ता है उतनी ही उसकी उदारता घटती जाती है, अधिक सख्ती से विरोधियों और समर्थकों का निर्णय होने लगता है और विरोधी विचारों का दमन बढ जाता है। यह एक विरोधाभास है कि जैसे शांतिप्रिय समाज की सुरक्षा केवल शांतिमय साधनों से ही संभव नहीं है वैसे ही सहनशील समाज की सुरक्षा भी केवल सहनशील साधनों से संभव नहीं" (लंदन टाइम्स, संपादकीय, 10 अक्तूबर 1970 ई.)। उदारवादी सत्ता का विचित्र विवेक इस बात पर ध्यान नहीं देता कि संस्कृति के क्षेत्र में किसकी विचारधारा को प्रश्रय देना है और किससे किसकी स्वतंत्रता की रक्षा करनी है। एक प्रकार की तथाकथित असह्य विचारधारा की माँग केवल यही है कि जो समाज स्वतंत्रता, समानता, धर्मनिरपेक्षता की दुहाई

देता है उसे इन आदर्शों को समाज के बहुसंख्यक वर्ग के लिए व्यावहारिक वास्तविकता बनानी चाहिए, अपनी नैतिक संवेदनशीलता की पुकार सुनने के लिए उसे तैयार रहना चाहिए और केवल किसी प्रकार जी लेने को ही अपनी जीवन-शक्ति और दूरदर्शिता का प्रमाण नहीं समझ लेना चाहिए। ऐसे समाज को अपनी मानसिक और सांस्कृतिक निपुणता को केवल ऐसे शीशमहल बनाने में ही नहीं लगाना चाहिए जिसके भीतर वर्तमान अदृश्य होते हुए भविष्य में विलीन हो जाता है और अंत में एक धर्म निरपेक्ष वर्गविहीन रामराज्य की कोरी कल्पना की दुराशा मात्र शेष रह जाती है। टाइम्स के उक्त सहनशील समाज में यही होता है—"तुम्हें हमारे सर से उतरना होगा। अपने दिमागी दायरे से निकलना होगा। चाहते हो अगर यहाँ जीना। अपने मानस को लचीला तो बनाना होगा। बनके पागल यहाँ रहना है तुम्हें। चाहते हो अगर यहाँ जीना।" (अमेरिकन ब्रीड)।

भारतीयकरण की इस प्रक्रिया में निहित यह आंतरिक असंगति ही इसे निरर्थक बना देती है और इससे संकट और विनाश की ही संभावना बढती है।